CB | CULTURBOOKS

TOMMY SCHMIDT

HEAVEN'S GATE

SATIRISCHER ROMAN

Gärtnerstraße 122, 20253 Hamburg
Tel.: +49 40 31 10 80 81
info@culturbooks.de
www.culturbooks.de

Die Abbildungen auf den Seiten 42 bis 45 basieren auf
einem Konzept von Pool Leber Architekten, München
und einer Visualisierung von Plan.Net Campaign, München.

Herstellung: Klaus Schöffner
Satz & Korrektur: Dörte Karsten
Gestaltung & Cover: Markus Hollinger
Druck und Bindung: CPI - Clausen & Bosse, Leck
Printed in Germany
Erste Auflage 2017
ISBN 9-783-95988-021-3

FÜR LOUIS, ANTON, SIGRID, INGI UND MONI.

MIT LIEBEM DANK AN SABINE UND CLAUDIA.

DER ANFANG VOM ENDE

Oktober 2020

Das Geschäft meines Lebens

Das mag ich so an Jan: Er rückt mit der Wahrheit raus, da muss man den Herrn Dr. med. nicht lange bitten: »Dieses Kribbeln wird bleiben und sich langsam weiter ausdehnen, auch auf das andere Bein.«

Aha. Na, dann hab ich schon 'ne Ahnung, wie es weitergeht, hab mich da schon mal ein bisschen informiert: »Schließlich werden meine Beine gelähmt sein, dann fangen die Arme an zu kribbeln, bevor auch die gelähmt sind, und das geht dann jahrelang so, bis ich mich schließlich gar nicht mehr rühren kann. Richtig?«

»Ja, genau.«

»Und wie lange leb ich dann noch?«

»Da gibt's eigentlich keine Obergrenze. Es gibt Leute, die leben seit dreißig Jahren ...«

»Klingt eher nach sie werden gelebt. Wahrscheinlich von Pflegerobotern.«

»Okay, Lasse, stimmt. Das Leben, das du die letzten dreißig Jahre geführt hast ...«

»Sorry, warte mal, das Handy ... Ja? Wie, die Geburt verzögert sich. Sind die irre? Die Location kostet hunderttausend Euro am Tag! Die sollen mich nicht verarschen, die sollen jetzt die Scheißwehen einleiten, da gibt's Mittel! ... Sorry, Jan, das war echt wichtig.«

»Du bringst jetzt tatsächlich die Geburt von Cynthia Willis' Baby? Live auf AggleTV? Lasse, du bist echt verrückt. Also dieses ...«

»Sorry noch mal … Nein! Kein Kaiserschnitt! Okay, okay, dann morgen, ist okay. Du machst das super. Was? … Nee, alles okay, bin grad beim Arzt. Ja, alles okay, bis nachher.«

»War das Benno? Der war schon immer ganz der Papa. Also noch mal, dein Trip auf dem Gaspedal ist bald vorbei, und in spätestens fünf Jahren bist du wirklich vollständig gelähmt. Du hast die Welt aufgemischt und auf den Kopf gestellt, niemand hat in weniger als sechzig Jahren mehr Unruhe gestiftet als du. Am besten setzt du dich auf die Terrasse und schreibst einfach deine Memoiren. Ach ja, du hattest vorhin nach Therapien gefragt. Tut mir leid, medizinisch gibt's da noch nichts. Ach du, Lasse, sag mal, hast du die Karten für … danke, Lasse, Miriam wird begeistert sein.«

»Hieß die nicht Agneta?«

»Schlechte Witze sind ein gutes Zeichen, Lasse, bis der Morbus bei dir richtig einschlägt, dauert es wirklich noch 'ne ganze Weile, genieße die Zeit, die dir bleibt.«

Ich liege auf dem Sofa in unserer Wohnung in Kreuzberg. Ich wohne mit Benno zusammen, der ist allerdings selten da. Wenn ich hier liege, dann surfe ich entweder auf meinem Tablet rum und schreibe Messages, oder ich lasse meine Gedanken fließen, und das ist auch einer der wenigen Orte auf der Welt, wo ich das richtig gut kann.

Sechs Wochen ist das jetzt schon her, dass Jan mir seine Diagnose in the face geballert hat. Ich bin Eventunternehmer, und es gibt tatsächlich wirklich nichts, was ich verpasst haben könnte – und dass mein Vorhang in fünf Jahren fällt: okay. Aber diese Lähmungsscheiße werd ich mir nicht geben, no go, never! Ich muss das jetzt mal den Kindern sagen.

Meine geliebte Nelly. Die Mutter von Benno und Karla. Sie ist vor zehn Jahren an Krebs gestorben, und das war echt bitter. Eine der schönsten Frauen des Landes, abgemagert, kahl, wund. Ich hab sie auch in diesem Zustand geliebt, na klar. Aber das hat sie kaum getröstet, sie hat es gehasst, so ausgeliefert zu sein: fremde Menschen, die an ihr herumbehandeln, Maschinen, die bestimmen, wann und wie sie sich bewegt, Krankenschwestern, die mit Morphium dealen, sich aber nicht in Geld, sondern in Unterwürfigkeit bezahlen lassen. Meine Kinder werden so was nicht noch mal erleben: Ich steig da rechtzeitig aus.

Hab ich gesagt, ich bin Unternehmer? Richtig! Ich wäre keiner, hätte ich bei der Gelegenheit nicht gleich auch eine Geschäftsidee: Heaven's Gate – für einen selbstbestimmten Wechsel in ein anderes Dasein. Sterben ist out, wir nennen es »freiwilliges Ableben« und verkaufen es als ultimatives Erlebnis. Wie eine Art umgekehrtes Wellness-Geburtshaus, auch mit soner Atmo. Man kann sich Zimmer nach Themen aussuchen, zum Beispiel »Zen-Garten« oder »Waldschlösschen«. Musik, Duftnoten, Buffet. Außerdem bringt man Freunde und Angehörige mit. Geiler als jede Pyramide, jedes Potentaten-Mausoleum, ein ewiges Denkmal, mein ewiges Denkmal für die Art des Ablebens als Event – eine Idee, geboren von Lasse Wiesenthal, Eventunternehmer in Berlin. Ich check schon Grundstücke und Architekten, meine Anwälte prüfen die Rechtslage. Das ist schon ein bisschen tricky, kein Vergleich zu der Show von Cynthias Geburt.

Benno, mein Junge, steckt schon knietief im Projekt. Er tut sich mit dem Thema Sterben nicht so schwer wie Karla, er ist viel jünger, er hat Nellys Drama nicht so haut- und seelennah mitgekriegt. Bin gespannt, wie Karla reagiert, wenn sie erfährt, dass ich selbst mein erster Kunde sein werde, im Heaven's Gate.

Moment, da kommt eine Mail von ... aha, Benno. Die Kalifornier entschuldigen sich für ihr Rumgezicke wegen der

Hotels ohne Swimmingpool und bitten uns um das Hotelarrangement gemäß Teilnehmerangebot. Ich wusste, dass sie erst ein bisschen schmollen und dann einlenken würden, bevor sie sich ein Hostel mit wild gewordenen italienischen Schülern teilen müssen. Zurzeit veranstalte ich gerade die S.Y.N.C., die wichtigste internationale Internetkonferenz, die sonst in Kalifornien stattfindet. Weil aber ein paar wichtige Russen kein Visum für die USA kriegen, ist es halt in Berlin, und wenn es in Berlin ist, dann mach ich das, wer sonst. Auf der S.Y.N.C. wird nervös diskutiert, was es für wen bedeutet, dass Apple und Google fusioniert haben, um wenigstens gemeinsam gegen die Chinesen bestehen zu können. Dass Facebook getreu dem Prinzip »Gier frisst Hirn« allzu schamlos die persönlichen Daten seiner Mitglieder verwertet hat und seine Weltmarktführung an GROOPS abgeben musste. Und dass Vidspace klammheimlich mit allen relevanten Rechteverwertern Lizenzvereinbarungen getroffen hat und man da nun wirklich alles umsonst sehen und hören kann, wodurch YouTube ziemlich in die Defensive geraten ist.

Überhaupt, die Kalifornier: Als hätten sie sonst keine Probleme, wollen sie unbedingt Hotels mit Swimmingpool! Wahrscheinlich haben sie seit Wochen nicht mehr gebadet. Klar, in den letzten fünf Jahren hat es in Kalifornien so viel geregnet wie sonst in einem einzigen Februar. Aber Hotels mit Swimmingpool sind in Berlin nun mal leider immer ein Jahr im Voraus durchgebucht von Leuten, die sich das leisten können, zum Beispiel Russen, Chinesen und Araber. Ich sag Benno, dass er die Amis in Hotels mit einer »save water, save money!«-Offer einquartieren soll: annehmbare Zimmerpreise, die einen Trinkwasserverbrauch von zwanzig Liter pro Person und Tag beinhalten. Spätestens seit in Berlin die meisten Schwimmbäder schließen mussten, haben wir verstanden, dass Wasser selbst in Deutschland ein knappes Gut ist.

Sagen, was los ist

Stau. Kein Problem, immer ist irgendwas. Vor drei Wochen war es ein ukrainischer Laster, der nicht unter einer Brücke durchpasste, aber auch nicht wenden konnte. Eine Woche später war es das austretende Wasser eines Rohrbruchs, das den märkischen Sand unter der Fahrbahndecke weggespült hat. Und diese Fahrbahndecke war dann zu dünn für einen belgischen Reisebus, der seinen Arsch in den Himmel reckte. Heute ist es ein Umzug bunter Skelette, die einen Totentanz feiern. Mädchen in farbenfrohen Kleidern, das Gesicht zum Totenkopf geschminkt. Monster mit Sombreros, von oben bis unten mit Patronengurten behängt, vorangetrieben von einer Marschkapelle. Wahnsinn, wie viele Mexikaner es in Berlin gibt. Obwohl, mehr als die Hälfte der Mitläufer sind bestimmt zugezogene Schwaben und Westfalen, die gestern noch beim High-Heels-Race der Dragqueens am Nollendorfplatz rumgestanden haben. Mein arabischer Taxifahrer murmelt Flüche, bis er es nicht mehr aushält und sich mit hochrotem Kopf in die Hupe stemmt. Warum hat er es denn so eilig? Meine Taxifahrten allein in Berlin aneinandergereiht würden locker für einmal rund um den Globus reichen. Zeit, sich mal wieder mit einem Taxifahrer zu fetzen: »Jetzt piss dich nicht so ein. Das ist mein Taxi, und in meinem Taxi werden keine Kinder beschimpft, auch nicht, wenn sie mit gelben Blumen schmeißen.«

»Das ist nicht dein Taxi, das ist mein Taxi.«

»Es ist meins, ich bezahle es. Und wenn du nicht die Luft anhältst, steige ich auf der Stelle aus.«

Das wirkt. Bis nach Zehlendorf sind es von hier aus gut dreißig Euro. Zapata und Pancho Villa, beide von Hunderten Kugeln durchsiebt, reichen mir kleine bunte Totenköpfe aus Marzipan durchs Fenster.

Ich mache dem Taxifahrer ein Friedensangebot: »Hey, du, heute ist Día de los muertos, der Tag der Toten, die ihre mexikanischen Verwandten besuchen. Komm schon, nimm einen, ihr Araber mögt doch so süßes Zeug.«

Er nimmt eins und lacht. Der Spuk zieht weiter. Wir passieren schon den Zeli-Brunnen, gleich müssen wir da sein. Der Zeli-Brunnen besteht aus lauter Wasserspeiern. Frauen, Kinder, Frösche, Fabeltiere, alle speien Wasser. Sollten sie. Dabei sind sie selbst am Verdursten. In den Brunnen Berlins fließt schon lange kein Wasser mehr. Früher war nur der Betrieb selbst zu teuer, aber jetzt ist das Wasser schon zu kostbar geworden für Zierbrunnen. Außerdem würde es nicht lange im Brunnen bleiben. Im letzten Frühjahr, als der Zeli-Brunnen wie jedes Jahr in Betrieb genommen werden sollte, warteten schon früh morgens zig Leute mit Kanistern. Keiner wollte hören, dass das kein Trinkwasser sei. Der Bezirk Steglitz-Zehlendorf hat dann wie – soviel ich weiß – alle anderen Bezirke auch beschlossen, ihre Brunnen auf bessere Zeiten warten zu lassen.

Da sind wir: Im *Gut Preussen* kann man sehr gut große Reden schwingen und diskrete Verhandlungen führen. Außerdem kriegt man hier noch ein ehrliches Filet und nicht nur so Vollwertkompositionen aus ... ach, ich mag gar nicht dran denken. Und für gut zahlende Gäste gibt's auch genug Wasser.

Karla, meine Süße. Sie sieht so bezaubernd aus. So reizend! Meine Tochter. Wie Nelly. Und wie ihre Mutter kann sie echt zur Furie werden.

»Paps, danke, dass du deine Kinder ins feinste Restaurant der Stadt einlädst. Aber wieso ins Hinterzimmer? Seit wann willst du nicht gesehen werden? Was stimmt denn da nicht?«

»Karla, Benno, jetzt hört mir mal gut zu. Mein Projekt Heaven's Gate für selbstbestimmtes ...«

»Du meinst dein Sterbehaus für zahlende Gäste.«

»Karla! Jetzt lass Papa doch mal ausreden!«

»Also dieses Projekt, das ist jetzt nicht mal irgend 'n Flagshipstoreopening oder so. Das ist mein Lebenswerk! Das wird das Beste, was ich je gemacht habe. Und ich selbst werde mein erster Gast.«

Totenstille. Wie in einer Grabkammer. Nur das entfernte Klirren und Klappern von Gläsern und Tellern, das Lachen der Saalgäste, ihre Gespräche über neue Häuser, Kinder, Operninszenierungen, Mandate und Vorstandsposten sind zu hören. Karla will Klarheit. »Karla will Klarheit«, das war immer son Running Gag zwischen mir und Nelly, Karla wollte immer genau wissen, was läuft: »Der Verdacht hat sich also bestätigt, und du läufst seit sechs Wochen mit der Diagnose rum. Richtig? Du lässt Benno Investoren für dein Sterbehaus akquirieren, während du längst weißt, dass du selbst bald als Erster durch dein Heaven's Gate mit einer Wohlfühlabschiedsvorstellung treten wirst. Und das erzählst du uns hier bei geschmorten Bäckchen an Hagebuttenjus, bravo, Paps, Vorhang zu für Lasse Wiesenthal!«

Ich sag jetzt mal lieber nichts. Aber Benno: »Als ich dich neulich von der Cynthia-Geburtsshow angerufen hab, da warst du echt komisch am Telefon. Du warst da grad beim Arzt. Und der hat dir da gerade die Diagnose verpasst, stimmt's?«

Und zu Karla: »Ich finde, das ist Papas Sache. Vielleicht will er sich und uns ja ersparen, das alles noch mal mitzumachen.«

»Ja, Mama hat schlimm gelitten, aber sie hat auch um ihr Leben gekämpft! Und du, Benno, du hast auch verdammt um dein Leben gekämpft. Monatelang, jede Minute.«

Karla liebt mich, Benno versteht mich, und ich mach jetzt eine klare Ansage in eigener Sache: »Leute, jetzt hört mal zu: Ich bin noch nicht mal sechzig und hatte ein total erfülltes Leben. Ich hab euch erwachsen gekriegt, ohne Ende Spaß gehabt und werde jetzt noch ein bisschen die Welt verändern, okay? Das Heaven's Gate ist ja auch eine Mission. Ein Statement! Und, ja, stimmt, ich hab keinen Bock, voll behindert von anderen Leuten abhängig zu sein. Und was Mama passiert ist, muss heute echt nicht mehr sein.«

Bei Karla und mir kullern Tränen, Benno isst. Ich wusste, es würde ihm schmecken im *Gut Preussen*. Dann erhebt er sein Glas, steht auf und prostet uns zu: »Auf Mama!«

Mein Sohn. Musste ich als Säugling um mein Leben kämpfen? Nein, musste ich nicht. Aber Benno musste es, drei Monate lang. Als Frühgeburt von gerade mal siebenhundert Gramm. Wissenschaft und Forschung hatten viel aufzubieten, und nirgends auf der Welt hatten Frühgeborene dieser Größe bessere Überlebenschancen als in Berlin. Aber auch die lagen bei kaum mehr als fifty-fifty.

Ärzte, Schwestern und Nelly, alle haben an Bennos Seite gekämpft. Der Tod zerrte an seinen winzigen Gliedern, jeden Atemzug musste Benno dem Tod abtrotzen, jedes Beeep, jede Kurve vom Dauer-EKG waren Zeichen kleiner Siege.

Auch ich habe gekämpft, an der Businessfront: Immerhin, es ging um alles oder nichts! Auch dieser Kampf hatte was Existenzielles, ich hatte wieder alles auf eine Karte gesetzt, hätte ich das Ding vergeigt, hätte es mich komplett zerlegt, es ging um Erfolg oder Untergang: die X-Edges, das ultimative Extremsportevent. Extrem-Downhill mit Mountainbikes, Extrem-Freeclimbing, Extrem-Bungeejumping. Mit

Limit Experiences zum Zugucken konnte man viel Geld verdienen, die Leute zahlten nicht schlecht für das Erlebnis, dabei zu sein, wenn andere an ihrer Stelle auf des Messers Schneide ritten.

Ein Bungeejumper lag dann auf der Intensivstation der Chirurgie, einen Flur hinter der Frühgeborenenstation. Benno hat es geschafft: Extrem-Brutkasten-Surviving! Ich habe es auch geschafft, die X-Edges gingen echt durch die Decke, ich war endgültig auf dem Erfolgstrip. Der Bungeejumper hat es nicht geschafft. Er war Anfang zwanzig, so alt, wie Benno jetzt.

Ich denke an Nelly, die für Bennos Leben gekämpft und den Kampf um ihr eigenes Leben schließlich verloren hat. Und ich denke an das Initial-Meeting für Heaven's Gate: die Businessplan-Präsentation für Investoren. Wir müssen das sorgfältig vorbereiten, die richtigen Leute einladen, eine passende Meeting Location casten, spätestens im Dezember sollte das stattfinden.

Auf dem Parkplatz fällt Karla noch was ein: »Du, Paps, erinnerst du dich an unsere Zeit in Los Angeles? Ist gut zwanzig Jahre her. Da hat der total unabhängige Eventunternehmer Lasse Wiesenthal seine Familie unter den Arm genommen, alles andere hinter sich gelassen und beschlossen, Amerika aufzumischen. Wenn ich dich erinnern darf: Dein Ziel war, den Superbowl zu veranstalten! Das hat nicht ganz geklappt, Paps, das hat alles gar nicht geklappt. Das war aber auch nicht wirklich schlimm! Wir sind ganz einfach zurück nach Berlin, und du hast erst mal etwas kleinlaut wieder kleinere Brötchen gebacken und bist bald wieder groß rausgekommen. Heute spricht niemand mehr davon. Und das ist der Unterschied, Paps: Aus Los Angeles kann man zurückkehren. Denk mal drüber nach.«

Ich verspreche es ihr und gebe ihr und Benno einen Gutenachtkuss. Die L.A.-Nummer hatte ich glatt verdrängt. Karla bringt mir so was bei passenden Gelegenheiten immer in Erinnerung. Das ist dann ziemlich unbequem. Aber auch wertvoll. Wenn ich Karla nicht hätte. Sie bringt mich wieder auf den Boden.

Dezember 2020

Mitreißen und einschwören

Ein licht- und luftdurchfluteter Konferenzraum am Wannsee. Pappeln rascheln vor der Terrasse. Könnte fast ein Zimmer im Heaven's Gate sein. Alle, die ich eingeladen habe, sind auch gekommen. Sie kennen mich, wenn nicht von gemeinsamen Geschäften, dann aus den Medien. Ich gelte als schillernde, undurchsichtige Persönlichkeit mit der Gabe, Illusionen zu verkaufen. Dabei umgebe ich mich mit schillernden, undurchsichtigen Persönlichkeiten, und wundersamerweise kommt immer irgendwie Geld dabei raus. Vor allem aber bin ich bekannt dafür, dass man Geld mit mir verdienen kann.

Meine Gäste:

Dr. Hahn, Vertreter mehrerer Pensions- und Investmentfonds. Spielt bei Verhandlungen mit großer Hingabe den leidenschaftslosen Profi. Mit seiner wahren Leidenschaft für Tontaubenschießen und Tweedanzüge kaschiert er geschickt sein Gespür für Trends. Guter Typ, bisschen älter als ich. Ich hatte ihn mal als Teilnehmer bei einer Talkshow.

Kati Singhammer, früher Weltmeisterin im Ski-Abfahrtslauf, jetzt im Vorstand eines Fitness- und Wellnesskonzerns. Temperamentvoll, offen und ehrlich. Keine Kinder, ab und zu mal Männer. Immer hoch konzentriert bei der Sache. Merkt jeden Fehler sofort. Ich hatte sie als Keynote Speaker beim Zukunftstag der privaten Krankenkassen.

Dominik Fehr, der Sohn von Hermann Fehr, dem Tiefkühlkostmilliardär, will mehr die Welt verändern als Geld verdienen. Er ist besessen von seiner Mission. Wahrscheinlich will er damit auch eine Sinnkrise kompensieren, die er hatte, als er einen Aufsichtsratsposten im Tiefkühlimperium seines Vaters übernehmen musste. Seine erste eigene Milliarde hat Dominik Fehr mit Ungeziefer gemacht: Kakerlaken, Maden, Mehlwürmer, Heuschrecken. Wobei eine derart rückständige Form des Sprachgebrauchs – »Ungeziefer« – bei den »Pionieren neuer Grundlagen für die Ernährung der Menschheit« nur Kopfschütteln auslösen würde. Es wäre die gleiche Rückständigkeit, die es okay fände, weiterhin für die Produktion von einem Kilogramm Rindfleisch acht Kilogramm Getreide mit über fünfzehntausend Liter Wasser zu verbrauchen. Dazu kommen die Vernichtung von biodiversem Regenwald und der Ausstoß von dreihundertfünfunddreißig Kilogramm Treibhausgasen.

Dominik hat in ein Start-up investiert, das mit einem Produkt unter dem Markennamen Breat® gerade den weltweiten Lebensmittelmarkt aufmischt. Mit einer konsequenten Kommunikationsstrategie. Erstens: Breat® ist weder Fleisch noch Fisch, aber es ist hochwertige Nahrung. Zweitens: Breat® spricht nicht darüber, woraus es gemacht ist, aber gerne, woraus es besteht: Eiweiß, Proteine, Vitamine, Kalzium. Drittens: In allen ökologischen Bilanzierungsmodellen ist Breat® Fleisch und Fisch deutlich überlegen. Viertens: Es schmeckt! Fünftens: Je nach nationalem Markt ist es bis zu neunzig Prozent billiger als Fleisch oder Fisch.

Ich habe für Dominik vor einiger Zeit eine große Presseverkostung mit internationalen Spitzenköchen organisiert. Serviert wurde im *Nouvelle Epoque* am Griebnitzsee. Eingeladen waren die international wichtigsten Gastrokritiker sowie Celebrities mit bekannter Leidenschaft für erlesenste Gourmetspeisen: Oscarpreisträger, Bestsellerautoren, Stardirigenten, Thronfolger, Modemacher. Und weil es Dominik um »Neues Essen für eine neue Gesellschaft« ging, hatte ich auf seinen ausdrücklichen Wunsch auch nicht zu wenige querdenkende und noch queerer lebende Paradiesvögel dazu geladen, die wahrscheinlich noch nie in ihrem Leben mehr als hundert Euro für ein Mittagessen ausgegeben hatten. Alle Geschlechter waren vertreten: Männer, Frauen und alles, was nach eigenem Bekenntnis dazwischen oder daneben liegt. Das gleichzeitige Aufeinandertreffen so vieler Maîtres führte zu einem irren Wettbewerb der Fantasien: Wirsingschaum, Zwergorangenkompott, Brennnesselgel, gepuffter Dinkel, Pfefferminzpapier mit »Himbeerklecker« ist nur das, was ich mir merken und überhaupt benennen konnte.

Für unsere Gäste im *Nouvelle Epoque* war es Routine, sich an sich selbst zu berauschen. Aber hier hatten sie sich gerade in einem gemeinsamen Geschmacksabenteuer zur nouvelle epoque empordelektiert – ohne es zu wissen. Was alle Kreationen gemein hatten: Es gab weder Fleisch noch Fisch. Das wussten alle vorher. Was außer Dominik und den Köchen niemand wusste (auch ich nicht): Alle Gerichte basierten auf Breat®! Eine groß angelegte Werbekampagne mit allen Köchen und Kreationen und ihren Rezepten brachte es dann ans Licht.

Der große Durchbruch in Deutschland kam mit der Einführung der hundertprozentigen Verbrauchssteuer auf Fleisch und Fisch, mit der die Bundesregierung im ausdrücklichen Auftrag ihrer Wähler ihren Beitrag zur Erfüllung der international vereinbarten Klimaziele leisten wollte.

Wie Dr. Hahn hat auch Dominik ein sicheres Gespür für Trends, wobei Dominiks Domäne eher technologische Felder sind, die von Dr. Hahn volkswirtschaftliche. Was Dominik davon überzeugt hat, ein Engagement bei Heaven's Gate in Betracht zu ziehen: »Wer sich freiwillig hauptsächlich von Mehlwürmern, Schaben und Asseln ernährt, der ist auch bereit, für seine Einschläferung zu bezahlen.« Natürlich gibt es auch im *Gut Preussen* Breat®-Gerichte. Ich bezweifle aber, dass ich in dieser neuen Geschmackswelt noch ankomme.

Obwohl er sehr viel Geld verdient, scheint Dominik überhaupt kein Interesse an persönlichem Eigentum zu haben. Er wohnt zwar meistens in den besten Hotels und lässt sich mit komfortablen Mietwagen chauffieren. Aber wenn man bei Dominik überhaupt von einem festen Wohnsitz sprechen kann, dann von einem Hotelzimmer in Frankfurt, das er jährlich einmal im Voraus bezahlt.

Als weiterer Teilnehmer wäre da noch Marlon Reitz, wenig älter als Benno. Keine Ahnung, warum eine der größten Hotelketten der Welt einen Praktikanten schickt.

Die Gesichter sind neugierig bis skeptisch. Natürlich waren alle heiß auf das Thema meiner Einladung: »Selbstbestimmtes Sterben - der Milliardenmarkt der Zukunft«. Jetzt will ausgerechnet Lasse Wiesenthal, der Erlebnismacher, der Big Player im Entertainmentbusiness, den First Mover im Sterbemarkt geben?

Nach einstimmendem Begrüßungsbla bin ich schnell mitten im Thema: »Nachdem wir gelernt haben, unser Leben zu gestalten, lernen wir nun, auch das Sterben zu beherrschen. Wir sind nicht länger verurteilt zu leiden, bis die Medizin ihre Macht an das Schicksal abgeben muss. So, wie wir aufhören zu essen, wenn wir satt sind, werden wir aufhören zu atmen, wenn unser Leben erfüllt ist. Und weil wir bestimmen können, wann es passiert, können wir auch bestimmen, wie es passiert.«

Jetzt übernimmt Benno mit einer Chart-Präsentation: »Ein Beispiel, das den Wandel veranschaulicht: Ludwig K. ist hundert Jahre alt, war Soldat in der Wehrmacht, Monteur bei Zuse & Knorr Waggonbau, ist seit fünfundzwanzig Jahren Rentner, seit zwanzig Jahren Witwer und hat vor fünfzehn Jahren das letzte Mal seine Kinder gesehen, als sie ihm die Kostenübernahme für eine Beinprothese verweigerten. Hätte es vor zwanzig Jahren die gesetzlichen, moralischen und medizinischen Rahmenbedingungen und das Angebot gegeben, das wir jetzt schaffen werden, dann wäre er damals zu uns gekommen. Mit seiner Frau. Nun, glücklicherweise haben sich die Bedingungen geändert: Wäre Ludwig K. heute achtzig Jahre alt, würde er mit seiner Frau ein Paar-Arrangement wählen. Sie würden selbstbestimmt und zuversichtlich nach einem von Schicksalsschlägen gezeichneten, aber letztlich erfüllten Leben vereint aus diesem scheiden. Sie hätten dabei das gute Gefühl, ihre Familie und die Gesellschaft von einer Verantwortung zu befreien, die sie diesen gar nicht erst aufbürden wollen.«

Danke, Benno, gut gemacht. Aber jetzt mach mal Platz für Papa, wir kommen zum Essential Mission Statement: »Befreien wir das Sterben vom Leid, den Tod von der Verzweiflung. Machen wir das Sterben zum letzten, zum ultimativen Erlebnis, mit Heaven's Gate!«

Stille. Verhaltenes zustimmendes Kopfnicken. Kati wendet sich an Benno: »Benno, was glaubst du: Wenn deine Mutter noch leben würde und sie würde heute die Diagnose von damals bekommen – würde sie ins Heaven's Gate gehen?«

»Ganz sicher würde sie das.«

Gut, dass meine Tochter nicht mit am Tisch sitzt, Karla hätte das empört verneint. Aber sie hätte sich überhaupt nicht erst an diesen Tisch gesetzt! Nun wendet sich Kati an mich: »Glaubst du das auch, Lasse?«

»Kati, du hast Nelly selbst gut genug gekannt, um zu wissen, was sie nicht gemacht hätte. Sie hätte sich niemals mit kriminellen selbst ernannten Sterbehelfern auf einem Parkplatz in der Schweiz zur Giftübergabe getroffen, um dann in einem drittklassigen Hotelzimmer zu krepieren. Die Zeit war nicht reif fürs Heaven's Gate. Wir haben jetzt eine aufgeklärte Gesellschaft, die das Selbstbestimmungsrecht von Ablebewilligen respektiert. Und eine entsprechende Rechtslage. Nelly wäre ins Heaven's Gate gekommen. Schon aus Protest gegen die erdrückende Übermacht der Metastasen. Was ihr am Ende ja auch zu schaffen gemacht hat, war das Gefühl der Ohnmacht, des Ausgeliefertseins. Das hat die Schmerzen noch unerträglicher gemacht.«

Ich habe mich in Rage geredet. Große Worte! Pathos! Sorry, Nelly, du weißt, ich liebe das. Ich bin so, und wäre ich nicht so, würde ich nicht können, was niemand kann wie ich: Großes bewegen.

Giftübergabe. Gift, schon der mittelalterliche Klang dieses Wortes weckt bei Dominik Fehr, dem Weltverbesserer, das Gefühl, hier einen Beitrag leisten zu müssen: »Ihr habt für den eigentlichen, sagen wir mal den das Ableben auslösenden Prozess bestimmt schonende Methoden anzubieten.«

Er sieht mich eindringlich und auffordernd an. Kein Problem. Allerdings trägt er Aggle-Glasses. Ich würde ihm zutrauen, dass er mich mit dem einen Auge ansieht, wie man einen Gesprächspartner ansieht, und mit dem anderen Auge Echtzeitanalysen zu dem, was ich gerade gesagt habe, mitscannt. Mich macht das irre.

Benno hat damit überhaupt kein Problem. Er ist in Hochform und hat immer eine Antwort parat. Er lässt einfach die relevanten Keywords droppen, und Dominik ist erst mal zufrieden: »Wir suchen noch. Sehr vielversprechend ist ein Verfahren mit einer Mischung aus hypnotischer Tiefenentspannung und der Gabe von muskelentspannenden und atemreflexüberwindenden Mitteln auf pflanzlicher Basis. Messungen im Magnetresonanztomografen haben gezeigt, dass das Belohnungssystem des Gehirns dabei stimuliert wird.«

Ich setz noch eins drauf: »Sterben, wie wir das kennen, das ist Angst, Schmerzen, das ist bäh. Aber bei uns im Heaven's Gate erlebt der Mensch seinen Tod als Abschied in einem Glücksgefühl!«

Marlon Reitz, der »Praktikant«, muss jetzt endlich auch mal was sagen. Ich denk, ich hör nicht richtig: »Ist ja alles ganz schön, was Sie uns hier erzählen, Herr ...«

»Wiesenthal.«

»Herr Wiesenthal. Aber meine Kapitalhalter würde schon mal interessieren, wann und in welchem Umfang damit Geld verdient ...«

»Das kann er doch jetzt noch gar nicht sagen, Herr Kollege«, unterbricht Dr. Hahn. Und macht auf seine Art gleich weiter: »Herr Wiesenthal, wie weit geht denn Ihre Wertschöpfungskette? Kann ich mich im Heaven's Gate auch gleich bestatten lassen?«

Und wieder übernimmt Benno. Junge, Junge, wenn der Herr Juniorchef so weitermacht, darf ich froh sein, wenn ich im Heaven's Gate noch Familienrabatt bekomme!

»Wir planen eine eigene Verrottungsanlage. Also keine Gräber, Urnen etc. Die Ritualräume zum Ableben können auch als Andachtsräume von Angehörigen und Freunden jederzeit gebucht werden. Mit den gleichen Optionen wie die Ritualräume, also Einrichtung, Musik, Buffet etc.«

»Und wie verfahren Sie mit Organspendern?«

»Wie? Entschuldigung ... was ...«

»Sehen Sie, Herr Wiesenthal, ich bin Organspender. Ich interessiere mich für Ihr Angebot, ich meine, ich persönlich. Aber ich habe auch einen Organspendeausweis. Ich wüsste gerne, wie Sie die Organentnahme und die entsprechende Logistik für den Weitertransport organisieren.«

Benno und ich sehen uns an und versuchen dabei, nicht allzu ratlos zu wirken. Nein, da waren wir blank. Durch Bestechungsskandale war Organspende total unpopulär geworden. Aber Benno ist nicht der Typ, der eine Blöße zu erkennen gibt, wenn dadurch seine Führungsrolle infrage gestellt werden könnte.

»Verzeihen Sie, Herr Dr. Hahn. Wir haben höchsten Respekt vor Ihrer ehrenhaften altruistischen Haltung als Organspender. Menschen Ihres charakterlichen Formats sind in der Minderheit. Wir hielten diese marginale Zielgruppe schlicht gesagt nicht für relevant.«

Dr. Hahn gibt weiterhin den wohlwollenden Mentor: »Rechnen Sie damit, dass in nicht allzu langer Zeit, das Entgeltverbot für Organ-›Spender‹ fallen wird. Unsere Gesellschaft wird sich diesen Luxus nicht mehr leisten können. Darauf müssen Sie vorbereitet sein.«

»Danke, Herr Dr. Hahn, wir werden uns damit noch mal befassen.«

Für Kati wäre das nicht so wichtig gewesen, das mit der Organspende, das verrät schon ihr Gesichtsausdruck. Aber sie scheint jetzt schon richtig begeistert vom Projekt. Und sie ist begeistert von Benno, den sie noch als Baby kennt und der jetzt in Richtung Impressario für postvitale Happenings kaum noch aufzuhalten ist. In ihrer sportlichen Art resümiert Kati ganz gerne mal zwischendurch, was sie atmosphärisch wahrgenommen hat, aber noch einer Definition bedarf: »Ich denke, wir sind uns einig. Im Sprachgebrauch der Marke Heaven's Gate gibt es eigentlich keinen Tod, kein Sterben und keine Leichen, richtig? Gibt es denn Trauer?«

Okay, Benno, das ist jetzt mal meine Baustelle: »Ja, auch im Heaven's Gate hat Trauer ihren Platz. Aber es ist eine reine, gesunde Trauer, die nicht von Verzweiflung vergiftet ist. Wir trauern nicht um Opfer vom Sensenmann. Wir fühlen eine versöhnliche Trauer, die man empfindet, wenn sich ein Mensch für immer verabschiedet, weil er eine Reise antritt. Und dieser geliebte Mensch freut sich auf seine Reise, weil er weiß, dass er keine Angst haben muss, weil er keine Qualen zu erwarten hat. Wir freuen uns mit ihm. Wir feiern ein Fest!«

Puh, ich muss mich setzen. Musste grad an Nelly denken, und schon bleibt mir die Stimme weg. Kati legt mir ihre Hand auf die Schulter, sie ahnt, wie's mir geht. Dr. Hahn und Benno nutzen die Stille, um ein paar Details zu beflüstern. Dominik Fehr erledigt wichtige Dinge auf seinem Tablet, und der Hotelkonzernpraktikant stürzt schluchzend aus dem Raum. Wir werden nie erfahren, warum.

Mein Blick schweift ziellos umher. Draußen: die silbrig zitternden Blätter der Pappeln im Wind. Eine Frau mit großem Hund. Albernde Teenager. Drinnen hängen sauber gerahmte Fotos von Olympischen Spielen. Eine völlig ausgepowerte, ausgezehrte Läuferin auf allen vieren japsend hinter der Ziellinie. Ein Speerwerfer in höchster Anspannung und mit weit aufgerissenen Augen, unmittelbar vor dem Abwurf. Ein Stabhochspringer, der noch im Fall mit einer Mine bitterer Enttäuschung der gerissenen Latte hinterhersieht. Muhammad Ali, deutlich von Hinfälligkeit gezeichnet, entzündet das Olympische Feuer.

Marlon Reitz kommt wieder rein. »Verzeihung, ich musste mich eben mal frisch machen. Machen wir weiter?«

Benno bringt sich in Position. »Leid, Sterben, Trauer, Verzagtheit, all das und in Kombination, das verlangt Diskretion, die gebotene Intimität hier zu verletzen wäre obszön. Abschied nehmen im Heaven's Gate trägt aber keines dieser Merkmale, im Gegenteil: Wir feiern Abschiedsfeste! Mit Rückblick auf ein erfülltes Leben voller Ereignisse und Erfolge, Meilensteine und Weichen (Benno zwinkert mir zu!). Entsprechend völlig neuartig ist auch unser Auftritt in der Öffentlichkeit: offen. Wir lancieren Storys, die zeigen, wie unsere Gäste ihren Abschied vorbereiten. Es wird Reportagen von Abschiedsfesten geben und Livestreams. Das Heaven's Gate ist der große Bahnhof für die Reise in ein neues Dasein.«

Das hat gesessen. Bravo, Benno. Dem ist fürs Erste nichts mehr hinzuzufügen. Die Gäste verabschieden sich in Freundschaft. Bis auf die Hotelkette werden alle dabei sein.

Ich lehne mich zurück in meinen sehr bequemen ledernen Konferenzstuhl und beobachte Benno. Selbst wie er die Unterlagen zusammenräumt, den Beamer einpackt, seine Notizen sortiert, wirkt konzentriert und überlegen. Benno, mein Held, als Handvoll im Brutkasten hat er den Tod besiegt, allerdings bleibend verwundet: Seine linke Hand ist spastisch gelähmt. Und weil man Respekt nicht geschenkt kriegt und als behinderter Spast erst mal willkommenes Opfer für Gespött ist, hat Benno auch diesen Kampf kämpfen müssen: Respekt. Er hat es allen gezeigt. Er handhabt seine linke Hand so selbstverständlich, dass man schon mal auf den Gedanken kommt, eigentlich seien alle anderen behindert. Aber manchmal frag ich mich schon, ob er zwischendurch nicht einfach mal innehalten sollte.

»Sag mal, Benno, du bist grad mal dreiundzwanzig und lädst dir das ganze Projekt auf die Schultern. Ist das nicht ein bisschen früh ein bisschen viel?«

»Papa, in fünf Jahren bin ich achtundzwanzig, und dann muss ich Heaven's Gate sowieso allein managen, ist doch so, oder? Da fang ich doch am besten gleich mal an! Ach übrigens, Dr. Hahn hat mir vorhin ein paar sehr interessante Zahlen zugesteckt, die wir morgen gut gebrauchen können. Du weißt ja, morgen sind wir beim Bürgermeister.«

So weit ist es also schon, ohne Benno hätte ich den Termin glatt vergessen. Schlimmer noch, ohne ihn wäre der gar nicht zustande gekommen!

Beim Bürgermeister

»Ah, Herr Wiesenthal, Sie sind das also! Sie haben mir das eingebrockt! Kommen Sie, Sie wissen schon, dieses Desaster mit der Geburt von Cynthia Willis' Tochter! Wahnsinn, was für eine Scheiße! Willkommen beim Regierenden Bürgermeister der Bundeshauptstadt, beim Herz, bei der Seele von Berlin!«

Er ist also immer noch sauer wegen der paar Sitzblockierer, die er wegräumen lassen musste. Klar, ein Medienhype um *ein* Baby eines Popsternchens, während am gleichen Tag in Berlin fast hundert No-Names geboren werden, die meisten direkt ins Prekariat hinein. Aber man darf sich von dieser defizitorientierten Denke der Berliner nicht lähmen lassen. Es wäre blöd gewesen, Cynthias Baby nicht zu vermarkten, immerhin hat sie zwei Millionen Fans auf GROOPS!

»Wenn Sie die Seele Berlins sind, Herr Bürgermeister, dann führen Sie die Berliner aus ihrer selbst geschaffenen Depression! Schaffen Sie Werte durch Umwertung! Berlin als die erste Stadt des Universums, in der nicht mehr ›gestorben‹ wird! Hier wird feierlich Abschied genommen!«

Ich rede mich wieder in Rage, ich fühle mich nun mal zuständig für großes Drama. Aber zum Glück hab ich ja Benno dabei.

»Herr Bürgermeister, ich denke, das Konzept von Heaven's Gate ist Ihnen geläufig. In der Korrespondenz mit Ihren Referenten ist mir aber aufgefallen, dass unsere Idee als eine wahrgenommen wird, die den sterbewilligen Bürger als fiskalische Einkommensquelle in den Mittelpunkt stellt. Das ist naheliegend, greift aber zu kurz. Der Gewinn für Berlin sind nicht die erwartbaren Mehrwertsteuer-Mehreinnahmen aus Sterbehilfedienstleistungen. Der Gewinn liegt in einer volkswirtschaftlichen Umwälzung!«

Immerhin, der Bürgermeister ist jetzt neugierig. Sein üppiges Amtszimmer im schönen Roten Rathaus, all die Annehmlichkeiten, die der Repräsentant, das Oberhaupt einer der bedeutendsten Städte der Welt, umgeben von Kunst und Kultur genießen darf, all das kann den chronischen Schmerz nicht dauerhaft betäuben, den die Schuldenlast von siebzig Milliarden Euro verursacht. Der Bürgermeister bemüht sich erkennbar, Benno zu folgen:

»Herr Bürgermeister, Ihr Dilemma ist, dass die Leute, die Sie wählen, älter werdende Leistungs*bezieher* sind: Langzeitarbeitslose, Rentner, Behinderte, während die jungen Leistungs*träger*, also junge, gut ausgebildete Angestellte und Selbstständige, die Ihren Haushalt sanieren sollen, gnadenlos abwandern. Heaven's Gate wird die demografischen Verzerrungen aufhalten und günstigenfalls umkehren. Die früheren Opfer von Altersarmut und Altersdepression werden dabei selbst die treibenden Kräfte sein, indem sie sich in sinnstiftender Initiative von einer mehrwertfreien Lebenserhaltungsmaschinerie emanzipieren! Die Devise wird heißen: Statt zwanzig Jahre zu leiden, feiere ich lieber ein halbes Jahr Abschied und gehe dann von selbst! Kranken- und Rentenversicherer sparen Milliarden! Das bedeutet spürbare Entlastung für Leistungswillige, die nach und nach zurückkehren! Und Tausende junge Ambitionierte finden sinnvolle Aufgaben in einem völlig neuartigen Dienstleistungszweig.«

Halt. Moment. Jetzt muss Herr Nagel auch mal etwas sagen. Es muss natürlich etwas Bedeutendes sein, was der ziemlich blasse »Referent für ethische Fragen« hier beisteuert: »Die Lösung der von Ihnen so eindrucksvoll beschworenen Probleme soll also darin bestehen, dass unsere Kinder ihre Eltern umbringen, hab ich Sie da richtig verstanden, Herr Wiesenthal?«

Herr Nagel hat gar nichts verstanden, aber zum Glück ist er ja auch nicht Bürgermeister. Der jedenfalls deutet die Zeichen richtig: »Herr Nagel, bitte!«

Benno fährt unbeeindruckt fort: »Außerdem erstreckt sich das Wertschöpfungspotenzial der Stadt in Bezug auf das Heaven's Gate auch auf eine ihrer letzten profitablen Geschäftsfelder: den Tourismus. Schwaben, Russen, Afrikaner, aus aller Welt werden Menschen kommen, um hier in Berlin ihre letzten Tage zu verbringen und im Heaven's Gate ihren Abschied zu nehmen. Und sie kommen nicht allein: Familien, Freunde, ganze Sippschaften und Belegschaften von Betrieben werden sie mitbringen! Wir sind da übrigens in Verhandlungen mit einem internationalen Hotelunternehmen.«

Hotelunternehmen? Ich denke, ich höre nicht richtig: Marlon Reitz, der junge inkompetente Hoteltyp, der war doch aus dem Meeting rausgelaufen, die sind doch jetzt nicht im Konsortium, oder? Verschweigt mir Benno etwas? Nee, das war wahrscheinlich nur eine seiner typischen Blendgranaten. Gezielt triggern mit Keyword-Augenpulver. Niemand versteht sich auf Nebelkerzen so virtuos wie er. Na ja, gelernt hat er es von mir …

Dem Bürgermeister ist anzusehen, dass er sich gerne an einen anderen Strohhalm geklammert hätte als ausgerechnet an etwas, was er mit seinem begrenzten psychosozialen Horizont nur als kommerzielles Sterbehaus deuten kann. Aber was soll er machen? Das Heaven's Gate ist die Lösung, und sie wird ihm gerade zu Füßen gelegt. Er braucht nur zuzugreifen. Er beginnt aber auch zu verstehen, dass die Heilsbringer hier nicht als Bittsteller auftreten. Mit einem traumhaft schönen Füllfederhalter als Insigne geliehener Macht – ein Geschenk des Gouverneurs der Partnerstadt Tokio, die mit Berlin das Schicksal einer Metropole teilt, nach horrenden Bedeutungsverlusten den Schlüssel zu neuen Bedeutungsgewinnen noch nicht gefunden zu haben – deutet der Bürgermeister auf eine Stelle im Nordosten seines hölzernen Stadtmodells: »Ich hätte da vielleicht ein Grundstück anzubieten. Auf dem Gelände eines früheren Städtischen Krankenhauses in Weißensee.«

Na bitte, geht doch! Relativ zentrale Lage, Wohngegend mit aufgeklärten, relativ jungen Bildungsbürgern, Familiengegend. Der Ethikreferent hätte uns, wenn er uns schon nicht verhindern kann, lieber zwischen Reifenservice und Flatrate-Puff verbannt. Aber auch er sucht jetzt – noch etwas unbeholfen – nach den Zeichen der Zeit und nach seiner Rolle in einem Spiel, dessen Regeln er noch nicht kapiert hat: »Wie gedenken Sie denn, die Kirchen einzubinden, Herr Wiesenthal?«

Danke, Benno, dass ich auch mal was sagen darf: »Die Kirchen sind herzlich eingeladen, uns ihre Gedanken mitzuteilen. Die eine oder andere sakrale Dienstleistung ist gewiss für den einen oder anderen Gast attraktiv, ich denke da an letzte Ölungen, Andachten, Beichten, Abendmahl, gerne auch erbauliche Reden, so was. Allerdings sind negative Begriffe generell tabu, also Schuld, Sünde, Sühne, Leid Christi – das bedeutet Bad Vibrations, Sie verstehen, das alles hat keinen Platz im Heaven's Gate. Das Gleiche gilt natürlich auch für Muslime, Juden, Hinduisten, Shintoisten, Zoroastristen oder wer auch immer seinen letzten Weg aus welcher Glaubensrichtung auch immer kommend im Heaven's Gate antritt: Jeder ist willkommen, aber es gilt das unbedingte Gebot der positiven Grundeinstellung!«

Na, Benno, wie war ich? »High five«, sagt mir sein Augenzwinkern.

Herr Nagel mag gerne noch eine Weile daran zweifeln, ob er diese Haltung für vermittelbar hält. Die Leute, deren Interessen er zu vertreten hat, werden sich wahrscheinlich nicht so ganz von ihm vertreten fühlen, wenn wir unser Projekt durchziehen. Soll uns recht sein. Uns reicht es fürs Erste, den Bürgermeister gewonnen zu haben.

Jetzt haben wir Kapital und ein Grundstück in Aussicht. Prima! Es wird Zeit für einen Architektenwettbewerb! Dafür müssen wir aber erst mal jemanden beauftragen, der uns die Ausschreibung macht. Und bis zur Präsentation der Entwürfe dauert es dann bestimmt wieder ein paar Wochen.

Erinnerungen

Ich liege zu Hause auf dem Sofa und sehe aus dem Fenster. Ein bisschen nachmittägliches Wolkendrama über den Dächern vom Graefe-Kiez, ein paar Vögel.

In die Wohnung gegenüber ist eine Frau in meinem Alter eingezogen. Sie ist sehr schön und anscheinend sehr gesund, vor allem aber gesundheitsbewusst. Sie isst ganz sicher kein Fleisch und keinen Fisch, vielleicht lässt sie sich ja mal zu einem Breat®-Tofu-Karree einladen, das soll im *Uschi's Patentrezepte* am Reuterplatz ganz vorzüglich sein. Mal sehen.

Ihr Balkon hat die Ausmaße einer Terrasse, das spärliche Geländer aus dünnen Stahlstreben lässt alles, was auf der Terrasse geschieht, von meinem Sofa aus gut erkennen. Als Erstes hängt sie tibetische Gebetsfahnen auf. Die sind neu, noch unberührt von Wind und Wetter, anders als die ausgeblichenen heiligen Fetzen im Görlitzer Park, an denen sich wundersamerweise noch kein Vandale vergriffen hat. Als Nächstes stellt sie die Statue einer indischen Gottheit auf. Der Gott hat vier Arme, große Ohren, einen dicken Bauch, anstelle der Nase einen Elefantenrüssel und einen Stoßzahn. Jetzt bewegt sich meine Nachbarin, die eine Art Judoanzug trägt, sehr bewusst, sehr konzentriert und sehr langsam in einer Art Zeitlupentanz. Ich glaub, das ist Tai Chi.

Für spirituelle, religiöse, okkulte oder esoterische Dinge hab ich wirklich nichts übrig. Allerdings, ich muss schon sagen, meine Nachbarin macht einen sehr ausgeglichenen, zufriedenen Eindruck und strahlt die Energie eines sehr erfahrenen Mädchens aus. Stolze Falten statt Make-up, Naturbusen statt BH. Ihre Aura würde gut ins Heaven's Gate passen. Ich gebe also alle Widerstände auf und lasse diese angenehmen Eindrücke positiv auf mich wirken.

Eben hab ich noch einen schönen Post gelesen, Benno hat fürs Heaven's Gate eine Seite auf GROOPS eingerichtet:

POST AUF DER GROOPS-SEITE DES HEAVEN'S GATE
Benno@Heaven's Gate
Unser Grundstück! Wie man sieht, ist es groß, und wie man sieht, haben wir ein kleines Gierschproblem: Unkrautwur-

zelflechtwerk bis zwei Meter runter. Das heißt, nein!, wir haben KEIN PROBLEM: Bald kommen die Bagger, und das Zeug ist ruckzuck draußen, und wir graben 'ne schöne große Baugrube! YEAH!

KOMMENTARE:

Gus »Berliner Bär« Hellnwein

YEAH! Aber freut euch nicht zu früh: Bauen in Berlin dauert laaaaaange. Also, viel Spaß mit dem Bauaufsichtsamt ;-)

Gustav Mergentheimer

Habt Ihr mal 'ne Baugrunduntersuchung gemacht? Okay, märkischer Sand, das ist ja bekannt, dass das nicht so easy ist. Aber in der Gegend ist 45 einiges runtergegangen! Ich würd mal gucken wegen Blindgängern. Da, wo Ihr bauen wollt, da war ja ein Krankenhaus, und da haben die Nazis ziemlich unappetitliche Dinge getrieben.

Schätze, wir sind bald der Talk of Town. Die Zahl der GROOPS-Fans wächst jedenfalls rapide. In zwei Stunden kommt Karla. Die Gute! Verlässt ihre Reinickendorfer Idylle, um ihrem Vater was zu kochen. Seit zehn Jahren schon ist sie mit Paul zusammen, einem liebenswürdigen Langweiler. Nach dem Tod ihrer Mutter war Paul das Beste, was ihr passieren konnte. Klar, sie liebt Nelly und mich, aber auf Paul kann sie sich verlassen.

Leben mit Nelly und mir war Stress. Den einen Tag kratzen wir das letzte Geld für Tütensuppen zusammen, am nächsten geht's schon wieder ins Nobelrestaurant, wo wir mit den biergetränkten Scheinen aus dem Eintrittsgeld des Vorabends bezahlen. Einmal, beim Kindergeburtstag – Karla wurde acht – haben wir ihr zuliebe versucht, eine normale Familie zu sein. Die Feier war gigantisch und absolut unvergesslich. Aber die »Normale-Familie-Show« war ein totaler Reinfall: Als die Mütter kamen, um ihre Töchter abzuholen, waren diese superhappy und von oben bis unten in allen Farben vollgekleckert. Unser üppig tätowiertes Au-pair-Mädchen aus Kuba tanzte mit ihnen Salsa in der Küche. Da hingen auch ein paar Werke von einem befreundeten Künstler, deren einziges wirklich eindeutig erkennbares Merkmal war, dass sie hauptsächlich aus gefüllten Präservativen bestanden. Kein Wunder, dass die eine oder andere Gegeneinladung ausblieb. Nelly und ich machten uns schreckliche Vorwürfe. Aber nicht lange: Nachdem das Projekt »Normale Familie« nun mal so kolossal gescheitert war, veranstalteten wir unter dem Motto »jetzt erst recht« ein Performancefestival, auf dem Nelly und Karla als »Stern und Klecks« auftraten, wovon Karla ihren kopfschüttelnden Klassenkameradinnen voller Stolz Fotos zeigte.

Nelly. Ich hatte sie auf der ersten Veranstaltung meiner neu gegründeten Agentur *Lasse's Passieren* kennengelernt. Nelly hatte ein mobiles Tattoostudio und tätowierte eigene Motive zwischen Klo und T-Shirt-Merchandisern. Die Location war voll, die Kasse war voll, und trotzdem war es wirtschaftlich am Ende ein Fiasko: Heiko, der Sänger der *Wedontcareabouts* sang »Save me, save me, save me« und machte einen Stagedive. Es war aber niemand bereit gewesen, ihn aufzufangen. Er brach sich einige Knochen, ich hatte keine Haftpflichtversicherung und zahlte die Behandlungskosten. Dabei war es mir selbst kaum besser ergangen: In derselben Nacht bin ich mit dem Bandbus der *Wedontcareabouts* noch im Schaufenster eines Küchenstudios gelandet, was ich aber erst im Krankenhaus erfuhr – von Nelly.

Heiko und ich zogen vollkommen unterschiedliche Schlüsse aus den Ereignissen: Heiko war froh, dass er den Exzess als permanente Grenzerfahrung einigermaßen überstanden hatte. Heiko hatte zu einem Zeitpunkt, an dem er noch Optionen hatte, gemerkt, dass er noch Optionen hatte. Er hatte für seinen Geschmack genug riskiert und wurde Lehrer. Meine Erkenntnis dagegen war: Okay, wenn ich das überlebt habe, dann bin ich wohl unsterblich! Und wer unsterblich ist, der kann auch mit Tempo zweihundertvierzig einen Opel rechts überholen und kann dabei eine nächste Line auflegen und reinziehen, ohne anhalten zu müssen – reine Gewohnheitssache. Nelly war genauso. Und wenn es sie bei ihrem berühmten Versuch erwischt hätte, in einer Neujahrsnacht betrunken die Donau nackt zu durchschwimmen, hätte das jeder tragisch, aber passend gefunden. Stattdessen dieses jämmerliche Ende: Ihr Tod hatte keine Größe, war kein Statement, keine Haltung, keine Würde, nur Blöße und Schmerzen.

In meiner GROOPS-Timeline erscheint ein Post von Karla. Karla mit Paul beim Junggesellenabschied von Michael. Nett. Alle Posts von Karla sind nett. Karla mit Paul bei der Hochzeit von Michael und Sandra. Karla mit Paul vor dem Eiffelturm in Paris. Karla mit Paul im Dirndl auf dem Oktoberfest. Karla mit Paul und ihrem Pferd auf der Koppel. Wie hätten meine Posts ausgesehen, hätte es damals schon GROOPS gegeben?

Ein riesiges Rockfestival auf einem Acker im Outback von Niedersachsen. Eine Produktion von *Lasse's Passieren*. Das Wohnmobil von Atze bis zum Bodenblech im Morast. Atze ist der größte Merchandiser hier: T-Shirts von allen Bands, CDs, Kassetten, Nietenarmbänder – und Koks. Das liegt allerdings nicht auf seinen ausladenden Tapeziertischen, das gibt's für ausgewählte Kunden im Wohnmobil. Die Kunden: Vince, Frontmann von *Sarin Deluxe*, Wendy, Nachwuchsmodel und Drummerin einer Band, deren Namen ich vergessen habe und ich. Wir rüsseln mit einem zusammengerollten Backstagepass den zerkratzten Campingtisch blank. Ich bin ziemlich entspannt, Wendy nicht so ganz.

»Ich zahle morgen, Atze, morgen krieg ich mein Honorar vom letzten Shooting.«

Wendy zeigt ein paar Fotos.

»Hier, meine letzte Session.«

Für die Bilder der ersten Session hätte Atze sich noch begeistern lassen. Die Bilder der letzten sahen so aus, als würde Wendy nie wieder eine Session machen. Aber dass das wirklich ihre letzte Session war, ahnte sie noch nicht. Auch ich bin skeptisch: »Ihr macht immer noch auf Heroin-Chic? Ist das nicht längst out? Und das hier, sorry, das ist viel Heroin. Und wenig chic.«

»Das war noch nicht in der Post.«

»In der Post-Production können sie vielleicht deine Einstiche wegretuschieren. Das hier, das hat nicht mehr den Charme des verruchten Vamps, Wendy. Das ist Junkieelend!«

Atze zeigt auf einen Artikel in der *Blatt*-Zeitung: »Da guck, dein Fotograf hat sich gestern zu viel weggemacht. Da kommt kein Honorar mehr. Sam war eh ein Penner.«

Wendy weint ein bisschen, nimmt wortlos ihre Designeruhr ab und gibt sie Atze.

»Geschenk von Sam?«

Wendy nickt stumm.

»Echt 'n Penner, der Sam.«

Atze legt noch was auf und findet es dann wohl lustig, den Artikel rauszureißen und einen Fünf-Gramm-Brief daraus zu falten. Na ja, die Uhr war immerhin von Cartier. Keine zwei Stunden später wird Atze verhaftet, keine Ahnung, was aus ihm geworden ist. Vince. Vince war in seiner Selbstunsicherheit total labil. Auf der Bühne ein Star, aber nach der Show, wenn die Fans weg waren, wollte er von jedem Ordner noch mal hören, wie großartig er gewesen war. Und wenn da nicht genug zurückkam, tröstete er sich mit Drogen. Dadurch wurde er schlechter. Erst blieben die Fans weg, dann kamen auch die Ordner nicht mehr, und er nahm noch mehr Drogen. Soweit ich weiß, hat ihm eine Therapie geholfen, die aber sehr schmerzhaft war. Es funktionierte nämlich überhaupt nicht, tausendmal hintereinander »Ich nehme nix mehr, ich nehme nix mehr, ich nehme nix mehr« zu sagen. Das brachte in etwa so viel wie die Aufforderung: »Denken Sie jetzt nicht an Drogen! Auf keinen Fall! Hören Sie, Sie dürfen jetzt unter keinen Umständen an Drogen denken!« Was half, war die Aktivierung »innerer Ressourcen«, wie das moderne Therapeuten nennen. In seinem Fall hieß das, sich selbst zuhören und sich selbst toll finden. Er war nämlich ein ganz passabler Musiker.

Ich hatte mein Unternehmen, meine Familie, jede Menge Ziele und Möglichkeiten, und ich nahm keine Drogen mehr. Wendy wollte sich den einzig möglichen Optionen Therapie und Knast schon bald nach unserer Begegnung durch Suizid entziehen, nachdem sie verstanden hatte, dass ein viel beachtetes Aufblitzen als Heroin-Chic-Model niemals eine Modelkarriere begründen kann, wenn einem die sonstigen Voraussetzungen dafür fehlen. Und das mit dem Suizid hat dann auch nicht geklappt: Wendy stürzte sich auf einem Festival, auf dem sie mit ihrer Band einen ziemlich miesen Nachmittagsauftritt hingelegt hatte, von einer Lichttraverse. Das war nicht tief genug, um sich zuverlässig umzubringen, aber immerhin tief genug, um in ein Koma zu fallen, das ihr Leben in allen seinen bizarren Äußerungsformen schlagartig beenden sollte, es aber nicht tat. Da war sie jünger als Karla jetzt.

Seit über dreißig Jahren ist Wendy nun gefangen zwischen Leben und Tod. Etwa einmal im Jahr gibt sie ein Lebenszeichen von sich, indem sie unzusammenhängendes Zeug aus ihrer Vergangenheit brabbelt. Sie liegt in einem kleinen Einzelzimmer im Pflegeheim. Ein Flatscreen mit einem Lautsprecher, einer Webcam und einem Mikrofon wurde installiert. Ein Remote-Dialogsystem für den besonderen Umstand entwickelt, dass einer der Dialogpartner noch nie einen Touchscreen gesehen hat.

Neben Wendys damals noch lebenden Eltern sind auch die Eltern von Lydia zugeschaltet. Lydia war auch ein »Model« im »Portfolio« von Sam. Lydia war in den Tagen von Sams Selbstmord und Wendys erfolglosem Versuch spurlos verschwunden. Sam kann definitiv nicht mehr befragt werden, aber bei Wendy besteht ja zumindest theoretisch die Hoffnung, dass sie mal irgendein Zeichen von sich gibt, das zu Lydia führen könnte. Je weniger – und das ist eben nicht nichts – sie sagt, desto größer ist der Aufwand, den die verzweifelten Eltern für die Deutung des fast Nichts betreiben. Es war aber noch nie etwas Verwertbares dabei.

Auch ich hab Zugriff auf das System mit der Webcam, aber wenn da nicht ab und zu eine Fliege durchs Zimmer fliegen würde oder Pfleger oder ein Physiotherapeut einen Routinedienst verrichteten, würde man meinen, das Bild sei eingefroren oder überhaupt nur ein Still. Würde man allerdings ein Standbild von heute mit einem kurz nach dem Bezug ihres Zimmers vergleichen, würde man sehen, dass Wendy in ihrer Reglosigkeit gealtert ist. Den Zellen und dem Stoffwechsel ist es relativ egal, ob man dreißig Jahre rumliegt oder ob man sich selbst, sein Leben und seinen

Körper so scheiße findet, dass man sich vom höchsten Punkt der Bühne – und selbst die Bühne bedeutete Wendy ja nichts mehr – fallen lässt. Ein Absturz als letzter Aufstand gegen die eigenen Abwehrkräfte, die dann am Ende doch triumphiert haben. Der Organismus hat seine eigenen Werte, er interessiert sich nicht für das Scheitern von Träumen.

Irgendwann ist in meiner GROOPS-Chronik direkt unter einem Post mit Karla und Paul ein Post mit einem Foto von Wendy erschienen: die linke Hand, zwei Drumsticks haltend, in die Hüfte gestemmt, die rechte mit ausgestrecktem Mittelfinger in die Kamera haltend, lange Haare mit Uniformmütze, Pilotensonnenbrille und einen riesigen Joint zwischen den Zähnen. Ich hab mich total erschrocken bei der Vorstellung, Karla könnte das sehen. Es tut mir leid, Wendy, nein, ich schäme mich nicht für dich. Ich hab mich einfach für ein anderes Leben entschieden, ich meine, ich hab mich überhaupt für das Leben entschieden, und da passt du, ehrlich gesagt, nicht so gut rein.

Februar 2021

Meilensteine und Hindernisse
Ich bin ein wenig aufgeregt heute: Wir erleben gleich die Präsentation mehrerer Architekturentwürfe. So ein Architektenwettbewerb ist extrem kompliziert, mit Auslobung, Fachjury usw. Na ja, immerhin bin ich eingeladen, zusammen mit meinen Projektpartnern – Dr. Hahn, Kati, Dominik, dem Bürgermeister (der seinen »Ethikreferenten« zum Glück zu Hause gelassen hat) und natürlich Benno. Drei Entwürfe haben es in die letzte Runde geschafft, und dafür haben die Architekten beeindruckend schöne Modelle angefertigt, die uns nun präsentiert werden. Na ja, immerhin geht es um Baukosten im oberen zweistelligen Millionenbereich.

Nr. 1 wirkt auf mich wie eine Mischung aus Kloster und Hospiz: sehr diskret, sehr kontemplativ, sehr würdevoll. Man könnte dort Schilder aufstellen mit dem Hinweis *Wir bitten um Ruhe – hier wird gestorben*. Von außen betrachtet wirkt der Entwurf dann auch eher geheimnisvoll und unnahbar. Kompakt und verschlossen, fast schon abweisend. Hm.

Nr. 2 ist das Gegenteil von Nr. 1: eine Art Konsumtempel zum fröhlichen Hinscheiden: mit Restaurants, Blumenladen und Friseur. Das Konzept mit den Themenzimmern haben die wörtlich genommen, im Modell gibt es tatsächlich ein Taj-Mahal-Zimmer! Alles ein bisschen sehr profan vielleicht, aber das geht schon in die richtige Richtung, muss ich sagen.

Entwurf Nr. 3 hat es mir wirklich angetan: Die Ritualräume sind rund und wie abstehende Blätter übereinander in wechselnder Ausrichtung an einem massiven Gebäudestamm aufgehängt. So sind etwa vier Fünftel der Außen-»Wand« keine Wand, sondern Fenster. Das Dach lässt sich teilweise öffnen und hat zudem Oberlichter. Der Abschiedsgast kann einen Vorhang wählen: in lichtdurchlässigem Orange oder Hellgrün oder Flieder zum Beispiel. Es gibt aber auch blickdichte Vorhänge mit hochwertigen Mustern, wie man sie von teuren Tapeten kennt. Blumenkübel können dazugestellt werden. Eine kleine runde Polsterliege zum bequemen Hinscheiden hat eine eigene Vorhangoption. Diese Liege kann durch eine Vitrine ersetzt werden, wenn der Raum zur Andacht genutzt werden soll. Diese Vitrinen können von Angehörigen und Freunden ausgestattet werden, zum Beispiel mit Fotos oder sonstigen zu Andacht anregenden Gegenständen oder Symbolen.

Auch die anderen sind schnell überzeugt. Dr. Hahn stellt schlaue Fragen zu Kapazitäten. Kati befasst sich mit den Mustern für die Vorhangstoffe. Benno interessiert sich für baubiologische Aspekte. Und der dauereuphorische Dominik Fehr kann nur mit Mühe davon abgehalten werden, seine Begeisterung gleich in die Welt hinauszutwittern.

Während die anderen diskutieren, sehe ich aus dem Fenster und wage es, mich zu fragen, wer denn käme zu meinem Abschied – und wer nicht! Eine Absage wegen eines Champions-League-Spiels oder weil man keinen Babysitter gefunden hat, steckt man schon weg, wenn es um einen Filmball geht. Aber beim endgültigen Abschied von dieser Welt? Manche Freunde von Nelly sind nicht zu ihrer Beerdigung gekommen. Niemand im Diesseits kann wissen, ob sie das nicht gekränkt hat.

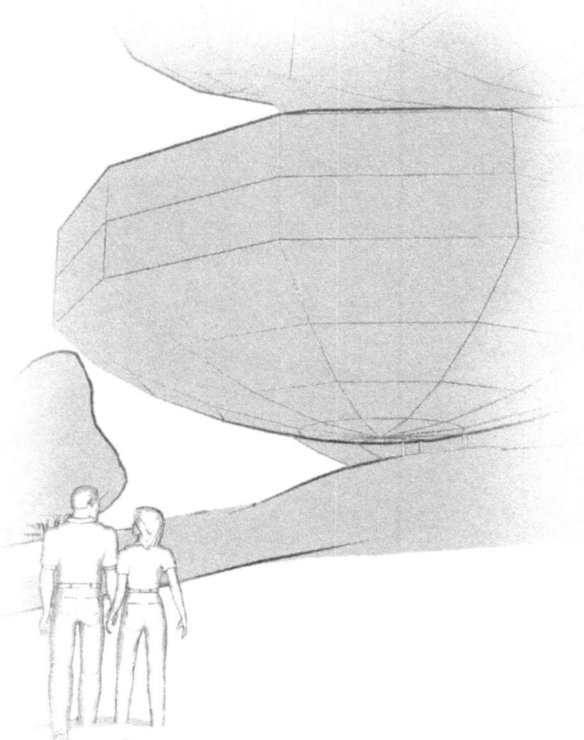

Erlösung

Im Treppenhaus begegnet mir eine Nachbarin, die ich mag, mit ihrem Hund, den ich nicht mag. Ich kann Tiere nicht ausstehen. Haustiere wie Katzen und Hunde mit den Haaren, die sie überall verlieren, dem Sabber, dem Gestank. Aber Mr. Reeves, der Hund meiner Nachbarin, ist alt und krank, und bei diesem Anblick wird auch mein Herz schon mal weich. Denn der Anblick weckt meine Erinnerung an Daydream und einen schlimmen Tag vor einigen Jahren in einer Berliner Tierklinik.

Daydream geht's schlecht. Und Daydream ist Karlas Pferd. Ein hässliches Wartezimmer, voll mit traurigen Menschen und kranken Tieren. Es stinkt. Ein großer Hund sieht klein aus und jault. Auch Karla heult und heult. Dann endlich der Aufruf.

»Es tut uns leid. Was wir für Daydream noch tun können, ist, ihn einigermaßen sanft zu erlösen. Es wird ihm guttun, wenn Sie dabei sind. Kommen Sie.«

Daydream sieht schlecht aus. Was ist das für ein stolzes, kraftvolles Pferd gewesen. Ich hatte es vor einigen Jahren für ein Show-Spektakel zu Einführung eines Smartphones gekauft, von dem aber schon seit Jahren niemand mehr spricht. Der Höhepunkt des Abends war, als Wanda auf Daydream reitend ins Stadion schwebte. Wanda stand am Beginn einer raketenmäßigen Sängerinnen-, Schauspiel- und Fotomodel-Laufbahn. Mit Pferden konnte sie aber absolut nicht umgehen, sie war froh, als Karla ihr Daydream abnahm. Ich schenkte Karla das Pferd, und neben Paul war Daydream ihr Ein und Alles.

Karla streichelt seinen Kopf und bemüht sich, an die schönen gemeinsamen Zeiten zu denken, an die bevorstehende Erlösung von den Schmerzen, an das baldige Wiedersehen im Pferde-Mädchen-Himmel, an die wunderbar unbeschwerte Reise, die Daydream gleich antreten würde. Daydream bekommt nacheinander ein Beruhigungsmittel, ein Narkosemittel und ein Mittel, das Herz- und Atemstillstand hervorruft. Alles ist gut gegangen. Karla hat noch tagelang geheult, aber sie hat nie daran gezweifelt, dass das die beste Lösung für Daydream gewesen war. Wir sollten dieses Cocktailrezept fürs Heaven's Gate in Betracht ziehen.

Ich hatte mal eine Nahtoderfahrung. Der Anlass war blöd, eine selbst, aber unbeabsichtigt beigebrachte Vergiftung. Was dann folgte, war großartig: Ich sah mich meinen Körper verlassen. Schwebend blickte ich auf meine Hülle herab. Was für ein liebenswürdiger Mensch lag da! Ich fühlte ein totales Wohlwollen mit allem, was ich sah. Alles war beseelt: der Stuhl, von dem ich gefallen war, das Einwegfeuerzeug, das mein Körper immer noch in der Hand hielt, die Dose Maggi-Ravioli mit Tomatensauce, auf die ich mich schon gefreut hatte, die Tomaten, die dafür in der Sonne gereift waren, der Ravioliteig, der liebevoll zubereitet worden war, das Rezept, das ein genialer Koch mit unglaublich viel Hingabe und in endlosen Versuchs- und Abschmeckreihen entwickelt hatte, der rührend hässliche Emailletopf, den mir meine Oma in bester Absicht geschenkt hatte, die Blumen auf dem Emailletopf, die ein rechtschaffener Grafiker mit einer Berufsauffassung entworfen hatte, dass auch ein Junkie, der überdosiert von einem Stuhl fällt noch bevor er sich sein Leibgericht zubereiten kann, Anspruch auf ansprechende Kochgeschirrgestaltung hat. Ich versöhnte mich mit meinen Eltern, ich versöhnte mich mit mir selbst, meine vollständige Entstofflichung fühlte sich an wie ein Nichts, das zugleich ein Über-allem-Alles war. Ich war bereit zu allem, was jetzt kommen würde. Jemand handelte in bester Absicht, als er mich in meine Hülle zurückzog. Wieder im Leben, war ich ziemlich sauer auf den Typen.

Millionen Menschen haben diese Erfahrung gemacht. Leben, das ist eben auch Biologie, und die hat ihre Gesetze. Die Schwerkraft zu überwinden war Kultur pur. Das Leben, genauer gesagt, das Ab-Leben selbst zu kontrollieren wird eine ungleich größere kulturelle Anstrengung. Es soll ja Menschen geben, die quasi durch Meditation ihre Körperfunktionen zum Stillstand bringen können. Indische Jainisten zum Beispiel praktizieren Sterbefasten. Aber wenn man sich mal näher mit den Dokumentationen von Fällen befasst, in denen Menschen ihren Freitod durch Verhungern begangen haben, dann liest man von wochenlangen Schmerzen. Der Organismus beugt sich einfach nicht dem Sterbewillen. Bis zuletzt stemmt er sich gegen den Tod, mobilisiert alles, gönnt der Seele, die längst gehen will, keinen Frieden.

Benno hat ja bei der Investorenpräsentation schlüssig und fundiert Auskunft gegeben, wie das mit dem sanften Ableben bei uns funktionieren soll. Aber er hat sich das alles nur ergoogelt und es sich aus dem, was sich am besten anhörte, zusammengereimt.

Wir werden natürlich die beste Lösung anbieten wollen, die schonendste Methode, die verträglichste. Wir werden Erfahrungen von Henkern, Selbstmördern, Sterbehelfern und Schlachthofveterinären aus aller Welt auswerten. Ich werde mich systematisch damit befassen, allein schon, weil ich ja selbst mein eigener Kunde sein werde.

Studienreise

Es ist heiß, feucht und stockdunkel. Um uns herum kreischt, zischelt, faucht und raschelt es. Benno hat wahrscheinlich recht: »Wenn man eine zuverlässige Methode sucht, sich umzubringen, dann sollte man in den Dschungel des Amazonasdeltas fahren, begleitet von einem höchst suspekten Guide auf der Suche nach einem winzigen Naturvolk, bei dem es verbreitete Sitte ist, wegen nichtiger Anlässe Selbstmord zu begehen.«

Benno klatscht sich mit der flachen Hand auf den Hals. Wir alle machen das dauernd, reflexhaft, es gibt ständig irgendein Krabbeltier, dessen man sich schnell entledigen sollte, bevor es durch den Hals eindringt, im Unterleib Eier legt und durchs Auge wieder rauskommt. Benno sprach von den Suruaha. Gift ist ihr Leben, sozusagen. Mit Gift jagen sie Fische, Vögel, Gürteltiere und was ihnen sonst vors Blasrohr kommt. Sie essen Maniok, den sie aber erst entgiften müssen. Dann wieder pusten sie sich gegenseitig Gift in die Nase, um im Rausch ihren Ahnen näher zu sein. Schon Achtjährige machen das. Und wenn ihnen langweilig ist oder sie geträumt haben, dass ihre Großeltern sie gerne bei sich hätten, dann pfeifen sie sich eine ordentliche Dosis ihres selbst zubereiteten Fischköders, der das hochwirksame Nervengift Cunaha enthält, rein ... und Tschüss, auf Wiedersehen bei Oma und Opa.

Wir wollen herausfinden, ob dieser Kult eines sehr naturverbundenen Volkes vielleicht etwas bereithält, was unser Angebot, das sich an durchzivilisierte Großstadtbewohner richtet, kulturell etwas auflädt. Etwa so wie Yoga statt einfach nur Gymnastik oder Ayurveda statt einfach nur Kneipp.

Fünf Jungen gehen zum Bach, Fische fangen. Vier kommen wieder zurück. Hä? Ich frage Hernandez, unseren Guide, der fragt die Zurückgekehrten.

»Der hat sich gerade umgebracht.«

»Wie?! Jetzt gerade? Einfach so? Und jetzt? Kein Ritual, keine Trauer, kein Priester, Schamane, irgendwas?«

Die sind einfach ganz, ganz anders drauf! Zum Beispiel Schmerzen. Scheinen die praktisch nicht zu kennen.

Cunaha hat uns nicht überzeugt. Die Schmerztoleranz der Suruaha und ihre alltägliche Todesnähe führen bei uns zu dem Eindruck, eine letale Dosis Cunaha einzunehmen sei für sie nicht dramatischer, als einen Bus ins Jenseits zu besteigen. Wir nehmen auf jeden Fall mal eine Probe mit, kann ja nicht schaden. Müssen nur sehen, dass uns bei der Einreise nach Deutschland keine langen Erklärungen abverlangt werden. In Verbindung mit einigen Ereignissen aus meiner Vergangenheit, die in Form von Aktenvermerken noch auf Behördenservern rumgeistern mögen, hätte ich vielleicht Mühe, den Zoll von der Unbedenklichkeit unserer Absichten zu überzeugen.

Klar, wir hätten mehr erfahren, mehr lernen können über diese Menschen, wenn wir bereit gewesen wären, uns auf sie einzulassen. Stattdessen hab ich schon nach zwei Tagen nur noch einen Gedanken: bloß weg hier! Irgendwie arschig, unser Auftritt bei den Suruaha. Was Besseres als Eutha 77 haben wir jedenfalls nicht gefunden. Vielleicht ist das, was für Daydream gut war, gerade recht für mich und unsere Kunden. Und schließlich nehmen die das in Texas ja auch für Delinquenten, die die Spritze als Hinrichtungsart gewählt haben.

Wir fliegen nach Los Angeles, um einen Phowa-Meister zu treffen. Phowa ist eine buddhistische Meditation zum »bewussten Sterben mit dem Ziel vollkommener Glückseligkeit«. Fürs Marketing hört sich das jedenfalls perfekt an: ein Kombipaket aus Phowa und Eutha 77.

»Hahahahaha.« Der Meister lacht sich schlapp. Buddhismus light. »Hahahahaha.« Ein Apartment in Huntington Beach, direkt über *Wahoo's Fish Taco*. Die Gegend, in der wir damals gewohnt haben, war besser. Der Deal ist schnell verhandelt: Wir schicken unsere Ritualbegleiter in Zehnergruppen hier nach Huntington Beach CA. Das kostet für eine Woche fünftausend Dollar inklusive Zertifikat. Damit können unsere Ritualbegleiter mit unseren Abschiedsgästen unmittelbar vor dem Eutha-77-Programm eine einstündige Power-Phowa durchziehen. Der Meister lacht zum Abschied noch mal herzlich: »Mehr Illusion als Erkenntnis, aber besser als nichts, oder? Easy dying with Buddha, hahahahaha.«

Rückflug. Wir befinden uns zwölftausend Meter über dem Meeresspiegel. Es ist wahrscheinlicher, in Kreuzberg von einem herabfallenden Blumentopf erschlagen zu werden, als mit einer Boeing abzustürzen. Trotzdem, bei dem Blick aus dem Fenster beschleicht mich eine kurze Ahnung von Todesangst. Einen tiefen Fall stelle ich mir als einen horrenden Zustand eigener Art vor. Dem Tod unausweichlich und unaufhaltsam entgegenbewegen. Und mit dem Aufprall ist nicht nur dieser angstvolle Zustand beendet, sondern auch das Leben. Der Fall ist quälend lang, aber zu kurz, um noch mit irgendwas oder irgendwem Frieden zu machen.

»Sag mal, Benno, glaubst du, Mama fände das geschmacklos? Ich meine, wie wir mit Leben und Tod gedanklich so rumspielen? Für mich fühlt es sich manchmal genauso an, als ginge es um die Planung eines Outdoor-Events für untermotivierte Produktmanager.«

»Ich denke, Mama hätte sich lieber einen Cocktail aus amazonischem Fischköder, Eutha 77 und einer Dosis Power-Phowa gegeben, als so scheiße zu sterben, wie sie gestorben ist. Du solltest deine Schuldgefühle mal abstellen, Papa.

Schuldgefühle sind null produktiv. Außerdem: Du spielst doch gar nicht rum, du machst dir ernsthafte Gedanken und zweifelst und verwirfst und wägst ab. So reflektiert kannte ich dich noch gar nicht. Bei der letzten Planung von Outdoor-Events für untermotivierte Produktmanager hast du jedenfalls nicht so weitreichende Überlegungen angestellt.

Übrigens, fünftausend Dollar find ich ja okay, aber Huntington Beach ist echt ein bisschen overdone. Unsere Ritualbegleiter per Interkontinentalflug nach Kalifornien schicken verspricht keinen Mehrwert. Geht's noch! Der Typ soll nach Tempelhof kommen. Ach was, gib mir doch mal dein Tablet.«

»Was?«

»Das Tablet. Papa! Das Tablet! Ich cancel den Deal mit dem Phowa-Typen. Der hat sie doch nicht alle.«

Benno hat recht. Mal wieder. Wir hätten das auch besprechen können. Ich muss mich noch daran gewöhnen, dass Benno seinen Vater wohl nicht mehr braucht, um Entscheidungen zu treffen und durchzusetzen.

Geheimtreffen

»Herr Bürgermeister, was kann ich ...«

»Ach hör doch mal auf mit dem ›Herr Bürgermeister‹, ich heiße Rolf.«

»Okay, Rolf, ich bin gespannt, was du mir zu sagen hast, hier, in der hintersten Ecke einer kambodschanischen Garküche in Moabit! Ich heiße übrigens Lasse.«

»Wie Klasse ohne K? Hahaha.«

Der Bürgermeister ist bekannt für seine Schulterklopferwitze. Heute vergeht ihm das Lachen ungewöhnlich schnell. Er sieht sich um und knetet verlegen seine massigen Hände. Er lockert die Krawatte, ordert zwei Schultheiß und rückt näher.

»Eigentlich dürfte dieses Gespräch gar nicht stattfinden, Lasse. Egal, du solltest wissen: Es gibt ein Problem mit der Baugenehmigung. Die von dem Bauaufsichtsamt des Bezirks Pankow stufen das Heaven's Gate als Vergnügungsstätte ein.«

»Hä? Ein Haus, dessen Zweck es ist, Leute ins Jenseits zu befördern?«

»Nein, Lasse, du hast uns von einem Eventkonzept überzeugt, und so wurde es auch kommuniziert, und so wird es auch wahrgenommen: eine Stätte für gepflegte Sterberituale. Ihr nehmt dem Tod die Traurigkeit. Stattdessen wird er mit Frohsinn aufgeladen. Genial. Aber da kann man schon drauf kommen, dass es hier um Erbaulichkeiten geht, die man auch als Vergnügen einstufen kann. Außerdem zahlen die Leute ja auch dafür.«

Stimmt. Ich gucke tief in mein Schultheiß. »Vergnügungsstätte« find ich zwar irreführend, aber was im Heaven's Gate passiert, soll entschieden mehr mit Freude als mit Trauer zu tun haben, da haben uns die Volksvertreter schon richtig verstanden. Ich muss trotzdem hoffen, dass sie sich nicht am Ende als berufsmäßige Verhinderer aufspielen. Vielleicht sollen auch ganz andere Interessen durchgesetzt werden, vielleicht will man am Weißensee lieber noch ein Hotelkettenhotel, wer weiß.

»Ich kann dem Bezirk da nicht so reinregieren, da bin ich machtlos. Du musst jetzt kämpfen, Lasse. Aber kümmer dich nicht um das Bauaufsichtsamt und seinen Flächennutzungsplan, das macht dich fertig, ehrlich. Nein, mobilisiere die Anwohner, die sollen wollen, dass das Heaven's Gate zu ihnen vor die Haustür kommt! Familien, Geschäftsleute, alle wollen das Heaven's Gate!«

»Also statt einer Push-Strategy eine Pull-Strategy, okay.«

»Hä?«

»Sorry, hab grad mit mir selbst gesprochen. Prost, Rolf, auf dein Wohl! Sag mal, wann ist denn so mit einer Genehmigung zu rechnen?«

»Rechne mal mit einem Jahr.«

»Ein Jahr???«

Zum ersten Mal mach ich mir Sorgen darüber, dass das Heaven's Gate nicht rechtzeitig fertig wird. Aber ganz sicher will ich das Heaven's Gate nicht in der Nähe eines Spielcasinos. Da stirbt man jeden Tag, so lange, bis man tot ist. Severin ist da gestorben, er hat sich auf dem Klo eines Spielcasinos im Wedding erhängt. Er war mein Partner. Ein unglaubliches Energiebündel. Fünfundneunzig Prozent seiner Energie ging in unser Geschäft. Nur fünf Prozent investierte er in seine Selbstzerstörung – allerdings mit hundertprozentigem Erfolg. Seine Spielsucht hatte ihn fertiggemacht, er wusste keinen Ausweg mehr. Zu mir konnte er jedenfalls nicht zurück. Er wurde nicht alt genug, um krank und hinfällig werden zu können.

Das ist überhaupt mies: Weil man das Sterben aus den Wohngegenden vertreiben wollte, hat man die Spielcasinos einfach in die Gewerbegebiete verbannt, denn auf die Steuereinnahmen mag der Senat natürlich nicht verzichten. Kein Problem, die neunzig Prozent Suchtspieler scheuen keinen Weg.

Wir, die Pioniere vom Heaven's Gate, wir wollen keine Spielcasinos, und wir wollen keine klinische Zwangsernährung. Nicht in Wohngegenden und nicht in Gewerbegebieten. Wir wollen das Heaven's Gate – in der Mitte des Lebens, in der Mitte der Gesellschaft!

VERTRAUENSBILDUNG

Juni 2021

Added Values und mehr

Ich liege auf einer Yogamatte am Ufer des Vierwaldstättersees auf dem Gelände eines Wellnesshotels, und mir tut alles weh. Das sei »ein gutes Zeichen«, sagt Kati. Yoga. Früher oder später musste das ja kommen, da kommt man heute nicht mehr dran vorbei. Und schon gar nicht, wenn man ernsthaft so was wie das Heaven's Gate plant. Ich schlürfe einen Smoothie aus Sauerampfer, Gurke, Melone und Pfirsich. Kati reckt und streckt sich, schließt zufrieden die Augen und macht ein paar gaaanz tiefe Yoga-Atemzüge. Ich kenne sie schon so lange, aber ich habe ihr noch nie auf den Busen gesehen. Ein schöner Busen, jetzt sehe ich ihm zu, wie er sich hebt und senkt und bilde mir dabei ein, dass es Kati gefällt, dass ich das tue, während ihre Augen immer noch geschlossen sind. Sie lässt sich Zeit: auf und ab und auf und ab. Das Wasser auf dem See glitzert. Keine Frage, dieser Ort kann ein Leben lebenswert machen. Ich sehe genau hin, ein paar Mal noch rauf und runter, und dann wird sie mir die Ergebnisse ihres letzten Board-Meetings zur Rolle ihrer Firma beim Heaven's Gate vortragen.

Wer sie nicht kennt, mag sie für eine eisenharte Business-Lady halten. Aber mit ihrem Madame-Obercool-Auftreten schützt sie nur ihre Seele: Weil die spätere »Gold-Kati« zu früh gedopt worden war, konnte sie später keine Kinder kriegen. Gerichtlich durchgesetzt haben sich aber die Anwälte der Sportfunktionäre und Dopingärzte mit dem unschlagbaren Argument, dass Infertilität viele Ursachen haben könne. Eine alle Hoffnung zunichtemachende Diagnose am unwiderruflichen Ende einer Sportlerinnenkarriere, ein langer, quälender und schließlich verlorener Prozess.

Aber Kati hat ein Power-Gen. Kein Sturz, keine Verletzung, keine Niederlage hat es geschafft, sie zu stoppen. Kati geht immer nach vorn: »Also, Lasse, du hast da neulich was gemailt zum Thema Phowa-Meditation. Das hat uns noch mal brainstormen lassen, wie wir die Customer Experience noch nach vorn raus erweitern können. Da liegt noch eine Menge Potenzial! Für das Heaven's Gate bedeutet das, dass wir weit vor einem geplanten Abschied bereits Dienstleistungen anbieten.«

»Du meinst eine richtige Phowa-Meditation über ein halbes Jahr. Abschiedscoachings. Katharsis-Trainings. Die totale Vorbereitung für den letzten Tag des Lebens im Diesseits. Echt?«

»Genau. Das heißt, nein, ohne Phowa. Glaub mir, Lasse, zu spitz, zu vertikal, das bläst alles unnötig auf. Für eine Phowa-Meditation brauchst du wahrscheinlich ein Erleuchtungs- und Erkenntnislevel, das mehrere Jahre regelmäßige Retreats voraussetzt. Sonst wird's Pseudo-Phowa, und du quälst dich mit Schmerzen rum, oder es klappt gar nicht erst. Also, wir bieten ... wie hast du das gerade genannt? Richtig, Abschiedscoachings an im Heaven's Gate. Als Added Values, weitere positive Aufladung des Markenkerns und eigenständiges Profitcenter.«

Das ist wirklich verdammt clever. Ich nicke, schweige und sehe mich um.

Ein paar Yogamatten weiter: Ist das nicht Tobias? Tobias Storm, früher Schauspieler für alle möglichen Rollen, Liebling der Massen. Ein großes Talent, das sich aber gerne verheizen ließ. In meiner Musicalproduktion *Mandela* spielte er einen geläuterten weißen Polizisten, der sich in eine ANC-Aktivistin verliebt, deren Eltern ihn aber zunächst ablehnen. Wir mögen uns, ich freue mich, ihn zu sehen.

»Tobias!«

»Lasse? Mann, was machst du denn hier? Mit Kati! Ihr kennt euch?«

Kati ist einen kurzen Moment verwirrt.

»Jungs, Moment, ihr kennt euch?«

Was für eine Frage!«

»Na hör mal, im Showgeschäft ...«

»Ich weiß schon, Lasse, da kommt keiner an dir vorbei.«

»... Tobias war mein Star!«

»Lasse hat mich groß rausgebracht!«

Tobias legt Kati den Arm um die Schulter, und die beiden lächeln sich an. Und ich guck wohl ziemlich blöd.

»Tobias ist unser Mann, Lasse! Unser Mann fürs Prepare-Programm!«

»Nach *Mandela* hab ich mich gefragt, was ich denn wirklich will und kann und bin. Tja, und jetzt bin ich Trainer. Bei Kati.«

Jetzt guck ich wahrscheinlich noch blöder. Manchmal fühle ich mich dem Tempo nicht mehr so ganz gewachsen, das Tempo, mit dem Benno und Kati voranpreschen. Und jetzt auch noch Tobias. Meine Herzens- und Geschäftspartner. Im linken Bein fühle ich ein Kribbeln. Wie seit Langem im rechten. Jetzt schon. Viel zu früh! Okay, noch ist nichts gelähmt, ein leichtes Taubheitsgefühl, keine Panik. Ich schick die Jungdynamiker an die Front: »Willkommen an Bord, Tobias. Ach ja, wenn das so ist, brauch ich dich bald in Berlin. Für unsere erste Confidence Campaign.«

Halt mal: Da hinten, noch ein paar Yogamatten weiter, ist das nicht ... oh Mann, das ist doch Götz Herbst, der Reporter vom *Echtzeitmag*! Scheiße, was will der denn hier! Egal, ich hab meine Mission accomplished, ich verzieh mich.

Ich liege wieder auf meinem Sofa im Graefe-Kiez. Es ist schon Abend. Meine Nachbarin hockt auf ihrem Balkon und hält sich mit beiden Händen kleine beschriebene Zettel vors Gesicht. Dann sieht sie in den Himmel, murmelt dabei die Sterne an, entzündet die Zettel schließlich mit einem Feuerzeug und lässt sie in eine Messingschale fallen. Für einen kurzen Moment beleuchten sie ihr Gesicht. Dabei sieht sie deutlich älter aus als bei Tageslicht. Ihre Falten werfen harte Schatten in diesem sehr intimen Flackerlicht. Ihr Gesichtsausdruck ist auch bei Weitem nicht so unbekümmert wie sonst. Vielleicht haben die Windpferde ihre Gebete nicht erfüllen können. Die Kraft der Gebete oder die Kraft der Windpferde sind einfach nicht stark genug gewesen. Sie erinnert mich jetzt an Nelly, als ihr bewusst wurde, dass Benno bald und für den Rest seines Lebens ohne sie zurechtkommen musste.

Benno kommt nachher, ich bin gespannt, was er mir von der Präsentation der Werbeagentur erzählt. Bis dahin surfe ich im Netz, damit ... Moment mal ... oh no:

GÖTZ HERBST IM GESPRÄCH MIT TOBIAS STORM – EXKLUSIV FÜR ECHTZEIT.MAG

GH: Tobias, wir haben unsere User auf echtzeit.mag gefragt: Sie vermissen dich!

TS: Nach *Mandela* bin ich in ein tiefes Loch gefallen. Ich hatte Erfolg, Spaß, hatte alles erreicht, was ein Schauspieler erreichen kann.

GH: Und jetzt bist du Trainer. Yoga, Buddha, Zen ... ja, was denn eigentlich?

TS: Wir nehmen uns, was wir brauchen, was zu uns passt und was uns hilft, um Menschen zu geben, was ihnen guttut. Von allem etwas (lacht).
GH: Zurzeit arbeitest du hier in einem Wellnesshotel in der Schweiz. Sieht ziemlich exklusiv aus, ehrlich gesagt. Wenn dich deine Fans nun schon nicht mehr auf der Leinwand sehen werden, kann man dich denn als normaler Mensch als Trainer buchen? Zum Beispiel bei uns in Berlin?
TS: Ich darf da nicht zu viel verraten, aber, ja, ich plane mit ein paar Seelenverwandten ein großes Projekt. Es geht dabei um die Begleitung von Menschen auf ihrem Weg zum selbstbestimmten Übertritt vom diesseitigen Leben in eine andere Daseinsform.
GH: So eine Art Balance-Hospiz mit Wellness-Sterbehilfe?
TS: (lacht, dann aber ernst und geradezu beschwörend) Es geht um eine positive Umwertung dessen, was uns die Kirchen als leidbehaftete Begriffe wie Tod und Sterben einprägen. Damit wir uns als Sünder mit moralischen Defiziten in ihr Schuld-Sühne-Muster fügen. Das lehnen wir ab. Für uns selbst, aber auch für andere. Wir sprechen Menschen an, die aus gutem Grund ihr Leben als erfüllt ansehen dürfen und ein gutes Recht darauf haben, ihr Leben so zu beenden, wie sie es geführt haben: selbstbestimmt.
GH: Offen gesagt, Tobias, wer dich als Reitlehrer Mark Bohm kennt, der kann das gar nicht so recht glauben. Aber wer dich als den von Selbstzweifeln zerfressenen Mörder Vito Vanzetti gesehen hat, der kann sich vielleicht vorstellen, dass du dich mit Töten und Sterben auch ganz persönlich auseinandersetzen wolltest. Du hast ja mit Vito Vanzetti eng zusammengearbeitet, um dich auf die Rolle vorzubereiten, das war bestimmt eine intensive Erfahrung.
TS: (schweigt. Wirkt plötzlich abwesend)

GH: Okay, eine letzte Frage noch: Wird man dich bald mal wieder auf der Leinwand sehen?
TS: Ich hab meine Rolle gefunden. Endlich. Ich habe genug gespielt. Jetzt unterstütze ich Menschen dabei, ihren persönlichen Abschied zu nehmen. Es ist die Rolle meines Lebens.

KOMMENTARE

Waldfee
Typisch Götz Herbst mal wieder: zynisch und arrogant. Ich für meinen Teil bin gespannt, was Tobi Storm da aufzieht. Klingt sehr interessant!

Meinungsager
Leute! Checkt ihr nicht, was da abgeht? Das wird ein Menschenbeseitigungsprogramm! Aus den Leuten machen sie grüne Kekse, wie in »Soylent Green« mit Charlton Heston. Ist aber schon fünfzig Jahre alt, der Film. Wahrscheinlich stecken da die Rentenkassen dahinter.

TanteErna
@Meinungsager: Muss man denn aus jeder Vision gleich wieder 'ne Verschwörungstheorie machen? Ich finde, es geht da um wichtige Fragen und interessante Ansätze. Damit kann man sich ruhig mal ernsthaft befassen, bevor man vorschnell seine »Meinung« sagt ;-)

movienerd Frank
Um sich da eine Meinung bilden zu können, hilft es bestimmt, die Schlüsselszene in »Vitos Wahrheit und der Tod« zu kennen. Hier der Wortlaut der sehr guten deutschen Untertitel (vergesst die Synchronfassung!):
»Der Don erwartet, dass du ihn um Verzeihung bittest.«

»Das wird nicht passieren.«
»Komm schon, du brauchst nur auf dieser Karte mit unterschreiben, sieh mal, die anderen stehen auch schon drauf, du bist der letzte.«
»Nein.«
»Mario, du musst auch zugeben, dass du einen Fehler gemacht hast.«
»Niemals, Vito. Ja, ich habe diesen Fehler gemacht, und jeden anderen würde ich dafür um Verzeihung bitten. Aber nicht den Don. Das ist eine Frage der Ehre.«
»Was ist das für ein dummer Ehrbegriff, Mario! Dein Geschäft, deine Familie! Du hast Verantwortung! Du schmeißt dein Leben weg wegen einer Unterschrift! Du weißt, dass ich dich erschießen muss, wenn du nicht unterschreibst! Und du weißt, was der Don mit mir macht, wenn ich es nicht tue.«
»Moment mal … ich soll dein Leben retten, indem ich unterschreibe, weil du zum Mörder wirst, wenn ich es nicht tue? Madonna mia santa, Vito, da hast du dir was eingebrockt! In deiner Haut möchte ich nicht stecken. Weißt du was, Vito, ich mache dir einen Vorschlag: Ich erschieße dich! Glaub mir, das ist tausend Mal angenehmer als das, was der Don …«
BAMM BAMM BAMM.
»Du bist so ein verdammter Sturkopf, Mario, in spätestens zehn Minuten bist du verblutet. Wegen einer blöden Unterschrift. Kann ich noch was für dich tun?«
»Ich sterbe, aber du, Vito, du bist jetzt ein Mörder. Wegen einer blöden Unterschrift. Guck mal, Vito, deine Karte: alles voller Blut! Was wird der Don dazu sagen! Ach ja, bitte, du kannst noch was für mich tun. Auf meinem Grabstein soll stehen: ›Mario der Standhafte. Unbeugsam bis in den Tod.‹ Und auch in der Traueranzeige in den Zeitungen.«

»Okay, wenn deine Familie damit einverstanden ist, organisiere ich das.«
Um diese Rolle zu verinnerlichen, verbrachte Tobias Storm Wochen in einem Mafiadorf im Mafiahaus von Vito Vanzetti und ließ sich von dessen Mafiamama Mafiaessen kochen.

Hm. Das Interview ist eigentlich okay. Das Timing ist vielleicht ein bisschen blöd. Das zwingt uns, früher an die Öffentlichkeit zu gehen, als es geplant war.

Benno kommt.

»Hallo Papa! Wie war's denn bei den ausbalancierten Yogibuddhas?«

»Du hast ja mal wieder 'ne richtig große Klappe heute. Hallo mein Junge, schön, dich zu sehen.«

»Na ja, so wie mich die Agenturtypen gestern umworben haben, da kommt man sich schon toll vor. Erst mal die Atmo: total clean, weiße und graue Designermöbel, Kreativpreispokale, Artdirektoren mit Tattoos und Piercings, Strategieberaterinnen in Modellkleidern, das war schon geil. Aber das Beste ist: Die haben schlüssige Konzepte vorgestellt. Ich denke, ich zieh das durch mit denen.«

»Werde ich da auch noch gefragt?«

»Ach so, ja, sorry, ich ...«

»Ich weiß schon, Benno, ich mach mich bald davon, und dann musst du alles entscheiden.«

Stille.

»Also, Papa, das sind die Vorschläge:

1. Der Claim. Die in zwei Worten verdichtete Brand Experience: *Mein Abschied*.

2. Testimonial, Brand Ambassador und damit der Sympathieträger in der Öffentlichkeit wird Tobias Storm.

3. Wir machen eine Frühbucheraktion.

4. Wir machen eine PR-Kampagne. Aufhänger für den Content sind Tobias Storm und die Frühbucher mit ihren persönlichen Motiven ...«

»Moment mal, Benno, warte mal bitte, entschuldige.«

Ein Alert von Wendys Webcam. Nach langer Zeit meldet sie sich mal wieder aus dem Koma. Ich sehe sie liegen, wie immer, aber sie sagt was:

»Gib mir Zeug, Sam, ich muss ins Studio!«

Das war's. Man kann dann noch eine Minute zurücktracken, um zu gucken, ob man was zwischen Systemaktivierung und Zuschaltung oder zwischen irgendwas was verpasst hat: »Gib ... mir ... Zeug ... Sam ... ich ... muss ... ins ... Studio!«

Vor und zurück und noch mal, und es wird nicht mehr. Ich rufe Wendy durch den Monitor, vielleicht hab ich ja heute Glück, bisher hat sie noch nie geantwortet.

»Wendy, hier ist Lasse, hier im Bildschirm! Wendy?«

Nichts.

Die Eltern von Lydia, Nachwuchs-Heroin-Chic-Model und verschwundene Freundin von Wendy, werden jetzt wieder ein paar Monate darüber nachdenken, welche Information zum Aufenthalt ihrer Tochter in diesem Satz »Gib mir Zeug, Sam, ich muss ins Studio!« verborgen sein mag. Ich starre noch ein paar Minuten aufs Tablet, das Webcambild sieht wieder aus wie ein Still, das System geht wieder auf Standby. Kein Fortschritt, wie immer. Oder?

»Das sah aus wie immer Papa, ich kenne deine Freundin nur so. Ab und zu ein Satz ohne Zusammenhang, und das war's dann wieder für 'ne Weile.«

»Okay Benno, lass uns weitermachen.«

»... gut. Also:

5. Es gibt erst mal keine klassische Kampagne. Also keine Anzeigen oder Radiospots oder so was.

6. Den ersten Rollout machen wir auf dem Nachbarschaftsfest am Mirbachplatz in unmittelbarer Nachbarschaft von unserem Grundstück. Wir haben ein kleines Pavillonzelt zwischen dem einer Bürgerinitiative gegen die Schließung der Stadtbücherei und dem der ambulanten Altenpflege. Wir machen aber keine Pressemitteilung oder so, wir sind einfach da, mit Tobias als Publikumsmagneten und so ein bisschen improvisiertem Infomaterial. Ziel dieser Maßnahme ist der behutsame Aufbau von Bekanntheit und Sympathie in der Nachbarschaft des Heaven's Gate. Schließlich sollen sich die Anwohner für uns stark machen beim Bauaufsichtsamt wegen der Baugenehmigung.«

Improvisiertes Infomaterial. Erinnert mich an meine ersten Festivals. Kopierte Handzettel und am Eingang gab's dann Stempel mit der Aufschrift »Drucksache« für alle, die die drei Mark Eintritt abgedrückt hatten. Bin gespannt.

Nachbarschaftsfest

Ein wunderschöner sonniger Herbsttag. Rote und goldene Blätter auf schwarzglänzenden Pflastersteinen. Fröhliche Menschen, übermütige Kinder. Das Nachbarschaftsfest am Mirbachplatz hat begonnen. Vor einem Jahr habe ich die Diagnose bekommen. Das heißt, dass ich in zwei Jahren hier ableben will, sehr gerne an einem solchen Tag. Aber auf unserem Bauplatz wächst schon wieder Gestrüpp. Ob das klappen kann? In unserem Pavillonzelt ist jedenfalls schon reichlich Betrieb, dank Tobias: Er ist ein Star, er ist auch hier sehr beliebt, und vor allem legt er eine extrem eindrucksvolle Performance hin:

»Ich bestimme das Ausmaß der Bedrohung.
Ich bestimme die Grenzen der Zumutbarkeit.
Ich bestimme über meine Bereitschaft zu leiden.

Ich bestimme die Grenzen des Erträglichen.

Ich bestimme über meine Hilfsbedürftigkeit.

Ich bestimme über mein Leben.

Sagt: Ich bestimme!«

Und tatsächlich: Gut dreißig, vierzig Umstehende aller Altersklassen antworten:

»Ich bestimme!«

»Sagt: Ich bestimme über mein Leben!«

»Ich bestimme über mein Leben!«

Immer mehr Leute strömen zusammen. Kati und Benno verteilen fleißig Flyer. Ein guter Anfang dieser Tag, wir akquirieren mehrere Frühbucher. Wir laden sie zu einem Info-Nachmittag in ein Hinterzimmer des Café *Frieda* ein, es ist direkt am Platz. Frieda ist über achtzig Jahre alt und betreibt das Café seit fünfzig Jahren. Möbliert mit futuristischen Stühlen aus dem VEB Synthesewerk Schwarzheide, hat es den trotzigen Charme eines eigenen, unabhängigen Stils bewahrt. An den Wänden hängen Fotos, die in den Siebziger- und Achtzigerjahren hier aufgenommen, aber erst in den Neunzigerjahren aufgehängt wurden: unplugged Punkkonzerte, Travestieshows, Beatnachmittage, konspirative Treffen zur Organisation von Solidaritätsaktionen für Wolf Biermann. Der subversive Touch soll uns recht sein, wir wollen ja schließlich auch gesellschaftliche Veränderungen.

Wir informieren ausführlich über unsere geplanten Dienstleistungen, die Architektur von Heaven's Gate, wir, das heißt Tobias, Kati, Benno und ich stellen uns vor. Wobei ich natürlich auch erkläre, dass ich selbst Heaven's Gate als einer der Ersten nutzen werde und warum und dass es durch meine Diagnose überhaupt erst zu der Idee von Heaven's Gate kam. Wir erzeugen eine Atmosphäre des Vertrauens und der Gleichgesinntheit.

Auch die Frühbucher stellen sich vor:

»Ich heiße Bianca, bin fünfundvierzig Jahre alt und habe zwei Kinder. Und ich habe einen nicht operablen Gehirntumor. Meine Lebenserwartung beträgt nur noch wenige Jahre, wenn überhaupt. Ich habe mich mit meinem bevorstehenden Tod abgefunden. Womit ich mich überhaupt nicht abgefunden habe, ist die Vorstellung einer konventionellen Bestattung. Ich möchte auf keinen Fall, dass ›der Herr mich als arme Sünderin zu sich holt‹, womöglich vermittelt durch einen Pfarrer. Die Geburten meiner Kinder habe ich als Feste gefeiert. Mein Leben war ein Fest. Ich wünsche mir, dass meine Kinder meinen ›Übertritt in eine neue Daseinsform‹, wie es die Leute vom Heaven's Gate so schön beschreiben, als Fest feiern!«

»Ich bin Darius Helten, achtundsechzig Jahre, manche von euch kennen mich vielleicht von meinen Gastrokritiken, Kochsendungen und Kochbüchern. Ich hatte ein sehr erfülltes Leben. Bin mit siebzehn Jahren nach Paris durchgebrannt, um Koch zu werden, immerhin hat es zu einer Haube im Gault-Millau gereicht. Dann wurde ich Journalist und bereiste die Welt. Durch eine Krankheit habe ich meinen Geschmackssinn verloren. Schade, ich hätte gerne die Generation Breat® auf dem Weg in ein neues Zeitalter der Ernährung begleitet, aber ich habe Breat® nicht mehr schmecken können. Ich habe alles gegeben, und ich habe alles bekommen. Ich bin alt. Ich habe keine Kinder und keine Enkel. Ich möchte in Würde gehen, bevor ich wirklich noch anfange, unter irgendwelchen Krankheiten zu leiden.«

»Mein Name ist Hannelore. Ich will einfach nur zu meinen Kindern.«

Alle sehen Hannelore an. Und Hannelore sieht ins Nichts. Und sagt nichts. Bianca erzählt mir später mehr: Hannelore hatte drei kleine Kinder. Ihr Exmann, Vater der Kinder, hat sie und sich umgebracht, als Hannelore bei ihrem neuen Freund war. Sie war in Therapien und Selbsthilfegruppen, jahrelang, aber sie findet keinen Trost. Sie stellt sich vor, im Jenseits wieder mit ihren Kindern zusammen zu sein. Hannelore ist da, mitten unter uns im *Frieda*. Aber sie ist auch abwesend, als wäre sie nicht da, als hätte sie einen Teil von ihr hier unter uns platziert, um dann unbeobachtet woanders zu sein. Die sichtbare Hannelore umklammert ein Büchlein, ein Erinnerungsbüchlein ihrer Kinder. Tobias setzt sich zu ihr. Er sucht einen Zugang zu ihr, eine Brücke, findet sie aber nicht und wird nervös. Einen Zugang zu Menschen zu finden und über diesen Kanal einen Austausch in Gang zu bringen, fällt Tobias leicht – wenn der Mensch so ist, wie er selbst ist: einsichtsfähig. Reflexionsbereit. Offen. All das ist Hannelore nicht. Vielleicht war sie es auch nie. Vielleicht hatte ihr Mann einen Zugang gefunden, der aber keiner war, eine Brücke, die auf eine vorgelagerte Insel führte, eine Sackgasse.

Tobias testet einen möglichen Touchpoint, er probiert's mit der DDR, Hannelore spricht – wenn sie spricht – mit einem Rest von sächsischem Akzent. Anyway, irgendwo muss man ja mal anfangen: »Seid bereit – immer bereit! Du warst doch bestimmt auch bei den Jungpionieren, stimmt's? Erinnerst du dich? Wir gehörten zu den letzten!«

»Ich war bei den Jungpionieren. Aber ich erinnere mich nicht.«

Kinder, Mord, Homosexualität, Berlin ... Tobias findet kein Feld, das er für einen weiteren Test betreten möchte. Nun versucht Bianca, einen gemeinsamen Kanal zu finden: »Du hast doch diesen Reitlehrer Mark Bohm in ›Das Glück dieser Erde‹ gespielt. Kann man das, so jemanden spielen, ohne auch dieser Mensch zu sein?«

»In dem Moment, in dem ich diesen Menschen spiele, bin ich dieser Mensch. Eine ziemlich miese Type in diesem Fall. Aber auch meine Opfer – die Reitschülerin, die Gutsherrin – sind nur währenddessen Opfer. In einem Spiel.«

Hannelore sieht Tobias in die Augen. Wenn sie jetzt etwas sagt, dann will sie verstanden werden.

»Das ist hier aber kein Spiel. Verstehst du, Tobias Storm, ich habe seit Jahren niemandem mehr in die Augen gesehen! Mein Problem ist: Ich will zu meinen Kindern, und ich will auch nichts anderes. Aber wo meine Kinder sind, da ist auch ihr Vater, oder? Oder?«

Nein, das ist kein Spiel, und Tobias hat sich entschieden, den Beruf des Schauspielers gegen den des Personal Trainers einzutauschen, und da gelten neue Regeln: Wer helfen will, hilft nicht, aber wer unterstützen will, der kann wirksam sein. Kann. Tobias geht an diesem Punkt noch mal auf Anfang.

Er flüstert mir zu: »Hannelores Problem ist nicht ihr Mann, es ist sie selbst: Hätte sie ihre Kinder an diesem einen Abend nicht allein gelassen, hätte deren Vater sie auch nicht umbringen können. Ich bin noch kein Meister, aber ich will Hannelore mindestens so professionell unterstützen, wie ich Mark Bohm überzeugend gespielt habe.«

Wir machen weiter mit Kamil. Kamil will nichts mehr verbergen, er will raus mit seiner Geschichte, er spricht laut und deutlich, er will verstanden werden: »Ich bin Kamil. Ich bin pädophil und habe Mädchen missbraucht. In meinem Heimatland Polen wurde ich nach Verbüßung einiger Haftjahre vor die Wahl gestellt: weiter in Gefangenschaft bleiben oder Kastration. Ich wählte die Kastration. Ich fiel in ein tiefes Loch aus Verzweiflung. Aber seitdem ich mich entschlossen habe, mich meiner Schuld zu stellen und mein Leben zu beenden, geht es mir wieder gut. Die Aussicht auf ein anderes Dasein, in dem ich keine Sehnsüchte mehr habe, deren Erfüllung mich zwangsläufig schuldig machen, diese Aussicht auf einen Neuanfang macht mir Hoffnung und macht den Rest meines Lebens im Diesseits lebenswert.«

Ein älterer Mann fällt auf. Ein übellauniger Typ, den in der Gegend jeder kennt und keiner mag und der sich aber gerade davon nicht beirren lässt. Er macht sich handschriftliche Notizen, nuschelt in ein altes Kassettendiktiergerät, fotografiert Menschen, die es nicht schaffen, sich schnell genug wegzudrehen. Mit einer Kodak Instamatic! Krass: Wer entwickelt ihm denn die Negative eines dermaßen uralten Kassettenfilms!

Der Typ ist von vorvorgestern, aber ich erfahre, dass man es sich am besten gut überlegt, sich mit dem Mann anzulegen. Man hätte ruckzuck eine Anzeige am Hals und könne sich dann auf monatelange Prozesse gefasst machen. Ich bin wegen Ruhestörung, Landfriedensbruch, Erregung öffentlichen Ärgernisses, Missbrauch von Hoheitszeichen, Widerstand gegen die Staatsgewalt, Verstoß gegen das Gaststättengesetz und vielem mehr angezeigt worden. Das lässt sich in meinem Geschäft gar nicht vermeiden. Manchmal musste ich Bußgelder zahlen, meistens war mir nichts nachzuweisen, oft waren die Anschuldigungen schlichtweg haltlos. Wir tun so, als wäre er nicht da und machen weiter im Programm.

»Ich bin Karl. Ich bin achtundsiebzig Jahre alt und kerngesund. Ich bin seit zwanzig Jahren in Rente, frühverrentet im Zuge einer Betriebsstilllegung. Die alten Bleisatzdruckmaschinen wurden zu Museumsstücken, und ich habe sie gewartet. Vielen Tausend Besuchern habe ich die Maschinen vorgeführt, Tausenden staunenden Kindern gezeigt, wie man jahrhundertelang mechanisch gedruckt hat. Ich gehe nicht im Groll, im Gegenteil. Ich habe getan, was mir Gott aufgetragen hatte. Ich habe wahrhaftig ein gottgefälliges Leben geführt. Ich habe meine Kinder zu anständigen Menschen erzogen. Ich werde sie und die Gesellschaft nicht mit meiner Pflege belasten. Ich werde sie befreien. Ich werde mich befreien. «

»Ich bin Paulo und neunundfünfzig Jahre alt. Ich bin als Paula in einer hessischen Kleinstadt aufgewachsen. Bei meiner Geburt konnte mein Geschlecht nicht eindeutig bestimmt werden. Ein Arzt entschied, dass ich ein Mädchen sei. Aber ich hasste meine Kleider und Puppen. Mit dem Selbstverständnis eines jungen Mannes in einem Körper, der weder der eines Mannes noch der einer Frau war, ging ich nach São Paulo. Dort arbeitete ich als Paulo in einer Motorradwerkstatt. Ich ließ eine Geschlechtsangleichung zum Mann vornehmen, mit Hormonbehandlung und allem, was dazugehört. Ich fühlte mich in meinem Geschlecht angekommen und zu Frauen hingezogen. Es gelang mir aber nicht, eine wirkliche Paarbeziehung aufzubauen, obwohl ich mich danach gesehnt hatte. Es war wohl immer noch zu viel Frau in mir, und je mehr ich versuchte, Mann zu sein, desto aggressiver versuchte sich die Frau in mir zu behaupten.

Meine Mutter wurde krank, und ich ging zurück in meine hessische Kleinstadt. Sie versuchte, mich zu lieben, aber sie konnte den Verlust von Paula nicht verkraften. Sie starb unglücklich. Mein Vater ertrug meine Nähe nicht. Die

Nachbarn mieden mich. Ich kam nach Berlin. Hier gibt es Gleichartige und Gleichgesinnte. Aber ich finde mich in mir nicht zurecht, und ich finde mich in dieser Welt nicht zurecht. Ich will nicht mehr, ich kann nicht mehr. Ich nehme Abschied im Heaven's Gate. Wahrscheinlich. Das ist ein Prozess. Gelingt er, gehe ich. Gelingt er nicht oder führt er mich auf einen neuen Weg, bleibe ich.«

Im *Frieda* wird noch lange diskutiert. Bis jemand auf die Idee kommt, wir sollten einen Grundstein legen. Wie … jetzt? Ja, klar, warum nicht, es sei der perfekte Zeitpunkt für eine Grundsteinlegung, die Energie dieses Moments sollte man jetzt gleich hier einkapseln und vergraben. Was genau tun wir da rein? Eine Anwohnerin hat den ganzen Tag mit einer Videokamera auf unserem Stand Aufnahmen gemacht. Sie ist schnell einverstanden damit, ihre Speicherkarte mit dem Grundstein zu vergraben. Die Speicherkarte, das ist alles. Der Grundstein? Ist kein Stein, sondern ein Schirmständer, in dessen Mitte die Speicherkarte irgendwie reingemurkst wird. Eine ziemlich besoffene Idee. Jedenfalls wird das Ding verbuddelt. Im letzten Moment kritzelt da noch jemand »Achtung, Grundstein!!!« drauf. Ein Anwohner spielt auf seinem Saxophon dazu Variationen über den »Leaving Song« von Stephen Speaks.

Auf einem Balkon am Haus gegenüber sehen wir den alten Mann vom Nachmittag wieder. Er hält einen Schallpegelmesser in der Hand, ich erkenne das sofort, ich bin vom Fach: ein uraltes Teil, wie ich es selbst noch benutzt habe. Er macht Notizen und Fotos. Ich kenne solche Typen, wegen solcher Typen musste ich schon fünftausend enttäuschte Konzertbesucher nach Hause schicken. Da kann noch einiges auf uns zukommen. Wegen dieses einen Typen. Trotzdem, ich habe das Gefühl, wir sind hier gut angekommen, jedenfalls emotional. Hoffentlich können wir bald loslegen.

POST AUF DER GROOPS-SEITE DES HEAVEN'S GATE
mit Abbildung von zwei Männern, die bereitwillig in die Kamera lächeln.
Benno@Heaven's Gate
Der frühere TV- und Kinostar Tobias Storm, seit einigen Jahren Personal Trainer und nun unser Abschiedscoach neben Darius Helten, ja, der berühmte Gastrokritiker, TV-Koch und Autor beim Nachbarschaftsfest bei unserem Grundstück. Tausend Dank an über 200 Besucher, die wir als Interessierte registrieren durften :)

KOMMENTARE
Darius Helten
Ich habe zu danken, es war ein wunderbares Fest, auch der Info-Nachmittag im Café *Frieda*, wo ich gerne erzählt habe, warum ich Frühbucher im Heaven's Gate bin: Seit meiner letzten OP kann ich nicht mal mehr Rhabarber von Roter Bete unterscheiden – und Breat® nicht von einer Foie gras. Ich danke dem lieben Gott für ein super Leben. Aber ich hab keinen Bock mehr.

Margarete Benda
Hab schon gehört, dass Hannelore mal wieder ihre Lügengeschichte vom Mord an ihren Kindern aufgetischt hat. Diese Bitch! Ihr lasst euch von ihr einseifen, und sie lässt sich lieber von euch einschläfern, als sich mal mit IHRER Schuld auseinanderzusetzen.

Dorothea Eggers
@Kamil: Du entkommst der Hölle nicht! Da kannst du hundertmal durchs »Heaven's Gate« gehen.

Benno@Heaven's Gate
@Dorothea Eggers: Ich werde dich jetzt aus unserem Freundeskreis ausschließen. Für Hass bieten wir hier kein Forum.
@Margarete: Bitte keine Beschimpfungen à la »B***«. Das ist hier keine Plattform für widerwärtige Beschimpfungen! Du wirst verträglichere Formen finden, dein Missfallen zu artikulieren.

Kamilla Wendt
Ich fand es jedenfalls toll und hab mich auch gleich angemeldet. Und wenn's so weit ist, hab ich's ja auch nicht weit ;-) Eure Nachbarin.

VERZÖGERUNGEN

März 2022

Hamster und Bombe
Das Nachbarschaftsfest ist schon wieder ein paar Monate her, es war schön, aber auch anstrengend. Das Kribbeln in meinem linken Bein hat zugenommen, und ein leichtes Taubheitsgefühl ist dazugekommen. Ich habe fast die ganze Zeit im *Frieda* auf einem VEB-Stuhl gesessen, der allerdings auch sehr bequem war. Es ist nun schon so weit, dass ich weniger zu trinken bestelle, um nicht so oft auf die Toilette gehen zu müssen.

Jetzt liege ich auf meinem Sofa und fühle mich gut. Die Schattenboxerin von gegenüber hängt Wäsche auf. Sie hat blonde Haare unter den Armen. Mir gefällt das. Frauen mit Haaren unter den Armen riechen nach Frau. Ihre Schlüpfer flattern mit den Gebetsfahnen um die Wette.

Ich krieg 'nen Alert, dass sich auf unserer GROOPS-Seite was tut:

POST AUF DER GROOPS-SEITE DES HEAVEN'S GATE
mit der Abbildung dreier Hamster.
Benno@Heaven's Gate
Sind sie nicht niedlich? Die Äuglein! Das kuschelige goldene Fell! Und nicht nur die drei, sondern die ganze Art. Ihr kleinen Biester! Müsst ihr euch unbedingt auf unserem Grundstück niederlassen? Jetzt haben wir wieder 'ne Verzögerung!
Grrrr :(

KOMMENTARE:

Svenja T. Merbold

Mit so was muss man immer rechnen. Ihr werdet es ja mit dem Sterben nicht so eilig haben, dass jetzt nicht mal ein paar Hamster artgerecht umgesiedelt werden können. Freut euch schon mal auf die Wildschweine. Und die Wölfe aus der Lausitz ;-)

Laurin Goethe

Was hättet ihr denn ohne die Aktion der Tierschützer gemacht? Die Hamster einfach weggebaggert?

Gus Lehm

Wenn jeder Hamster ein Bauprojekt verzögern könnte, dann sähe der Potsdamer Platz wahrscheinlich immer noch aus wie kurz nach der Wiedervereinigung: eine wüste Brache mit einer Disco im unterirdischen Führerbunker.

Sie sind vom Aussterben bedroht, stehen damit auf einer Roten Liste und somit unter besonderem gesetzlichen Schutz. Tierschützer haben sie auf dem Gelände vom Heaven's Gate ausfindig gemacht und beschützen sie und ihren Lebensraum auf unserem Grundstück: Feldhamster. So können wir noch nicht mal die nötigen Vermessungen vornehmen. Die Tierschützer der ersten Stunde bleiben allerdings nicht allein, eine zweite Fraktion kommt hinzu.

»Aha, die Kulleraugenkuschler sind auch schon da.«

»Ihr Sklaven vom Schabenkartell seid doch immer einen Schritt hinterher.«

Ein Hamster will wissen, was da los ist und steckt den Kopf aus seinem Bau. Er schnuppert neugierig, rollt mit seinen großen Hamsteraugen, schüttelt fassungslos mit dem Kopf ... und verschwindet wieder in seiner vertrauten Versenkung.

Der gegenseitigen Verachtung widmen sich die Parteien mit derart leidenschaftlicher Hingabe, dass sich selbst der vorgebliche Schützling gelegentlich in einer Nebenrolle wiederfindet. Es sind Hamsterschützer im Besonderen und Naturschützer im Allgemeinen. Der Seitenhieb auf das »Schabenkartell« bezog sich auf den Hauptsponsor der Organisation *Lebensraum*: Breat®. Sie würden die Hamster zum Beispiel im Tegeler Flies oder im Grunewald wieder auswildern, wo sich diese aber etwa gegen Eulen behaupten müssten. Die *Hamsterpaten* dagegen würden ihre Schützlinge am liebsten in Watte packen.

So sanftmütig die *Hamsterpaten* im Umgang mit ihren Lieblingen sind, so unerbittlich sind sie gegen sich selbst und gegen alle Hamsterfeinde. Wenn die *Lebensräumer* längst in ihren total klimaneutralen Häusern wohlige Geborgenheit genießen, halten die *Hamsterpaten* bei Tag und Nacht und Wind und Wetter und Tee und Zwieback Mahnwache an den Hamsterbauten zum Schutz vor Giftgasattacken und Schlimmerem.

Und dann wird eine Bombe gefunden. Die Gefahr, die von dem Ding ausgeht, ist ihm erst mal nicht anzusehen: ein klobiges rostiges, erdverkrustetes Ding. Spezialisten werden angefordert, Evakuierungen verfügt. Aber die *Hamsterpaten* wollen nicht weichen, nicht ohne die Hamster! Gibt es da nicht irgendeine Möglichkeit, die Viecher auszugraben und ihnen mitzugeben? Ihr könnt doch mit Sonar oder Echolot oder so scannen, wo der Bau langgeht und dann ein großes Stück mitsamt dem Bau ausheben und das Ganze dann auf einen Tieflader ... Nein. Viel. Zu. Gefährlich. Punkt. Die Bombe ist scharf. Die Bombe kann jetzt jederzeit hochgehen. Einmal mit der Baggerschaufel drankommen und bumm. Einige der *Hamsterpaten* fügen sich, ohne dass gegen sie Zwangsmittel angewandt werden müssen, andere werden unter großem Gezeter zu ihrer eigenen Sicherheit, die ihnen ohne Hamster aber nichts bedeutet, weggetragen. So kann man sich jetzt endlich mal mit der Bombe befassen. Ein Ungetüm aus dem Zweiten Weltkrieg, das wird schnell klar. Und das Ding ist extrem gefährlich.

POST AUF DER GROOPS-SEITE DES HEAVEN'S GATE
Benno@Heaven's Gate
Seht euch das Ding an: eineinhalb Meter, 500 Kilo. Eine amerikanische Brandbombe, wahrscheinlich von 1945. Schlummert seitdem in zwei Meter Tiefe, genau da, wo mal unser Heaven's Gate stehen soll. Das Ding hätte eigentlich im Umkreis von hundert Metern alles plattmachen sollen, was der immer noch scharfe Blindgänger auch noch nachholen kann, wenn der Kampfmittelbeseitigungstrupp jetzt was falsch macht.

Wenn's brenzlig wird, dann holt man Bruno »Der Atem« Lessing. Und dass es verdammt brenzlig wird, zu brenzlig für den Kampfmittelbeseitigungsdienst Pankow, hat dessen Sprengmeister Karol Wuttke persönlich festgestellt. Diese Bombe kann hochgehen, wenn man sie falsch von der Seite ansieht. Bruno »Der Atem« Lessing kommt in einem riesigen alten Geländewagen vorgefahren, er kann es sich leisten, für diese Dreckschleuder die zehnfache Kompensationssteuer für Klimakiller zu zahlen: »Der Atem« ist oft die allerletzte Hoffnung, und er lässt sich seine Dienste entsprechend vergüten. Am Steuer sitzt seine Tochter, und der gefällt es, die ersehnte Ankunft von »Der Atem« mit einer kurvigen Vollbremsung zu markieren, die Matsch und Kiesel meterhoch zwischen die sehnlich Wartenden schleudert.

»Der Atem« hat seinen Namen wegen seiner speziellen Atemtechnik bekommen. Nur diese Atemtechnik ermöglicht ihm, auch Bomben mit defektem Langzeitzünder manuell zu entschärfen. Normalerweise sprengt man die. Aber das hätte die Hamster getötet und unweigerlich zu Schäden an umliegenden Wohnhäusern geführt. Beides nicht akzeptabel für uns. Da zahlen wir lieber den »Atem«. Siegesgewiss begibt er sich zu seinem Opfer, um zu studieren, welcher Einsatz von Mitteln denn nötig sei, um das »kleine Biest« unschädlich zu machen. Seine Tochter telefoniert währenddessen mit Projektentwicklern im Irak.

Bruno »Der Atem« Lessing ist allerdings ziemlich außer Atem, als er zurückkommt. Den Blick gesenkt, Schweißperlen auf der Stirn, setzt er sich auf einen umgedrehten Eimer und schweigt. Seine Tochter nimmt ihn in den Arm. Nach angemessener Zeit spricht Tobias die Tochter an. Ich erfahre von Tobias: Bruno Lessing hatte einen Gesellen, einen jungen Mann, den er zu seinem Nachfolger machen wollte. Der Junge war eifrig, gelehrsam, folgsam, hatte gehörigen Respekt und keine falsche Furcht. Er hatte immer alles richtig gemacht. Aber die Amerikaner hatten eine Bombe anscheinend zu dem einzigen Zweck über Dresden abgeworfen, um Bruno Lessings Gesellen zu zerreißen.

Die Tochter kannte die Flashbacks ihres Vaters. Auch »Der Atem« kannte seine Flashbacks. Er respektierte seine Flashbacks. Aber er erlaubte der Bombe, die seinen Gesellen getötet hatte, nicht, auch ihn zu vernichten. Also zieht sich Bruno »Der Atem« Lessing bis auf seine Jeans aus und stellt sich der Bombe. Die Stirnkamera zeigt atemlose Konzentration. »Der Atem« macht seine Sache so unmenschlich unbewegt, dass sich die Hamster aus ihrem Bau wagen und sich an seiner Jeans hochschnuppern, während er selbst den Zünder aus dem Sprengkörper zaubert. Mit dem Zünder in der Hand und den Hamstern auf der Jeans lässt er sich von seiner Tochter abholen.

Jetzt ist es Zeit, den *Hamsterpaten* Hausverbot zu erteilen und das Gewaltmonopol unserer Demokratie in Gestalt der Bundespolizei zur Räumung anzurufen. Mit einer beachtlichen Spende im Gepäck und dem gesamten Hamsterbau auf einem Tieflader ziehen die Aktivisten von *Lebensraum e. V.* in Richtung Naturschutzgebiet Barnim.

Bruno Lessing lässt sich heute nicht feiern. Seine Tochter rumpelt mit ihm davon, wobei Matsch und Kies unter den Monstergummis ihres Monsterpick-ups schmatzen und knirschen. Na gut, ich habe geschlagene zwei Wochen den Gebetsfahnen meiner Nachbarin beim Flattern zugeguckt und das Windpferd der gelben Fahne für das Element »Erde« ein Dutzend Mal losgeschickt, um unseren Baugrund zu befrieden. Jetzt ist die Bombe weg, die Hamster sind weg, und Hamster, Tierschützer und Sprengmeister haben alle überlebt. Wenn wir alle Probleme gleich am Anfang haben, dann müsste es ja bald stehen, unser Heaven's Gate. Unser Grundstück jedenfalls kann jetzt endlich gründlich vermessen werden, und ich kann mich noch mal zurücklehnen und lesen, was echtzeit.mag heute über uns schreibt. Oha:

STERBEN MACHT JETZT NOCH MEHR SPASS!

Lasse's Passieren, so heißt die Eventagentur von Lars Wiesenthal. Seit über dreißig Jahren ist der Name nun schon Programm. Eine Geburt? Frag Lasse, er macht ein Event draus. Natürlich mit Millionenpublikum. Aber noch nie hat sich das so makaber angehört wie jetzt, wo er seine endgültige Berufung darin findet, auch noch das Sterben zu einem »unvergesslichen Erlebnis« zu machen.

Sicher, wo Lasse Wiesenthal war, war der Tod nie weit weg: Man erinnert sich mit Schaudern an den erbärmlichen Drogentod des Sängers der berüchtigten Skandalpunkband *Auskotzen* in einem Wohnmobil von Lasse während eines Festivals. Ein Bungeesprung ins Leere bei den X-Edges, dem Mekka der Adrenalinjunkies. Der junge Extremsportler starb in der gleichen Klinik, in der gleichzeitig (!) Lasse's Sohn, ein Siebenhundert-Gramm-Frühchen, um sein Leben rang. Dann der Selbstmord seines langjährigen Partners Severin von Rathingen auf dem Klo eines Spielsalons im Wedding. Der qualvolle Krebstod seiner Frau.

Und nun: *Lasse's Passieren* – schöner Sterben im Heaven's Gate! Wie findige Forscher jüngst errechnet haben, sterben Rockstars und ihr Gefolge mit höherer Wahrscheinlichkeit vor Ablauf des fünfunddreißigsten Lebensjahres. Nicht so Lasse, denn wenn jemand wie er sich über die vierzig gerettet hat, dann könnte er auch hundert werden, so die Forscher. Nicht so Lasse, denn genau das ist sein letzter Auftritt. »Mein Abschied«, das ist der auch hier wieder programmatische Slogan von Heaven's Gate, dem »Ort für selbstbestimmtes Ableben«, und Lasse geht auch hier wieder mit eigenem Beispiel voran: Er ist selbst todkrank.

Wenn, sagen wir mal, die Evangelische Kirche so einen Dienst anbieten würde, dann hätten sie nach Konsultation ihres Ethikrates einen Seelsorger, einen Sozialpädagogen und vielleicht einen Psychiater ins Team geholt. Nicht so Lasse. Er rekrutiert den Publikumsliebling Tobias Storm, bekannt auch als Reitlehrer Mark Bohm, der jetzt also auch die Lebensfragenrubriken der Lifestylemagazine mit erbaulichem Content zu Grenzfragen zwischen diesseitigem und jenseitigem Dasein versorgen wird.

Da wundern wir uns dann auch nicht mehr über die Dritte im Bunde: Kati Singhammer, frühere Skiweltmeisterin und jetzige Wellnessmanagerin. Zwischen diesen beachtlichen Karrieren hatte Kati allerdings mit Abgründen zu kämpfen, um die sie gewiss niemand beneiden wird: ein fieser Rechtsstreit mit ihrem früheren Dopingarzt, dem die erfolgsgewohnte Kämpfernatur – höchstwahrscheinlich zu Recht – die Schuld an ihrer Unfruchtbarkeit gab. Moralisch und medial hatte sie haushoch gewonnen, rechtlich war sie jedoch hoffnungslos unterlegen, über den Tisch gezogen von profilierungssüchtigen Junganwälten und dann noch vom Partner verlassen, weil ihre Beziehung das alles – und dann noch die Unerfüllbarkeit des Kinderwunsches – nicht aushielt.

Dann wäre da auch noch das bisher wirklich unbeschriebene Blatt Benno Wiesenthal, Lasses Sohn, der erwähnte Frühgeborene. Wenn Geschäftstüchtigkeit Kunst wäre, wäre er ein Wunderkind. Von Geburt an behindert – seine linke Hand ist durch die Komplikationen der Frühgeburt spastisch gelähmt – hat er sich immer mit Cleverness und äußerster Disziplin zu behaupten gewusst. Auch wenn der Vater der visionäre Kopf der Idee des Heavens's Gate ist: Ohne Benno hätte sich Lasse wahrscheinlich mit der Ausrichtung einer Möbelhauseröffnung in Kleinmachnow verabschiedet statt mit einem beachtlichen Vorstoß in einen völlig neuen Markt.

Das alles so zu lesen ist nicht leicht, denn es stimmt ja im Grunde alles. Und wenn ich über jemanden wie mich schreiben würde, würde das wahrscheinlich genauso klingen. Was mich eher beunruhigt: Woher wissen die das alles? Nun ja, geheim gehalten habe ich wenig, und das wenige habe ich wirksam geschützt, indem ich alles andere bereitwillig öffentlich gemacht habe. Ich brauche mich also nicht zu wundern, denn alles, was da steht, basiert auf den Brocken, die ich der öffentlichen Neugier hingeworfen habe. So denkt jeder, er würde mich kennen, aber tatsächlich kennt mich keiner, weil alle an Nebensächlichkeiten hängen bleiben. Die dunklen Felder, die Abgründe habe ich verstellt. Manche fragen sich, was sich hinter den Blenden verbirgt, aber so richtig nachsehen will dann doch keiner, denn jeder befürchtet richtigerweise seine mühsam zusammengenagelte Weltordnung in Kenntnis meiner Geheimnisse wieder neu sortieren zu müssen. Nicht mal der Autor dieses Artikels bringt diese mutige Neugier auf. Gut so.

Hungerstreik

Aprilwetter. Gerade noch hat die Sonne geschienen, jetzt regnet es. Das Ende ... oder sagen wir mal den Anfang eines Regenbogens erhasche ich hinter den Dächern von Kreuzkölln. Meine Balkonnachbarin nimmt eine Regendusche. Ich habe nicht den Eindruck, dass es sie stört, wenn man ihr dabei zusieht. Nur Ganesha, dem gönnt sie das nicht, der kriegt ein Handtuch übergeworfen. Ich bin auch raus: Benno kommt.

»Hallo Papa!«

»Champagner? Benno, mein Junge, gibt's was zu feiern?«

»Wir haben die Baugenehmigung!«

Das ist wirklich ein Grund zum Feiern. Über ein Jahr haben die dafür gebraucht. Eineinhalb Jahre nach Idee und Businessplan.

»Was glaubst du, Benno, warum hat das jetzt plötzlich geklappt?«

»So ganz genau möchte ich das lieber nicht wissen. Es gibt jedenfalls volkswirtschaftliche Interessen, denen unser

Heaven's Gate sehr gelegen kommt. Aber das macht ja auch Sinn, man denke nur mal an die größere Gestaltungsfreiheit bei Rentenverträgen: ›Wir zahlen Ihnen eine Rente in Höhe von viertausend Euro monatlich bis zur Vollendung des fünfundsiebzigsten Lebensjahres für eine unschlagbar niedrige Prämie in Höhe von nur achtzig Euro.‹ Und diesem unschlagbaren Angebot liegt dann wie zufällig ein Flyer vom Heaven's Gate bei. Ich schätze, da haben Leute, die sehr große Etats steuern, den Prüfern des Bauaufsichtsamtes ein bisschen auf die Sprünge geholfen. Klar, das Heaven's Gate kommt denen sehr gelegen, weil es exekutiert, was sie selbst nur als Idealszenarien definieren können.«

Ich komm nicht so ganz mit.

»Hat Dr. Hahn dir das erzählt?«

»Er ist Volkswirt, ich bin Betriebswirt. Wir ergänzen uns perfekt.«

Mein Sohn Benno Oberschlau. Ich muss nicht alles verstehen. Ich wollte ja auch nicht studieren.

Also los, lass uns feiern.

»Yeah! Prost, mein Junge! Ein Hoch auf das Bauaufsichtsamt!«

Hoffentlich können die Bagger bald anrücken. Eineinhalb Jahre nach der Diagnose lahmt mein rechtes Bein seit heute Morgen komplett. Ich ziehe es nach. Ich kann noch laufen, muss mich dabei aber konzentrieren, sonst würde ich stürzen.

»Was ist mit deinem Bein, Papa?«

»Lahm. Schätze, ich brauch ab jetzt einen Stock.«

Wann habe ich eigentlich das letzte Mal Champagner getrunken? Kurz vor meiner Diagnose muss das gewesen sein. Ich hatte eine Charity-Gala für Deutschlands Top-Fundraiserin Prinzessin Thyra von Canstein zu Lichtenfels organisiert. Sie sammelte für Entwicklungsprojekte in Afrika. Unausgesprochen wohl vor allem, um den Zustrom von Wirtschaftsflüchtlingen einzudämmen. Ich hatte Bands aus Afrika engagiert, und die deutsche Prinzessin tanzte ausgelassen im Kostüm einer afrikanischen Königstochter. Aus Sicht der Veranstalter war die Aktion ein großer Erfolg. Und weil Hirsebier dann doch nicht so ihr Ding war, ließ es die Prinzessin eben mit Champagner krachen.

»Du, Papa, das mit der Baugenehmigung, das war die gute Nachricht.«

»Und die schlechte?«

»Unser Bauplatz ist besetzt. Eine Gruppe afrikanischer Flüchtlinge. Ihr Sprecher behauptet, das sei ›ihr‹ Grundstück. Sie drohen mit Hungerstreik.«

Hm. Die Fahrt-nach-Hause-euer-Land-braucht-euch-und-wir-unterstützen-euch!-Aktion von der Prinzessin ist wohl doch nicht so der Bringer gewesen.

»Lass uns hinfahren, Benno. Du fährst.«

Scheiße, mit meinem Bein könnte ich noch nicht mal Gas geben. Aber was heißt heute schon »Gas geben«. Benno wäre es peinlich, mit meinem alten Jaguar zu fahren, dessen Motorleistung für eine ganze Schulklasse reichen würde. Benno nimmt natürlich ein Sharecar, einen VW Tesla, der von einem superkorrekten Strommix angetrieben wird. Als ich meine ersten Konzerte in Berlin machte, roch noch alles nach dem fetten Ruß der Kohleöfen. Später kam der Smog. Jetzt ist ab März alles voll mit Pollen.

Unser Bauplatz ist bevölkert von Menschen, die sehr verunsichert wirken. Sie mögen alles Mögliche schon erlebt und gesehen haben, aber selbst die, die aussehen, als kämen sie aus den fruchtbarsten Gegenden Afrikas, greifen ungläubig nach dem Blütenstaub. Wahrscheinlich haben sie den größeren Teil ihres Lebens als Arbeiter in den Wüstenstaaten verbracht.

Der sichtlich nordafrikanische Sprecher der schwarzafrikanischen Flüchtlinge ist offensichtlich schon länger in Berlin. Er spricht passables Deutsch und ist mit dem Sprachgebrauch linker Protestkultur vertraut: »Hier, an diesem Platz, wollen sich konsumsatte, lebensüberdrüssige Westeuropäer selbst umbringen. Aber das ist nicht ihr Platz! Dieser Platz wurde diesen Menschen hier versprochen. Genau hier waren menschenwürdige Wohnungen für Flüchtlinge geplant. Dieses Versprechen wurde gebrochen, weil wirtschaftliche Interessen stärker waren als das soziale Gewissen. Diese Menschen werden euch zeigen, was es heißt, dem Tod ins Auge zu sehen: Sie werden weder essen noch trinken, bis der Bürgermeister selbst den ersten Spatenstich für das versprochene Haus, hier in aller Öffentlichkeit, getätigt hat.«

Wovon spricht der? Warum weiß ich davon nichts? Ich stehe mit Bianca, Karl, Darius, Paulo am Rande des Geschehens. Ich stütze mich dabei auf einen High-Tech-Gehstock mit integriertem GPS-Modul, Alarmruffunktion und allerlei sonstiger intelligenter Elektronik. Danke, mein Sohn, dein Geschenk markiert sichtbar den deutlichen Unterschied zwischen Alt und Jung, zwischen Trägheit und Dynamik und zwischen Gestern und Übermorgen.

Bianca, die Frühbucherin mit dem Tumor, kommentiert die Lage: »Die haben gerade die Schleuser und Schlepper hinter sich gelassen, die ihnen ihr letztes Geld abgenommen haben. Und jetzt laufen sie diesem Typen in die Arme. Die verstehen doch kein einziges Wort!«

Aber ihr Wortführer verschafft sich unbedingtes Gehör. In den Flugblättern ist vom »eigenen Körper als Waffe« die

Rede. Holger Meins wird erwähnt. Holger Meins? Der Linksterrorist, der sich totgehungert hat? Den schwarzafrikanischen Flüchtlingen müsste man sehr viel erklären, um ihnen verständlich zu machen, warum Holger Meins ein gutes Vorbild für sie sein soll. Wie auch immer, der Sprecher hat entschieden, und so werden sie wohl in ein paar Tagen tatsächlich beginnen zu hungern. Abgeschirmt durch ihren Sprecher von eventuellen kontraproduktiven Einflüssen westdeutscher Beschwichtigungsrethorik.

Karl, der gesunde Frühbucher und Langzeitrentner: »Die Verzweiflung muss wirklich verdammt groß sein. Das sind doch junge, gesunde Leute! Die haben zehntausend Meilen Flucht hinter sich, wahrscheinlich sind Freunde von ihnen auf dem Weg ertrunken oder verdurstet. Und jetzt wollen sie sich im Schlaraffenland zu Tode zu hungern.«

Darius, der Kochbuchautor: »Von wollen kann keine Rede sein.«

Paulo, der intersexuelle Brasilien-Auswanderer: »Eigentlich werden diese Menschen doch da gebraucht, wo sie herkommen. Oder?«

Immer mehr Sympathisanten drängen aufs Gelände und bilden eine dichte Sitzblockade um die Hungerstreikenden, die von Tag zu Tag schwächer werden.

Besonders spitzfindige Zeitungkommentatoren konstruieren Vergleiche zwischen einem selbst gewählten Hungertod in einer aussichtslos erscheinenden Zwangslage und selbstbestimmtem Ableben im Heaven's Gate – und merken nicht, dass sie dabei zum Sprachrohr des kommunikationsstrategisch genialen Flüchtlingssprechers werden.

Nach einigen Wochen Hungerstreik ist es bis zum ersten Toten nur noch eine Frage von Tagen. Viele sind schon ausgezehrt hier angekommen, die Situation ist dramatisch. Ich habe das Gefühl, ich muss mitkriegen, was da passiert und habe mich von Benno herfahren lassen. Ich komme auf aktionistische Gedanken: Kann man denen nicht schnell ein leer stehendes Gebäude kaufen und die da kurzfristig einquartieren? Nein: Das Problem ist nicht der Mangel an Unterkunftsplätzen. Es sind die horrenden Zustände in den Unterkünften. Was der Sprecher hier beabsichtigt, ist die Durchsetzung eines Neubaus nach seinen Vorstellungen. Mit Geld würden wir vielleicht etwas bewegen können, aber das würde möglicherweise zu dem fatalen Lerneffekt führen, dass bei den Leuten von Heaven's Gate was zu holen ist, und das wird definitiv nicht der Fall sein können.

Ärzte stehen bereit, werden aber nicht durchgelassen. Bundespolizei, mindestens eine Hundertschaft in Kampfuniformen. Der Bürgermeister wollte die Kampfuniformen verhindern, aber er hat gegenüber der Einsatzleitung der Bundespolizei natürlich kein Weisungsrecht. Der Bürgermeister steht auf einem Podest vor einem Mannschaftstransporter. Über Polizeilautsprecher spricht er zu den Flüchtlingen. Er spricht Französisch, die Afrikaner scheinen ihn zu verstehen. Ich kann kein Französisch und verstehe nichts. Hinter ihnen ihr Sprecher, umringt von Sitzblockierern, Reportern, Schaulustigen und Polizisten, vor ihnen der auf sie einredende Bürgermeister.

Karl: »Ihr Isomattencamp wirkt wie eine der Nussschalen, mit denen sie hergeschippert sind.«

Darius: »In schwerer See Richtung Hoffnung.«

Paulo: »Um dann hier zu landen ...«

An den Stock muss ich mich immer noch gewöhnen.

»Benno, fahr mich nach Hause.«

Im Auto surfe ich:

POST AUF DER GROOPS-SEITE DES BÜRGERMEISTERS

Ich bin – verständlicherweise – gefragt worden, was ich denn auf dem Grundstück des Heaven's Gate zu den Flüchtlingen auf Französisch gesagt habe. Nun, hier in deutschem Wortlaut meine Ansprache. Ich schicke voran, dass ich viele Jahre Vertreter der deutsch-westafrikanischen Handelskammer im Senegal war und Französisch im dort üblichen Sprachgebrauch meine tägliche Umgangssprache war.

»Verehrte Gäste der Hauptstadt der Bundesrepublik Deutschland, Berlin. Ich spreche zu Ihnen als Regierungschef dieser Stadt und versichere Ihnen, dass wir mit tiefer Sorge Anteil nehmen an Ihrem Schicksal, das gegenwärtig diese dramatische Entwicklung nimmt. Es mag Menschen unter Ihnen geben, die heute wissen, dass sie einer Täuschung erlegen sind, dass die Versprechungen eines Deutschlands mit unbegrenztem Wohlstand und Möglichkeiten, die allen offenstehen, nicht ohne Weiteres zutreffen und dass sie die Gefahren der Emigration unter dramatischsten Umständen vielleicht nicht hätten auf sich nehmen sollen, weil sie in ihrer Heimat als Handwerker, Lehrer, Landwirte, Unternehmer oder Familienmitglieder gebraucht werden. Wir wissen aber auch, dass es für einige gar kein Zurück geben kann, weil sie unter Todesdrohung vertrieben wurden und dass sie in ihrer Heimat – sofern sie je eine hatten – in unmittelbarer Lebensgefahr wären. Wir bitten Sie trotzdem dringend anzunehmen, was Ihnen unser Volk unter dem Schutz unserer Gesetze in den für Sie errichteten und betriebenen Unterkünften anbietet. Wir wissen, dass wir damit in keinster Weise Versprechen einlösen, die wir aber auch nie gegeben haben und nicht geben konnten. Uns ist bewusst, dass Sie die Betrüger, die Ihre aussichtslose Lage

ausgenutzt haben, niemals erfolgreich werden belangen können. Selbst mit allem, was die Betrüger Ihnen und Ihren Schicksalsgenossen abgenommen haben, selbst mit dem hundertfachen Gewinn, den die Betrüger mit Ihrem Geld erzielt haben mögen, werden sie ihre Schuld nicht begleichen können. Nicht die Betrüger und nicht die Stadt Berlin wird eine Gerechtigkeit wiederherstellen können, die in Jahrhunderten zerstört wurde.
Flüchtlingsunterkünfte sind keine Sehnsuchtsorte und können es niemals sein, dies schon deshalb, weil sich niemand danach sehnt, dauerhaft auf der Flucht zu sein. Glauben Sie nicht den Versprechungen von Schleppern, Schleusern oder Ideologen. Berlin will, dass Sie wieder zu Kräften kommen und Mut fassen. Berlin will, dass Sie leben!«

KOMMENTARE

Bianca Lenz

Lieber gewählter Vertreter *aller* Berliner und damit Fürsorgebeauftragter der Gäste unserer Stadt. Ich stimme dem Inhalt sowie dem Wortlaut Ihrer Rede in beiden Sprachversionen (ich habe sie auch live vor Ort gehört) gerne zu. Leider – und das sollten Sie eigentlich wissen – klafft eine Riesenlücke zwischen dem Anspruch einer menschenwürdigen Unterbringung, wie sie übrigens auch das Gesetz vorsieht, und der erbärmlichen Wirklichkeit mit ungeschultem und teilweise fremdenfeindlichem Personal, unsensibler Mischbelegung unterschiedlichster ethnischer Gruppen verschiedener Glaubensrichtungen bei gleichzeitiger Überbelegung in groteskem Ausmaß. Niemand sollte sich wundern, dass die Flüchtlinge Leuten wie diesem »Sprecher« in die Arme laufen, aber man sollte Leuten wie ihm auch keine Köder für ihren Seelenfang liefern.

Nach einigen Tagen fahren wir noch mal hin. Die Lage hat sich zugespitzt, und es wird jetzt zum Ende der Aktion kommen, freiwillig oder erzwungenermaßen. Das letzte Aufgebot der Administration sind moralisch erhabene Unterhändler für eine gütliche Lösung: Verfassungsgerichtspräsidentin a.D. Frau Professor Franziska Roth und Bundesinnenminister a.D. Herrmann Emmerich. Aber sie scheitern an dem »Sprecher« und an den Sympathisanten der Sitzblockade. Sie sind auch zu schwach! Beide weit über achtzig Jahre alt, erschöpfen sich ihre Möglichkeiten an den Grenzen der eigenen Wertmaßstäbe. Und so verirren sich ihre Appelle in einem Dickicht von Fragezeichen.

Einigen der Flüchtlinge schwinden inzwischen sichtbar die Kräfte. Aber nach Stunden quälender Stille gerät einer der Flüchtlinge außer sich: Er weint und schreit und schlägt um sich. Unruhe breitet sich aus, Panik. Die Flüchtlinge bedrängen die Sitzblockierer: »Wasser! Essen!«

Die kapieren das erst mal nicht, denn sie sprechen weder die verschiedenen Sprachen der Flüchtlinge noch ihr afrikanisches Französisch. Bianca spricht Französisch, und es gelingt ihr, zu dem Verzweifelten, bei dem die Unruhe ausgebrochen war, vorzudringen. Was war los? Der junge Mann hatte gespürt, wie der Tod herannahte, er verfiel in eine Art Dämmerschlaf der Entkräftung, da erschien ihm ein Ahn, ein längst verstorbener Verwandter seiner Sippe. Die Menschen seines Stammes sind immer wieder im Kontakt mit ihren Ahnen, vor allem wenn sie sich bedroht fühlen.

Der Ahn warnte den jungen Mann, sinngemäß in etwa so: »Wer an sich selbst stirbt, wird kein Ahn! Er wird niemals im Kreise der Ahnen ankommen können. Wer stirbt, weil er Nahrung verweigert, verliert seinen Platz im Diesseits, wird im Jenseits aber niemals ankommen. Iss, Junge! Und trink!!!«

Die Flüchtlinge essen und trinken, lassen sich ambulant versorgen, und schließlich lassen sie sich in ihre Unterkünfte bringen. Der »Sprecher« wird festgenommen.

Das mit dem versprochenen Haus an dieser Stelle stimmt wohl. Das ist aber lange her, und inzwischen wurde längst woanders gebaut. Wir sind jedenfalls gezwungen, einen ziemlich massiven Bauzaun zu errichten. Wir haben wieder viel Zeit verloren.

KOMMENTAR AUF DER GROOPS-SEITE DES BÜRGERMEISTERS

Gunnar Harms

Da seid ihr ja noch mal billig davongekommen: ein Hungerstreikabbruch ohne Hungerstreiktote, weil die Hungerstreiker Bammel vor dem Groll ihrer Ahnen haben. Dabei praktizieren Millionen Afrikaner eine hochwirksame Umgehung des Suizidverbots: Sie bringen sich einfach gegenseitig um! Und das geschieht bekanntermaßen nicht nur in Sierra Leone oder im Kongo. Das geschieht auch in Berliner Flüchtlingsunterkünften.

Käuflich

Mein Bein ist nicht wieder aufgewacht. Diese ganze Flüchtlingscampaktion hat mich ziemlich angestrengt, und ich bin hauptsächlich zu Hause. Benno ist kaum zu bremsen und macht seine Sache gut. Ich werde ihn nicht aufhalten. Ich werde auch meine Nachbarin nicht aufhalten, obwohl ich finde, jetzt übertreibt sie ein bisschen: Was sie da gerade auf ihrem Balkon in Brand gesetzt hat, das sind keine Räucherstäbchen, das sind wahre Räucherkeulen! Obwohl, was da rüberweht, ist eigentlich angenehm. Ich guck mal auf echtzeit.mag, vielleicht haben die in der Berlin-Rubrik ja mal 'n anderes Aufmacherthema als immer nur Heaven's Gate, Heaven's Gate, Heaven's Gate. Nein, haben sie nicht:

> HEAVEN'S GELD
> Was macht ein Berliner Bauaufsichtsamtsdirektor auf der Behindertentoilette eines Schnellrestaurants im Flughafen Paderborn/Lippstadt? Wer das nicht aus der Hüfte geschossen beantworten kann, der hat wirklich keinen Dunst von den Bedingungen, zu denen in Berlin umstrittene »Projekte« einer reibungslosen Verwirklichung zugeführt werden. Aber wer kann das schon, also diese Frage aus der Hüfte geschossen beantworten. Um es kurz zu machen: Bestechungsgeld. Der Mann nimmt Bestechungsgeld entgegen. Noch Fragen? Ja, eine ganze Menge sogar. Welches Vorhaben soll denn da gefördert werden? Das Heaven's Gate. Und warum? Weil es ein von vielen geteiltes Interesse daran gibt, dass nicht zu viele Mitmenschen zu krank, zu unglücklich, zu alt werden. Ach ja? Wer teilt denn dieses Interesse? Renten- und Krankenversicherer, Lebensversicherer, Gemeinden, die an Pensionsverpflichtungen ersticken, zum Beispiel. Und die zahlen Bestechungsgelder? Ja. Also nicht selbst, nicht direkt, aber ... ja, die zahlen das. Der Bauaufsichtsamtsdirektor hat sich demnächst gerichtlich zu verantworten. Seine Chancen stehen schlecht, denn als der Bestochene wurde er eindeutig identifiziert: auf der Behindertentoilette eines Schnellrestaurants im Flughafen Paderborn/Lippstadt. Wer hingegen die Bestecher waren? Jedenfalls nicht der unglückliche Junkie, der eine Plastiktüte, randvoll mit Hundert-Euro-Scheinen über die Klotür warf.

Ich schwöre, ich weiß von nichts. Aber wundern tut's mich auch nicht. Angeblich wird ja in Berlin keine Gartenlaube gebaut, ohne dass irgendjemand irgendjemandem was rüberwachsen lässt. Und weil's so schön ist, geht's da unten gleich weiter auf dem Newsportal, an dem keiner vorbeisurfen kann, der wissen will, wie Berlin tickt:

WAS SAGEN DIE BERLINER?
Das Heaven's Gate ist zurzeit Talk of Town, echtzeit.mag hat Berliner nach ihrer Meinung gefragt:

Aische Erdem, Kreuzberg, Hausfrau und Mitarbeiterin im Gemüseladen ihres Mannes Erdem: Bei allem, was uns Muslime von euch Christen trennt: Wir glauben an den gleichen Gott! Und der sagt, dass das nicht recht ist!

Hajo Remmers, Friedrichshain, Webdesigner: Die Idee ist schon gut! Aber ganz ehrlich: Die Mittel gibt's im Netz für nicht mal zwanzig Euro. Ein paar Kerzen, ein paar Freunde ... da brauch ich kein Heaven's Gate.

Maik Müller, Wedding, ohne Beruf: Was soll die Scheiße? Ich sag dir was: Nächste Woche spring ich da runter (zeigt auf eine Brücke). Da brauch ich kein ... wie heißt der Scheiß noch mal?

Iris Grote, Reinickendorf, Buchhändlerin: Ich find's gut, und ich hab mich da auch schon angemeldet.

Hong Zhou, Moabit, Kellner: Was? (Lässt sich das Prinzip von Heaven's Gate erklären und antwortet lachend.) So einen Quatsch können sich doch nur Deutsche ausdenken.

XXX (möchte nicht erkannt werden), Charlottenburg, kaufmännischer Angestellter: Meine Mutter ist schwer depres-

siv und spricht seit Jahren nur vom Sterben. Ich und meine Geschwister zahlen mehrere Tausend Euro monatlich für ihre Pflege. Wir haben sie mal sanft auf Heaven's Gate angesprochen.
Zuerst war sie wütend, so wie damals, als wir sie ins Pflegeheim bringen mussten. Uns beunruhigen Berichte von Pfleglingen, die gefesselt, geschlagen und gedemütigt werden. Wir wollten nicht glauben, dass das, was uns unsere Mutter davon berichtet – auch aus angeblich eigener Erfahrung – zutrifft. Aber ihre Berichte scheinen mit jedem Tag wahrscheinlicher.
Jetzt überlegt sie es sich. Es wäre wirklich ein Segen für alle.

Sabine Storch, Dahlem, Erzieherin: Den Ansatz finde ich mutig, und ich wünsche mir eine ernsthafte öffentliche Auseinandersetzung damit. Was ich sehr schade finde, ist, dass so ein Thema als Erstes von profitorientierten Unternehmern besetzt wird. Und dann noch diese Bestechungsgeschichte. Bäh!

Angelika Engels, Potsdam, Steuerberaterin: Ich möchte diese Gelegenheit nutzen, um an das Schicksal von Frau Dr. Hildegard Berg zu erinnern. Hildegard Berg sitzt seit fünf Jahren im Gefängnis für etwas, was wir vom Freundeskreis Hildegard Berg »Heldentaten« nennen. Der urteilende Richter nannte es heimtückischen Mord aus niedrigen Beweggründen. Ein Skandal. Eine Schande!
Frau Dr. Berg war die vorbildlichste Vertreterin ihres Berufsstandes, die man sich überhaupt vorstellen kann: engagiert, einfühlsam, aufopferungsvoll und immer und nur für das Wohl ihrer Patienten da. Ihr Beruf hat ihr alles bedeutet. Sie hat sich nicht gegen das Leben gewandt, im Ge-

genteil. Ihr Feind war aber auch nicht der Tod. Es war der Schmerz. Hildegard Berg hat meine zwölfjährige Tochter davon erlöst.
Stellen Sie sich bitte eine Mutter vor, die selbst den Tod ihrer eigenen Tochter als Erlösung empfindet – das ist kaum vorstellbar, nicht wahr? Mathilde hat Tag und Nacht geschrien vor Schmerzen, das ist die Wahrheit. Der Schmerz hatte erst ihre Freude, dann den Mut und letztlich ihr ganzes Wesen aufgefressen. Hildegard Berg nahm ihr den Schmerz, wissend, dass das Mathildes Tod bedeuten kann. Wissend, dass sie sich damit selbst in Gefahr begibt.
Hildegard, ich rufe dir von hier aus zu: Wir danken dir. Wir glauben an dich. Die Gerechtigkeit wird am Ende siegen. Den Machern vom Heaven's Gate wünschen wir, dass sie so gewissenhaft und fürsorglich arbeiten, wie es Hildegard Berg noch tun würde, wenn sie dürfte.

Rocky Jay D., Mitte, Tänzer: Berlin hat eine gewachsene Hospizkultur. Ich habe hier mehrere Freunde beim Sterben begleitet. Wir haben schon richtige Abschiedsfeste gefeiert! Diesen ehrenwertesten Menschen von den Hospizdiensten gelingt es fast immer, eine Atmosphäre zu schaffen, die das nicht nur zulässt, sondern auch fördert. Schließlich wird auch Frieden mit dem Tod geschlossen. Den Schritt zur aktiven Sterbehilfe gehen die Hospize aber noch nicht. Das könnte erst am Ende eines längeren Auseinandersetzungsprozesses mit der eigenen Rolle und Aufgabe der Bewegung stehen. Ich finde das aber gut beim Heaven's Gate, dass man hier als Betroffener noch mehr Kontrolle über die Form und den Zeitpunkt des Sterbens hat.

Etienne Brel ist auch Tänzer. Er ist homosexuell. Er hat AIDS, und er wird bald sterben. Nicht in einem Hospiz und auch nicht im Heaven's Gate. Vor dreißig Jahren hat er sich infiziert, aber er hat nie aufgehört zu arbeiten. Würde er aufhören, wäre er wahrscheinlich am nächsten Tag tot. Er muss tanzen. Und sterben wird er auf der Bühne. Etienne ist so alt wie ich – und tausendmal beweglicher. Er kann Spagat, ich kann nicht mal mehr spazieren gehen. Er reist innerhalb einer Woche nach St. Petersburg, Rom, Helsinki, Dublin und gibt jeden Tag sein Soloprogramm. Ich dagegen schaffe es kaum bis nach Potsdam. Und schon gar nicht nach Amsterdam. Etienne hat oft bei mir getanzt. Jetzt lädt er mich ein zu seinem neuen Programm *Last Bow*. Nächste Woche in Amsterdam. No way, sorry, Etienne.

Altlasten

Meine Balkonnachbarin macht gerade die »Tiefe Schlange«: Das rechte Bein in der Hocke, der rechte Fuß auf Zehenspitzen, sodass ihr süßer Hintern ihre rechte Ferse berührt. Das linke Bein ganz nach vorn gestreckt, wobei die Fußsohle mit ihrer ganzen Fläche auf dem Boden steht. Linker Arm und Hand sind ebenfalls, parallel zum linken Bein, ausgestreckt, der rechte Arm ist quasi als Verlängerung des linken weit nach hinten gestreckt. Dabei werden Daumen und Zeigefinger der rechten Hand zusammengeführt.

Währenddessen bemühe ich mich, Karlas Anweisungen zu folgen: »So, Paps, jetzt greife mal den Kugelschreiber mit deinen Zehen.«

Karla ist von Beruf Physiotherapeutin. Bis heute hatte ich das noch gar nicht so richtig realisiert, was das ist, obwohl Benno ja ständig von Physiotherapeuten umgeben war. Ein normaler Beruf eben mit absehbaren Tagesabläufen, überschaubaren Karriereaussichten und geregeltem

Einkommen. Für mich ein bisschen fremde Welt, aber ich bin doch sehr froh, dass Karla darin ihre Bestimmung gefunden hat, und für mich ist es natürlich auch angenehm, dass ich die Sorgen, die meine Eltern sich jahrzehntelang um mich gemacht hatten – Existenz! Gesundheit! – jetzt nicht für Karla haben muss. Bis heute hatte ich keine Erfahrung mit dem konkreten Nutzen von Physiotherapie. Und dem Dienst an der Menschheit, den Karla damit leistet. In meinem Fall kann sie nur eine Entwicklung verzögern und Beschwerden lindern – auch wenn die Übungen selbst teilweise anstrengend und unangenehm sind. Benno ist, so lange er denken kann, in physiotherapeutischer Behandlung. Als Kind hat er sie gehasst, mit zunehmender Reife hat er sie immer besser annehmen können. Heilung ist nicht das Ziel unserer Behandlung, das liegt weit außer Reichweite. Bei Benno wie auch bei mir geht es eher darum, Verschlimmerungen entgegenzuwirken.

Aber andere Menschen, die haben sogar das Glück, von Karla geheilt zu werden. Ich bin stolz auf dich, Karla.

»Doch, das geht, Paps, ein bisschen Konzentration und Zuversicht, und dann geht das schon. Also noch mal. Na, siehst du, hab ich dir zu viel versprochen? Und jetzt schmeiß den Kuli weg, so weit du kannst ... Nein, Paps, nicht mit der Hand, mit den Zehen natürlich! Sooo ... prima! So, ich koch jetzt erst mal was, und heute Nachmittag machen wir dann noch eine Übung.«

»Sag mal, Karla, was hast du denn da für ein Kochbuch? Ist das eins von Mama?«

»Ja, wir haben die ganze Reihe: *Leben wie Gott in der Provence, Leben wie Gott in der Bourgogne, Normandie, Elsass* ... die sind alle von Darius Helten, der war Mamas Lieblingskochbuchautor. Ich koch heute was aus *Leben wie Gott in der Bretagne.*«

Darius! Nelly hat dauernd nach diesen Büchern gekocht. Karla kocht das nur wegen mir. Sie isst auch mit, aber für sich selbst würde sie, wenn es denn überhaupt mal tierische Eiweiße, Fett oder Proteine sein sollen, nur Breat® oder Vergleichbares zubereiten.

Während Karla kocht, guck ich mal auf echtzeit.mag. Ach du Scheiße, was denn jetzt schon wieder:

PLATZ DER EUTHANASIE

Der Berliner Historiker Dr. Fendt hat im Zuge seiner Forschungen zum Thema Euthanasie im Dritten Reich herausgefunden, dass sich auf dem Grundstück des früheren Cosmas & Damian Hospitals ein Euthanasiezentrum befunden hat. Ausgerechnet hier plant der Eventunternehmer Benno Wiesenthal die Errichtung seines Sterbehilfezentrums Heaven's Gate. Nachdem erst vor einigen Wochen afrikanische Flüchtlinge in letzter Minute davon abgehalten werden konnten, sich durch Hungerstreik umzubringen, ist das zumindest fragwürdige Projekt eines »Ortes für einen selbstbestimmten Übergang in eine andere Daseinsform« nun einer weiteren emotionalen Belastungsprobe ausgesetzt. Wir fragen den Bürgermeister, der überraschend leidenschaftlich antwortet.

Halt, Stopp, Moment mal: Eventunternehmer Benno Wiesenthal? Ich muss ihn nachher mal fragen, wer von uns beiden seiner Meinung nach eigentlich der Eventunternehmer ist. Sieht so aus, als hätte mein öffentliches Sterben schon begonnen. Ach ja, was sagt denn nun der Bürgermeister?

»Berlin ist keine Stadt des Todes, Berlin ist eine Stadt des Lebens, eine Stadt der Lebensbejahung! Seit Jahrzehnten wird hier eine der fortschrittlichsten Frühgeborenenstationen der Welt betrieben. Benno Wiesenthal selbst kam dort auf die Welt und hat sich – wie man sieht – prächtig entwickelt.

Nirgends auf der Welt haben HIV-Infizierte eine höhere Lebenserwartung als in Berlin. Die Selbstmordrate in Las Vegas ist dreieinhalb Mal so hoch. Pensionierte Berliner Ärzte haben neulich tagelang auf diesem Grundstück um das Leben von Flüchtlingen gekämpft, um sie, schließlich erfolgreich, vor einem Tod durch Hungerstreik in emotionaler Geiselhaft zu bewahren. Und Berlin sollte stolz sein auf ein Projekt wie das Heaven's Gate, das sich der Frage der Endlichkeit irdischen Daseins mit einer positiven Einstellung nähert. Das verdient Respekt!«

Das hast du wirklich schön gesagt, Bürgermeister. Trotzdem ist das ein schwacher Trost. Das bedeutet schon wieder einen Baustopp.

Da kommt Benno. So sieht man ihn selten: niedergeschlagen, leise, den Blick auf den Boden gerichtet. Ohne zu grüßen oder irgendetwas zu sagen, lässt er sich in einen Sessel fallen und schließt die Augen. Anzug, Schuhe, selbst die Haare – alles vollkommen verdreckt. »Benno? Was ist los?«

»Ich komm grad vom Grundstück. Hunderte Behinderte, alles voll mit zusammengeketteten Rollstühlen.«

»Eine Kundgebung wegen diesem Euthanasiezentrum, oder?«

»Genau. Zuerst hab ich mich nur geärgert: schon wieder Probleme, schon wieder eine Verzögerung. Eine Frau mit einer starken spastischen Behinderung wütet in ein Megafon. Man versteht gar nichts, obwohl sie sich extrem bemüht, deutlich zu artikulieren, es geht ihr ja wirklich um ein wichtiges Anliegen. Sie sagt, was ohnehin auf den Flugblättern steht, aber die Energie, mit der sie das so gut sie kann noch ins Megafon brüllt, verstärkt die Wirkung noch mal: ›Nie wieder! Hier betrieben die Nazis ein Zentrum zur *Vernichtung unwerten Lebens*. Die Idee des *unwerten Lebens* ist an sich schon ein Verbrechen. An dieser Stelle soll unter dem Namen Heaven's Gate wieder so ein Zentrum entstehen. Wir fordern die sofortige Rücknahme der Baugenehmigung und ein umfassendes Betriebsverbot!‹

Ich wollte mich gerade richtig aufregen, weil wir ja genau das Gegenteil dessen beabsichtigen, was die uns vorwerfen, da ruft jemand aus der Behindertenmenge meinen Namen: ›Benno! Beeenno!‹

Michael. Wir waren zusammen in der Ergotherapie. Seine Behinderung ist aber sehr viel schwerer als meine.

›Hallo Benno, na, dir geht's nicht schlecht, wie ich sehe. Zeig mal deine Hand ... ich wette, an manchen Tagen vergisst du glatt, dass du behindert bist. Ich vergesse es nie. Was glaubst du, hätten sie dir auch die Erlösung durch den Gnadentod gewährt? Na ja, mit der Rechten kannst du ja immerhin noch eine Waffe bedienen, und Goebbels hat mit seinem Polio-Bein ja auch große Reden schwingen können. Ich glaube, mir hätten sie die Erlösung durch den Gnadentod unbedingt nahegelegt und sich mit meiner Meinung dazu gar nicht erst lange aufgehalten. Es ging ja auch gar nicht um den Einzelnen, das Wesen der Medizin, ums Heilen. Das perverse Regime hatte sich einen idealen Volkskörper zusammenfantasiert, und da wäre ich eine Krankheit gewesen. Tja, und jetzt, wo die Sozialknete knapp wird, da kommen die Wiesenthals gerade recht mit ihrer Idee, lebensunwertes Leben einfach durch ein Himmelstor zu schleusen!‹

›Michael, ich weiß nicht, nee, ihr denkt euch da was aus, an das wir nie gedacht haben.‹

›Willst du mir damit sagen, dass das kranke Ideen von Bürgermeistern und Krankenkassenmanagern sind, während Ihr immer nur das Ideal des selbstbestimmten Ablebens unter würdigen Umständen im Kopf hattet? Aber das Geld von denen, das nehmt ihr schon, oder?‹

›Wir nehmen Geld von Anlegern, die an unsere Idee glauben. Eure Aktion nervt, aber ich kann euch verstehen. Egal, das Heaven's Gate wird kommen. Und es wird sich nicht missbrauchen lassen.‹

Ich dachte eigentlich, ich hätte damit unseren Standpunkt einigermaßen passabel klargemacht. Bis wenige Meter von mir entfernt plötzlich Panik ausbricht: Viele Rollstühle haben sich festgefahren, unser Gelände hat ja noch keine befestigten Wege. Bestimmt haben die Aktivisten das in Kauf genommen, das dramatisiert ja die Behinderung noch mal eindrucksvoll. Aber der Spezial-Elektro-Rollstuhl eines Schwerstbehinderten fiel um. Der Behinderte, ein Mann mit den Proportionen einer Kar... Entschuldigung, also der Mann hatte praktisch keine Arme und Beine, er lag im Matsch und konnte sich nicht bewegen. Praktisch alle seine grobmotorischen Körperfunktionen sind elektromechanisch externalisiert. Er hat sich wahrscheinlich gefühlt wie ein Gesunder, dessen Kopf man in den Matsch geworfen hatte und der dann mit Augenbewegungen darum fleht, man möge Haupt und Rest wieder miteinander verbinden. Es gab nicht behinderte Helfer, aber die kamen nicht zwischen den vielen verkeilten Rollstühlen durch. Ich habe zwar nur eine Hand, aber ich war der Einzige, der irgendwas machen konnte. Fragt mich nicht, wie, ich habe es irgendwie geschafft, den Rollstuhl wieder aufzurichten und den Mann da reinzubugsieren. Er hatte sich eingenässt, aber ich konnte nicht mehr für ihn tun. Ich bin dann da rausgerobbt.

Michael rief mir noch hinterher: ›Weißt du, was so ein Rollstuhl kostet? Ohne ein klares Bekenntnis und Bereitschaft, sich Menschenwürde und Solidarität auch was kosten zu lassen, gibt's das nicht! Wenn die Politik, wenn die Gesellschaft sich jetzt nicht zu uns bekennt, dann glauben wir ihnen nicht! Dann wäre das Heaven's Gate eine Kriegserklärung, hörst du, Benno? Dann wäre das Heaven's Gate eine Kriegserklärung!‹«

Benno hat sich in Rage geredet, jetzt wirkt er matter als zuvor. Er weint. Ich habe ihn das letzte Mal als Kind weinen sehen. Lange her. Trotzdem, er ist noch jung. Er hat nie jemanden kennengelernt, dessen Schicksal als Täter oder Opfer unmittelbar mit den Nazis verknüpft war, jemand, der im Zweiten Weltkrieg kämpfen oder hungern, mit »Heil Hitler« grüßen oder einen Juden verleugnen musste.

Karla, das schlechte Gewissen der Familie, meldet sich zu Wort: »Kriegt ihr eigentlich noch was mit? Dieser Michael, der hat's doch voll erfasst! Wenn ihr wirklich so einen ehrenhaften Anspruch habt, müsst ihr verdammt aufpassen! Und du, Benno: Die richtig fette Kohle kommt genau daher, von den Krankenkassen und Rentenversicherern, die Kostenfaktoren eliminieren wollen. Ein gutes Gewissen wird dich was kosten. Leiste es dir!«

Benno und ich gucken uns an. Wir sind Pioniere, und wir bleiben nicht stehen, nur weil man beim Fortschritt Grashalme niedertreten muss. Was nicht heißt, dass man dabei nicht auch mal ein schlechtes Gefühl haben darf. Hätte der durch Kinderlähmung schwer behinderte Joseph Goebbels meinem Jungen mit dessen Spastik das Recht auf Leben eingeräumt? Was wäre mit Nelly passiert, hätten die Nazis damals noch regiert? Die Unheilbarkeit war schon festgestellt, aber die Versicherungen zahlten ihre Behandlung bis zum Lebensende. Hätten das die Vertreter der »Volksgemeinschaft« unterstützt?

Manchmal wird mir schon schwindelig bei dem Gedanken, was wir da losgetreten haben. Benno kommt wieder zu Kräften und antwortet seiner Schwester mit einem druckreifen Statement, das wir in unsere Unternehmensphilosophie meißeln könnten: »Das Heaven's Gate wird sich nicht als Entsorgungsanstalt instrumentieren lassen, in der sich die Gesellschaft ihrer unproduktiven Mitglieder entledigt. Wir überzeugen uns sorgfältig von dem freien Willen, der Souveränität und der Selbstbestimmtheit unserer Klienten.«

Aus der Küche duftet es verführerisch nach Artischocken, Muskatnuss und Cidre. Karla bittet feierlich zu Tisch. An dem Platz, an dem Nelly immer saß, hat sie einen Bilderrahmen mit einem Foto ihrer lächelnden Mutter aufgestellt.

»Karla, Liebes, was gibt's denn zu feiern?«

Karla sieht einen Moment lächelnd verlegen auf ihren Teller. Dann sieht sie uns an:

»Ich bekomme ein Baby.«

Oktober 2022

Monströse Königin
Ich liege zu Hause auf dem Sofa. Meine Gedanken kreisen um Karlas Baby. Ich habe nie daran gedacht, obwohl alle Zeichen darauf hindeuteten, dass Karla und Paul mal eine Familie gründen würden. Ich hab diese Zeichen wohl nicht sehen wollen. So ein Enkel, wer weiß, was der mit meinen Gefühlen macht? Und mit meinen Plänen? Will ich jetzt weg sein, bevor der oder die zur Welt kommt, weil sonst alles noch länger dauert? Oder will ich unbedingt noch da sein, weil das neue Menschenkind das Ende meines Lebens noch mal bereichert und ich ihm was mitzugeben habe?

Wenn ich an Heaven's Gate denke, bin ich gerade ein bisschen ernüchtert. Auf meiner Baustelle wimmelt es noch immer von Historikern in Gummistiefeln, Tobias spielt mal wieder den Reitlehrer Mark Bohm - er müsse zwischendurch ja auch mal wieder Geld verdienen –, Kati eröffnet ihr nächstes Wellnesshotel am Wolfgangsee, und ich spüre ein Kribbeln in der linken Hand. So fing es bei meinen Beinen auch an.

Mein Blick heftet sich an die indische Götzenstatue auf dem Balkon meiner Nachbarin. Heute früh finde ich ihn besonders hässlich. Du dicker vierarmiger Elefantengott mit nur einem Stoßzahn, ich kenne dich: Dein Name ist Ganesha. Du bist ein Rotzlöffel, der meint, nur weil er der Sohn Shivas ist, kann er sich mit arglosen gelähmten Eventunternehmern fiese Späße erlauben. Ich weiß, du Gott der Hindernisse, du liebst es, anderen Steine in den Weg zu legen, und ich habe auch sehr gelacht, Ganesha, hahaha, aber kannst du in Zukunft Hamster, Bomben, afrikanische Flüchtlinge und Rollstuhlfahrer bitte mal woanders parken. Danke. Sieh her, ich bringe dir ein Opfer dar, siehst du? Und jetzt sag nicht, das sei ja nur ein Stück Dope. Es ist ein Riesenpiece, und es ist mein letztes! Mit rechts kann ich noch ganz gut werfen und ... Scheiße, jetzt ist es tatsächlich auf dem Balkon meiner Nachbarin gelandet. Und Ganesha wird merken, dass das nicht wirklich ein großes Opfer war: Meinen letzten Joint hab ich mit Nelly geraucht, lange vor ihrem Tod. Die Nachbarin hat mitgekriegt, dass da was auf ihrem Balkon gelandet ist. Sie hebt das Piece auf, mustert es, riecht daran, sieht sich um, schüttelt den Kopf ... und schmeißt es übers Geländer.

So, nun hab ich eine unangenehme Pflicht zu erfüllen, ich schiebe das schon ein paar Tage vor mir her, aber ich glaube, es muss sein: Cynthia Willis anrufen. Cynthia, die Schönheitskönigin, die ihre Tochter Zoë mit *Lasse's Passieren* im Fernsehen gebar.

»Ja, hallo?«

»Hey Cynthia, hier ist Lasse. Wie geht es dir?«

»Beschissen geht's mir. Liest du keine Zeitung?«

»Ich weiß schon, dein Mann hat dich verlassen. Dich und euer Kind.«

»Das meine ich nicht. Der Typ war eh ein Griff ins Klo.«

»Du meinst den Kunstfehler deines Schönheitschirurgen.«

»Ein Dilettant! Er hat mich vernichtet! Lasse, ich hab kein Gesicht mehr, verstehst du? Es gibt mich nicht mehr! Cynthia, das Antlitz der Schönheitskönigin ist von dieser Welt getilgt! Da, wo vorher mein Gesicht war, ist seitdem eine einzige wuchernd vernarbte Wunde! Ich verhülle das, niemand darf das sehen!«

»Cynthia, das ist furchtbar. Ich glaube dir, dass das nicht zu ertragen ist. Hör mal, du hast dich bei Heaven's Gate eingebucht. Cynthia, das geht nicht, du bist noch nicht mal dreißig! Du kannst noch so viel machen! Und dein Kind braucht dich!«

»Es ist mein Kind, ja, aber ich bin nicht mehr seine Mutter, hörst du? Zoë erkennt mich nicht, sie läuft schreiend weg, wenn sie das Gespenst sieht! Zoë lebt bei meiner Visagistin, meiner *früheren* Visagistin. Eine schöne junge glückliche Frau mit einem netten treuen Mann. Die beiden hatten schon zwei Kinder, jetzt haben sie eben noch eins.«

»Cynthia, ich ...«

»Lasse, wenn du Angst um dein Image hast, weil du im Heaven's Gate Schönheitsköniginnen totspritzt, dann springe ich heute noch vom Europacenter!«

»Nein, nein, hör zu, du kriegst das schönste Zimmer, okay? Bitte versprich mir, dass du dir nichts antust, ich bitte dich. Du musst nur noch etwas Geduld haben, es gibt Probleme auf der Baustelle, das Heaven's Gate wird nicht ganz so schnell ...«

»Lasse? Lasse! Was ist los? Laaasse!«

»Sorry, mir war gerade das Telefon runtergefallen. Meine Hand ... egal, glaub mir, ich will auch, dass das bald fertig wird. Ich will nicht leben müssen, bis ich nicht mehr selbst telefonieren kann. Aber es dauert noch, bis ich echt hinfällig bin und vor allem, bis das Haus fertig ist.«

»Mensch Lasse. Okay, dann bleibt's dabei, ich warte.«

»Ja, macht's gut. Bis bald.«

»Du auch. Bis bald.«

Für Cynthia wär's ja besser, wenn es noch länger mit der Fertigstellung des Heaven's Gate dauert. Ich weiß zwar nicht, wie monstermäßig sie jetzt wirklich aussieht, aber das kann doch echt nicht sein, dass sie jetzt ihr Leben wegschmeißt. Mir fährt ein Schreck durch die Glieder: Schaffen wir mit dem Heaven's Gate einen Anlass, bei Widrigkeiten des Lebens das Heil im Tod zu suchen? Hat Karla, meine oberschlaue Tochter, recht?

Ich guck grad mal auf GROOPS, vielleicht bringt mich das auf bessere Gedanken. Na, das sieht doch ganz gut aus:

> POST AUF DER GROOPS-SEITE VOM HEAVEN'S GATE
> mit einer Abbildung von Benno und Bauunternehmer Hermann Hartung. Sie schütteln sich die Hände und lachen dabei in die Kamera.
> *Benno@Heaven's Gate*
> Wir haben uns entschieden: Unser Bauunternehmer fürs Heaven's Gate ist die Fa. Hermann Hartung GmbH & Co. KG! Seit 50 Jahren in zweiter Generation in Berlin am Start. Prominentes Vorzeigeobjekt ist die Hochschule für Gestaltung in Köpenick. Damit liegt jetzt die Latte ziemlich hoch, Hermann ;-)

Ich gebe zu, ich hätt gern ein Wörtchen mitgeredet. Aber Benno hält mich raus: aus Rücksicht auf meinen Zustand und aus Ehrgeiz natürlich. Und weil er keinen Bock hat, etwas auszubaden, was ich entschieden habe, um mich dann durchs Heaven's Gate davonzumachen. Die Entscheidung wird nicht einfach gewesen sein. Ich meine, wenn man einigermaßen sicher sein will, dass die Arbeiter nach Tarif bezahlt werden, nicht barfuß Mauern hochziehen, wo Stahlkappenschuhe vorgeschrieben sind, und der Zoll nicht jede Woche eine Truppe unversicherter Mongolen verhaftet, dann muss man einen Generalunternehmer für ein Bauvorhaben in Berlin sehr sorgfältig auswählen. Und mit jedem Euro, der billiger ist als die teuerste Kalkulation, steigt die Wahrscheinlichkeit von Unregelmäßigkeiten.

Ich find's auch gut, dass es nicht ein Konzern mit Sitz in London oder Zürich ist, die dir für die Bauleitung einen Praktikanten nach Berlin schicken, nur weil irgendein Chinese in Shenzhen ein Parkhaus braucht. Ich kenn die Hartungs flüchtig, ihre Tochter war mit Karla zur Schule gegangen.

Okay, weiter geht's, ich muss zum Anwalt.

Beim Anwalt

Ich versinke in einem üppigen Ledersessel in Gerolds Empfangsbereich. Gerold Thon vertritt mich schon seit fünfundzwanzig Jahren. Ich bin da schon oft versunken, aber heute mache ich mir zum ersten Mal Gedanken darüber, wie ich da wieder rauskomme. Mit der linken Hand an der Lehne abstützen, mit der rechten am Stock ... mal sehen. An den Wänden hängen Bilder von Lawrence Gallo, einem der einst größten Illusionisten aus Las Vegas, fotografiert von Bill George aus New York. Alles Backstagefotos. Gerold hat sie zur Erinnerung aufgehängt, damit er bei Mandanten angeben kann. Ich hatte das Gastspiel in Baden-Baden produziert und Gerold eingeladen. Lawrence Gallo war selbst seine überzeugendste Illusion: Nach der Show tauschte er noch auf dem Weg zur Garderobe den Zauberer-Zampano-Strass-Frack und das strahlende Casino-Lächeln gegen einen Micky-Maus-Jogginganzug und eine deprimierte Schnute, bei der selbst seine strahlend weißen Zähne augenblicklich ergrauten. Eben noch hatte er seine Glanznummer vorgeführt. Er ließ ein Auto auf die Bühne fahren, das er offensichtlich einem Gast aus dem Publikum geklaut hatte. Er ging auf diesen Gast zu und fragte: »Ist das Ihr Maserati?«

Der Gast bestätigt das nickend, etwas nervös und leicht genervt, immerhin war die Karre nagelneu.

»Ist das auch der Traumwagen Ihrer bezaubernden Begleiterin? Oder was meinen Sie, wie würde ihr eine Hochzeitskutsche gefallen? Gezogen von sechs weißen Rassehengsten?«

Große Augen bei der Begleiterin, gesteigerte Nervosität beim Maseratibesitzer, Raunen im Saal. »Uuuuund.« (Trommelwirbel) »Bitte!« (Tusch)

Der Maserati ist weg, und an dessen Stelle steht eine goldene Kutsche, gezogen von sechs weißen, märchenhaft schönen und geschmückten Pferden. Aber in der Garderobe schafft es der Meister nicht, den Schnappverschluss einer badischen Bierflasche zu öffnen.

»Herr Wiesenthal? Herr Dr. Thon wäre jetzt so weit. Wenn Sie mich eben begleiten mögen ...«

Scheiße, ich komme tatsächlich nicht hoch. Meine linke Hand ist fast taub und taugt nicht zum Aufstützen. Die junge Empfangssekretärin ist völlig überfordert.

»Lasse, warte, ich helf dir!«

Gerold, der Marathonläufer und Mountainbiker schafft es, mich da rauszuholen. Er ist nur zwei Jahre jünger, aber ich fühle mich hundert Jahre älter.

»Gerold, ich schildere den Fall so, wie er sich mir darstellt, okay? Also: Herr K. ist ein siebzigjähriger Frühbucher im Heaven's Gate. Seine etwa gleichaltrige Exfrau beklagt nun, dass K. Opfer einer Nötigung durch seine junge Ehefrau ist. Die hat ihm nämlich einen Gutschein fürs Heaven's Gate zum Geburtstag geschenkt. Kein Problem, wäre da nicht die pikante Klausel ›einzulösen bis zur Vollendung des fünfundsiebzigsten Lebensjahres‹.«

»Das wäre in etwa auch meine Zusammenfassung. Rechtlich sollte das für sich genommen kein großes Problem für dich darstellen. Das Schlimmste wäre wohl, dass du die Anzahlung zurückerstatten musst, wenn aufgrund von möglicherweise erkennbarer Einschränkung der Steuerungsfähigkeit von Herrn K. im Zuge einer seelischen Ausnahmesituation in Folge eines von permanenter Nötigung durch K.s Frau gekennzeichneten einseitigen Abhängigkeitsverhältnisses die Nichtigkeit der Anmeldung festgestellt würde. Dann müsstest du die Anzahlung zurückerstatten und fertig. Also mal so in die Tüte gesprochen. Aaaaber: Ihr habt ja noch den Fall der schwer depressiven Cynthia Willis, von der ihr mehrere Tausend Euro Anzahlung kassiert habt. In einer Gesamtschau auf alle Umstände, in der auch eure Praxis der Akquisition von ›early adopters‹ gewürdigt würde, würde möglicherweise auch der Fall K. zu euren Ungunsten bewertet werden, mit welchen Rechtsfolgen auch immer. Ich rate euch dringend, dieses Verfahren zu überdenken. Vielleicht wäre es ratsam, einen Psychologen einzustellen, der erst mal Beratungsgespräche führt, bevor Ihr eine Buchung bestätigt.«

Ich muss das mal mit Benno besprechen. Das mit dem selbstbestimmten Ableben, das hab ich ja wirklich immer auch so gemeint. *Lasse's Passieren – Entsorgung von Leben aller Art* – nein, das können wir nicht wollen. Und bei keinem unserer Frühbucher habe ich das Gefühl, die wären von Dritten gedrängt worden, sich im Heaven's Gate töten zu lassen.

Gerold bringt mich runter zum Taxi.

»Mach's gut, Lasse. Und melde dich, ich find das spannend, was du da machst.«

»Alles klar, Gerold. Schätze, da kannst du noch eine Menge rechtliche Grauzonen einfärben. Ich sag Bescheid.«

Die ultimative Performance

Ach du scheiße: Bolle. Von Zehntausend Berliner Taxifahrern schicken die mir ausgerechnet Bolle. Zu spät.

»Na Lasse? Komm schon, lasset passian! Wo solls'n hinjehn, Alta! Mööönsch Lasse, det ick ... ach weeste übahaupt: Ick krick noch 'n fettet Piece von dia, weeste noch, ne?«

»Bolle, Mann, das ist echt verdammt 'ne Überraschung. Siehst gut aus, Bolle. Du, mir geht's nicht gut, mein Bein, ich werde sterben, ach Bolle, sorry, freut mich echt, dich zu sehen. Aber mir geht's echt nicht gut, fahr mich einfach nach Hause, weißt ja noch, wo ich wohne. Ich leg 'nen Fuffi drauf, Bolle, ich hab kein Piece, ehrlich.«

»Soso, steabn musste, weeste wat: Det mussick ooch ... ach, schuldije, Lasse, nüscht füa unjut, wa.«

Bolle hatte früher eine alte Fabrik in Moabit gepachtet, wo er eine Kneipe mit mehreren Bühnen für Subkultur betrieb und Probenräume und Ateliers vermietete. Ich habe da auch Veranstaltungen durchgeführt, und Nelly hatte ein kleines Atelier, wo sie Tattoovorlagen skizzierte und auch Tattoos stach. Es hatte mich immer gewundert, dass ein Typ wie Bolle so ein Ding allein managt, ohne es in kürzester Zeit in Grund und Boden zu wirtschaften. Aber er brauchte einfach etwas länger dafür, und der Bankrott war dann auch umso verheerender. Wahrscheinlich hat er immer noch Schulden, die er mit Taxifahren scheibchenweise abträgt.

»Weeste eijentlich, dat Mariechen auch tot is? Meen Mariechen. Det blühende Leben, wa! Na jut, zwee eawachsene Kinda, also nich mea jannnz taufrisch sarick ma, aber jesund, wa. Eenes Morjens wach ick uff und wunda mia, dat det Mariechen noch schlummat. Ick meine, Mariechen war imma als Easte uffn Beinen. ›Mariechen‹, sarick, ›Mariechen, wia müssen ma uffstehn, wa?‹ Nüscht. Keene Rejung. Vastehste, Lasse, det Mariechen war nich mea! Aneurysma. Een Blutjerinsel im Jehirn. Eenfach nich mea uffjewacht. Keene Krankheit, keen Leiden, nüscht. Irjendwie 'n schöna Tod, aber viel zu früh und ohne Ankündijung. Keen ›ach, wat ick dir imma saaren wollte‹ oder übahaupt ma reflektian über det eijene Leben und wat man noch machen will oder übahaupt 'n richtija Abschied oda so. Ick meine, mit Nelly, det war schon schlimm, wa, det mag man ja keenem wünschen, wa. Aba ia konntet euch wenigstns verabschiadn und euch nochma saaren, wie liab ihr euch hattet oda so.«

Bolle raucht. Bolle raucht Kette. Das war schon immer so, aber heute fällt mir das auf. Ich glaub, er ist der letzte echte Kettenraucher in meinem Kosmos. Wir haben fast ein Jahr lang Abschied genommen von Nelly und sie von uns, und das war dann auch wieder ein bisschen zu lang. Tod ist eigentlich immer scheiße.

»Du, Lasse, sach ma, wat saachste denn zu der Sache mitm Etienne!?«

»Wovon sprichst du, Bolle? Er hatte mich zu gestern nach Amsterdam eingeladen, aber wie du siehst, bin ich grad nicht so beweglich.«

»Ach Mensch Lasse, det is jetz ... ach scheiße, waate, ick schick dia 'n Link.«

Mein Tablet hab ich beim Taxifahren immer online und möglichst direkt vorm Gesicht. Viele Fahrer hält das wenigstens ein bisschen davon ab, mich vollzutexten, wenn ich die ganze Zeit aufs Tablet starre. Manche kratzt das gar nicht. Da, da kommt der Link von Bolle. Ein Video unter dem Titel:

LAST BOW

Etienne allein und nackt in der Bühnenmitte. Bis auf einen Kanister keine Requisiten, kein Bühnenbild. In einem großen Kreis um den Meister herum seine Kompanie, eng vertraute Tänzer in Hockstellung, gekleidet wie Tänzer ohne Kostüm, dem Publikum zugewandt und das Publikum gebannt fixierend. Am hinteren Bühnenrand sechs Sänger. Sie intonieren eine auf- und abschwellende Dissonanz, allein mit der Silbe »Aaaah«. Etienne hebt den Kanister über seinen Kopf, der ist sichtbar schwer, aber Etienne behält seine Haltung. Farblose Flüssigkeit ergießt sich über ihn ... Moment Mal ... Last Bow? Einzelne Zuschauer stürzen Richtung Bühne, werden aber von Tänzern der Kompanie daran gehindert, sich dem Meister zu nähern. Etienne zündet sich an. Brennend tanzt er seine Figuren in einer Choreografie, wie sie für ihn immer schon charakteristisch war. Bis er sich nach einer guten Minute zu einer sich verschließenden und schließlich ganz verbrennenden Blüte zusammenfaltet. Ein Zuschauer hat einen Feuerlöscher im Anschlag, auch er wird von der Kompanie am Eindringen in den Bannkreis gehindert. In hohem Bogen sprüht er Löschpulver auf den jetzt leblosen Körper von Etienne. Ein Häufchen Asche und Pulver.

Das Herz schlägt mir bis zum Hals.

»Ick find det konsequent. Det war Etienne, so wara imma. Janz ealich, Lasse, ick ...«

»Halt mal an, Bolle, jetz mach, fahr mal da ran!«

Ich stoße die Tür auf, vergesse, dass mein linkes Bein tot ist, und schlage mit dem lebenden Knie auf dem Bordstein auf. Mein Tablet mit dem letzten Häufchen von Etienne schlittert über das Kopfsteinpflaster. Ich übergebe mich.

»Komm, Lasse, ick fahr dir nach Hause.«

Dort gebe ich Bolle, was ich in der Tasche habe.

»Zweehundert? Det is sea jrooßzügig, Lasse.«

»Mach's gut Bolle. Tut mir leid wegen Mariechen. Bis bald.«

Ich hätte Bolle bitten sollen, mich nach oben zu bringen. Aber ich hab ihn nicht mehr ertragen. Im Treppenhaus ist niemand. Ich schlepp mich rauf. Ich dachte, das geht nicht, aber es geht, es dauert eben lange. Bis in den vierten Stock brauche ich fast eine viertel Stunde. Immer ganz eng am Handlauf. Jede Stufe erst mit dem linken Bein auftreten, dann das rechte nachziehen. Im rechten habe ich zwar kein Gefühl mehr und kann es auch nicht bewegen, aber für die Dauer, die ich brauche, um mit dem linken den nächsten Schritt zu machen, kann ich auf dem rechten Bein kurz stehen, wenn ich den größten Teil meines Körpergewichtes mit den Armen auf den Handlauf stütze.

So schnell werde ich nicht wieder rausgehen. Soll die Welt doch zu mir kommen. Benno ist kaum noch zu Hause. Hat er jetzt doch mal eine Freundin? Er sagt nichts, und ich frag ihn nicht, das ist der Deal. Als Geschäftsführer ist er jedenfalls eine Wucht.

Ich lege mich aufs Sofa. Die Gebetsfahnen flattern. Aber sie knattern dabei längst nicht mehr so kräftig wie damals, als meine damals neue Nachbarin sie aufhängte. Ein gutes Zeichen: Mit jedem Gebet, das das Windpferd mitnimmt, nimmt es auch ein bisschen Farbe und Fasern mit, und das Windpferd war sehr, sehr fleißig. Die blaue Fahne steht für den blauen Himmel, und der ist heute wirklich blau, so, wie die Wolken so weiß sind wie ihre Fahne. Aber die rote Feuerfahne wirkt fast wie ausgeblasen, so blass. Etienne war das mit seiner Last-Bow-Show. Sein Liebesfeuer hat kaum was übrig gelassen von dem Rot. Windpferdchen, ja, ich meine dich, du, von der weißen Fahne, komm und nimm meinen Wunsch, reite in die Wolken, ich brauche Klarheit!

Bis dahin guck ich mal, was es auf GROOPS Neues gibt:

POST VON USER »HEAVEN'S GATE« AUF DER GROOPS-SEITE DES HEAVEN'S GATE

Heaven's Gate

Ich will jetzt endlich gebaut werden. Ich will meinen säulenförmigen Stamm in der Mitte mit den scheibenförmigen Räumen, die vom Stamm abstehen wie Blätter. Die raumhohen umlaufenden Fenster, die atmosphärischen Vorhänge, das Parkett. Die Ärzte und Schwestern, die Rituale, die Musik, die Andachten, die Coachings. Die Freunde und Angehörigen, die Abschiede und die Lobreden.

Ich will die Beruhigungsmittel, die Narkosemittel, die Nervengifte. Ich will das letzte Lächeln der Hingeschiedenen. Ich will die Kompostierungsanlage, mit der ich aus menschlichen Überresten Humus und damit neues Leben werden lasse. Ich will jetzt die Welt verändern und Nutzen stiften. Ich will meine guten Absichten unter Beweis stellen. Ich habe ein Recht darauf.

Ich hatte Geduld mit Bauaufsichtsamtsdirektoren, Hamstern, Hungerstreikern, Sitzblockierern, Naziopfern, Architekten und Schwerbehinderten. Ich will jetzt dienen! Ich will das Versprechen einlösen, das andere gegeben haben! Den nächsten Fortschrittsverhinderer werde ich unter mir begraben, bei Gott, das schwöre ich. Lasst mich jetzt endlich werden, wozu ihr mich erdacht, erträumt habt. Stein auf Stein. Fuge um Fuge. Glaslamelle an Glaslamelle an Glaslamelle. Ich flehe euch an.

Benno@ Heaven's Gate
@alle: Heaven's Gate ist ein Fake-Profil, keine Ahnung, wer dahintersteckt.
@ Heaven's Gate: I like deinen Post :-)

Ich like den Post auch. Könnte von mir sein, er spricht mir aus der Seele. Würd mich ja echt mal interessieren, wer sich da als unser Heaven's Gate ausgibt. Und, ja, gute Idee, unserem Haus eine Seele anzudichten. Was ich als Nächstes lese, macht mich schon wieder nachdenklich:

KOMMENTAR
zum Post von Benno Wiesenthal zum Thema »Entscheidung für Bauunternehmer Hermann Hartung«.
Anselm Meinhardt
Ist das schön: Tarifgemäße Bezahlung! Versicherungsschutz! Einhaltung von Arbeitsschutzbestimmungen! Willkommen in der heilen Welt vom Heaven's Gate. Leider zu schön, um wahr zu sein. Ich halte es für vollkommen lebensfremd, anzunehmen, dass ein Bauunternehmer in Berlin mit diesem Anspruch wettbewerbsfähig ist. Zahlt ihr Hartung etwa das Doppelte? Selbst wenn, dann wird es seine Organisation schon in Unkenntnis der entsprechenden Vorschriften kaum auf die Reihe kriegen, solche Versprechungen einzuhalten. Schließlich wäre das der absolute Ausnahmesonderfall, auf den kein Bauunternehmer in Berlin auch nur annähernd vorbereitet wäre.

Jemandem vertrauen bedeutet immer Risiko. Und ohne einen Generalunternehmer kann man eben kein großes Bauvorhaben durchziehen. Ich hatte überall in der Welt lokale Veranstalter, und da kam es vor, dass die mit den gesamten Eintrittsgeldern durchgebrannt sind, und ich konnte dann sehen, wie ich meine Künstler nach Hause holte. Ohne Risiko geht eben gar nichts. Hoffentlich hat der nicht recht mit seinem Kommentar.

Vertrauen hin oder her, ich muss mich heute selbst versorgen beziehungsweise, ich will das versuchen, auch um zu erfahren, wie viel Unabhängigkeit mir im Alltag noch bleibt, wenigstens vorerst. Das geht schon mal gut los: Ein Glas Spreewaldgurken hab ich schon fallen lassen. Gurken, Dill, Senfkörner, appetitlich sieht das aus auf dem Kachelboden, aber überall Scherben dazwischen. Ich muss lernen, ohne meine linke Hand auszukommen, sie hat gerade mehr Schaden als alles andere angerichtet. Na gut, keine Gurken. Und wenn's keine Gurken gibt, brauch ich mir auch kein Leberwurstbrot zu machen, es würde ewig dauern, bis ich mir eine Scheibe Brot abgeschnitten hätte, ohne mich zu verletzten. Dosen kann ich auch nicht öffnen. Also auch kein Thunfisch. Ich krieg eine Message, dass Dominik ein Interview im Radio gibt:

»So, Leute, bevor ich euch meinen Gast vorstelle, noch ein paar einleitende Worte zum Thema der Sendung: Kryonik. Kryonik ist ein Verfahren, bei dem sich Menschen unmittelbar nach ihrem Hirntod tiefgefrieren lassen. Ihnen wird dann das Blut aus den Adern gelassen und durch Frostschutzmittel ersetzt, damit bei minus einhundertsechsundneunzig Grad Celsius die Zellwände keinen Schaden nehmen. Die Leute haben das noch zu Lebzeiten verfügt in der Hoffnung, dass in zum Beispiel zweihundert Jahren ein Heilmittel gegen ihre Todesursache gefunden worden sein wird und sie jemand auftaut und gesund macht. Neben mir sitzt Dominik Fehr, einer der ambitioniertesten Investoren in Zukunftstechnologien und innovative Dienstleistungen.

So gehört Dominik zu den Erfindern von Breat®, das bei mir bei keinem Frühstück fehlen darf, und er ist im Konsortium vom Heaven's Gate. So weit alles richtig, Dominik?«

»Korrekt.«

»Und das mit der Kryonik, hab ich das einigermaßen zutreffend geschildert?«

»Ich bin da nicht wirklich ein Experte, aber, ja, das klang grad ganz schlüssig.«

»Prima. Den Grundstock deines Vermögens hast du als Aufsichtsratsmitglied und Anteilseigner im Unternehmen deines Vaters aufgebaut. Vor einigen Jahren hast du dich bei der Firma Faith Unlimited Enterprises in Michigan beteiligt und ...«

»Falsch. Ich habe mich nie bei einem Kryonik-Unternehmen beteiligt, schon deshalb nicht, weil das totaler Schwachsinn ist. Keine Menschheit der Welt würde hundert oder tausend Jahre für meine Tiefkühlung und Wiederbelebung zahlen, selbst wenn die Heilung technisch möglich sein sollte, woran ich aber nicht glaube. Richtig ist, dass wir an Faith Unlimited spezielle Tiefkühltechnologien und Consultingleistungen verkauft haben. Wir waren natürlich an Erkenntnissen interessiert. Aber das Thema ist tot: zu viel Energie. Zu viel Gift. Keine Zukunft.«

»Hast du gewusst, dass Faith Unlimited pleite ist und dass nächste Woche der Strom abgestellt wird und dass dann die Toten aufgetaut werden – ohne Aussicht auf Heilung?«

»Das wusste ich nicht, aber es wundert mich auch nicht.«

»Was soll man denn jetzt mit den Leuten machen?«

»So einfach begraben kann man sie nicht: zu viel Gift. Aus dem gleichen Grund kann man sie auch nicht verbrennen. Genau genommen ist das Sondermüll.«

»Vielleicht könnte man sie woanders weitergefrieren lassen, ich meine, bei einer anderen Kryonik-Firma?«

»Niemand wäre bereit, das zu bezahlen, sonst wäre Faith Unlimited ja auch nicht pleitegegangen. Wäre übrigens ja auch nicht so eine tolle Vorstellung, nach zweihundert Jahren aufgetaut und geheilt zu werden, und dann beginnt man sein neu gewonnenes Leben mit einer erdrückenden Schuldenlast für zweihundert Jahre Gefrierkosten. Um sich die Erde mit dann zehn Milliarden anderen Menschen zu teilen, die sicher nicht auf dich gewartet haben. Nein, die Leute sind tot, seitdem sie gestorben sind.«

»Und im Heaven's Gate, da stirbt man und bleibt dann tot, richtig? Hm. Was ist dann das Besondere daran?«

»Du bestimmst den Zeitpunkt. Und damit auch den Ort: das Heaven's Gate, der Ort für einen würdigen Übertritt in ein neues Dasein. Das gilt für die Seele. Der Körper ist tot und wird dem Kreislauf des Lebens auf der Erde zurückgegeben. Aber wir arbeiten zudem noch an der Möglichkeit, bei uns auch Organe zur Spende entnehmen zu lassen. Dein Herz lebt dann weiter.«

»Na, das sind doch spannende Aussichten! Vielen Dank, Dominik, dass du bei uns warst und viel Glück für eine baldige Eröffnung von Heaven's Gate! Nach einer kurzen Werbepause geht's hier weiter mit dem Thema Kryonik.«

Gut gemacht, Dominik. Kryonik – was für ein Unfug. Ich bestelle mir Breat®-Curry bei einem Bringdienst. Lecker.

Februar 2023

Hirnschrittmacher und Achtsamkeit

Termin beim Neurologen. Jan hat mich hergeschickt. Ich hasse es, zu Jan zu gehen, aber bei Jan muss ich wenigstens nicht warten. Er kriegt ab und zu mal Pressekarten, mit denen er bei seiner jeweiligen Freundin angeben kann, und im Gegenzug bringt er Verständnis dafür auf, dass der bedeutendste Kulturschaffende der Stadt nicht stundenlang im Wartezimmer gammeln sollte.

Bei Privatdozent Dr. med. Grothe gelten andere Regeln. Und wenn Karla mir nicht so dermaßen eingeheizt hätte, diesen Termin wahrzunehmen, hätte ich ihn spätestens jetzt sausen lassen. Ein beklemmendes Wartezimmer, voll mit kranken Menschen. Krücken, Stützkorsette, einer trägt eine Art Kopfschutz, weil er hin und wieder seinen Kopf gegen die Wand schmettert. Überall hängen schematische Darstellungen von Nervenenden mit Rezeptoren, Synapsen und Transmittern. Rote Felder markieren Störungen im lebenswichtigen Funkfeuer. Ganz lecker und fotorealistisch: der Querschnitt eines Gehirns mit abgestorbenen Regionen. Selbst die Zeitschriften sind noch unappetitlicher als die bei meinem Friseur. Dort blättere ich mich mangels anderer Gelegenheiten schon mal durch Dokumentationen misslungener Versuche plastischer Chirurgie, und ich verstehe dann, warum Cynthia ihr Gesicht, das ja angeblich jetzt mehr ein Kunstfehler als ein Gesicht ist, verhüllt. Aber hier liegen wirklich ausschließlich medizinische Fachzeitschriften aus, die in ihrer Berichterstattung da anfangen, wo die Schaubilder an den Wänden aufhören. Glauben Ärzte, dass es die Vorfreude auf den Ruf ins Sprechzimmer steigert, wenn sie die Patienten mit Dokumentationen von Lobotomie-Behandlungen einstimmen? Lobotomie ist ein gehirnchirurgischer Eingriff, für den dessen Erfinder António Egas Moniz 1949 mit dem Nobelpreis für Medizin ausgezeichnet wurde, der aber glücklicherweise wegen inzwischen erwiesener Nutzlosigkeit für den Patienten nicht mehr praktiziert wird. Die angebliche Therapie war vor allem populär beim sozialen und gesellschaftlichen Umfeld der Betroffenen. So wird Walter Freeman, ein mit einem Wohnmobil durch die USA tourender Neurologe, der Tausende psychisch Auffällige oder sozial Unangepasste lobotomiert hat, mit dem denkwürdigen Satz zitiert, dass Psychochirurgie nach seiner Methode »ihre Erfolge dadurch erlangt, dass sie die Fantasie zerschmettert, Gefühle abstumpft, abstraktes Denken vernichtet und ein roboterähnliches, kontrollierbares Individuum schafft.« Neurologe? Nobelpreis? Wo befinde ich mich gerade? Auch das Verfahren der Lobotomie macht mich nachdenklich: Zwischen Augenlid und Augapfel wurde ein Stahlnagel durch den Schädelknochen getrieben und so weit vorangeschoben, bis man die weiße und die graue Substanz – was immer das sein mag – erreicht hatte. Durch gründliches Herumrühren mit dem Nagel wurde dann so viel von dieser »Substanz« und den damit verbundenen Nervenfasern zerstört, dass der Patient tatsächlich bestimmte unerwünschte Eigenschaften damit verlor. So behandelte Menschen wurden apathisch, retardiert und antriebslos. Ich werde die Behandlungsansätze der Neurologen, denen ich mich ausliefern soll, also sehr genau beobachten und bewerten müssen.

Der alte Mann neben mir wird ins Arztzimmer gerufen, den frei gewordenen Platz nimmt eine zitternde, nicht mehr junge Frau ein. Ich sehe kurz auf, und als sie mich sieht, sieht sie schnell wieder weg. Lissi? Lissi. Was die hier macht, brauche ich mich nicht lange zu fragen: Lissi war meine beste Executive Producerin. Bis sie krank wurde. Eine Nervenentzündung, ich weiß es nicht genau, ich wollte es nicht so genau wissen, damals. Und nun sitzen wir im gleichen Wartezimmer.

Ich hab ihr damals gekündigt. Sorry, das geht nicht, dem gefragtesten Pianisten der Welt fünf Minuten vor dem Klavierkonzert seinen Gingko-Tee über die Hände zu schütten, weil man die Kontrolle über die eigenen Hände verloren hat. Keine Frage von Schuld, einfach nur von geht nicht. Den Bürojob, den ich ihr angeboten habe, hat sie mir vor die Füße geschmissen. Kein Problem, ich kann das verstehen. Schade nur, dass wir unter den neuen Vorzeichen keine gemeinsame Basis mehr gefunden haben.

»Lissi?«

»Kennen wir uns? Ich glaube nicht!«

»Jetzt komm schon, Lissi, du musst mich doch erkennen!«

Lissi heftet ihren Blick lieber an das Schaubild einer verkümmerten Nervenzelle ohne Funktion, spärlich vernetzt in einem lückenhaften Geflecht versiegter Flüsse, als mir in die Augen zu sehen.

»Ich kenne jemanden, der Ihnen sehr ähnlich sieht. Aber Lasse Wiesenthal ist nicht krank, niemals. Und er würde sich eher totkoksen, bevor er sich in so ein Wartezimmer setzt.«

Shit. Wie lange dauert es wohl noch, bis ich selbst so behindert bin, dass ich mir selbst kündigen muss? Weil ich sonst beim Öffnen einer Champagnerflasche ein Blutbad anrichte? Mit einiger Verzögerung bin ich jetzt sozusagen

Leidensgenosse von Lissi. Schätze, das ist für sie noch kein Grund, mir zu verzeihen. Ich werde aufgerufen.

»Mach's gut, Lissi!«

»Grüßen Sie Herrn Wiesenthal von mir. Sagen Sie ihm, in ein paar Monaten ist er da, wo ich war, als er mich gefeuert hat.«

»Es tut mir leid, Lissi. Mach's gut.«

Es wäre nicht fair, dem Herrn Privatdozenten zu unterstellen, er würde mich ignorieren, nur weil er mich nicht begrüßt und mir nicht in die Augen sieht. Für ihn bin ich nämlich nicht ich, sondern meine Krankenakte, und die studiert er peinlich genau.

Dann tippt er was in seinen PC.

»Ich verordne Ihnen einen Hirnschrittmacher. Der wird Ihnen in einer Spezialklinik in Bochum implantiert. Stationär. Machen Sie da einen Termin, Kontaktdaten hab ich Ihnen gerade gemailt. Melden Sie sich bei mir, wenn das passiert ist.«

Na super, die Hirnklinik hat mir ein PDF geschickt: Sie werden als Erstes ein Kopf-MRT machen, dann scheren sie meinen Kopf, machen ihn auf und schieben zwei Elektroden rein. Die feuern dann ständig kleine Stromschläge ab, und dadurch kann ich mich wieder bewegen. Das war jetzt mal die Kurzfassung mit allem, was ich nicht verstanden habe. Vielleicht hätte ich diese Lobotomie-Story doch nicht lesen sollen. Jan, Karla, Benno, Kati und Dr. Hahn, alle beschwören mich, diese Chance zu nutzen. Ich werde es hassen, eine Glatze zu haben, aber Nelly hatte auch eine, und ich werd mich jetzt mal nicht so anstellen.

Ich bin wirklich unzählige Male in Tegel, Tempelhof und Schönefeld gestartet und gelandet, aber in diesem neuen

Flughafen finde ich mich überhaupt nicht zurecht. Die haben ja auch gerade erst ihren Flugbetrieb aufgenommen – mit über zehn Jahren Verspätung! Immer noch hängen Kabel rum, von denen man nicht weiß, wo sie herkommen und welche Funktion sie haben. Zentralrechner, die mehr abstürzen als rechnen. Improvisierte Rohre, die im Brandfall den Rauch absaugen sollen. Hunderte Gepäckarbeiter, die Gepäckstücke mit der Hand bringen, weil die Anlage zur Gepäckbeförderung nicht funktioniert. Tausende Passagiere, die übers Rollfeld irren, weil die Passagierbrücken zu den Flugzeugen nicht angedockt werden können.

Ich hoffe jeden Tag, dass uns so ein Desaster beim Heaven's Gate erspart bleibt, damit ich mein Ableben wie geplant noch selbst gestalten kann. Ich kenne hier nichts und niemanden, aber es wäre das erste Mal, dass ich auf einem Inlandsflughafen niemanden treffe, den ich kenne. Aber da kommt schon einer, ausgerechnet Billie, auf diese Begegnung hätte ich verzichten können: »Lasse! Hey Lasse, alter Pirat, du, ich krieg noch sechstausend Euro Gage von dir!«

»Billie, ich erklär's dir noch mal: Du wolltest im Kempinski wohnen. Kein Problem, Billie will ins Kempinski, Lasse bucht das Kempinski. Aber du Idiot musstest deine Suite ja unbedingt in Schutt und Asche legen! Was glaubst du, wer das bezahlt hat, hm? Nein, meine Versicherung hat das nicht bezahlt, man kann sich nicht gegen durchgeknallte Popdiven versichern. Deine Versicherung hätte das zahlen müssen, Billie, aber der Herr Popstar hat natürlich keine Versicherung, so was ist ja was für Spießer! Nein, Billie, du kriegst von mir keine Gage mehr! Jetzt komm schon, jetzt lass dich doch nicht so hängen, du warst einer der ganz Großen, Billie! Hier hast du zweihundert Euro, nimm, ich bitte dich. Sag mal, weißt du, wo Gate A6 ist? Okay, danke, mach's gut, Billie.«

Wir haben die maximale Flughöhe erreicht. Alle gucken auf ihre Tablets, ich gucke aus dem Fenster. Es ist schön hier oben. Hier oben ist es eigentlich immer schön! Ich stelle mir vor, ich hätte mein Leben auf der Erde beendet und wäre jetzt hier im Himmel. Die Menschen sind schon clever, denk ich mir, haben sich für die Ewigkeit wirklich ein nettes Plätzchen ausgesucht, jede Südseeinsel ist glatt ein Scheiß dagegen.

Ich steige aus und werde mich als Engel auf Probe mal ein wenig umsehen. Ich lege mich auf eine Wolke, lasse mich von Mütterchen Sonne bescheinen und lasse – ein netter Menschenspruch – den lieben Gott einen guten Mann sein. Frieden, Ruhe, nichts. Ich trage ein weißes Hemdchen, das ist alles, und mehr braucht man hier oben wohl auch nicht. Ich frage mich nur, warum der Engel auf der Nachbarwolke einen Gehörschutz trägt, ein Riesending, größer noch als die der Rollfeldarbeiter in BER Schönefeld. Aha: Schon nach ein paar Minuten kommt ein Passagierflugzeug. So direkt an meinem Ohr ist es lauter als *Grand Funk Railroad* und *Manowar* zusammen, lauter als alles, was ich je auf der Erde veranstaltet habe. Und als es vorbei ist, hinterlässt es ein ziemlich ätzendes Gasgemisch. Ich geh zu Gott, das kann ja wohl jetzt echt nicht sein.

»Hör mal, Gott, das kann ja jetzt wohl echt nicht sein: erst mit schönen Bildern werben und dann geht hinterm Hotel 'ne Autobahn lang. Dafür gibt's neunzig Prozent Minderung, Gott, das ist ständige Rechtsprechung!«

Gott tippt mit seinem langen weißen Zeigefinger an seine dünnhäutige Stirn. Tock, tock, tock.

»Jetzt hör mir mal gut zu, Probeengel: Stell dir vor, du bist noch in Berlin und machst eine richtig wilde Party. Ein Exzess, als gäb's keinen nächsten Morgen. Es gibt aber einen nächsten Morgen, und du rufst den Vermieter an und sagst:

›Hey, was für eine versiffte Bude: Pisse auf dem Parkett, Kotze an den Wänden! Und dafür soll ich etwa Miete zahlen? Bring das erst Mal in Ordnung!‹ Was glaubst du, was macht der Vermieter, hm? Der wird dir echt was husten, der Vermieter! Du kannst froh sein, wenn er dich nicht gleich rausschmeißt.«

Ein Engel im Gewand einer Flugbegleiterin stupst mich an: »Tee? Kaffee, Wasser, Orangensaft, Tomatensaft?«

»Tomatensaft, danke.«

Der Flughafen in Dortmund ist nicht schön und auch nicht neu, aber alles funktioniert absolut reibungslos. Wahrscheinlich laufen hier alle PCs noch auf Windows XP. Man leistet sich lieber einen Stab eigener Programmierer, die Patches und Workarounds codieren, als mit unausgereiften Innovationen herumzuexperimentieren.

Die Taxifahrt führt vorbei an erloschenen Schloten, Fördertürmen und Halden. Seit mit deutscher Kohle aus dem Untertagebau nichts mehr zu verdienen ist, erschließt man sich hier neue Geschäftsfelder, beispielsweise das der Hirnchirurgie mit ihrem Spezialgebiet der Tiefen Hirnstimulation als einzigartige Standortattraktion, die Bochum zum Mekka der Nervenkranken machen wird. Die Tiefe Hirnstimulation leistet ein Hirnschrittmacher, der mir hier implantiert werden soll.

Der Pfleger ist kein Figaro, eher leidenschaftslos rasiert er mir die Mähne. Ich habe vorsorglich eine Armycap mit Nellys beliebtestem Tattoomotiv, einem Hubschrauber mit Federn anstelle von Rotorblättern, so wie ich es schon auf dem Unterarm trage, mitgenommen.

Ein digitaler Klon von meinem Kopf wird angefertigt. Mit allen Zellen. Stamm-, Klein-, Mittel-, Zwischen-, Groß- und

Nachhirn. Thalamus, Hypothalamus, Epiphyse, Hypophyse. Stirnlappen, Schläfenlappen, Scheitellappen. Zirbeldrüse. Prämotorischer Cortex, sensomotorischer Cortex. Damit können die Chirurgen einen Schlachtplan erstellen und den Vortrieb simulieren, um Erkenntnisgewinne nach dem Versuch-Irrtum-Prinzip in Grenzen zu halten. Man hat ja schließlich nur *ein* Gehirn.

Ich teile mir das Zimmer mit einem Mann mittleren Alters, der eigentlich auf dem Friedhof liegen müsste, hätte er selbst beim Versuch, sich umzubringen, nicht auch noch versagt. Grund genug, sich durch Freitod davonzumachen, hatte er allerdings: Er hatte sein ganzes Geld, das seiner Familie und das anderer Leute, das er akquiriert hatte, in ein sehr ambitioniertes Biodorfprojekt gesteckt. Schöne Idee: regenerative Energien, Wasser, klimaneutrale Häuser, Selbstversorgergärten, Wärme, alles total bio. Die Anleger werden Teilhaber an einer besseren Zukunft, so das große Versprechen. Und obendrein wird ihr Engagement noch mit sensationellen zwölf Prozent Rendite versüßt. Aber alles dauerte länger und wurde teurer, und die Anleger bekamen es mit der Angst und holten sich zurück, was sie noch kriegen konnten, und so stand Kevin – so heißt mein Bettnachbar – eines Tages auf der Biobaustelle, auf der nichts vor und zurück ging, zwischen traurigen Fragmenten angefangener Niedrigenergiehäuser und fand einen Pressluftnagler.

Er dachte sich, wenn man mit diesem Pressluftnagler zwei Fünfzig-Millimeter-Buchenholzbretter mit einem Schuss zusammennageln kann, dann kann man sich damit auch ein prima Loch durch den Kopf schießen, und alles wäre vorbei. Das mit dem Loch hat geklappt, allerdings steckt der Nagel jetzt irgendwo im Gehirn, und das Leben geht weiter, was eigentlich nicht der Plan war. Sozusagen der Versuch einer Selbstentleibung, der in der Realität einer Selbstlobotomie stecken geblieben war. Das Gehirn kann nicht wehtun, deshalb schieben Neurologen ihren Patienten in den offenen Kopf Dinge rein, und die können gleichzeitig lustige Fragen beantworten. Ich bin schon mal gespannt. Kevin leidet auch nicht, im Gegenteil: Der Nagel hat Areale durchschlagen, die für Angst und Wehmut und Empathie zuständig sind und die sich nicht mehr erholen werden.

Bis andere Areale diese Funktionen (vielleicht?) übernehmen, was mühsamer Therapie bedürfte, ist Kevin erst mal einfach nur irre: »Glaub mir, Lasse, ich weiß, wie ich mir das Geld von meinen Leuten, von meiner Familie wiederhole: Ich drohe mit Liebesentzug! Ha! Das Doppelte, das Dreifache hol ich mir! Und dann bau ich ein Biodorf, wie es die Welt noch nicht gesehen hat. Und keiner wird je Geld zurückkriegen. Geht's noch! Keinen Cent! Diese Spießer. Wir verändern die Welt, Lasse, wir! Endlich! Wenn wir Gewinne machen, bauen wir das nächste Dorf, klar wie Kloßbrühe, oder?«

Die haben Nerven, mich vor einem so empfindlichen Eingriff mit so einem Typen zusammenzulegen.

Schlecht geschlafen, früh geweckt worden, es geht los. Grüne Menschen mit Masken und Latexhänden fixieren meinen Kopf in einem ringförmigen Stahlrahmen. Das sei wichtig, um größtmögliche Präzision bei der Operation sicherzustellen, und damit bin ich auch sehr einverstanden. Meine Kopfhaut wird betäubt, und ich muss zum Glück nicht zusehen, wie sie die zur Seite falten. Hirnchirurgen tun Dinge, die selbst die mutigsten und abgekochtesten Eventunternehmer niemals tun würden, wollten oder könnten. Dafür gebührt ihnen Respekt, den Hirnchirurgen, meine ich. Das Geräusch und das Gefühl, das ein Zahnarztbohrer verursacht, sind mir geläufig. Dennoch kein Vergleich zu dem Geräusch, das entsteht, wenn einem ein Loch in die Schädeldecke getrieben wird.

Man nennt den Kopf ja auch »Haupt«, und ohne Haupt macht der ganze Rest keinen Sinn. Ich habe mal ... ach du scheiße, was ist *das*: »Hiiilfeeee! Herr Doktor, Herr Doktor, ich falle, ich faaaalleeee!«

»Kein Problem! Kein Problem! Herr Wiesenthal, hören Sie mich?«

»Ja, ich höre Sie.«

»Sie befinden sich auf einer tonnenschweren Operationsliege im Erdgeschoss eines Krankenhauses in Bochum, errichtet auf einer massiven Steinformation. In dieser Gegend hat es nie Untertagebergbau gegeben. Um uns herum schon, hier nicht. Sie können definitiv nicht fallen, Herr Wiesenthal. Wir haben das ja gestern schon besprochen, bitte erinnern Sie sich. Ich habe eine von zwei Elektroden jetzt tief in Ihr Gehirn geschoben und dabei Nerven berührt, die Ihnen vortäuschen, Sie würden fallen, was aber nicht der Fall ist. Jedenfalls weiß ich jetzt, dass das noch nicht die optimale Position der Elektroden ist. Das sicherzustellen ist aber der ganze Sinn dieser seltsamen Veranstaltung hier. Haben Sie mich verstanden, Herr Wiesenthal? Gut. Während ich jetzt weitermache, erzählen Sie doch bitte mal über sich, Herr Wiesenthal.«

»Mein Name ist Benno Wiesenthal. Ich habe zwei linke Hände. Mit meinem Sohn Lasse – ein aufgewecktes Kerlchen übrigens – baue ich gerade ein Traumhaus, in dem man für teures Geld zum zweiten Mal geboren werden kann. Wir haben ...«

»Danke, Herr Wiesenthal, unsere Elektrode ist wohl noch nicht ganz am Ziel. Reden Sie weiter, wenn Ihnen etwas seltsam vorkommt.«

»Was machen diese Leute hier! Sind das Studenten? Das war nicht vereinbart!«

»Wie viele Leute in Grün sehen Sie, Herr Wiesenthal?«

»Moment ... zwölf.«

»Sie sehen doppelt, Herr Wiesenthal. Das ist völlig normal. Bei der Platzierung von Elektroden für die Tiefe Hirnstimulation gilt: Wenn man denkt, man ist verrückt, dann ist das völlig normal. Sind die Studenten jetzt weg?«

»Ja.«

»Wie heißen Sie mit Vornamen?«

»Lars.«

»Unter welchem Namen sind Sie bekannt?«

»Lasse Wiesenthal.«

»Gut. Ich komme jetzt in eine Region, in der wir eigentlich positive Effekte erzielen müssten. Was spüren Sie in Ihrem rechten Fuß?«

»Nichts.«

»Hm. Heben Sie mal Ihren linken Fuß ... Heben Sie?«

»Hebe ich?«

»Ich meine, ob Sie Ihren Fuß angewiesen haben, sich zu heben.«

»Ja, hab ich, aber ich seh nicht, ob er's auch macht! Macht er's?«

»Nee, er macht's nicht.«

Es folgen einige ergebnislose Versuche. Ab und zu höre ich den Chirurgen ein paar fassungslose Brocken murmeln à la »gibt's doch nicht« oder »noch nie erlebt«. Es dauert beachtlich lange, bis er aufgibt, er muss vom Anästhesisten schon fast dazu gedrängt werden, bevor die Betäubung nachlässt. Sie machen meinen Kopf gerade noch rechtzeitig wieder zu, weil Patienten mit offenem Kopf und ohne Betäubung wirklich sehr ungemütlich werden können.

In einer Nachbesprechung erfahre ich, dass ich zu der Minderheit von Patienten gehöre, der ein Hirnschrittmacher wohl keine Linderung verschafft. Weil man eigentlich gar nicht so genau weiß, warum und wie die Tiefe Hirnstimulation eigentlich funktioniert, weiß man auch nicht, dito wie und warum sie auch mal nicht funktioniert.

Ich packe meine Sachen und verabschiede mich von Kevin. Der hat noch ein einmaliges Angebot für mich: »Hey Lasse, das Bauernspiel, mach mit! Ein klassisches Strukturvertriebsmodell. Bis die Letzten merken, dass das eine Luftnummer mit nix dahinter ist, haben wir schon volle Taschen! Wir bauen uns ein Bioschloss, Lasse! Klimaneutral! Unser Pool wird eine positive Energiebilanz erzielen. Das muss uns erst mal einer nachmachen! Wir werden reich! Wir retten die Welt!«

Ich muss hier weg. Aber noch bevor ich mir ein Taxi bestellen kann, werde ich sehr diskret von einem Mann angesprochen, der gestern noch ganz anders aussah: Es ist der Anästhesist. Sakko anstelle von Kittel, Turnschuhe anstelle von Gummilatschen. In offensichtlich konspirativer Absicht bittet er mich, zum Parkplatz zu kommen, er würde mich zum Flughafen fahren. Zu diesem Zweck hat er sich extra ein Sharecar genommen, mit dem er allerdings nicht sonderlich gut zurechtkommt. Ständig verwechselt der gelernte Alpha-Romeo-Fahrer den Joystick mit einem Schaltknüppel, was regelmäßig dazu führt, dass alle möglichen Alarm-LEDs hysterisch aufblinken, das System auf Safety-Emergency-Off schaltet und ... stehen bleibt. Nach mehreren Ereignissen dieser Art fährt das System erst mal ganz runter, um sich für einen Neustart vorzubereiten. Um diesen abzuwarten, begeben wir uns auf den Seitenstreifen, wo wir nicht allein sind: Auch anderen Fahrern passiert das, und auch mir als früherem Jaguarfahrer würde es wohl nicht anders gehen.

Und wie wir da so rumstehen, kommt Herr Dr. med. so langsam mal rüber mit seinem Anliegen. Er habe sich »schon immer« für selbstbestimmte Formen des Sterbens interessiert. Er sei »überzeugt« davon, dass die neue Rechtslage in Übereinstimmung mit der gesellschaftlichen Akzeptanz seine »einschlägigen Erfahrungen, seine Fähigkeiten, seine Kreativität und seine Bereitschaft, sich auch besonderen Herausforderungen zu stellen«, geradezu verlangt. Ich gebe ihm Bennos Visitenkarte, er soll eine Bewerbung schicken. Einen Mangel an Bewerbungen befürchte ich nun wirklich nicht.

Ich fliege nach Hause. Strahlend blauer Himmel über dem gesamten Ruhrgebiet so weit das Auge reicht. Das macht mich nervös: Wo fängt der Himmel an? Und wo hört die Erde auf? Kein Darüber, kein Darunter, kein Hell oben und kein Dunkel unten. Das Bleiben-Sie-angeschnallt-Signal ist noch nicht erloschen. Bedeutet das, dass wir noch bei den bösen Menschen sind und die endgültige Flughöhe der Engel noch nicht erreicht haben? Ich traue mich nicht auszusteigen.

Bald haben wir eine geschlossene Wolkendecke erreicht, und die Ordnung zwischen Himmel und Erde ist wiederhergestellt. Mein Sitznachbar sieht aus wie ein Unternehmensberater für Standortenwicklung mit Dienstleistungen im Gesundheitswesen. Typen wie er beraten heruntergekommene Industriestandorte, die auf der jahrzehntelangen Suche nach einer neuen Identität, nach leidenschaftslosen Affären mit High-Tech-Fantasten und Freizeitparkvisionären nun der Verheißung dieses smarten Herrn erlegen sind: Bochum wird das Eldorado der Tiefen Hirnstimulation! Der

Mann ist nicht mehr als ein armer Sünder, ein einfacher Erdling. Würde er einen Fuß hier raussetzen, würde er sofort abstürzen durch eine Wolkendecke aus nichts. Ich aber bin ein Engel, ich brauche mir da keine Sorgen zu machen. Ich löse den Gurt, steige aus und mache es mir bequem. Herrlich, wunderbar, paradiesisch! Hm, ich finde ja, dass dieses weiße Hemd mit nix drunter etwas dämlich aussieht. Die Frauenengel finden das gar nicht, und die tragen ja auch nicht mehr, und sie zeigen mir, wie praktisch das ist, dass man das ganz schnell hochschieben kann. Ich bin grad im Himmel der Lüste, da werden wir gestört: ein grauhaariger, bärtiger, schlecht gelaunter alter Mann mit einem Quittungsblock.

»Eine Million Euro Kaution.«

»Wir kennen uns doch, du bist Gott! Sag mal: Wenn schon die Kaution eine Million Euro beträgt, wie hoch ist denn dann die Miete hier?«

»Der Aufenthalt ist umsonst, du bist ja schließlich hier im Himmel. Ich hab hier oben für Geld auch keine Verwendung. Die Gegenleistung für das Aufenthaltsrecht im Himmel ist – also die ›Miete‹, wenn du so willst – einzig ein angemessenes Wohlverhalten. Und Kaution will ich, damit es wehtut, wenn das Geld weg ist. Weißt du, Lasse, wir haben hier oben neunzig Prozent ›Mietnomaden‹, es ist echt zum Kotzen. Die pesten uns hier alles voll mit ihren Treibhausgasen und machen sich dann aus dem Staub ins nächste Jenseits.«

»Gibt's denn mehrere Jenseitse?«

»Oh ja, unendlich viele! Die meisten Leute kommen aber erst mal hierher, weil ihnen nichts Besseres einfällt, und dass es etwas anderes gibt, wahre Geheimtipps, hat man ihnen vorenthalten. Aber auch, wenn sie woanders hingehen: Wir Jenseitse haben alle die gleichen Probleme. Also, was ist jetzt?«

»Ich überleg's mir noch mal, danke.«

Ich schnalle mich wieder an. Mein Sitznachbar hat sich zu einem Embryo mit Krawatte zusammengerollt. Er schläft und nuckelt dabei am Daumen. Wahrscheinlich träumt er von riesigen Hirnschrittmacherplantagen bei Gladbeck, Herne und Castrop-Rauxel. Dafür kriegt er dann als »Verdienter Bergmann des Jahres« Medaillen der geretteten Gemeinden mit gekreuzten Schlägel und Eisen drauf. Er träumt davon, dass die Verdienstmedaillen dieser Städte einst ein Hirnschrittmacher anstelle von Schlägel und Eisen ziert und dass die Medaillen dann seinen Namen tragen. Der Kaschmirmantel meines Sitznachbarn ist auf den Boden gerutscht. Unter großer Anstrengung gelingt es mir, diesen aufzuheben und meinen Sitznachbarn zuzudecken. Eine Flugbegleiterin lächelt mich an.

»Einen Tomatensaft bitte.«

Zurück am BER Schönefeld. Ich gehe so schnell ich kann – und das ist ziemlich langsam – zum Taxistand. Auf dem langen Weg dahin sehe ich Leute, die mich kennen, und ich sehe zu, dass die mich nicht sehen. Ich sehe scheiße aus, fühl mich auch so und bin auch nicht ich. Ich hab mir extra eine Zeitung geschnappt, die ich mir im Taxi aufgefaltet vors Gesicht halte, nicht mal der Fahrer soll mich sehen. Und vor allem soll er mich nicht ansprechen.

In der Zeitung steht, dass zwar keiner von denen, die das Flughafendesaster zu verantworten haben, mehr in seinem damaligen Amt ist, dass es den Leuten allerdings ganz und gar nicht schlecht geht. Ich hoffe, wir haben beim Heaven's Gate nicht auch solche Typen beauftragt.

Zu Hause vergrabe ich mich im Bett. Ich will niemanden sehen. Das geht einige Tage so. Wie viele Tage weiß ich nicht.

Es geht so lange, bis Wendy mich rausreißt. Ich krieg eine Message und werde auf die Webcam geschaltet.

»Die Bullen haben Sam abgegriffen. Bestimmt hat Lasse ihn hingehängt. So eine linke Ratte!«

Das war's mal wieder: Ich ruf zurück ins Zimmer – »Ich habe dich nicht verraten, Wendy!« –, aber da ist sie schon wieder abgetaucht.

Ich tauche langsam, ganz langsam wieder auf. Die Führung meiner Geschäfte überlasse ich mehr und mehr Benno. Ich baue immer mehr ab und muss etwas mehr auf mich Acht geben, damit ich meinen letzten Tag noch im Heaven's Gate erleben kann. Als vorläufig letzten aktiven Beitrag zum Projekt werde ich jetzt mal ein paar Gewerbeanmeldungen erledigen. Ich bin da schließlich Experte und schlimmer als ein Antrag auf Genehmigung zur Durchführung einer Abschaum-Party mit symbolischer Schlachtung des Faschings-Prinzenpaares vor dem Dom kann das ja auch nicht sein, und so was hab ich früher am Rande einer Generalprobe für Macbeth in einem Hangar für Airbus-Montagen erledigt.

So richtig Lust zu dieser Behördentortour hab ich eigentlich nicht, aber wir wollen ja bald schon mal unsere Abschiedscoachings anbieten, auch, wenn wir unsere Kernleistung noch nicht erbringen können, weil das Heaven's Gate ja noch nicht fertig ist. So richtig loslegen können wir mit Ergänzungsleistungen aber erst, wenn wir unser Gewerbe angemeldet haben und im Handelsregister geführt werden. Gerade bei unserem Geschäftsgegenstand muss alles seine Ordnung haben. Klar, ich würde ja auch nicht wollen, dass jeder Idiot beim Späti am Kottbusser Tor eine Pumpgun kaufen kann.

Je näher ich mich allerdings mit den einschlägigen Auflagen befasse, befürchte ich aber, dass das doch gar nicht so einfach ist, denn unser Geschäftsgegenstand ist den einschlägigen Beamtenkreisen überhaupt nicht geläufig. Schon bei unserem ersten Versuch stellt sich heraus, dass man mit Behördenkram gar nicht früh genug anfangen kann, wenn man was macht, was noch nie einer gemacht hat.

»Ihr Betrieb ist erlaubnispflichtig. Ohne Erlaubnis kann ich Sie nicht registrieren.«

»Gerne. Was sollen wir uns denn erlauben lassen?«

»Na ja, den Betrieb einer Heileinrichtung. So was ist das doch, oder?«

»Hm. Unser Abschiedscoaching könnte man wohl als Heilmaßnahme mit vorübergehender Wirkung deklarieren. Aber eigentlich ist das eine mehrwertstiftende Ergänzungsleistung. Um ehrlich zu sein: Unsere Kernleistung ist aktive Sterbehilfe.«

Der Beamte wird nachdenklich. Ich glaube, er würde sich lieber den Rest seines Lebens künstlich beatmen lassen, als sich mit diesem unlösbar scheinenden Problem herumzuschlagen. Es gibt einfach keine Schublade, in die sich unsere Tätigkeit hineinpressen lässt. In den darauffolgenden Wochen werden Beamtenforen mit allerlei ausufernden Auslegungen, Verweisen und Umgehungstipps belebt.

Es stellt sich übrigens schnell heraus, dass wir tatsächlich erlaubnispflichtig sind. Das kommt uns sehr gelegen. Denn sonst könnte ja jeder Friseur neben Schneiden, Waschen und Föhnen noch Erdrosseln oder Ertränken anbieten. Wir hingegen werden erfahrene und kompetente Ärzte beschäftigen und dürfen als zertifizierter Betrieb dann auch entsprechenden wettbewerblichen Schutz vor Scharlatanen vom Gesetzgeber verlangen. Gut, dass wir Dr. Hahn im Konsortium haben. Der Typ hat einfach unglaublich viel Einfluss und gute Kontakte. Mit seiner Unterstützung nutzen wir die Verfahrenslücke für uns und lassen uns das Genehmigungsverfahren sozusagen maßschneidern.

Nach diesem kleinen Erfolgserlebnis – ja, ich war richtig ein bisschen stolz, dass ich auch mal wieder was machen durfte und auch tatsächlich konnte – habe ich eine Einladung von Kati angenommen, in ihr Stammressort am Vierwaldstättersee. Zuerst dachte ich: Was soll ich in der Schweiz am See, wenn ich nicht mehr rein kann ins Wasser und nicht mehr rauf auf den Berg? Aber diese Hotelanlage selbst ist die Reise wert. Ich bestelle ein paar Tage vorher das bequemste Taxi, das in Berlin zu haben ist, und sage bei der Bestellung, dass mir außer Bolle jeder Fahrer recht sei. Ach ja, und wenn's geht, einer, der nicht so viel quasselt, die Fahrt würde schließlich mehr als neun Stunden dauern.

Die Fahrt ist angenehm, auch weil ich das Glück habe, einen Taxifahrer aus Emden erwischt zu haben. Ostfriesen sind von Natur aus nicht sehr redselig, und selbst angesichts schneebedeckter Alpengipfel geben sie sich äußerlich wohltuend unbeeindruckt.

Kati will mit mir über ein weiteres Heaven's Gate brainstormen, hier, an ihrem Standort in der Schweiz. Hier, wo lebensüberdrüssige Deutsche als Mitglieder von Vereinen für würdevollen Freitod in grauen Hotels und rechtlichen Grauzonen grausam sterben, weil sich keiner mit den richtigen Dosierungen auskennt. Warum lass ich mich eigentlich auf solche Brainstormings ein? Ich meine, außer dass ich mich mit weisen Ratschlägen bei Kati für die Einladung revanchiere? Ich hab doch nichts mehr davon! Doch: kein Geld zwar, aber ich habe mich eigentlich nie für Geld interessiert. Es ist das Gefühl des *historic footprints*. Lasse Wiesenthal lässt es passieren und wird unsterblich mit seiner Idee vom besseren Tod, vom erfüllten Sterben.

Ich hab hier so einen Achtsamkeitstrainer. Wie ein richtiger Schweizer heißt er Roger. Fantastisch: Es geht um die totale Wahrnehmung des Moments. Es ist dabei vollkommen unwichtig, wie und warum es zu diesem Moment kam, was danach kommt, wie sich der Tod anfühlt und ob es im Jenseits Gosling's Black Seal Bermuda Rum gibt oder nicht. Er geht mit mir einen Fragebogen durch mit Erhebungen wie dieser: »Du bist zu Fuß in der Stadt unterwegs. Plötzlich fällt direkt zu deinen Füßen ein kleines Kind hin. Es schaut zu dir auf und beginnt zu schreien. Was denkst du?

a) Es hat sich erschrocken, weil es erwartet hatte, seine Mutter zu sehen.

b) Ich bin erschrocken über meine erschreckende Wirkung auf kleine Kinder.

c) Ich mache mir keine Gedanken. Das hat nichts mit mir zu tun. Kinder schreien, wenn sie hinfallen.«

»A.«

»Okay ... nächste Frage: Im Alltag begegnet dir eine sehr attraktive junge Frau. Was denkst du?

a) Sie wird heute Abend Gegenstand meiner sexuellen Fantasien sein.

b) Wie spreche ich sie an? Ich muss sie unbedingt verführen!

c) Ich denke gar nichts, sondern freue mich über den schönen Anblick.

d) Ich bin deprimiert, weil mich der Anblick auf meine mangelnde Attraktivität und meine sexuellen Funktionsstörungen zurückwirft.«

»A. Oder d.«

»A oder d?«

»D.«

»Oookayyyy ... nächste Frage: Dein Sohn trifft eine unternehmerische Entscheidung, die du auf den ersten Blick für falsch hältst. Was denkst du?

a) Vielleicht ist die Entscheidung ja doch nicht so verkehrt. Bis jetzt hat er unsere Sache ja gut gemacht.

b) Der Junge ist einfach noch zu unerfahren und muss noch vor sich selbst geschützt werden. Ich werde mich wieder mehr einbringen.

c) Der verwöhnte Bengel gefährdet gerade mein Lebenswerk! Ich muss ihn da wieder rausnehmen.«

»B.«

»Also Lasse, du bist ein nachdenklicher Geist, und das hat dir in deinem Leben viel genützt. Deine Denkmuster stellen dich selbst aber so sehr in den Mittelpunkt aller möglichen Bezugsrahmen, dass dich das auf Dauer überfordern wird und dir der Zugang zu inneren Ressourcen erschwert bleibt. Ich habe ein Motto für dich, Lasse, das Motto für deine persönliche Abschiedsarbeit: *Lasse's passieren!*

Dein Motto, Lasse: Mehr wahrnehmen und weniger erklären, mehr hinnehmen und weniger entscheiden, mehr loslassen und weniger festhalten. Und versuche, die Assoziation von Referenzerlebnissen zu vermeiden. Es entgeht dir was, wenn du in der Schweiz an einem See liegst und dich dabei daran erinnerst, wie schön es mit Abigail am Strand von Santa Monica war oder wie toll es jetzt noch wäre, einen Caipirinha zu schlürfen. Bleib einfach im Moment, okay? Cool. Und hüte dich davor, immer alles zu bewerten.«

Roger macht mit mir ein paar Lockerungsübungen: Wonach schmeckt der Wein? Sag jetzt nicht »fruchtig«. Gott hat nicht Hunderte Aromen zusammenkomponiert und dir Millionen Sinneszellen und Rezeptoren gegeben, damit du dann »fruchtig« sagst. Du liegst lang gestreckt auf einer Yogamatte. Mit welchen Stellen deines Körpers berührst du die Matte und mit welchen nicht? Wie geht es den Körperstellen, die die Last der anderen tragen? Spüre deinen Herzschlag! Wie verändert er sich, wenn du für eine halbe Minute die Luft anhältst? Gibt es Glieder, die sich schwerer anfühlen als andere? Hörst du die Glocken der Kühe? Mach einen Knall mit der Papiertüte und verfolge das Echo! Befreie dich von jeglichem Zeitgefühl. Und noch mal: Vermeide Referenzen und Assoziationen! Du bist nicht im Paradies, du bist noch nicht mal in der Schweiz, du bist einfach nur hier, und nur in diesem Hier gibt es jetzt mehr zu erfahren als an jedem anderen Ort im Universum.

Das klingt alles recht vernünftig und einleuchtend. Aus eigenem Erfahrungsschatz wird Roger dabei kaum schöpfen können, er ist wenig älter als Benno. Ich beobachte an mir, wie ich akademisch oder durch geregelte Ausbildung erworbenes Wissen zunehmend respektiere.

Am nächsten Morgen fährt Roger mit mir auf die Rigi, die »Königin der Berge«, wie einem Aggle & Co. immer noch weismachen wollen. Eher ein Hügel von nicht mal tausendachthundert Metern. Für mich als Behinderten, der etwas über Achtsamkeit erfahren soll, ist das genau der richtige Ausflugsort, sagt Roger. Wir fahren gleich in der Früh mit der historischen, dampfbetriebenen Zahnradbahn. Als braver Achtsamkeitsschüler bin ich offen für alles und konzentriere mich auf gar nichts. Ich spüre den Dampf, ich lausche dem Stampfen und Fauchen und Quietschen. Ich genieße es, wie sich das Ruckeln und Rumpeln wohltuend auf meine Wirbelsäule überträgt. Die Luft hier oben ist voller Frische und Sauerstoff. Schmetterlinge flattern mir in vielen Farben vor der Nase herum und heben sich von der unendlichen Weite des Panoramablicks ab. Ich schnaufe, als es bergauf geht, mein Atem beruhigt sich, nachdem ich mich auf einem Stein niedergelassen habe. Wir probieren frischen, wild gewachsenen Thymian, und ich versuche Eindrücke wahrzunehmen, ohne sie gleich zu benennen oder einzuordnen. Ein bedingungsloses Glücksgefühl macht sich für diesen Moment breit.

Wir fahren wieder runter und nehmen dafür die Seilbahn. Das träge Sacken der Magengrube bei der Abfahrt fühlt sich lustig an, das Staunen der Kinder steckt wohltuend an, ich freue mich mit einem älteren Paar, das sich küsst. Ich ... ruck ... ruck ... ruck ... wir stehen. Besser gesagt, wir hängen, gefühlte hundert Meter über dem Abgrund.

Die übermütig gute Urlaubslaune der etwa zehn Fahrgäste bremst noch eine Weile die Sorgen und Ängste, die sich aber schließlich nicht abwenden lassen. Der Mann des verliebten älteren Paares klammert sich mit geschlossenen Augen an seine stärkere Frau. Ein Wochenend-Naturbursche in den Mittvierzigern kompensiert seine aufkommende Panik, indem er sich in wüsten Beschimpfungen über die »Werbelüge Schweizer Präzision« ergeht. Ein Kind macht sich in die Hose, ein anderes hat Spaß daran, das Schaukeln der Gondel zu verstärken und wird von seiner hysterischen Mutter gewaltsam daran gehindert. Und Roger? Das pure Entsetzen, nicht ansprechbar, der Junge.

Tja, sieht so aus, als wäre keiner von denen je mit den wirklich ziemlich verrückten *Insane Russians* im Laderaum eines schrottreifen Bandbusses vor einer Horde bewaffneter Nazis kreuz und quer durch die Lausitz geflüchtet, nachdem die *Russians* ein Bioschwein auf einem Nazibauernhof mit Felgenspray vergoldet hatten. Also Leute, lasst Lasse mal machen. Es ist Zeit, das Kommando zu übernehmen, nachdem die aufkommende Verzweiflung durch die Tatsache verstärkt wird, dass sich über die Notfallsprechanlage niemand zurückmeldet.

Also, Lasse, jetzt bist du dran: »So, alle mal herhören! Wir hängen hier an einem mehrfach gesicherten Stahlseil. Schweizer Seilbahnen sind nachweislich die sichersten der Welt. Die Tatsache, dass wir hier einen kurzen Aufenthalt haben, ist genau dafür ein gutes Zeichen. Die verständlicherweise gerade aufgekommende Unruhe hilft leider gar nicht. Unser Stammhirn will uns damit nur eine völlig untaugliche Anweisung geben, indem es neuronale Rezeptoren mit Adrenalin überschwemmt, damit wir angreifen oder flüchten. Es gibt hier aber niemanden, den wir angreifen könnten beziehungsweise sollten, und es gibt auch keinen Ort, zu dem wir jetzt hinrennen könnten. Oder? Ich schlage vor, dass wir jetzt alle mal tief durchatmen und uns darauf freuen, was wir heute noch Schönes erleben werden. Ein Abendspaziergang am See bei Sonnenuntergang. Ein Raclette mit Freunden. Eine Fahrt mit einem Schaufelraddampfer.«

Ich wäre nicht einer der erfolgreichsten Veranstalter der Welt für unvergessliche Stunden geworden, wenn die Leute mir jetzt nicht ohne Wenn und Aber folgen würden. Meine »Anweisungen« werden von einem der Touristen für einen anderen flüsternd ins Englische übersetzt, im Übrigen liegt absolute Ruhe über der Szene – bis auf das gemächliche Knarzen der tonnenschweren Gondel an ihrem durchhängenden Stahlseil über dem Abgrund. Für den Augenblick eines aussetzenden Herzschlages durchströmt mich Todesangst. Die Zuversicht, die sich aus hundertfachen Überlebenserfahrungen speist, verbraucht sich irgendwann auch wieder. Der ältere Herr, der sich immer noch an seine Frau klammert, wird wissen, was ich meine. Ruck ... ruck ... ruck ... es geht weiter. Alle kommen heil unten an. Roger lässt sich gerne von mir auf die Schulter klopfen. Dann trinken wir wortlos ein paar Flaschen Urbräu am See.

Eigentlich hätte ein Telefonat gereicht, und ich hätte Kati die Lizenz für ein Heaven's Gate hier in ihrem Ressort gegen angemessene Beteiligung eingeräumt. Zumal sie ja Tobias mit eingebracht hat, der der Idee zu sehr viel Substanz verholfen hat. Außerdem ist die Idee der totalen Achtsamkeit eine wertvolle Bereicherung für das Gedankengut im Heaven's Gate.

Ich liege wieder zu Hause auf meinem Sofa in Kreuzberg und beobachte meine Nachbarin beim chinesischen Schattenboxen nach Berliner Frauenpowerart. Ich hab neulich was über Spiegelneuronen gelesen. Spiegelneuronen lösen beim Betrachter eines Geschehens, das bei einem anderen eine Empfindung auslöst, die gleiche Empfindung aus. So verzieht man zum Beispiel selbst den Mund, wenn man jemanden dabei beobachtet, wie der in eine Zitrone beißt. Ich liege also hier bewegungslos und forme in Gedanken als Spiegel meiner Nachbarin Tai-Chi-Figuren: »Der weiße Kranich breitet seine Flügel aus.« »Die Mähne eines Wildpferds teilen.« »Den Vogel am Schwanz fassen.« »Der goldene Hahn steht auf einem Bein.« Zugegeben, heute bin ich nur der schwache Spiegel einer starken Frau. Und weil ich ein Mann bin und sie eine Frau, kommt es zu lustigen Verschiebungen im Spiegelbild, wenn sie sich an den Busen fasst. Regungslos, aber wohltuend angestrengt lass ich mich also von meinen Neuronen überraschen, während das Original im grauem Niesel Zeitlupen tanzt.

Untersuchung

Es verdichten sich zunehmend die Zeichen dafür, dass der Baubeginn bevorsteht. Und bevor es wirklich losgeht, werde ich noch eine Untersuchung über mich ergehen lassen.

Der Deal: Die Universitätsklinik Leipzig darf ein bisschen an mir herumforschen, und ich profitiere, wenn sie bei dieser Gelegenheit doch eine neue Therapie finden und wenn sie nur die Symptome lindert. Es ist ganz und gar nicht so, dass ich meinen Abschied im Heaven's Gate abblasen will. Aber ich will ihn wenigstens noch in einem Zustand erleben, in dem ich nicht schon so behindert bin, dass ich nicht mal mehr eine persönliche Entscheidung glaubhaft kommunizieren kann. Meine Krankheit läuft mit Heaven's Gate um die Wette. Wenn's blöd läuft, erstarre ich zu einem Untoten, bevor das Heaven's Gate fertig ist.

Der Krankenwagen kommt. Ziemlich großes Ding. Groß sind auch die Sanitäter, die mich abholen und in einer Art Tragetuch die Treppe runterschleppen. Schätze, das sieht ziemlich bescheuert aus. Wir machen uns auf den Weg nach Leipzig. Die Strecke ist ziemlich öde. Interessanter ist die Einrichtung des Krankenwagens, der anscheinend für so ziemlich alle denkbaren Notfälle vorbereitet ist. Die haben allen Ernstes einen kleinen Operationsroboter an Bord der remote von jedem eingeloggten PC der Welt aus gesteuert werden kann, zum Beispiel um einen Luftröhrenschnitt durch einen weit entfernten Spezialisten noch am Unfallort durchführen zu können. Es müssen wohl sehr viele unglückliche Umstände zusammenkommen, um ums Leben zu kommen, wo dieser Krankenwagen aufkreuzt.

Fahrer und Sanitäter langweilen sich. Sie wirken auf mich wie in einem Stand-by-Modus, ein Bereitschaftshalbschlaf, in dem man ohne Weiteres einen erlahmten Eventunternehmer in einem Rettungsluxusliner durch die ostdeutsche Provinz chauffieren kann. Sorry, Jungs, aber der nächste Horrorcrash kommt bestimmt, und dann könnt ihr eure Adrenalinsysteme hochfahren und retten, was geht!

Auf einer Raststätte machen sie eine Zigarettenpause. Keiner spricht. Ich rauche schon ewig nicht mehr. Ich habe aufgehört, als Nelly aufhörte, und Nelly hat aufgehört, als Chemotherapie und allerlei Zellgiftmedikamente ihr jeglichen Genuss daran verdarben. Ich war hier schon mal. Mit den *Insane Russians*. Einen großen Teil ihrer Gage gaben sie für Nudelsalat aus, mit dem sie sich gegenseitig einschmierten und dabei filmten. Mit riesigen VHS-Kassettenkameras. Keiner von uns hat damals damit gerechnet, älter als vielleicht vierzig zu werden, und viele von uns leben auch schon nicht mehr. Ich schätze, mindestens zwei von den *Insane Russians* waren schon tot, bevor die Sanitäter geboren wurden.

Angekommen in der Gesundheitsfabrik mit Forschungsabteilung in Leipzig, setzen mich die Riesen in einen Rollstuhl. Hier kommt jeder in einen Rollstuhl, wenn er nicht gerade topfit ist, aber wer ist schon topfit hier? Mit einem Tablet, das meine Diagnose und einige Gesundheitsdaten enthält, werde ich an einen Pfleger weitergegeben. Der Pfleger fährt mich durch lange Flure, immer wieder gehen gläserne Flügeltüren automatisch auf und zu. Er sagt nichts, ich sage nichts. Ich brauche keinen Trost, und ich muss nicht mit nettem Smalltalk daran erinnert werden, dass in der Gesundheitsfabrik Menschen mit Gefühlen arbeiten.

Tausende Menschen mit Gefühlen, in weißen Kitteln und grünen Baumwollanzügen, laufen zielstrebig von A nach B, diskutieren Röntgenbilder, schieben Betten mit weißen steifen Bettdecken und nackten Menschen darunter in Operationssäle und Labore. Patienten schlurfen in Bademänteln, ihre Infusionsständer vor sich herschiebend, Richtung Krankenhauskiosk. Ich komme an einem wahrhaftigen Raucherraum vorbei, eine gläserne Krebszelle, in der sich Ärzte und Patienten gegenseitig einqualmen.

Der Pfleger übergibt mich und das Tablet an eine hübsche Schwester, die mit mir ein Anamneseprofil erstellt. Ich hab eigentlich keine aufregende Krankengeschichte. Bei der Frage nach Drogen erzähle ich was von zeitweise ausschweifendem Cannabiskonsum, um das Thema an der Stelle zu erledigen. Mehr würde mehr Fragen aufwerfen und gehört nicht in die Datenspeicher behördennaher Organisationen.

Ob die Schwester weiß, dass ich weiß, dass sie Unterwäsche der Marke *Pornstar* trägt?

Sie hat ja an ihrem Hintern keine Augen, aber ich hab sie: Der Bund ihres Tangas mit der verräterischen Aufschrift schiebt sich für einen kurzen Moment über den Bund ihrer Baumwollhose, als sie sich nach einem Umschlag bückt. Weiß sie, dass wohl viele Kollegen und Patienten wissen, dass sie Unterwäsche der Marke *Pornstar* trägt? Sie ist überhaupt nicht der Typ »Pornstar«, eher der Typ »wahnsinnig nette Krankenschwester«. Früher hätte ich wenigstens den Anflug einer Erektion gekriegt, also wenigstens was gespürt im Genitalbereich beim Anblick von »süßem Arsch mit der Aufschrift *Pornstar*«, weil mich so was sofort auf sexuelle Fantasien gebracht hätte. Das ist jetzt erschreckend anders. Ich spüre gar nichts, und ich krieg auch keine Fantasien.

Sie ist kein Pornstar, und sie ist auch kein Vampir: Ohne jede Regung nimmt sie mir reichlich Blut ab, und sie lässt weder Vergnügen noch Mitleid erkennen, als ich vor Schmerz zusammenzucke. Kein Pornstar, kein Vampir, einfach nur supersüß und ein bisschen doof, weil sie mit einer Riesennadel in meiner Vene gerade etwas unsensibel rumprokelt. Mit dem Hinweis auf einen wahrscheinlichen Bluterguss geizt sie dann nicht mit einer dicken Lage von Tupfern und reichlich Tape. Und übergibt mich und das Tablet einem weiteren Pfleger.

Der schiebt mich wieder über lange Gänge. Das Rollstuhlfahren beginnt mir zu gefallen. Er fragt mich, wo ich herkomme und was ich so mache und warum ich hier bin, und weil der echt nett ist, antworte ich auch nett. Allerdings sehr oberflächlich. Alles, was über Unwesentliches hinausginge, passt nicht zu einer Rollstuhlfahrt von der Patientenaufnahme bis zum »Wartebereich Magnetresonanztomografie«, obwohl der Weg dann doch ziemlich lang ist. Tschüss Pfleger, war nett mir dir.

Der »Wartebereich Magnetresonanztomografie« hat den Charme eines internationalen Flughafens für Reisen ins Ungewisse. Auf Magnetresonanztomografien entdeckt man dann schon mal in der Bauchhöhle eines Sechzigjährigen den eingewachsenen Zwillingsbruder von der Größe einer Haselnuss. Oder einen Tumor, wie bei Nelly. Oder eine Ursache für fortschreitende Lähmung, die in kein bekanntes Krankheitsbild passt, wie bei mir.

An den Wänden hängen bunte Zeichnungen. Mandalas von Kindern aus der Kinderonkologie. Um eine Bildmitte herum in größer werdenden Ringen geometrische, auch gegenständliche, sich wiederholende Einzelmotive und Details. Fraktale, selbstähnliche Muster, die sich zur Mitte hin theoretisch ins Unendliche fortsetzen. Symbole für die Unendlichkeit des Lebens. Anfang, Ende, Anfang.

Eines der Mandalas zeigt in der Mitte ein Kindergesicht. Darum herum eine Menschenkette. Lachende Menschen. Kinder, Männer, Frauen. Schwarze und Weiße. Rote Haare, braune Haare. Kurze Haare, lange Haare, Zöpfe. Dick und Dünn, Jung und Alt. Auf ihren Schultern steht die nächste Menschenkette. Und darauf die nächste und so weiter. Es erinnert mich an Nellys Projekt *Living Mandala*. In der Mitte war Nelly. Um sie herum ein abstraktes grafisches Muster, das nur sie kannte. Es bestand aus einzelnen Elementen, die sie verschiedenen Menschen eintätowierte. Jeder dieser Menschen war Teil ihres *Living Mandala*, dessen Story auch nur diese Menschen kannten. Als ihr Zustand sich verschlechterte, kam sie in Bedrängnis: Sie wollte unbedingt das *Living Mandala* vollenden. Sie hat es geschafft, weil sie zum Ende hin die Krankenschwestern und Pfleger der Intensivstation tätowierte. Das letzte Mandalatattoo erhielt die Oberärztin. Eine Stunde später war Nelly tot.

Was ist das? Ah, ich werde wieder geschoben. Ich finde, wer Rollstuhlfahrer schiebt, sollte das vorher ankündigen. Man hätte dann weniger das Gefühl, Willkür ausgesetzt zu sein. Irgendwer schiebt mich also ins Heiligste, wie es die Schwester nannte, die kein Pornstar und kein Vampir ist. Nun, das Ding kostet so viel, wie das Lebenseinkommen einer Medizinisch-technischen Assistentin.

Ich wollte heute eigentlich nicht zum Mars fliegen, aber der Magnetresonanztomograf sieht aus wie eine Raumkapsel. Spaß beiseite, es wird ernst. Ich krieg einen Kopfhörer und werde in den liegenden Zylinder geschoben. Das Ding macht tatsächlich einen Höllenlärm. Als die junge Frau mich wieder rausholt, weiß sie vielleicht schon was, was ich nicht weiß, zum Beispiel, wann ich voraussichtlich sterben würde, würde ich dem Tod nicht mit dem Heaven's Gate zuvorkommen.

Der nächste Pfleger holt mich ab, es geht wieder über endlose Flure, ich haben einen Termin mit Prof. Dr. habil. Sennft. Aber nicht nur mit ihm, wie es scheint. Das Arztzimmer ist ein Saal. Und außer dem Arzt wimmelt es von Medizinstudenten. Einer grapscht mich, ohne zu fragen, an. Ich haue ihm auf die Finger. Prof. Dr. habil. Sennft ermahnt seine Lümmel, mich mit Respekt zu behandeln.

Prof. Dr. habil. Sennft swiped zwei-, dreimal über das Tablet und hat sogleich eine Deutung parat (nämlich keine Deutung: Das MRT bringt keine neuen Erkenntnisse, wie er mir später sagen wird) und fragt seine Studenten nach ihren Ansichten. Der Gewinn der ganzen Veranstaltung scheint in der wiederholten Erkenntnis medizinischer Grenzen zu sein. Bestenfalls.

Meine drei Langweiler vom Krankenwagen holen mich wieder ab. Die ganze Aktion war ein erfolgloser Versuch, aber es wäre unvernünftig gewesen, ihn nicht zu unternehmen. Die Rückfahrt ist ganz angenehm.

Obwohl ich den ganzen Tag nur rumgefahren wurde, ohne selbst nur die geringste Anstrengung zu unternehmen, bin ich ziemlich erschöpft und mache es mir bequem auf dem Sofa. Moment mal, kann das sein? Als ich heute Morgen abgeholt wurde, formte meine Nachbarin gerade die Figur »Den Tiger umarmen und zum Berg zurückkehren«. Und jetzt, gut zehn Stunden später, steht sie immer noch genauso da! Ich bin in meinem Leben schneller gealtert als sie in ihrem. Ich tröste mich damit, dass ich ja auch schneller gelebt habe. Ganz bestimmt hab ich das.

Okay, es gibt jetzt nichts zu tun. Niemand wartet darauf, dass ich eine Entscheidung treffe. Niemand ruft an mit der Frage, ob es seine Richtigkeit hat, dass der Dienstwagen des Innenministers unverzüglich abgeschleppt werden soll, weil er den roten Teppich blockiert. Und ich muss keinen Executive anrufen, um zu fragen, ob er auch daran gedacht hat, dass der Flügel für Nadja Eliminianow auf Kammerton A mit 445 Hertz statt der üblichen 440 Hertz gestimmt sein muss. Die Welt dreht sich, ob Lasse was passieren lässt oder nicht.

Dann kommt eine Message von Benno: »Hallo Papa, wie geht's? Ich hol dich morgen Vormittag ab: Es geht los!!!«

Baubeginn

Musik in meinen Ohren: Bagger, Raupen, Dampfwalzen, Betonmischer, das Gebrüll von Bauarbeitern in verschiedenen Sprachen. Es wird gebaut! Während ich abbaue: Ich hab mir eine Art elektronischen Rollstuhl geleistet. Hab den noch ein bisschen auf cool gepimpt mit mehreren eingebauten Tablets für die gleichzeitige Anwendung von Satellitennavigation, Videotelefonie mit Konferenzschaltungen, alles ein bisschen overdone, wenn ich ehrlich bin. Na ja, wenn schon ein Hingucker, dann soll das nicht gleich so behindert aussehen. Ich bin aber behindert. Bis vor ein paar Wochen war ich Karlas bester Kunde, und nur dank ihrer Mühe kann ich überhaupt mal ein paar Meter gehen. Jetzt erwartet sie ihr Kind. Ich stehe mit meinem Wagen am Rande der Baugrube und frage mich, in welchem Zustand ich wohl sein werde, wenn ich meinen letzten Tag im Heaven's Gate erlebe. Mein Enkel, geht er dann womöglich schon zur Schule? Oder macht schon Abitur, wenn das in dem Tempo weitergeht? Und Benno? Mein Junge! Schafft er's ohne mich? Er musste schon ohne Mutter erwachsen werden. Er war schon immer ein Kämpfer. Du schaffst das, Benno!

Da kommt er: »Hey Papa, na, was sagst du nun? Läuft doch, oder?«

Ich versuche zufrieden zu lächeln, er hat es verdient. Wir genießen den Anblick: Tonnen von Giersch mit seinem hartnäckigen weitverzweigten Wurzelwerk werden weggebaggert. Das Zeug kommt auf riesige Kipplaster, die es zum kommunalen Kompostlager bringen. Ein Containerdorf für Baubüro und Arbeiter wird aufgestellt. Vermessungen mit Laserstrahlen. Ein Kran wird angeliefert, in Einzelteilen, verteilt auf mehrere Tieflader. Bis zur Amalienstraße stauen sich Kipplaster und Tieflader mit Radladern und Planierraupen.

»Ich hab's mir immer so vorgestellt. Aber jetzt, wo ich's seh, ist es noch besser, als ich es mir jemals erträumt hatte.«

Ich kann nicht genug kriegen von diesem Anblick. Ein sogenanntes Schnurgerüst wird erstellt: Der Grundriss in Form roter Stolperdrähte. Pläne werden ausgebreitet. Ein Materiallager wird eingerichtet. Anlieferungsflächen werden gekennzeichnet. Details zur Produktionslogistik werden besprochen.

Großartig. Und genug für heute: »Benno, bitte fahr mich nach Hause.«

Aber so richtig funktioniert das nicht: Ich schaffe es zwar, mich mit Bennos Hilfe ins Auto zu setzen. Aber beim Rollstuhl kann ich nicht mit anfassen, und Benno hat auch nur eine Hand zur Verfügung. Er versucht immer wieder, seine behinderte Hand mit einzusetzen. Das geht nicht. Bauarbeiter helfen, den Rollstuhl ins Auto zu hieven.

Benno nutzt die Fahrt für ein Update: »Du, Papa, wir sind jetzt nicht mehr allein. In Spanien, an der Mittelmeerküste in der Nähe von Barcelona, da gibt's jetzt schon 'nen Heaven's Gate. Okay, es heißt anders, und es ist nicht so toll, wie unseres wird, aber die gehen jetzt an den Start.«

Benno erwartet wohl, dass ich wütend oder wenigstens enttäuscht bin, dass wir nicht die Ersten sind. Bin ich aber nicht.

»Wir hatten eine gute Idee, Benno. Wenn's andere jetzt auch machen, ist das doch der beste Beweis.«

»Hannelore hat schon gewechselt, sie fliegt morgen rüber. Du weißt schon, die Mutter, die zu ihren ermordeten Kindern will. Wenn wir nicht bald starten, läuft das Business ohne uns.«

»Jetzt mach dich doch mal locker. Es geht doch nicht immer nur um Business.«

»Weißt du was, Papa? Ich sag dir mal was: Für dich ist das Heaven's Gate das Ende. Wenn es fertig ist, dann gehst du. Okay. Aber für mich ist es ein Anfang! Für mich geht's mit dem Heaven's Gate erst richtig los! Bei deiner Sanduhr, da rieseln grad die letzten Körnchen auf einen riesigen Haufen Vergangenheit. Aber meine Sanduhr, die ist voller Zukunft, verstehst du? Oberhalb von dem winzigen Gegenwartslöchlein: Millionen von Zukunftskörnchen, die alle noch da durchwollen! Es war deine Idee, Papa, du hattest 'ne gute Idee. Und ich will was Großes daraus machen, verstehst du?«

»Klar, Benno, klar. Ist schon klar.«

Oh Mann, der Junge meint es richtig ernst. Wahnsinn.

Wir lassen den Rollstuhl im Treppenhaus, ich hab mir dafür eine Ecke ergattert. Ich steige um in meinen neuen Treppenlift! Auch den trägt die Eigentümergemeinschaft mit. Auch wenn ich der Erste bin, so wissen doch alle hier, dass ihnen so etwas auch blühen kann. Oh Mann, was haben wir blöde Witze gemacht über Treppenliftwerbung, Treppenliftfahrer, Treppenliftvertreter. Aber keiner meiner Nachbarn macht blöde Witze über mich und meinen Treppenlift. Was wäre ich ohne meinen Treppenlift! Und was werden die anderen sein ohne ihre Treppenlifte! Ich zieh nicht um. Ich bleibe, bis zum Schluss.

HILDE

Juli 2023

Abgründe

Ich liege in der Badewanne. Total entspannt. Mit einer Art Phantom-Wohlgefühl auch an den Extremitäten, in denen ich sonst gar kein Gefühl mehr habe. Ich liege hier schon lange, keine Ahnung, wie lange, aber eigentlich lange genug. Ich lasse kalt gewordenes Wasser ab und warmes nachlaufen. Ich habe mein Wasserkontingent diesen Monat noch nicht ausgeschöpft, ich bade lieber selten und dafür länger. Die Entspannung weicht aber bald einer gewissen Ernüchterung, die in Sorge umschlägt: Wie komme ich hier wieder raus? Anfang letzter Woche ging das noch. Egal, keine Panik: Mein Tablet liegt in Griffnähe, ich schreibe Benno eine Mail und lass noch mal heißes Wasser nachlaufen. Da kommt die Antwort: »In einer guten halben Stunde kommt Olga von der ›Pflegeambulanz Kreuzberg‹ und holt dich da raus. Sorry, Papa, bin grad im Termin mit Hartung.«

Klar, Benno ist mein Geschäftsführer, nicht mein Krankenpfleger. Bin gespannt auf Olga. Bis sie kommt, surfe ich noch ein bisschen auf echtzeit.mag:

EIN MILLIARDENMARKT IST GEBOREN:
DER BOOM DER STERBEDIENSTLEISTER

von Bertram Abramcik

Klar, es war eine Frage der Zeit, wann die ersten kommerziellen Anbieter auftreten würden, nachdem Sterbehilfe – überfälligerweise – endlich legalisiert worden war. Dass es dann so schnell so rasant und auch so schamlos geradezu

ausufern würde, hat selbst Trendforscher und Zukunftsinstitute überrascht. Gut, die Geschäftsidee als solche ist ja nicht wirklich neu: Obskure »Vereine« haben schon weit vor der Legalisierung entgeltlich nachgeholfen, wenn es darum ging, ein als unerträglich und unzumutbar empfundenes Dasein aktiv zu beenden. Die Begleitumstände der Customer Experience waren allerdings horrend: Giftübergaben auf trostlosen Parkplätzen trister Raststätten. Deprimierende Normzimmer anonymer Autobahnhotels.
Mit alldem haben das Heaven's Gate und dergleichen wahrlich nichts mehr gemein. Der neue ›sanfte Tod‹ erinnert eher an die Erfindung der sanften Geburt mit ihren behaglichen Farbwelten, Aromakerzen und Walgesangmusik. Das mit dem Sterben nehmen sie dann auch gar nicht so ernst, und sie meiden Worte wie Tod und Sterben wie der Teufel das Weihwasser. Dagegen sind zum Beispiel Ableben und Hinscheiden, Abschied nehmen oder einfach Gehen beliebte Synonyme.
Apropos Geburt: First Mover im Sterbegeschäft, Lasse Wiesenthal, war übrigens auch der Erste, der eine Geburt als Event vermarktete: Die Schönheitskönigin Cynthia Willis gebar damals vor einem Millionenpublikum ein gesundes Mädchen.
Das Produkt besteht im Prinzip aus immer den gleichen Bestandteilen, variiert in Ausstattung und Preis aber erheblich. Die Bestandteile sind ein Cocktail aus Narkosemitteln und Nervengiften, die im Einkauf je Person unter hundert Euro kosten. Dazu eine ansprechende Wellnessumgebung und ein bisschen Seelenmassage zur Einstimmung auf das »Ereignis«. Im Heaven's Gate heißt das »Abschiedsarbeit«. Gemessen an den Frühbucherzahlen ist Heaven's Gate der bisher unangefochtene Marktführer im Premiumsegment. Es bleibt allerdings noch eine Weile ab-

zuwarten, wie das Heaven's Gate seine Versprechen einlöst, denn noch ist es gar nicht am Start: Lasse Wiesenthal lässt dafür in Berlin-Weißensee vom Stararchitekten Claas van der Duyn gerade ein Haus mit eingebauter Biobestattung bauen.

Wer es idyllischer mag, sich mit einem bescheidenen Pavillon am Meer gut bedient fühlt und die quasi rituellen Vorbereitungsgespräche ohne großen Tiefgang in wenigen Sitzungen abgehalten haben möchte, der begibt sich am besten ins El Comienzo nach Spanien. Allerdings wird hier keine Bestattung angeboten und die Rückführung eines Leichnams nach Deutschland ist weder trivial noch gerade billig. Nach einem fulminanten Start hat El Comienzo allerdings ein massives Imageproblem: Aufgrund unprofessioneller Handhabung der Injektionsapparatur kam es zu einem grässlichen Zwischenfall. Es bleibt abzuwarten, ob sich El Comienzo davon wieder erholt. Das Ereignis hat vorübergehend alle Marktteilnehmer verunsichert. Es bedarf dringend selbst auferlegter Branchenstandards mit entsprechender Zertifizierung, erst dann wird es eine Marktbereinigung geben können.

Ein alter Hase der Branche, der frühere Präsident des Vereins »In Würde sterben«, baut gerade unter der Marke Eternal Light eine Franchisekette mit Lizenznehmern in ganz Europa auf. Partner sind in der Regel niedergelassene Heilpraktiker, die einen Praxisraum nach Markenstandard einrichten müssen. Im Lizenzpaket enthalten ist ein pseudopsychologisches Schulungsprogramm und außergewöhnlich umfangreiche Marketingunterstützung – Fast-Food-Ketten-Partner würden Bauklötze staunen – was bei Heilpraktikern aber sicher Sinn macht.

Der »Esoteriker« unter den Sterbehelfern neuer Prägung sind die Carus-Kliniken am beschaulichen Wolfgangsee in den österreichischen Alpen. Für Anhänger alternativtherapeutischer Kultur gibt's hier alles, was das Herz begehrt, von Pendel bis Steinmassage und Familienaufstellung. In einem Punkt allerdings müssten die Betreiber von ihrem ambitionierten Anspruch, auch in der Hauptleistung der ganz konkreten Sterbehilfe eine »natürliche« Alternative zur schulmedizinischen Pharmazie anzubieten, Abstand nehmen: Südamerikanische Pfeilgifte haben sich als »problematisch« erwiesen, was immer das heißen mag. Nun wird dort – wie eigentlich überall – mit Pentobarbital getötet, was sich sowohl beim Einschläfern von Pferden wie auch bei der Hinrichtung von Schwerverbrechern tausendfach bewährt hat.

Schließlich die Universitätsklinik in Riga mit einem besonders cleveren Geschäftsmodell: Die Sterbehilfe mit allem Drum und Dran kostet nämlich – nichts! Wie das? Nun, eine Gegenleistung ist natürlich schon zu erbringen, und zwar in Form von Organen. Wer also den Gesundheitscheck, der von deutschen Vertragsärzten angeboten wird, besteht und sich das Heaven's Gate nicht leisten mag oder kann und wer darüber hinaus noch mit dem beruhigenden Gefühl dahinscheiden mag, noch einen sinnvollen Beitrag an der Gesellschaft geleistet zu haben, der begibt sich am besten in die litauische Hauptstadt.

KOMMENTARE

Valdis Vanags

Ich war Assistenzarzt auf dieser Sterbestation in der Uniklinik in Riga. Ja, man konnte sich da kostenlos einschläfern lassen, bei Kerzenschein, Rosenduft und Musik nach freier Wahl. Die Organe wurden dann Bedürftigen eingepflanzt, das ist der Deal. Aber das mit der Selbstbestimmung, also, dass die Leute freiwillig kamen, das stimmte nicht immer. Einmal kam ein junger, gesunder Mann, er wurde von zwei anderen Männern begleitet, die offensichtlich weder Freunde noch Brüder waren. Auf die Frage nach Musik, Lichtstimmung und Duftnote antwortete nicht der Patient, sondern seine Begleiter, und zwar indem sie mürrisch abwinkten. So wird sich dieser junge Mensch sein Ende nicht vorgestellt haben und schon gar nicht so früh. Er hat natürlich unterschrieben, dass er freiwillig kam. Tatsächlich aber wirkte er wie jemand, der dazu genötigt worden war.

Uri Melzer
Das mit der Selbstbestimmung ist überhaupt so eine Sache. Zum Beispiel bei Selbstmordattentätern, die gleichzeitig Selbstmordopfer sind, weil ihr Tod von Dritten verfügt wurde. Ein trauriges Beispiel: Ich war Chirurg in einer Klinik in Tel Aviv. Einmal hatten wir die Einlieferung eines schwer verletzten Jungen, 14 Jahre alt. Außer seinen Verletzungen war er kerngesund. Ein palästinensischer »Selbstmordattentäter«, der von einem Scharfschützen unserer Armee angeschossen wurde, bevor er seinen Sprengstoffgürtel zünden konnte.
Aber das Wort Selbstmordattentäter ist hier eben nicht ganz zutreffend: Der Junge war zu der Aktion gezwungen worden. Hätte er den Anschlag verweigert, wäre er von seinen eigenen Leuten erschossen worden. Und in diesem Fall wäre ihm dann der Einzug ins Paradies verweigert worden. Ein Kind! Wie kann ein Kind ein Selbstmordattentäter sein! Schnell wurde klar: Unser angeschossener Patient würde in den nächsten Stunden sterben, das stand fest.
Drei Zimmer weiter lag ein jüdischer Junge, auch 14 Jahre alt. Er wartete auf ein Spenderherz, er schwebte seit Wo-

chen in Lebensgefahr. Also entnahmen wir dem palästinensischen Jungen das Herz und transplantierten es dem jüdischen Jungen. Und wir hofften, das irgendwie verschleiern zu können. Der palästinensische Junge war tot, der jüdische lebte und sein Zustand verbesserte sich von Tag zu Tag.

Aber die ganze Aktion flog natürlich auf und nun schwebten wir, die Ärzte, in Lebensgefahr. Viele Palästinenser hassten uns: »Ihr Gottlosen habt einem Juden ein palästinensisches Herz eingepflanzt! Ihr Teufel!« Und viele Juden hassten uns ebenfalls: »Ihr Gottlosen habt einem Juden ein palästinensisches Herz eingepflanzt! Ihr Teufel!« Ich musste das Land verlassen.

Immer noch keine Spur von Olga. Ich klicke mich weiter durch echtzeit.mag:

AUSWÜCHSE

Beunruhigende und nachdenklich stimmende Meldungen erreichen uns aus Ungarn, Italien und Frankreich.

von Jördis Dotti

Budapest

Wie überall im zivilisierten Europa ist die Todesstrafe auch in Ungarn abgeschafft. Unbestätigten Berichten zufolge werden nun Schwerverbrecher, die sich zum Freitod à la Heaven's Gate melden, in eine Art Luxusknast verbracht: drei Monate Prostituierte for free, feines Essen, stillschweigende Duldung von Drogenkonsum usw. Das alles bei Verkürzung der Haftzeit von beispielssweise zwanzig Jahren auf eben drei Monate bis zum Freitod. Ein Win-win-Deal: Der Staat spart bei jedem, der mitmacht, für jedes Haftjahr gut hunderttausend Euro. Und die Organe der Gefangenen bringen noch mal richtig Profit!

Turin
Es ist etwas kompliziert, aber wenn man es erst mal verstanden hat, dann läuft einem ein kalter Schauer über den Rücken: Eine Gruppe von Versicherungsvertretern kauft Rentnern ihre unbefristeten Rentenansprüche gegen eine pauschale Barzahlung in Höhe von beispielsweise fünfhunderttausend Euro ab. Diese verkauft sie dann wieder der Rentenversicherung für siebenhunderttausend Euro, die sich damit aus Rentenzahlungsverpflichtungen in Höhe von errechneten 1,8 Millionen Euro freikauft. Bei einer Lebenserwartung eines zum Zeitpunkt des Deals Siebzigjährigen von hochgerechnet 89 Jahren also ein Mordsgeschäft!

Toulouse
Eine Einrichtung für dauerhaft pflegebedürftige Schwerstbehinderte, über zweitausend werden hier betreut. Direkt gegenüber dem Haupteingang befindet sich ein Sterbehaus der neuen Art. Dass das kein Zufall ist, kann man an zwei Umständen unschwer ablesen. Erstens: Die Sterbekunden sind praktisch ausschließlich Patienten der Behinderteneinrichtung. Zweitens: Hinter Strohmännern versteckt sind die wahren Inhaber mehrere leitende Ärzte und Manager der Klinik.

Hm. Das war eigentlich nicht der Plan, eine solche Lawine loszutreten. Natürlich hatte ich daran gedacht, mich mit dem Heaven's Gate unsterblich zu machen. Aber dabei dachte ich eher so an Gandhi oder Martin Luther King, also mit einem Ehrenplatz in der Hall of Fame der Menschheit.

Im Moment fühle ich mich eher wie der Erfinder der Atombombe.

Da kommt jemand. Das wird die Pflegerin sein: »Hallo? Herr Wiesenthal? Ah, guten Tag, Herr Wiesenthal, ich bin Olga. Kommen Sie, ich helfe Ihnen da raus!«

Olga ist klein, schlank, hübsch und kräftig. Das heißt nicht, dass sie besonders muskulös ist. Sie weiß einfach, wie man einen lahmen, nackten und nicht mehr ganz jungen Mann aus einer Badewanne hebt. Ich nehme an, dass sie das öfter macht. Sie bringt mich gleich ins Bett, auch das gehört zu ihrem Repertoire. Dabei ist es erst drei Uhr nachmittags! Immerhin ist sie Profi genug, um zu wissen, dass ein Typ wie ich immer sein Tablet in Griffweite braucht.

»Danke, Olga.«

Da kommt auch schon eine Mail von Paul. Hilde ist da! Meine Enkelin! Ich teile meine Freude mit meiner neuen Pflegehilfe: »Olga! Ich bin Opa! Ich bin gerade Opa geworden!«

Enkel gucken

Benno hat mich abgeholt. Wir besuchen Karla und Hilde im *Willkommen – Zentrum für natürliche Geburt.* Ich bin begeistert: warme Farben. Holz. Kerzen. Dezente Aromadüfte. Die Begrüßung der Empfangsassistentin ist herzlich, die der Chefin formell und abweisend. Sie entfernt sich schnell. Schade. Was hat sie denn? Ich frage die Empfangsassistentin: »Was hat sie denn?«

»Herr Wiesenthal. Wir lieben Karla. Wir lieben ihre Enkelin. Aber über Sie, da haben wir schon viel diskutiert. Wissen Sie, für uns ist eine Geburt etwas sehr Würdevolles, Erhabenes. Nichts, was mit einem Fußballspiel oder einer Kochshow vergleichbar wäre.«

»Sie meinen die Geburt von Cynthia Willis' Tochter? Die hat keinen Schaden genommen!«

»Das wissen Sie nicht.«

»Sie wissen es auch nicht.«

Pause.

Die Empfangsassistentin hat noch was auf dem Herzen: »Das mit dem selbstbestimmten Sterben klingt ja auch nur beim ersten Hinsehen toll. Aber wissen Sie, warum das nicht so einfach ist? Das Leben ist stark wie nichts anderes auf der Welt! Sonst würde kein Kind seine Geburt überstehen. Und wer seine Geburt überstanden hat, der hält nicht einfach die Luft an, bis er tot ist. Dem muss man dann schon Nervengifte einflößen, wenn er sich dem Leben nicht mehr gewachsen fühlt.«

Das stimmt schon, da hat sie recht, die Empfangsassistentin für natürliche Geburt. Trotzdem, ich werde ihr widersprechen müssen. Denn Selbstbestimmung und Souveränität nach unserem Verständnis heißt eben auch, sich nicht der Evolution zu beugen. Ins Heaven's Gate zu gehen ist ein zivilisatorischer Akt. Vergleichbar etwa mit dem Bau eines Hühnerstalls, der dem Schutz von Hühnern vor dem Zugriff von Füchsen dient. Das Leben nicht dem freien Spiel der Kräfte zu überlassen, das ist Souveränität im Sinne der Zivilisation!

Ich merke gerade, Philosophie ist nicht so meine Domäne. Vielleicht sollten wir mal ein philosophisches Gutachten oder so was in Auftrag geben. Stelle ich mir interessant vor.

Benno hatte übrigens ganz und gar nicht das Glück einer sanften Geburt. Im *Willkommen – Zentrum für natürliche Geburt* hätte er keine Stunde überlebt. Er kam in der fünfundzwanzigsten Schwangerschaftswoche, viel zu früh und doch unaufhaltsam. Die Umgebung seiner Geburt glich der von Nellys Tod: Kontrollelektronik und Beatmungsmaschinen.

Ich knöpf mir die Empfangsassistentin noch mal vor: »Wissen Sie, mein Vater starb am Ende eines langen Abbauprozesses, in dem er schließlich auf dem Höhepunkt des Verfalls aufgehört hat zu essen und zu trinken. Er hatte sich damit einen Rest an Souveränität bewahrt. Der Tod hatte ihm Bedingungen gestellt, und auf die hat er sich eingelassen. Da war er aber auch neunzig Jahre alt. Wir machen es anders: Wir sagen dem Tod, wo's langgeht, das ist Kultur, das ist Zivilisation! Das ist, als wenn man ein Kind, das zu früh auf die Welt kommt, nicht sterben lässt, sondern nach dem Stand von Wissenschaft und Technik hochpäppelt.«

Die Empfangsassistentin sagt jetzt lieber nichts mehr. Sie hat gemerkt, dass ich gerade von Benno gesprochen hatte, und sie will mir in diesem heiklen Punkt nicht widersprechen, während mein Totschlagargument in Form eines lebenden Beweises mit einer gelähmten Hand zwischen uns steht.

Benno wäre es erkennbar auch recht, wenn wir uns jetzt dem Zweck unseres Besuches zuwenden: »Können wir jetzt zu meiner Schwester?«

»Natürlich, kommen Sie.«

Karla schläft. Hilde schläft auch. Man bräuchte zwei gesunde Hände, um sie behutsam herauszuheben und zu betrachten, sich zu fragen, wem sie wohl ähnlichsähe. Erst jetzt fällt mir auf, dass weder Benno noch ich zwei gesunde Hände haben. Also lassen wir sie liegen und schlafen. Stille. So stelle ich mir die Atmosphäre auch im Heaven's Gate vor. Ich habe Karla das letzte Mal schlafen sehen, als sie bei Nelly in der Intensivstation eingeschlafen war. Die totale Entkräftung hatte sie dazu gezwungen, während ihr die innere Ruhelosigkeit immer noch anzusehen war. Heute sieht sie so friedlich aus. Wie ihr Baby. Zwei Babys.

»Lass uns fahren, Benno.«

Die Grube

Ich habe in der letzten Zeit fast gar nichts gemacht. Das heißt, ich habe viel Physiotherapie bei einem sehr langweiligen Kollegen von Karla gemacht, weil die junge Mutter jetzt vor allem junge Mutter ist. Ich habe Benno aus der Distanz, die angebracht ist, wenn der Vater seinem Sohn das Geschäft übergibt, zugesehen, wie er das macht und musste erkennen, dass das wirklich ganz gut ohne mich geht. Ich bin mit meinem Rollstuhl ziemlich oft in mein Lieblingsbistro *Four Winners Only* gefahren und habe dort gegrillte Austern mit Champagner genossen.

Ich bin zum Friseur gefahren und habe mir aus Langeweile ein bisschen an meinen Haaren herumschneiden lassen. Ich mag einfach den Friseur, er hat früher bei mir hinter der Bühne Schlagersänger und Talkgäste bühnen- und kameratauglich frisiert. Wir reden gerne über gemeinsame Freunde und was die so machen und ob sie noch leben. Ohne meinen letzten Besuch bei Dorian hätte ich zum Beispiel nicht erfahren, dass Daphne de Saint Péché noch mal ein richtig großes Engagement bekommen hat: als Testimonial und Brand Ambassador für *Caremate*, einen wohlerzogenen, zuvorkommenden, intelligenten, gebildeten und sehr diskreten Pflegeroboter.

Wendy hat sich zwischendurch auch mal wieder gemeldet: Wenn Sam ihr noch mal so mieses Zeug besorgen würde, würde sie eiskalt den Agenten wechseln. Am nächsten Tag habe ich einen Ausflug zu meiner Lieblingsprostituierten in die Bergmannstraße gemacht, ich wollte auf andere Gedanken kommen, Wendy kann einen echt beschäftigen.

Anette empfing mich barfuß, nackt und unrasiert. DDR-FKK-Style, ich liebe sie wirklich sehr. Ihr Interesse daran, herauszufinden, was mich unter den neuen Umständen befriedigen könnte, war nicht geringer als meines. Wir haben tatsächlich was gefunden, und ich cruise zufrieden nach Hause. Was auf der Baustelle passiert und vor allem nicht passiert, weil sich Russen und Schwaben nicht auf gemeinsame Standards einigen können, habe ich nur am Rande miterlebt, und ich habe nicht das Gefühl, etwas versäumt zu haben.

Das Einzige, was mich manchmal deprimiert, ist mein fast täglich fortschreitender Verfall, der sich allerdings und zum Glück noch in sehr kleinen Veränderungen bemerkbar macht.

Hilde ist jetzt schon fünf Monate alt. Ich habe bei purnatur.shop ein paar Kleinigkeiten bestellt: einen Daunenstrampelanzug, einen Spielzeugbauernhof aus Holz, ein Lammfell zum Rumliegen und Spielen. Alles total biologisch einwandfrei und absolut unbedenklich. Ich weiß ja, wie kritisch Karla da ist. Und Margot erst! Nellys Schwester, meine Schwägerin, Karlas Tante und Hildes Großtante Margot. Wo Hilde ist, ist Margot – und umgekehrt. Margot ist für zwei Wochen zu Karla gezogen, damit Karla arbeiten kann, denn Paul ist auf einer Fortbildung. Und Margot kommt gar nicht erst nach Kreuzberg: zu viel Elektrosmog. Also muss ich zu Karla nach Reinickendorf, um Hilde die Geschenke zu bringen.

Eigentlich wollte Benno mich abholen. Aber er schickt mir einen Kurierfahrer mit eigenem Kleinbus. Der sei sehr zuverlässig und hilfsbereit. Im Bus läuft afrikanische Musik, und der afrikanische Fahrer hat ausgesprochen gute Laune. Er gefällt mir. Trotzdem interessiert mich, warum Benno nicht selbst gekommen ist.

»Die Musik gefällt mir, dein Bus gefällt mir, und du gefällst mir. Aber warum ist Benno nicht selbst gekommen?«

»Oh, Problem. Großes Problem. Ein Problem mit der Baustelle und dem Friedhof daneben. Keine Ahnung. Ich war neulich auf einem Friedhof in Berlin bei einer Beerdigung. Sehr traurig. Sehr, sehr traurig. Wir in Ghana trauern auch, wenn jemand stirbt, aber nicht sooo traurig.«

Auf dem Armaturenbrett klebt das Foto einer großen ... Kiste? Sieht aus wie eine mannsgroße E-Zigarette.

»Was ist das?«

»Der Sarg meines Bruders. Er liebte diese E-Zigaretten. Jeder hat ihn beneidet um seine Designermodelle. Die Särge seiner Freunde waren Heineken-Bierdosen oder iPhones. Aber jetzt bist du der Größte, wenn du die E-Zigarette mit der tollsten Ausstattung besitzt. Schau, der Sarg hat tausend LEDs. Wie die E-Zigarette von meinem Bruder.«

Ich erfahre noch einiges über die Rolle der Ahnen in der ghanaischen Gesellschaft. Dass, wer gestorben ist, nicht im Himmel oder in der Hölle oder in sonst irgendeinem Jenseits verschwindet, sondern in poststofflicher Form da bleibt, wo er schon physisch präsent gelebt hat. Und dort weiter wirkt! In dieser Eigenschaft als Ahn kann ich zum Beispiel Verwandten, die sich um mein nachhaltiges Andenken verdient gemacht haben, vor Unbill bewahren. Von der Rolle eines Schutzengels kann ich aber umstandslos in die eines Unglücksbringers wechseln und zum Beispiel Margot allerlei Gemeinheiten anhexen, was sie mehr als verdient hätte. Eine reizvolle Vorstellung.

»Wir sind da, mein Herr!«

»Danke, mach's gut.«

Ich bin froh, dass Karla mir die Tür aufmacht. Mit Margot allein halte ich es kaum aus. Und schon geht's los, Margot übernimmt die Eignungsprüfung der Geschenke, ohne lange auf ein Mandat zu warten. Sie ist wahrlich in Hochform:

»Geht nicht. Geht nicht. Geht nicht. Hierfür wurde ein Lamm ermordet, und dafür wurden mindestens fünf Gänse zu Tode gequält. Und der Bauernhof mit Schweinen und Kühen ist ein naiv romantisches Symbol für ein Tier-KZ.«

Eher etwas kleinlaut und längst nicht so aggressiv stimmt Karla ihr zu: »Hilde wächst vegan auf. Und Margot ist zertifizierte *Vegan Buddy* und hilft mir dabei, alles richtig zu machen.«

Margot hat inzwischen wieder tief Luft geholt und setzt jetzt noch mal nach: »Wir lehnen die Tötung nicht menschlicher Tiere ab. Wir lehnen übrigens auch die Tötung menschlicher Tiere ab, auch, wenn sie dafür zahlen. Allerdings finden wir's dann immer noch besser, wenn sich die menschlichen Tiere für ihren Eigenbedarf selbst zu Seife oder Lampenschirmen verarbeiten. Aber daran habt ihr bestimmt gedacht in eurem Sterbehilfe-KZ, oder?«

Ich überlasse Margot damit das letzte Wort in einer Diskussion, die ich gar nicht führen wollte und mache unter ihren argwöhnischen Blicken ungelenke Versuche, mit Hilde zu spielen. Dann bestelle ich mir ein Taxi und fahre zurück in mein von Mobilfunkstrahlen verseuchtes Kreuzberg. Wenn die Hexe wieder weg ist, versuch ich's noch mal.

Ganesha, du machst dich lustig über mich, stimmt's? Was hältst du davon: Wenn ich dieses Diesseits hinter mir gelassen habe, tun wir uns zusammen: Ich schwirre dann als zorniger Ahn herum, und zusammen hätten wir eine Menge Spaß: Wir könnten Margot ein paar tote Kühe vor die Tür legen! Meine Balkonnachbarin tanzt uns was vor. Sie sieht, ehrlich gesagt, nicht nur sehr gut, sondern auch ziemlich vegan aus und würde mir den Breat®burger, den ich mir gerade bestellt habe, wahrscheinlich um die Ohren hauen.

Was war das vorhin mit »Großen Problemen auf Baustelle und Friedhof«? Benno meldet sich nicht, ich guck mal, ob ich im Netz was finde. Allerdings, echtzeit.mag sprach mal wieder zuerst mit dem Toten:

HEAVEN'S GATE AM ABGRUND

Zufall? Direkt neben der Baustelle des Heaven's Gate tut sich auf dem Weißenseer Friedhof ein Krater auf und verschluckt mehrere Gräber. Eine Reportage von Serkhan Bülent.

Als Friedhofswärter Gustav Kloth gestern früh auf »seinem« Friedhof, dem landeseigenen Friedhof Weißensee, seinen ersten Rundgang machte, glaubte er erst mal nicht, was er sah, denn so was hatte er in vierzig Dienstjahren nicht gesehen: einen Krater. Ein trichterförmiges Loch, wo gestern noch, wo eigentlich immer schon Gräber waren. Es sah danach aus und konnte eigentlich auch gar nicht anders sein: Die Erde hatte die Gräber verschluckt, begraben sozusagen. Dreiundzwanzig Gräber spurlos verschwunden.

Ein Grab steht noch am Rand des Kraters, aber wenn man genau hinschaut, kann man zusehen, wie sich der Grabstein zunehmend neigt. Man kann auch nichts anderes machen als zuzusehen, denn der Friedhof ist gesperrt, man weiß ja nicht, ob sich der Krater nicht vielleicht noch vergrößert.

Das letzte Grab am Rande des Kraters ist nicht irgendeines, es ist das Grab von Fritz Manoppke, dem »Helden von Weißensee«. Feuerwehrhauptmann Manoppke hatte vor einigen Jahren zehn Kinder aus einer brennenden Flüchtlingsunterkunft gerettet. Er lehnte es ab, dafür verehrt zu werden, schließlich hätte er nur »streng nach Vorschrift und Lehrbuch« gehandelt. Tatsächlich hat er es nie verwinden können, dass er zwei Kinder nicht mehr retten konnte. Er konnte seinen Beruf, der ihm alles bedeutet hatte, nicht mehr ausüben und nahm sich nach einigen Jahren das Leben.

Halb Weißensee steht jetzt an der Friedhofsmauer. Ganz vorn Elfriede Manoppke, die Witwe. Es zerreißt sie förmlich: Sie will zum Grab ihres Mannes, sie will zu ihrem Fritz, aber sie ist die Frau eines Feuerwehrhauptmannes und weiß, dass auch sie in den Abgrund gezogen würde, wenn sie jetzt über die Friedhofsmauer kletterte, um den Grabstein ihres Mannes zu umklammern.

Ein alter Mann drischt mit seinem Gehstock auf unseren Fotografen ein.

»Den Film! Rücken Sie den Film heraus, wird's bald.«

Unser Fotograf ist völlig perplex, der alte Mann könnte sein Großvater sein. Unter fortgesetzten Hieben händigt er dem Mann seine Speicherkarte aus.

»Willst du mich verarschen? Ich will den Film! Den FILM!!!«

Der Sohn des alten Mannes kommt angerannt: »Papa! Papa, es gibt keine Filme mehr! Seit über zwanzig Jahren gibt es keine Filme mehr! Die Fotos sind da drauf!«

Der alte Mann guckt ungläubig auf die Speicherkarte und schüttelt minutenlang den Kopf. In einer Zeit, wird er denken, in einer Zeit, in der Friedhöfe vom Erdboden verschluckt werden, während nebenan ein Haus zum freiwilligen Sterben gebaut wird, da sind Fotos nicht mehr auf Filmrollen, sondern auf winzigen Plastikplättchen. Es ist übrigens auch die Zeit – aber das weiß der alte Mann nicht – in der Fotos bereits mit Betätigung des Auslösers weitergemailt werden, in diesem Fall an unsere Redaktion.

Ein Tiefbauingenieur wurde für eine erste Inaugenscheinnahme herbeigerufen. Unter dem Vorbehalt sorgfältiger Untersuchungen kam er sehr schnell zu einer ersten Ein-

schätzung: Unter dem Friedhof müsse sich ein Hohlraum gebildet haben, beispielsweise durch abfließendes Grundwasser. Auf der Baustelle nebenan wird gerade ausgeschachtet. Wahrscheinlich ist der Schacht, aus dem das Grundwasser des Baugrundstücks abgepumpt wird, nicht fachgerecht abgedichtet.
Wenn es etwas Neues gibt, erfahrt ihr es zuerst auf echt zeit.mag.

Benno sagt, ich bräuchte mich nicht darum zu kümmern, es sei mal wieder der totale Wahnsinn, aber er hätte alles im Griff. Ich bin hin- und hergerissen: Halte ich mich wirklich raus aus dem Stress, schwindet mein Einfluss immer mehr, und ich werde ihn auch nie zurückgewinnen. Aber gegen die Toughness meines Herrn Sohnes würde ich nur unter allergrößter Anstrengung ankommen, wenn überhaupt. Ich pack das nicht. Ich kümmere mich lieber um Hilde und meinen kleinen Privatkrieg mit Margot.

Ich biete Margot meine GROOPS-Freundschaft an. Sie weiß natürlich, dass ich sie von Herzen hasse, was selbstverständlich auf Gegenseitigkeit beruht. Aber ich spekuliere darauf, dass ich auf ihrer Chronik verfolgen kann, was sie mit meiner Enkelin anstellt. Im Gegenzug wird sie auf meiner Chronik Munition gegen mich sammeln für den Fall, dass ich größeren Einfluss auf Hilde ausüben wolle.

Die kommenden zwei Wochen stalke ich also Margot auf ihrer Timeline und frage mich jedes Mal, warum ich mir das antue und mache es dann doch wieder: Margot mit Hilde beim Gemüsebrei füttern. Auf dem Spielplatz. Im veganen Zentrum Tegeler Flies. Beim Babyschwimmen. Beim Heilpraktiker. In der veganen Krabbelgruppe. Bin ich eifersüchtig? Und wie! Zwischen den Babyposts immer wieder bebilderte Horrornachrichten über gehäckselte Küken und Affen im Crashtest.

Weil ich weiß, dass auch Karla die veganen Posts von Margot liest, kommentiere ich sie mit Hinweisen auf Studien, Statistiken und Versuchsreihen, die alle eines belegen: die Gefahr von Mangelerscheinungen und Mangelfolgeschäden bei Kleinkindern, die rein vegan ernährt werden. Bevor Margot wieder abreist, kündigt sie mir die GROOPS-Freundschaft auf. Damit ist sie mir knapp zuvorgekommen.

Betonsarg

Benno hat mich abgeholt, wir sind auf dem Weg zu Karla, das heißt, nein, genau genommen sind wir auf dem Weg zu Hilde, sie könne jetzt schon »Bauklötze aufeinander stapeln«, sagt Karla. Das müssen wir uns natürlich unbedingt ansehen.

Ich kann's nicht lassen: Während der Fahrt folge ich willenlos meiner Angewohnheit, erst mal zu gucken, was ich in der letzten halben Stunde verpasst haben könnte. What the fuck! Echtzeit.mag analysiert natürlich ständig mein Nachrichtenkonsumverhalten und dachte, dem Lasse knallen wir beim nächsten Seitenaufruf die aktuelle Horrorstory zum Heaven's Gate aufs Tablet.

Ich überlege gerade noch, wie ich Benno vermitteln soll, was ich gerade gelesen habe, da setzt er schon zur Berichterstattung vom letzten Meeting an: »Du, Papa, wir hatten doch vor einiger Zeit ein Meeting mit Hartung, unserem Bauunternehmer, und einigen Investoren. Du weißt schon, als du in der Badewanne gefangen warst und ich dir Olga geschickt habe. Es war ein ziemlich seltsames Meeting, ehrlich gesagt, fast ein bisschen beängstigend: Die Investoren sind eigentlich alle ganz guter Dinge, bis auf die extrem nervigen Verzögerungen läuft's nicht schlecht, und andere Unternehmer sind auch nicht besser. Der Hartung hätte also eigentlich total entspannt sein können, weil wir als sein größter Auftraggeber mit ihm zufrieden sind. Aber er war total schräg drauf in diesem Meeting. Ständig hat er auf sein Tablet geguckt. Er war irgendwie abwesend und extrem nervös. Er hatte wohl Angst. Aber wenn nicht vor uns, vor wem dann? Ich hatte ihn noch nie so gesehen. Nach dem Meeting ist er dann sofort wie vom Erdboden verschwunden. Und am Mittwoch haben die ersten Subunternehmer die Arbeit niedergelegt, weil die Zahlungen ausbleiben.

»Der Mann hatte Todesangst, Benno. Halt mal eben, fahr mal eben rechts ran. Guck mal, was auf echtzeit.mag grad gemeldet wird:«

BAULÖWE ENDET IN EIGENEM GRUND UND BODEN

Geht es nach dem Willen seiner Initiatoren, werden bald auf dem Gelände des »ersten Hauses für selbstbestimmtes Ableben« (Eigenwerbung) lebensüberdrüssige Menschen ihren Abschied nehmen. Bis dahin pflastern schon mal Leichen den Weg des Heaven's Gate.

Früher war hier eine Euthanasiestation der Nazis (wir berichteten), ein Blindgänger wurde geborgen, und dann haben sich hier Flüchtlinge fast zu Tode gehungert. Und nun das: In Italien gab ein Zeuge in einem Mafiaprozess zu Protokoll, dass der in Berlin stadtbekannte Bauunternehmer Hermann Hartung in sein eigenes Fundament vom Heaven's Gate einbetoniert wurde. Der Zeuge wird als glaubwürdig eingestuft, was in diesem Fall bedeutet, dass der Wahrheitsgehalt dieser Aussage mit allen zur Verfügung stehenden technischen Mitteln überprüft werden wird. Gegebenenfalls muss das Fundament mit Asphaltfräsen und Betonsägen auseinandergenommen werden, um den Leichnam zu bergen. Das wird nach Einschätzung von Fachleuten alles andere als einfach und wird die Inbetriebnahme vom Heaven's Gate weiter hinauszögern.

Einen langen Moment lang sagt Benno nichts. Dann sagt er: »Lass uns hinfahren.«

Das war keine Frage, das war eine Ansage. Und ein Tritt aufs »Gaspedal« seines Elektro-Sharecars setzt das Ausrufezeichen.

Polizei, Reporter, Anwohner, inzwischen kennt man das ja schon. Mehrere Wohnmobile sind schon seit Wochen da festgewachsen. Klar, beim Heaven's Gate ist immer was los, zumindest, solange es nicht fertig ist. Während Hilde seelenruhig auf Onkel und Opa wartet, tobt und schreit die frühere Klassenkameradin ihrer Mutter Karla: Hartungs Tochter wird von einem Kriseninterventionsteam in Schach gehalten, während das Technische Hilfswerk mit schwerem Gerät die Betonplatte des Fundaments fragmentiert. Millimeterarbeit, wie beim Schwertransport: Mit ihren Monstersägen und -flex arbeiten sie sich vorwärts, immer bemüht, das, was sie suchen, nicht auch gleich zu zerteilen.

Sie haben ihn. Das heißt, nein, sie sind auf »etwas« gestoßen. Bis sie schließlich sagen können, dass es Hartung ist, vergeht noch eine ganze Weile.

Hilde hat uns zwar nicht wirklich vermisst, aber als wir dann Stunden später doch erscheinen, freut sie sich sichtlich. Stumm beobachten wir ihre wundersamen Entwicklungsfortschritte, bis ich mich zu einer ausdrücklichen Anteilnahme durchringe: »Mensch Karla, Wahnsinn, Hilde kann ja wirklich schon Bauklötze greifen!«

»Ja, Paps, echt Wahnsinn, nicht?«

Soll ich Karla jetzt sagen, unter welchen Umständen wir eben ihre Schulfreundin getroffen haben? Ich bringe das nicht übers Herz.

Familienausflug

Ein Vorort der Kleinstadt Bielefeld in Ostwestfalen, der Friedhof der katholischen Gemeinde. Es war Karlas Initiative, herzufahren. Hilde soll ihre Uroma kennenlernen. Gute Idee, danke, Karla.

Wir stehen an Nellys Grab. Benno, Karla mit Hilde und Paul, Nellys Schwester Margot, Nellys Mutter und ich. Wir schweigen. Niemand guckt jemanden an, alle gucken auf Nellys Grab. Ein erhabener Moment, aber überhaupt nicht entspannt, im Gegenteil, knisternde Psychodynamik unter Hochspannung. Ich wär gerne allein, vielleicht lassen sie mich nachher hier, und Benno holt mich später ab. Ohne Hilfe komme ich hier jedenfalls nicht mehr weg, die Räder meines Rollstuhls stecken tief im kirchlichen Morast. Kirche, das passt nicht zu Nelly, aber das passt zu ihrer Mutter. Für ihre Mutter haben wir die Kinder taufen lassen, für ihre Mutter hat sie sich hier begraben lassen. Ich habe nie verstanden, was Nelly befürchtete. So was wie »Du, Mama, also der Lasse, der ist zwar getauft, aber der ist schon lange ausgetreten ...« zu sagen: völlig undenkbar.

Die Taufe von Benno war total absurd, jedenfalls muss ein Atheist das so empfinden: In der Frühgeborenenstation! Ich hatte zugestimmt, weil Nelly das wollte, aber Nelly wollte das nur, weil ihre Mutter sie bedrängte. Ich war eigentlich nie ein leidenschaftlicher Kirchengegner – bis zu jener alles entscheidenden Fronleichnamsprozession damals in Kreuzberg: Benno war Ministrant. Er war fromm und stolz, denn er durfte für einen Moment die Monstranz halten. Aber er war auch nervös, denn er ist ja auch behindert. Also entglitt ihm die Monstranz, er hatte die Kontrolle über seine spastisch gelähmte Hand verloren, und der Leib Christi kullerte über das Kreuzberger Kopfsteinpflaster direkt in einen Gully. Der geweihte Leib Christi zwischen Ausscheidungen, Präservativen und Hygieneartikeln. Benno fühlte sich schuldig. Und der Pfarrer unternahm nichts, um ihm dieses Gefühl zu nehmen. Schließlich schmiss Benno dem Pfarrer das Messdienergewand heulend vor die Füße.

Nelly – ihr Taufname war eigentlich Anneliese – begehrte nicht auf gegen ihre katholische Familientradition. Aber sie behauptete sich – auf manchmal lächerlich kleinen Feldern: Ihr Grabstein war gewöhnlich und unauffällig mit der Inschrift »Anneliese Schubert«. Größer aber war die Inschrift »Nelly«. Außerdem war da, wo andere Grabsteine ein Kreuz haben, ihr erfolgreichstes Tattoomotiv eingearbeitet: ein Embryo. Große Augen, keine Extremitäten, ein Anflug von Rückgrat. Ein Mensch könnte daraus werden. Oder ein Pferd. Oder ein Leguan. Es müssen übermenschliche Kräfte gewesen sein, die mich damals befähigt haben, diesen Grabstein, Nellys letzten Wunsch, gegen den Widerstand ihrer Mutter durchzusetzen. Im Grab links von Nelly liegt ihr Vater, da wird auch ihre Mutter bestattet werden.

Die Gruppe setzt sich in Bewegung, Benno wird mich in zwanzig Minuten abholen. Ich bin jetzt mal kurz allein mit dir, Nelly. Hast du Hilde gesehen, unser Enkelkind? Sie sieht dir ähnlich! Und Karla, sie ist so glücklich! Das Heaven's Gate ist bald fertig, dann komme ich, dann sehen wir uns wieder. In ein paar Wochen, vielleicht Monaten, versprochen. Weißt du noch, warum ich damals Unternehmer geworden bin? Weil's zum Künstler nicht gereicht hat, darum. Aber Benno ist talentiert, unglaublich, nicht als Künstler, als Unternehmer! Auch eine Kunst, so wie Benno das macht. Er macht das spielerisch, weißt du? Macht, Beziehungen, Ambitionen, Sehnsüchte, er spielt damit, als seien das Saiten einer Harfe, die er nach Belieben stimmt! Man sieht ihn nie mit Frauen, du, Nelly, ich glaub, da läuft nichts, ehrlich. Seine Sache. Ich weiß. Da kommt er, er holt mich ab, hast ja gesehen: Ohne Hilfe würde ich hier versinken! Mach's gut, mein Schatz, wir sehen uns bald.

Benno führt mich ins frühere Arbeitszimmer von Nellys Vater. Wieso das? Benno geht, Karla kommt.

Ich bin mit Karla allein. Plötzlich macht sie die Tür zu, und wir sind wirklich ganz allein. Karla dreht einen Stuhl um, setzt sich breitbeinig darauf, legt ihre Unterarme auf die Rückenlehne und sieht mich durchdringend an. Was kommt jetzt? Ein Verhör? Schlimmer, ein Urteil ohne Verhandlung: »Ich find das echt peinlich, wie du Mama ständig zur heiligen Ehefrau hochjubelst. Wo doch jeder weiß, dass du sie oft wie ein lästiges Anhängsel behandelt hast.«

Es hätte jetzt überhaupt keinen Zweck, zu widersprechen. Ist ja auch nicht ganz falsch, was Karla da sagt. Ich starre vorsichtshalber mal betroffen auf den Boden, während mich Karla fest fixiert. Sie zündet die nächste Stufe, wo sich schon mal dabei ist: »Erinnerst du dich an den 24. September 2002?«

»An diesem Tag hab ich Geburtstag.«

»Das war nicht irgendein Geburtstag, Paps, das war dein zweiundvierzigster Geburtstag, und da kam so einiges zusammen. Ich helf dir da gern mal auf die Sprünge: Mama hatte Freunde eingeladen, um dich zu überraschen. Sie hatte allen Grund, sich auf dich zu freuen, denn der Tag hatte schon echt scheiße angefangen: Ich hatte meine erste Periode und war nur am Heulen, und die Schule wollte Benno wegen seiner Behinderung nicht am Schwimmunterricht teilnehmen lassen. Dann riefst du an aus Madrid, dass du unbedingt noch einen Tag bleiben müsstest und dass dir das total leidtäte. Mama war echt down, und sie sagte deine Party nicht ab, weil sie nicht allein sein wollte mit der ganzen Scheiße. Du kamst dann aber doch reingeplatzt: in Form von Fotos auf picweb, die dich mit deiner Geliebten in Amsterdam zeigten! Kannst du dir vorstellen, wie es Mama damit ging? Das nimmt dir keiner ab, dass du sie jetzt vergötterst, wo du sie doch manchmal echt schäbig behandelt hast.«

Ich sage dazu jetzt lieber mal einfach gar nichts. Schätze, das kann man schon so sehen, wie Karla das tut. Picweb war was völlig Neues, ich hatte keine Ahnung, was da wie sozial digital vernetzt wird. Ja, es war unendlich peinlich. Zum Glück kommt Margot reingepoltert, und sie fragt auch gar nicht erst, ob sie vielleicht stört. Gut so, wenn ich Karla überhaupt darauf antworte, dann erst, wenn ich ganz genau weiß, was ich sagen will.

Das Haus von Nellys Eltern fällt sofort auf in diesem Unser-Dorf-soll-schöner-werden-Dorf: Es rottet seit zwanzig Jahren, seit dem Tod von Nellys Vater, vor sich hin. Die Farbe verblasst, Fensterrahmen faulen, die Fugen zwischen den Gehwegplatten sind überwuchert, Unkraut hebt die Platten und macht den Weg zu einer Buckelpiste. Nellys Mutter hasst Veränderungen, und da macht sie zwischen Verbesserungen und Verschlechterungen keinen Unterschied.

Heute lacht Nellys Mutter. Tatsächlich, sie lacht! Das letzte Mal hab ich sie lachen sehen, als Benno geboren wurde. Fast bin ich ein bisschen eifersüchtig: Hilde hat sofort einen Zugang zu ihrer Uroma gefunden. Das ist mir nie gelungen.

Margot lacht nicht. Freudlosigkeit ist bei Margot Programm. Für Margot bin ich ein mieser Lebensfreude-Dealer. Sie hatte sich mit Karla am Sterbebett von Nelly abgewechselt, während ich eine TV-Show live produzierte, eine Wett-Show, bei der es einem Jugendlichen gestattet war, Folgendes zu wetten: »Wetten, ich schaffe es, hundert pensionierte Lehrer auf dem Schulhof des Louisengymnasiums zu versammeln, wo sie in krassen Kostümen einen Zipper tanzen.«

Den Wettgewinn würde er der Kinderkrebsstiftung spenden. Es kamen aber nicht hundert, sondern mehr als zweitausend, ein Social-Media-Hype der ersten Stunde. Das ganze Schulgelände, die umliegenden Straßen, überall Zweibeiner in Tier-, Alien-, Cyborg-, Blinky-, Shiny- und Monsterkostümen. Das waren aber bei Weitem nicht alles pensionierte Lehrer. Gut, die Gothic-Lolita mit den Strapsen zur Schuluniform, die war, nach ihren Gesichtszügen zu urteilen, im besten Großmutteralter. Aber die Jungsstimme der Riesenkakerlake ließ vermuten, dass hier einige Mogelpackungen unterwegs waren. Vor dem Mädchenklo wiederum brach ein Gangsta-Rapper zusammen: Oberstudienrat Dr. Ziemer, sechsundsiebzig, hatte einen Schwächeanfall.

Ich kam also mal wieder zu spät ins Krankenhaus. Nelly lächelte matt, Margot bebte innerlich vor Zorn und Verachtung, zusätzlich verbittert darüber, dass es ihr die Situation nicht erlaubte, mich zu beschimpfen.

Doch, Margot lacht auch. Wenn sie Karla ansieht. Oder Hilde. Sie lacht auch, wenn sie Paul ansieht. Selbst an Nellys Sterbebett hat sie aus Versehen mal gelacht.

Uroma hat mir für die Übernachtung die Couch in ihrem Bügelzimmer zugewiesen. Ich bin behindert, aber ich bin nicht arm. Um Uroma zu ärgern, gehe ich mit Benno in ein extrateures Hotel. Ist ja nur für eine Nacht. Morgen geht's nach Hause.

Mai 2024

Sterbliche Überreste

Die Bestatterinnung von Berlin und Brandenburg hat uns eingeladen. Mal hören, was die von uns wollen. Na ja, schätze, die haben Angst, dass unser Business ohne sie läuft. Recht haben sie. Trotzdem, ihr Vorsitzender hat noch nicht begriffen, dass sie ihre Vormachtstellung endgültig verloren haben. Die ganze Veranstaltung ist eine Unverschämtheit. Die Typen haben uns eingeladen, müssen unsere Namen und den unseres Objektes aber ständig auf ihren Tablets nachswipen:

»Vielen Dank, für Ihren Besuch, Herr ... Wiesenthal. Und auch Ihnen, Herr ... Wiesenthal, vielen Dank. Wir verfolgen mit großem Interesse Ihr Projekt. Das ... Heaven's Gate hat ja wirklich hohe Wellen geschlagen. Was uns noch nicht klar ist: Wie werden Ihre Kunden eigentlich bestattet? Sie wissen, dass unsere Mitglieder ein exzellentes Produkt anbieten.«

Bevor wir darauf antworten können – womit ich es ehrlich gesagt gar nicht eilig habe –, meldet sich beipflichtend ein Mann zu Wort, den ich irgendwoher kenne. Diese taktisch inszenierte Harmlosigkeit, die Gabe, den eigenen Worten dadurch Nachdruck zu verleihen, indem man sie betont leise ausspricht. Die Schuppen auf dem Jackett, der Notizblock mit dem eingeprägten Kruzifix ... ich hab's: der Ethikbeauftragte des Bürgermeisters! Na, da bin ich jetzt aber mal extragespannt: »Ergänzend stellt sich auch die Frage nach dem endgültigen Verbleib der sterblichen Überreste Ihrer Klientel. Dafür kommen ja wohl nur unsere Friedhöfe infrage. Aber bis jetzt haben Sie sich nicht bei uns gemeldet. Dabei – und da werden Sie mir sicher zustimmen – wäre es doch sicher sinnvoll, diese Fragen vor Anlauf Ihres ... Betriebes zu klären, finden Sie nicht?«

Darauf hat Benno nur gewartet: »Ehrlich gesagt: Wir sehen da überhaupt keinen Klärungsbedarf. Ihnen ist ja bekannt, dass die überfälligen Gesetzesnovellen zum Bestattungswesen jüngst in Kraft getreten sind und uns da einige Gestaltungsmöglichkeiten geben, die wir auch auszuschöpfen gedenken.«

Ums noch deutlicher zu machen, ergänze ich: »Ihr Produkt wird von unserer Klientel nicht nachgefragt, meine Herren. Wir haben natürlich selbst mal Szenarien für den Fall der Fälle durchgespielt. Es ist ja denkbar, dass jemand bei uns ableben möchte, dann aber wiederum eine herkömmliche Bestattung wünscht. Wir sind da ja auch aufgeschlossen. Wenn Sie für solche Fälle ein Angebot entwickeln wollen, können wir das gerne in unsere Überlegungen einbeziehen. Was wir allerdings auf keinen Fall wollen, sind Särge und Leichenwagen auf dem Gelände des Heaven's Gate, no way! Das passt nicht in unser Markenbild.«

Ich hab grad vergessen, warum wir eigentlich hergekommen sind. Was haben wir davon, uns mit diesen Schlafmützen zu treffen? Ich frag Benno nachher. Ich denke, es geht darum, zu sondieren, wie man die Bestatter einbinden kann, bevor sie mit einem eigenen Angebot in den Wettbewerb treten. Das kann mir persönlich herzlich egal sein. Für Benno ist das natürlich wichtig zur Konsolidierung der führenden Marktstellung. Ein Bestatter meldet sich zu Wort: »Ich habe gehört, dass Sie eine Art Onlinefriedhof planen. Verzeihung, das ist albern! Trauern am Tablet? Mit Pixelkerzen? Die Erfahrungen mit Virtual Cemetaries in den USA sind ernüchternd. Angehörige wollen in tiefer Andacht und in tief empfundener Verbundenheit gedenken. Seit Anbeginn jeglicher Zivilisation pflegt der Mensch Gräber und Friedhöfe. Machen Sie sich nicht lächerlich, Herr Wiesenthal.«

Onlinefriedhof? Hä? Wieso weiß dieser Sargträger was davon und ich nicht? Benno wirkt jedenfalls ziemlich vor den Kopf gestoßen, wahrscheinlich gibt es ein Leak bei den Webdesignern. Er findet allerdings schnell wieder zu seiner aggressiven Form zurück: »Ich diskutiere mit Ihnen nicht über Betriebsgeheimnisse. Aber so viel lassen Sie sich gesagt sein: Die Zivilisation geht weiter. Und wir gehen voran.«

Einer hat noch gar nichts gesagt: Ein deprimiert auf den Boden blickender Pfarrer versteht die Welt nicht mehr. Er sagt nichts, aber es will auch niemand hören, woran er gerade leiden mag. Wir verabschieden uns professionell höflich und gehen ohne Ergebnis auseinander.

Im Auto frag ich Benno: »Was ist das mit dem Onlinefriedhof? Wir haben nie über so was gesprochen?«

»Umso schlimmer, dass der Typ davon weiß. Papa, das tut mir leid, natürlich wollte ich mit dir darüber reden. Keine Ahnung, wieso der informiert war, das macht mich grad ein bisschen nervös, ehrlich gesagt. Wahrscheinlich hat ein Webdesigner nicht dichtgehalten. Egal, eigentlich ist das sehr naheliegend, und es ist ja auch nichts Neues. Unsere Klienten würden so was früher oder später ohnehin nachfragen, also sollten wir proaktiv werden: Mir schwebt so eine Art Andachts-GROOPS für unsere Klienten vor. Das ist eigentlich schon alles. Müssen wir machen, Papa, glaub mir. Und warum auch nicht? Relationsmarketing mit Added Values, verstehst du? Der Angehörige von heute ist der Klient von morgen – und wir haben ihn schon als Gast auf unserer Andachtsseite.«

Ich schalte das Autoradio ein. Radiowerbung: »Ein geliebter Mensch geht von uns. Was bleibt, sind Erinnerungen – und ein kostbarer Diamant. Ihr persönlicher Erinnerungsdiamant. Mehr auf kostbare-erinnerungen.com.«

Ich ruf die Seite auf. Nett. Wenn ich's richtig kapiert habe, dann pressen die den Kohlenstoffanteil eines Leichnams so lange zusammen, bis ein Diamant daraus wird. Ich hätt gern so einen Diamanten von Nelly. Schade, das ist wohl zu spät. Aber fürs Heaven's Gate wär das doch was! Ich glaube, das Thema haben wir noch gar nicht in unserem Portfolio, oder? Ich frag mal Benno: »Sag mal: Haben wir das Thema auf dem Radar? Ist uns da was durchgegangen?«

»Die Anfragen danach als Zusatzleistung sind in den letzten Wochen ziemlich rapide gestiegen. Dominik lässt gerade prüfen, wie sich das in unseren Kompostierungssprozess implementieren lässt. Hast du so ein Ding schon mal gesehen? Der Wirt vom *Callas* trägt so einen Diamanten von seinem verstorbenen Mann um den Hals. Das ist, ehrlich gesagt, keine so ganz neue Erfindung. Aber vor Kurzem ist ja Shŭguāng ...«

»Warte mal: Ist das der chinesische Superstar?«

»... genau. Und nach dessen Tod hat seine Frau einen Diamanten aus ihm machen lassen. Und aus diesem Diamanten wiederum hat ein Spezialist in Antwerpen hundert kleine herausgeschliffen. Und die hat Shŭguāng's Frau dann einzeln auf best-offer.shop zugunsten der chinesischen Union für Sterbehilfe versteigert. Hast du das nicht mitbekommen?«

Ich kriege kaum noch was mit. Alles dauert lange, alles ist mühsam und total anstrengend.

Rettungsaktion

Hilde ist bald schon ein Jahr alt. Ein lebhaftes Mädchen mit großem Interesse an allem, was um sie herum passiert. Ich liege neben ihr auf einer Wolldecke. Karla gibt Kommandos: »Schnappt euch das Häschen, los, schnappt es euch!«

Für Hilde ist es so was wie »Förderung frühkindlicher Motorik« und ein großer Spaß, für mich ist es Physiotherapie und ein mühsamer Kraftakt. In meinem Fall geht es auch nicht darum, etwas zurückzugewinnen, was ich schon verloren habe. Sondern es geht darum, etwas möglichst zu erhalten, was ich verlieren würde, wenn ich nicht darum kämpfe: ein Rest an Beweglichkeit und damit wenigstens ein Minimum an Unabhängigkeit im Alltag.

Zeit für eine Busenmahlzeit. Zeit für einen Blick auf unsere GROOPS-Seite:

POST AUF DER GROOPS-SEITE DES HEAVEN'S GATE

Fotos mit Tiefladern, jeweils mit mehrmals zwanzig Achsen und noch mehr Rundum-Gelbleuchten, die große dicke Stahlscheiben geladen haben und sich scheinbar millimeterweise durch Berliner Wohngebiete vorarbeiten.

Benno@Heaven's Gate

Seht euch das an: Nach wochenlanger Planung und Megastress mit Behörden und Versicherungen kommen jetzt die Böden für unsere Ritualräume! 8 Stück, je 4,5 Tonnen schwer bei 8 Meter Durchmesser. Wir bedanken uns bei allen Mitwirkenden: Es war wirklich der Waaaahnsinn! Schweißtreibende Millimeterarbeit bis zum Schluss.
@alle, bei denen was beschädigt wurde, wie zum Beispiel Schrammen bei parkenden Autos und dergleichen: Wir entschädigen schnell und großzügig!
Ach ja, und vielen Dank an alle Anwohner für eure Geduld!

KOMMENTARE

Lukas Bronsky

Wahnsinn? Es war der absolute Megahorror! Aber es war geil, dabei zu sein, und wir haben's geschafft. Yeah! Danke ans Team, ihr wart genial.

Kalle Ralle

Jaja, von wegen »Schramme am Auto«. Ihr habt mir den halben Balkon weggerissen! Wozu noch leben? Ich will Rabatt!

Maike Klum

Wenn das so weitergeht, brauch ich kein Heaven's Gate mehr. Erst die Hungerstreiker, dann die Behindertendemo, dann der zersägte Bauunternehmer und nun diese Ungetüme, die mir einen vier Meter langen Riss in die Mauer gerumpelt haben. Du hättest ruhig auch erwähnen können, dass sich schon das erste eurer Monster hoffnungslos verkeilt hatte und dass die Liebigstraße eine ganze Woche in gesamter Länge praktisch unpassierbar war. Na ja, die Zeitungen waren ja voll davon, weiß eh jeder.

Ja, scheiße, der Schwerlasttransport. Ich bin irgendwie auch froh, da nicht mehr mittendrin zu stecken, meine Nerven packen das nicht mehr, die hab ich mit eigenen Schwerlasttransporten schon ruiniert. Ich hatte für eine Musicalproduktion eine fünfzehn Meter hohe Mao-Skulptur anfertigen lassen. Sie wurde auf einem Tieflader liegend durch die niederbayerische Provinz gefahren. Der dem Volk den Weg weisende Arm ragte etwas heraus. In einem Dorf riss Maos Arm einen Maibaum mit. Der kam zu Fall. Das wäre ja nicht weiter schlimm gewesen. Aber der Maibaum landete auf einem Rapsöltank. Zehntausend Liter Rapsöl ergossen sich auf die Straße. Das wiederum ließ die Räder des Tiefladers durchdrehen, und Mao kam zu spät. Horror.

Paul kocht mit großer Beflissenheit Zufütterungskost. Nelly stand lieber mit einer Kippe im Mundwinkel am Herd und dachte sich, was für Grammy-Preisträger und Top-Models gut ist, kann für das eigene Kind nicht schlecht sein. Leben, das hieß für uns Vitalität, das hieß, eine Dichterlesung vor weinenden Hells Angels in einer Transvestitenbar auf St. Pauli. Und wenn dann der Himmel über dem Hafen einen spaltbreit für eine durchbrechende Sonne aufreißt, mit den *Ketzern* im Chor aus vollem Halse »Gottfotze« schreien und zum Abschluss einer gelungenen Nacht noch ein Erdgerät an der Alster rauchen. Leben in permanenter Unruhe aus Angst vor dem Tod, den jeder von uns spürte, wenn man allein war und nichts passierte. Ich hab so das Gefühl, dass sich unser ganzes Zeitalter damals in der Pubertät befand. Es klingelt in meiner Jackentasche. Geh ich ran? Ich geh ran: »Hey Benno, was 's los?«

»Komm sofort zur Baustelle, Paps. Jetzt gleich.« Tuuuut.

Benno braucht meine Hilfe. Benno braucht eigentlich nie meine Hilfe!

»Paul, hilf mir, ich muss zur Baustelle, jetzt gleich.«

Paul bringt mich runter zum Taxi, der Junge ist ein Schatz, wie Benno, der mich hastig aus dem Wagen hievt. Ein Fingerzeig von Benno reicht, und ich weiß, was los ist: In einer gefühlten Höhe von hundert Metern, auf dem Ausleger eines Krans, sitzt eine Frau mit vermummtem Gesicht. Aber ich erkenne sie sofort an ihrem Couture-Kleid von Jegor Lebedew: Er hat es eigens für Cynthia entworfen. Dann zeigt Benno auf einen Mann, der den Kran hinaufsteigt.

»Tobias Storm. Er sagt, er kennt sie.«

Allerdings, die beiden kennen sich. Und ich habe sie zusammengebracht.

Es war mein unrühmlicher Ausflug ins Fernsehfilmgeschäft. Die Story ging etwa so: Eine junge hübsche Frau gerät in einen schweren Konflikt. Ihr Ehemann A. ist schwer krank und wird dabei immer böser und verbitterter. Nichts kann sie ihm noch recht machen. Da begegnet sie B. Er ist jung, charmant, gut aussehend und zuvorkommend. Sie verliebt sich in ihn, wird aber innerlich zerrissen von der Liebe zu ihrem Mann und der Leidenschaft, die sie für B. empfindet. Die Rolle von B. war mit Tobias perfekt besetzt. Ich habe Cynthia als Hauptrolle durchgesetzt: Sie galt als die schönste junge Frau des Landes, sie war Rampenlicht gewohnt, sie hatte eine beachtliche Ausstrahlung – aber sie konnte nicht spielen!

Tobias, der ausgebildete Schauspieler mit Erfahrung an den bedeutendsten deutschsprachigen Bühnen in Bochum und Berlin, spielte Cynthia einfach an die Wand. Als Homosexueller immun gegen Cynthias verführerische Ablenkungen, gekränkt von der tausendfach größeren Aufmerksamkeit, die der jüngeren Cynthia zuteilwurde, ließ er sie wirklich böse auflaufen. Der Regisseur war geduldig, aber auch sehr ambitioniert. Zu Beginn der Dreharbeiten gab es große Zweifel, ob man das mit Cynthia überhaupt drehen kann, aber bald hatte man sich bis zum Point of no Return vorgedreht.

Es war die Schlüsselszene des Films, die zum Fiasko wurde, die Szene, in der sie zu ihm sagt ›Ich will dich lieben können, ohne dich hassen zu müssen, darum.‹

»Unnnd ... bitte!«

»Ich will dich lieben können, ohne dich hassen zu müssen, darum.«

»Cynthia, bitte nicht schnippisch zickig, stell dir vor, du ringst um sein Verständnis! Okay? Unnnd ... bitte!«

»Ich will dich lieben können, ohne dich hassen zu müssen, darum.«

»Nicht so, als würde dir dieser Satz gerade in den Sinn kommen. Du bist mit diesem Satz im Kopf in dieses ultimative Klärungsgespräch gegangen, jetzt gilt es, ihn für deine Bedürfnisse zu gewinnen! Sieh in an! Fessel ihn mit deinem Blick. Unnnd ... bitte!«

»Ich will dich lieben können ...«

»Cynthia, bitte die Hände nicht an der Tischkante, denk dran, du willst ihn halten! Unnnd ... bitte!«

»Ich will dich hassen ... 'tschuldigung.«

»Kein Problem. Unnnd ... bitte!«

»Ich will dich lieben können, ohne dich hassen zu müssen, darum.«

»Okay, jetzt gib dem *darum* mehr Bedeutung, denk dran, es geht darum, dass du ihn verlassen MUSST, um ihn lieben zu können. Im Sinne von ›versteh doch, wir würden uns zerstören, wenn wir nicht voneinander lassen!‹ Okay? Cynthia? ... Na gut, Leute, zwanzig Minuten Pause.«

Eigentlich dreht man so was in einer nahen Einstellung im Profil, und so wurde es auch eineinhalb Stunden versucht. Denn in dieser Einstellung sieht man – günstigenfalls – die emotionale Interaktion der Charaktere, und hier ging es immerhin um den Showdown! Aber die spürbar zunehmende Ungeduld von Tobias am Set hatte einen derart hemmenden Einfluss auf Cynthia, dass nun im Schuss-Gegenschuss-Verfahren gedreht werden musste. Dabei wurde Tobias gegen einen Statisten ausgetauscht, der sich Tobias' verschwitztes Hemd anziehen musste, während Tobias längst mit seinem Freund in seinem Wohnwagen verschwunden war. Irgendwann war die Szene tatsächlich im

Kasten. Und wer wurde vom Fernsehpublikum enthusiastisch gefeiert? Richtig: Cynthia.

Ich war ehrgeizig, ich war gierig, es war meine Schuld, auch wenn am Ende eigentlich alle profitiert hatten. Tobias packte jedenfalls irgendwann die Reue für sein divenhaftes Benehmen, aber jetzt war es Cynthia, die ihn schmoren ließ. Das verstärkte seine Schuldgefühle nur noch mehr. Schließlich nahm Cynthia ihn doch als eine Art väterlichen Mentor an.

Und nun sitzen die beiden also da oben und reden und reden, während immer mehr Reporter und Übertragungswagen auffahren: Immerhin, das Drama des Jahres! Die Sache scheint einem guten Ende entgegenzugehen, als sich die beiden offensichtlich entschließen, wieder runterzukommen. Aber Cynthia hat Schwierigkeiten aufzustehen. Es ist wackelig, es ist schwindelerregend hoch, wahrscheinlich sind ihre Beine eingeschlafen nach stundenlangem Sitzen auf einer Metallstange. Ein Rettungshubschrauber verdrängt einen Fernsehhubschrauber. Ein Retter seilt sich ab und pflückt erst Cynthia vom Kran, dann Tobias.

Mir ist schwindelig. Ich ziehe mich zurück in einen Baucontainer. Benno und ein Bauarbeiter haben mich vor dem Container aus meinem Luxusrollstuhl gehievt und mich drinnen auf eine Bank gesetzt. So ist es gut. Ich brauch mal einen Moment Ruhe, um Ereignisse und Eindrücke zu sortieren. Heaven's Gate, der Ort, in dem Menschen selbstbestimmt ihren Abschied nehmen, der Ort für ein friedliches Ableben, ein Ort, der das Leben feiern soll, ist noch vor seiner Geburt ständig mit dem Tod beschäftigt: erst die Hamster, dann die knapp geretteten Hungerstreiker, dann die Nazigeschichte mit den ermordeten Behinderten, der einbetonierte Bauunternehmer und jetzt Cynthias Selbstmordshow. Und neulich dann noch der Unfall einer »unserer« Arbeiter: Er war in die noch ungesicherte Baugrube gestürzt und von nachrutschendem, regenschwerem Erdreich begraben worden. Schließlich wurde er von Männern der unerschrockenen russischen Tiefbaukolonne mit bloßen Händen befreit. Klar, das hatte dann auch wieder eine Verzögerung zur Folge.

Hier im Container ist es still, und ich werde auch in Ruhe gelassen. Leere und volle Bierflaschen, unschuldige Pornopics an den Blechwänden, die Abbildung einer russisch-orthodoxen Ikone, ein zusammengerollter Gebetsteppich, Helme und Handschuhe. Ich könnte nicht sagen, dass ich mich hier nicht wohlfühle. Bis zum Alert von Wendys Webcam:

»Lasse sagt, ich sehe krank aus. Sehe ich krank aus, Sam? Gib mir Zeug, Atze, die Kohle kriegst du morgen.«

Nach zehn Sekunden ist alles vorbei, und sie liegt genauso freezed da wie immer. Und krank sieht sie aus. Ja, Wendy, du siehst wirklich krank aus.

Besuch

Seit Cynthias Kranaktion sind jetzt einige Wochen vergangen. Dem Heaven's Gate hat sie damit keinen Gefallen getan (kein Problem, Cynthia!). Aber nicht nur Dramen wie dieses setzen dem Projekt zu. Ernüchternd und manchmal erschreckend und auch deprimierend ist das Chaos. Ich hatte immer gedacht, meine Theaterfestivals mit Ensembles aus Irland, Litauen, Südafrika und Korsika seien der Gipfel der denkbar größten Unkoordiniertheit. Aber was Benno mir jetzt auf unserer Baustelle zeigt, übertrifft selbst die Verplantheit des durchgeknalltesten Nachwuchschoreografen: »Siehst du diesen Wasseranschluss da unten, Papa? Der ist ohne Funktion, komplett überflüssig. Ich dachte mir, nachdem mir keiner der Anwesenden Auskunft geben konnte, frag ich doch mal den, der das Ding installiert hat. Das weiß aber keiner, wer das war, selbst die Bauleitung weiß das nicht. Die sagt nur, dass es das Ding gar nicht geben dürfte. Kannst du dich noch an die Performancegruppe aus Barcelona erinnern, Papa?«

»Ja. Aber selbst die waren besser organisiert. Allerdings wurden die auch anständig bezahlt.«

Wenn selbst Performancekünstler besser bezahlt werden als Bauarbeiter, dann ist ja was oberfaul. Aber das ist kompliziert: Der schwäbische Kranführer verdient das Zwanzigfache von dem, was der Sklave des bulgarischen Subunternehmers des Subunternehmers aus Montenegro verdient. Gestern war mal wieder die Zollfahndung da auf der Jagd nach Schwarzarbeitern. Dreißig Ukrainer haben sie abgeführt. Was den Baufortschritt natürlich nicht gerade beschleunigt.

Wir haben auf unserem Gelände einen riesigen 3D-Drucker installiert. In Berlin ist das Ding dafür bekannt geworden, dass es Obdachlosencontainer am Fließband rausplottet, wie beim Schrippenbacken geht das. Neulich haben wir 'ne amerikanische Rockband für eine TV-Gala eingeflogen. Die hatten die Bereitstellung eines 3D-Druckers angefordert. Alte Männer mit langen Haaren, die aussahen, als wären sie mit ihren Gitarren gealtert – und umgekehrt. Denkste: Anstelle von Bässen und Gitarren holen die Roadies 'nen Stick raus und plotten ihre Instrumente backstage! Bei uns werden die Fassadenelemente des Versorgungsstammes damit gemacht. Zuerst war ich fasziniert – dann ernüchtert: Das erste Element sah perfekt aus, ließ sich aber nicht einpassen. Ein Softwarefehler, offensichtlich. Aber was für einer?

Die Klassiker unter den Bugs, die auf nachlässige Lokalisierung zurückführen sind – man vergisst, eine Routine zu programmieren, die Inch in Meter konvertiert oder eine, die Umlautzeichen schon bei der Eingabe in international gebräuchliche Zeichen umwandelt –, sind offensichtlich nicht die Ursache. Unabhängig davon, wer den Fehler zu verantworten hat, allzu viele Fehlversuche können wir uns nicht leisten, weil das Granulat, also der Rohstoff, den wir auf Vorrat gekauft haben, dann knapp würde.

Interdependenz ist kein sexy Wort. Am Bau ist es das Reizwort im Zusammenhang mit explodierenden Nachkalkulationen, kapitalzehrenden Verzögerungen und Herzklabastern aller Art. So können die acht Ritualraumböden nicht eingehängt werden, wenn der Versorgungsstamm nicht fertig ist. Und das teure Bioparkett kann nicht verlegt werden, wenn die Böden nicht eingehängt sind. Logisch, oder? Nein, der 3D-Drucker-Administrator will nicht schuld sein an explodierenden Nachkalkulationen, kapitalzehrenden Verzögerungen und Herzklabastern aller Art, und wie er sein High-End-Device so zerlegt mit seinen winzigen Zahnrädern, Pumpen und Schräubchen – ein paar davon fallen in den Baustellenmatsch, und wuchtige Bulgaren mit riesigen Händen können sie kaum fassen –, sieht das gar nicht mehr so digital aus, und man fasst sich an den Kopf, weil doch jeder weiß, es kann nur an der Software liegen! Nach einigen Tagen kommt ein neuer Drucker mit dem neuesten Bugfix-Update und einem frischen Administrator. Explodierende Nachkalkulationen, kapitalzehrende Verzögerungen und Herzklabaster halten sich gerade noch in Grenzen, die vermutlich ohnehin schon bedenklichen Suizidraten bei 3D-Drucker-Administratoren und Bauleitern müssen wegen dieses Ereignisses nicht steigen.

So unberechenbar wie der Baufortschritt am Heaven's Gate ist auch das Tempo meines Verfalls. Aber in beiden Fällen gibt es kein Zurück. Ich spüre, dass es Zeit ist, sich mit dem Thema »Abschied« mal näher zu befassen. Von Tobias' Kompetenz als Abschiedscoach bin ich überzeugt. Auch weil für ihn die Frage immer noch offen ist, ob jemandes Zeit zu gehen, wirklich gekommen ist. Cynthia hat er davon überzeugt, dass ihr Zeitpunkt noch nicht erreicht war. Und es war seine Mission. Seine Entschlossenheit zu handeln war stärker als seine Angst, aus vierzig Meter Höhe abzustürzen.

Ich habe ihn hierher, zu mir nach Hause eingeladen, ich verlasse das Haus nur noch ungern, mir ist das zu mühsam. Selbst der Besuch eines Gastes ist eine enorme Anstrengung.

»Tobias, schön, dass du kommen konntest!«

Tobias hilft mir, mich hinzusetzen. In meiner eigenen Wohnung!

»Ich hab dich unterschätzt, Tobias. Du bist keine Diva. Du bist keine Filmdiva, und du bist auch keine Esoterikdiva. Du stehst für deine Werte, Respekt! Entschuldige.«

Ich ringe mich durch, ihn nach Cynthias Kranaktion zu fragen: »Sag mal, Tobias, was habt ihr eigentlich geredet, du und Cynthia auf dem Kran?«

Tobias überlegt kurz und blickt auf den Boden. Dann erzählt er: »Ich bin auf den Kran gestiegen und auf dem Ausleger zu Cynthia rübergelaufen. Wahnsinn. Aber ich konnte gar nicht anders. Cynthia beachtete mich gar nicht, sie war wie paralysiert und starrte in die Ferne. Mir fiel gleich ein gemeinsamer Dreh ein:

›Wow, was für eine unglaubliche Aussicht! Schau mal, weißt du noch? Da haben wir zusammen *Das Glück dieser Erde* gedreht. Ich hab den Reitlehrer gespielt, der nach einem Unfall nicht mehr reiten konnte. Und du warst meine Lieblingsreitschülerin, für die ich immer noch den Reitlehrer verkörperte, obwohl ich nicht mehr reiten konnte. So 'ne Vorabendsoap war das.‹

›Du hast das überzeugend gespielt, Tobi.‹

›Du auch! Das würde auch gar nicht gehen, wenn man nicht Teile der Rolle in seinem eigenen Charakter hat. Sag mal, Cynthia: Willst du dich etwa da runterfallen lassen?‹

›Hast du eine bessere Idee?‹

›Ich würde ja mitspringen. Aber ich müsste mich erst von ein paar Leuten verabschieden. Hast du dich denn verabschiedet?‹

›Von wem? Warum?‹

›Von Zoë vielleicht? Damit du ihr was anderes hinterlässt als nur eine Menge Fragezeichen?‹

›Für Zoë bin ich doch längst tot.‹

›Hat sie das gesagt? Kleine Kinder spielen Verstecken, indem sie sich die Hand vor die Augen halten und dann denken, sie seien unsichtbar. Zoë ist ein kleines Kind. Aber du, Cynthia, du bist ihre Mutter! Gib dich zu erkennen!‹

Cynthia sieht sich um. Sie sieht nach Marzahn, wo sie nicht gerade behütet aufgewachsen ist. Sie sieht Richtung Friedrichstraße, wo sie kurze Zeit mit Zoë und ihrem Mann in einem Luxusapartment gewohnt hat. Sie sieht Richtung Babelsberg, wo ich mit ihr Method Acting trainiert habe.

›Schau mal, Tobi, da hinten liegt doch der Grunewald, nicht? Wir haben die Szene zehnmal gedreht, bis dich das blöde Pferd endlich im richtigen Moment abgeworfen hat.‹

›Genau genommen war ich das ja gar nicht. Das war nicht Tobias Storm, und das war auch nicht Mark Bohm. Das war mein Double. Erinnerst du dich? Ein Stuntman! Ich saß da schon längst in der Abschminke. Und das Pferd war auch nicht blöder als der Stuntman. Vor allem war es schön. Was ist mit Zoë, mag die auch Pferde? Alle Mädchen mögen Pferde!‹

›Lass uns gehen, Tobi, ich bin müde.‹

Und dann hat uns der Hubschrauber aufgenommen.«

»Du hast Cynthia gerettet, Tobias. Ein Abschiedscoaching mit dem Ergebnis, dazubleiben. Wie kommst du eigentlich dazu?«

»Weißt du, Lasse, als Schauspieler, der sich und seine Rollen ernst nimmt, habe ich eine wunderbare Aufgabe: Ich eigne mir die Leben anderer Menschen an. Nie möchte ich meine eigene Identität gegen die einer auf diese Weise angeeigneten tauschen. Aber ich lerne unendlich viel. Manchmal sind menschliche Abgründe kaum auszuhalten, aber sie nicht zu kennen, hieße, sie nicht spielen zu können, hieße, kein Schauspieler sein zu können.

Zum Beispiel bei ›Mission: kill!‹, einem Computerspiel. Wir hatten einen Trainer, um uns auf das charakterliche und sittliche Setting des Stoffes vorzubereiten. Ich kam zu einer Session ein paar Minuten zu spät. Meine Kollegen sahen sich ein Splattermovie an. Stumm, schockstarr und fassungslos. Ich schüttelte den Kopf: Das darf doch nicht wahr sein: ›Was'n hier los? Ihr guckt euch einen wirklich echt schlecht gemachten Bad-Taste-Splatterfilm aus den Achtzigern an und guckt dann wie Karnickel vor Schlange? Das sieht doch jeder Anfänger, dass das 'ne wirklich miese, billige Produktion ist. Absolut unauthentisch. Kettensägenmassaker für Arme!‹

›Halt die Klappe, Tobi. Das ist eine Doku. Das sind Originalaufnahmen aus einem Foltergefängnis in Pnom Penh.‹

Was ich sah, sah ich dann mit anderen Augen. Und ich habe hingesehen. Denn ich spielte in ›Mission: kill!‹ den Ausbilder, und dieser Ausbilder hatte nun wirklich alles schon gesehen. In ›Mission: kill!‹ floss kaum Blut, die Brutalität des Spiels bestand in dem Prinzip der Unmenschlichkeit: Meine Aufgabe war es, den Spieler darin zu trainieren, alles auszuschalten, was ihn daran hindern könnte, schnell und effizient zu töten: die angeborene Hemmung, Artgenossen umzubringen. Moral. Ehre.

Zum Beispiel ist der beliebte Begriff ›Feind‹ absolut kontraproduktiv, weil er moralisch relevant ist. Kämpfen ist überhaupt ineffizient, am effizientesten tötet man jemanden, der schläft. Und wenn eine Auseinandersetzung unvermeidlich ist, dann nutzt man seinen mentalen Wettbewerbsvorteil: Die Sekunde, in der der Gegner vielleicht noch zögert, weil er Hemmungen hat, einen scheinbar Unbewaffneten umzubringen, diese Sekunde musst du schneller sein. Dieser ganze Ballast aus Fairness, Gewissen, Genfer Konventionen, das alles steckt mehr oder weniger irgendwo in jedem drin. Und der, der sich im entscheidenden Moment am effizientesten von diesem Ballast befreit, der kann seinen Vorteil nutzen.

Einer meiner Texte, die ich als Drill Instructor vor der versammelten Combat Unit sprechen musste, ging in etwa so: ›Symmetrie ist die absolute Ausnahme. Ihr werdet es mit vierzehnjährigen Gegnern zu tun haben, die als Achtjährige gezwungen worden waren, ihre eigenen Eltern zu erschießen. Von diesen Kombattanten ist keine Fairness zu erwarten. Während wir noch Statuten der Haager Landkriegsordnung abwägen, haben die uns längst massakriert. Denkt an die Wikinger, die ihre Schwerter ›Lebenshasser‹ nannten. Denkt daran, was Menschen alles tun, nur um zu überleben. Sie prügeln sich mit Kindern um das letzte Brot. Männer stoßen Frauen aus dem Rettungsboot. Männer morden und rauben für Berge von Dollarnoten, die sie dann bündelweise verbrennen wie Briketts, um nicht zu erfrieren. Hat ein Mensch seine Würde und seine Werte verloren, hat er keine Würde und keine Werte mehr. Denkt daran. *Go kill! Go kill! Go kill!*‹

Wir im Gefecht. Es war heiß und schwül, wir standen bis zu den Knien im Morast. Fliegen, Mücken, Käfer, Schlangen. Der Gegner war unsichtbar. Da trifft es einen unserer Männer. TACK- TACK-TACK- TACK- TACK. ›Aaaaaaaah... Aaaaaaah... Hilfe! Mamaaaaaaa!‹

Einer unserer Kombattanten geht aus der Deckung: ›Ich komme, halt durch!‹

Ich reiße ihn zurück: ›Was hast du gelernt zum Thema ›Verwundete Kameraden‹?‹

›Er braucht Hilfe, er stirbt, er ruft schon nach seiner Mutter!‹

›Und? Bist du seine Mutter? Wenn du unter Stress nicht abrufen kannst, was du über den Umgang mit Verwundeten im Gefecht gelernt hast, bist du raus!‹

›Aaaaaaaah... Aaaaaaah... Hilfe! Mamaaaaaaa!‹

Ich erschieße den Verwundeten, bevor womöglich noch ein anderer Kombattant auf dumme Gedanken kommt.

›Oh mein Gott, was hast du getan? Das ist unser Kamerad!‹

›Wer hat dir dieses Wort ›Kamerad‹ beigebracht? Das ist ein Unwort aus dem preußischen Tugendwortschatz eines überkommenen soldatischen Ehrbegriffs. Das braucht man für Symmetrie! Aber hier ist gar nichts symmetrisch! Also, was hast du gelernt?‹

›Wir ... wir ... wir kümmern uns nicht um Verwundete. Denn der Gegner schießt, nicht um zu töten, sondern um zu verwunden. Weil er glaubt, dass der Verwundete von seinen Kameraden versorgt wird und so zwei oder sogar drei Kombattanten außer Gefecht gesetzt sind. Aber wir sind keine Preußen mehr. Wir haben keine Kultur, wir haben Ziele!‹

Ich gebe dem Jungen einen versöhnlichen Klaps auf den Hinterkopf: ›Geht doch!‹

Er lächelt etwas gequält, aber er hat scheinbar kapiert, dass er bei einer nächsten Aktion dieser Art nicht mehr auf Gnade hoffen darf.

Ich – also ich bin grad immer noch in der Rolle des Ausbilders – ich bin kein Unmensch. Ich würde es zum Beispiel nicht übers Herz bringen, zu tun, was unsere Gegner tun: Sie setzen eines ihrer eigenen Kinder, das wir, ihre Feinde, angeschossen haben, sie setzen also dieses schwer verletzte schreiende Mädchen in die Mitte des Schlachtfeldes. Sie rechnen damit, dass wir es holen und versorgen, was unsere Einheit schwächen würde. Aber wir kümmern uns nicht um Verwundete, nicht um die eigenen und nicht um die der anderen. Die Gegner kümmern sich auch nicht, denn wir werden sie natürlich erschießen, sobald sie sich dem Kind auf offenem Feld nähern. Das Kind schreit. Ich bin kein Unmensch. Ich erlaube den Männern, sich zur Ablenkung ein Footballspiel anzusehen. Es dauert fast bis zum Ende des dritten Viertels, bis das Mädchen verstummt.

Unser Konditionierungsprogramm hat den taktischen Vorteil der Effizienz. Und den strategischen des Schutzes der Humanressourcen und auch den der Schonung des Etats: Konditionierte Soldaten haben im Gefecht zu sein und nicht in der Psychiatrie. Bei Streitkräften mit nicht konditionierten Soldaten erreichen die Kosten für die Therapie von posttraumatischen Belastungsstörungen leicht mal die für die Instandhaltung der Panzerflotte.

So was, Lasse, so was lernt man als Schauspieler. Du weißt doch noch, *Mandela*, unser Musical. Ich war nicht nur der weiße verliebte Polizist, ich war auch Mandela! Ich war auch der Mann, den siebenundzwanzig Jahre Haft nicht brechen konnten und der es dann vermochte, eine gespaltene verfeindete Nation zu einen.«

»Dann warst du auch Cynthia? Cynthia auf dem Kran?«

»Ja, die war ich. Cynthia ist zurzeit in einer Klinik. Nicht wegen ihres Gesichts, da wird man nichts tun können. Sie ist in einer Klinik wegen einer behandlungsbedürftigen Depression. Wenn sie rauskommt, mache ich mit ihr Abschiedsarbeit. Dann wird sich zeigen, ob sie bereit ist zu gehen. Ehrlich gesagt: Ich glaube nicht.«

»Erklär mir das, ›Abschiedsarbeit‹.«

»Es geht darum, in Frieden zu gehen. Ein Abschied ohne Groll. Wer geht, hat mit jedem inneren Frieden geschlossen. Keine Schuldgefühle, gegen niemanden, auch nicht gegen dich selbst. Danke sagen. Verzeihen. Um Verzeihung bitten. Missverständnisse aufklären. Bedarf aufspüren. Nachlass regeln. Wahrheiten aussprechen. Wir machen Übungen: Abschiedsbriefe schreiben. Rollenspiele.«

»Du meinst, ich könnte meiner Mutter einen Abschiedsbrief schreiben, in dem ich ihr verzeihe, dass ihr ihre Selbstverwirklichung wichtiger war, als dass ich regelmäßig zur Schule ging? Dass ich in einem Rollenspiel meinen Sohn um Verzeihung dafür bitte, dass ich bei seiner Abifeier unter Drogeneinfluss stand? Dass ich in einem Gebet Nelly dafür danke, dass sie immer blieb, wenn ich ging? Und ihr sage, dass es mir leidtut und dass das 'ne scheiße Aktion war mich mit einer Geliebten in Amsterdam zu vergnügen, während ich vorgab, in Madrid sein zu müssen, während sich Nelly in Berlin bemühte, unseren Kindern eine ordentliche Mutter zu sein?«

»Du hast es erfasst, Lasse. Ja, so in etwa hat man sich das vorzustellen. Ich hab da auch so ewige Baustellen, aber wenn das Leben zu Ende geht, wär's gut, wenn man das ins Reine bringt. Für sich und wenn's geht auch mit den Betroffenen. Ich war mal in einer Bar in Mexiko City. Wir haben viel getrunken, und wir waren ziemlich stoned. Zurück in Hollywood, fiel mir ein, dass ich wohl vergessen hatte zu bezahlen. Scheiße, das geht gar nicht. Ich bin wieder zurückgefahren, ich wollte die Rechnung begleichen: Wir hatten viel getrunken, ich hatte viel Geld, die Leute von der Bar hatten keins. Aber ich hab die Bar nicht wiedergefunden, verstehst du? Mexiko City ist eine verdammt riesige Stadt! Ich hab meine Zeche nie zahlen können, verstehst du? Es war zu spät! Aber ich weiß, dass das zwischen mir und meinem Seelenfrieden steht. Ich hab das Glück, dass ich wenigstens eine Ahnung habe, ein Gespür, wie ich an diesen Ballast selbst rankomme, wie ich ihn auflöse!

Ich wünsche mir und meinen Mitmenschen ein anderes Lebensende als das meines Vaters. Er war Held der Arbeit in der DDR, ein glühender sozialistischer Patriot, auf dem Höhepunkt seiner Karriere Direktor eines Volkseigenen Betriebes der Textilindustrie. Gut, die Maschinen waren marode, aber mein Vater war mächtig stolz auf ›seinen‹ VEB mit fünfzehntausend werktätigen Genossen. Dann kam die Wende und dann die Treuhand. Jemand kaufte den Betrieb für einen Euro, strich die Subventionen ein, verwertete die Immobilien und ging wieder. Mein Vater bekam keine Rente wegen seiner Mitarbeit für das Ministerium für Staatssicherheit. Er verlor unser Haus, weil Alteigentümer erfolgreich Ansprüche geltend gemacht hatten. Meine Mutter verließ ihn, als das Gift seiner Verbitterung auch sie aufzufressen begann. Er starb allein, an Kummer. In einer Abschiedsarbeit hätte er aufleben lassen, worauf er stolz gewesen war, was er geschaffen hatte. Denn nichts wird schlecht dadurch, dass es vorbei ist. Er hätte sich mit mir versöhnt, dem homosexuellen Künstlersohn, der zu Zeiten der DDR beim MfS in einer ›rosa Liste‹ geführt worden wäre und der niemals für sozialistischen Kadernachwuchs sorgen würde. Er hätte mir verziehen, dass ich die Hauptrolle spielte in einem Film, der die Verlogenheit und die Aussichtslosigkeit des real existierenden Sozialismus zeigte. Er hätte erfahren, dass ich ihn geliebt, verehrt und geachtet habe. Er hätte verstanden, dass meine Mutter ihn verließ, um ihn lieben zu können, ohne ihn hassen zu müssen.«

Tobias weiß, wovon er spricht. Man spürt das.

»Ich möchte diese Abschiedsarbeit mit dir machen, Tobias. Wann fangen wir an?«

»Bald, Lasse, bald. Lass uns die Zeit nutzen, bis das Heaven's Gate steht.«

Wenn es denn mal steht. Gut, wir haben einen Rohbau, und bald ist Richtfest, und darauf freue ich mich wie ein kleines Kind. Aber die Baukosten werden sich am Ende mindestens verdreifacht haben, hat Benno mir vorgerechnet. Er hat ein Meeting mit unseren Investoren einberufen.

Dezember 2024

Nicht mehr totzukriegen

Es sind wieder alle da – bis auf den »Praktikanten« von der Hotelkette. Dr. Hahn, der souveräne Investmentfondsvertreter, Dominik Fehr, der umtriebige Venture Kapital Innovationen Investor, und Kati, die ja praktisch schon zum Team gehört. Benno präsentiert die Zahlen, aber große Nervosität mag nicht aufkommen. Für Dominik sind große Risiken normal, und Heaven's Gate findet er als Konzept so spannend und richtungweisend, dass er natürlich dranbleibt.

Dr. Hahn hat andere Gründe: »Wissen Sie eigentlich, Lasse, warum es der Bürgermeister so eilig und wichtig hat mit Heaven's Gate? Die Pensionsverpflichtungen gegenüber früheren Beamten der Stadt, die machen ihn fertig. Das ist einer der größten Posten im städtischen Haushalt. Und dem steht keine Leistung gegenüber. Jedenfalls keine, die nicht schon vor zehn, zwanzig oder dreißig Jahren erbracht worden wäre. Stellt euch mal vor, was der seinen Wählern alles versprechen könnte, wenn die Beamten wenigstens mit fünfundsiebzig ins Heaven's Gate gingen.

Die Stadt blüht auf: Kindertagesstätten! Sanierte Kanalisation! Andere Städte folgen dem Beispiel, überall eröffnen Heaven's Gates! Ein achtundachtzigjähriger Ordnungsamtsvorsteher a. D., vor dreißig Jahren in den wohlverdienten Vorruhestand abgetaucht, wird sich fragen, mit welcher Berechtigung er allein eine Fünfzimmerwohnung in bester Stadtlage bevölkert, während sich im Wedding eine ganze Familie ein einziges Zimmer teilt. Und wenn er sich das nicht selbst fragt, dann fragt ihn der Bürgermeister.

Bei Städtetagen, also quasi die Gipfeltreffen deutscher Bürgermeister, werden Szenarien und Planspiele durchgeführt, bei denen man den Pensionären ihre Ansprüche pauschal in einer üppigen Einmalzahlung ›abkauft‹ und sie im Zuge dessen subtil auf die Vorzüge unseres Angebotes hinweist. Aber nicht nur unser Angebot: Die Spanier treten viel aggressiver auf und akquirieren direkt und sondieren Kooperationen mit deutschen Pensionskassen.«

Unsere Idee ist nicht mehr totzukriegen. Aber es muss jetzt auch mal losgehen! Auch für Kati steht fest, das Heaven's Gate muss jetzt liefern: »Benno hat uns eindrucksvolle Frühbucherzahlen vorgelegt. Prima. Die Leute dürfen jetzt von uns Leistung verlangen, wenn nicht das Ritual, weil ja die Räume noch nicht fertig sind, so doch schon mal die Vorbereitung darauf. Immerhin haben sie jeweils dreitausend Euro im Voraus gezahlt! Außerdem gibt es jetzt in Europa schon zwei Mitbewerber, die bereits am Start sind! Wir sollten jetzt mit unseren Workshops für Abschiedsarbeit beginnen. Ich schlage vor, wir errichten einen provisorischen Pavillon auf dem Gelände. Tobias will auch loslegen.«

Ich habe es mir abgewöhnt, Dominik übelzunehmen, dass er wirklich jede Sekunde online ist und auch dann twittert und chattet und mit einem Auge den Stream seiner Aggle-Glasses scannt, wenn man gerade mit ihm redet. Er nutzt seine Aggle-Glasses auch als eine Art Teleprompter: »Ich habe mich mal näher mit dem Thema ›Bestattungen‹ befasst. Wir hatten ja immer über Begriffe wie ›Kompostierung‹ etc. gesprochen, aber jetzt hab ich ein ganz konkretes Verfahren gefunden, das auch schon in Einzelfällen praktiziert wurde. Wie ihr wisst, bin ich ständig auf allen Kontinenten unterwegs. Ich bin ...«

Obwohl, mich nervt es, meine Aufmerksamkeit mit irgendwelchen Chatrooms teilen zu müssen: »Dominik, würde es dir was ausmachen, uns anzusehen, wenn du mit uns sprichst? Und wenigstens mal nur für diesen Moment nicht zu twittern?«

»Ah ... okay ... sorry ... also ich wollte sagen, ich bin nirgends verwurzelt. Wenn ich an einem Ort bin, bin ich gleichzeitig virtuell immer auch an ein, zwei anderen Orten. Deshalb ist mir so ein Ort der letzten Ruhe suspekt. Die Vorstellung, als balsamierte eingesargte Leiche die Umwelt zu belasten, ist mir ebenfalls zuwider. Deshalb kommt auch Feuerbestattung nicht infrage. Bitte, liebe Freunde, erlaubt mir einen Rückblick auf meinen Vater und die Umstände seines Lebensendes. Wie ihr wisst, ist er ein sehr reicher Mann gewesen. Er hatte mit nichts angefangen, eine große Erfolgsgeschichte. Er litt aber – und das meine ich wörtlich – unter dem Wahn, von allen und jedem übervorteilt zu werden. Und je reicher er wurde, desto schlimmer wurde es. Er gründete absurde Stiftungen in obskuren Steuerparadiesen, nur damit sein durchgeknallter und nichtsnutziger Sohn und dessen undankbare Mutter bloß nichts erben.

Seine einzige Leidenschaft in den letzten Jahren seines Lebens war die akribische Vorbereitung auf seinen eigenen Tod. Er ließ in Ungarn ein Mausoleum bauen. In einem Dorf, aus dem angeblich seine Urgroßeltern stammten, wie er glaubte, herausgefunden zu haben. Mein Vater hatte für Luxus nie was übrig gehabt. Aber dieses Mausoleum hatte es in sich. Für die Ewigkeit gebaut, hatte es die ganze Region, Dutzende von Maurern, Steinmetzen, Freskenmalern, Fliesenlegern, Schreinern und Gärtnern, beschäftigt. Beliebt war mein Vater aber auch dort nicht, denn er bezahlte lausige Löhne. Da liegt er jetzt in einem Prunksarg eingemauert. Und er wird mit der Sorge gestorben sein, ob die

Unsummen, die er der Gemeinde im Voraus für die ewige Pflege des Mausoleums bezahlt hat, auch wirklich dafür verwendet werden.

Wenn er wüsste, was tatsächlich mit dem Geld passiert ist, wäre sein Seelenfrieden auf ewig dahin: Er war Betrügern aufgesessen. Die hatten die Legende mit den ungarischen Urgroßeltern des reichen Deutschen erfunden, um ihn und sein Geld anzulocken. Mein Vater ist mir kein Vorbild. Ich mache so ziemlich alles anders als er. Ich habe bereits jetzt notariell verfügt, dass ich im Falle meines Todes nach dem Verfahren der Promession bestattet werden will. Vereinfacht ausgedrückt wird dabei der Verstorbene gefriergetrocknet, dann durch Rütteln zu Eiskörnern zerkleinert, diese werden dann dehydriert, und übrig bleibt ein extrem nährstoffreicher Dünger. Es bleibt nichts von mir übrig außer neuem Leben. Ich schlage dieses Verfahren unbedingt als die empfohlene Option für unsere Klienten vor.«

Benno hat gute Laune: »Cool, Papa, wenn ich dann mal deiner Seele in einem unserer Andachtsräume gedenken will, dann lass ich mir einen Kübel mit einem Weidenbäumchen bringen, das auf dir gewachsen ist.«

Alle lachen. Ich lache auch, aber man wird mir das kaum ansehen: Meine Lähmungen erreichen so langsam auch meine Gesichtsmuskulatur. Wir beschließen, mit dem Abschiedscoaching in einem Pavillon auf unserem Gelände zu beginnen, und wir entscheiden uns für das Bestattungsverfahren der Promession.

Der Kläger

Verhandlung vor dem Verwaltungsgericht. Wir – Benno und ich – sind Zeugen, vor allem aber Betroffene: Hermann

Herbst, ein Anwohner vom Heaven's Gate, strengt eine Anfechtungsklage gegen unsere Baugenehmigung an. Verfahrensgegner ist also die Stadt mit ihrem Bauamt. Wir kennen den Typen vom Nachbarschaftsfest, er war es, dieser kleine böse griesgrämige alte Mann, der stundenlang Fotos, Notizen und Geräuschprotokolle angefertigt hatte. Jetzt kommt endlich seine große Stunde.

Der Richter eröffnet die Verhandlung ausgesprochen schlecht gelaunt: »Ich verzichte hiermit ausnahmsweise auf Angaben zur Person, Herr Klageführer, Sie sind ja hinlänglich gerichtsbekannt. Und wie ich sehe, haben Sie sich auch auf diese Verhandlung wieder bestens vorbereitet.«

Der Richter wirft einen verächtlichen Blick auf die meterlange Reihe von Aktenordern auf dem Klägertisch.

»Das Gericht ist sehr gespannt zu erfahren, was Sie hier gegen den Betrieb des Heaven's Gate in Ihrer Nachbarschaft vorzubringen haben. Im Namen aller sonstigen Verfahrensbeteiligten bitte ich Sie herzlich, darauf zu verzichten, jede Ihrer Ausführungen mit einem Hinweis auf irgendein Gesetz oder Urteil zu unterstreichen, in Ihrer Klageschrift ...« – der Richter hält eine zentimeterdicke Mappe in die Höhe – »... haben Sie das ja schon mit großer Hingabe getan. Also bitte.«

»Hohes Gericht. Ich habe mich vor zwanzig Jahren für den Kauf der Eigentumswohnung in der Schönstraße entschieden. Bei dieser Entscheidung hat die Lage eine entscheidende Rolle gespielt. Eine ruhige Wohnlage, die meinen durch unsere Gesetze geschützten Interessen als schwerbehinderter Bürger – ich bin herzkrank, und meine Ärzte haben mir Ruhe verordnet –, entgegenkommt.

Bis zum Erwerb des Grundstücks des früheren städtischen Krankenhauses durch die Heaven's Gate Management GmbH & Co. KG war unsere Wohngegend weitestgehend ruhig und friedlich. Doch seitdem kommt unsere Nachbarschaft nicht mehr zur Ruhe. Hier nur einige der Vorfälle, die ...«

Der Richter reibt sich die Augen und unterbricht: »Bitte keine Datums- und Uhrzeitangaben, Ihr ausführliches Protokoll liegt allen Verfahrensbeteiligten vor.«

»... einverstanden. Also:

* Besetzung des Grundstückes durch schwarzafrikanische Flüchtlinge, unterstützt durch linksradikale Chaoten, Hungerstreik und Polizeieinsatz mit Zwangsräumung.

* Großdemonstration von Behindertenverbänden.

* Großaufgebot von Polizei und durch Übertragungswagen von Fernsehsendern bei Bekanntwerden der Tatsache, dass im Fundament des verfahrensgegenständlichen Objektes ein Mensch einbetoniert worden war. Im Zuge dessen tagelanger infernalischer Lärm durch Betonsägen bei der Bergung des Leichnams. Ich habe eigenhändig einhundertsechsundzwanzig Dezibel gemessen. Es dürfte bekannt sein, dass das dem Start einer Boeing 800, gemessen auf der Startbahn, entspricht und damit deutlich über der Schmerzgrenze und an der Grenze zur Körperverletzung liegt.

* Großaufgebot von Rettungskräften mit Hubschraubern beim Selbstmordversuch einer früher prominenten Sängerin. Dabei Verstopfung unserer Straßen durch Übertragungswagen von Fernsehsendern.

* Tagelange Lahmlegung unseres Viertels im Zuge eines missglückten Schwertransportes inklusive sechsstündigem Stromausfall.

* Dergleichen mehr, siehe Protokoll, auf das das Gericht ja freundlicherweise hingewiesen hat.

Hohes Gericht, laut Eigendarstellung des Unternehmens, das das verfahrensgegenständliche Objekt als eine Art Wellnesstempel zum Erlebnissuizid – wenn ich das hier mal so bezeichnen darf – zu betreiben beabsichtigt, sollen hier – anstelle von in unserer Kultur seit Jahrtausenden praktizierten Trauerfeiern – sogenannte Abschiedsfeste gefeiert werden. Partys zur Feier eines Todes! Aus Einrichtungen dieser Art, wie sie bereits in Spanien und Tschechien betrieben werden, ist hier regelrecht Radau zu erwarten:

* Blaskapellen
* Feuerwerke
* DJs
* Hupkonzerte
* Gesangsdarbietungen aller Art
* Medienrummel,

und das alles begleitet von verständlichem Protestgetümmel.

Aus dem für unser Viertel bestimmten Flächennutzungsplan geht eindeutig hervor, dass eine derartige Nutzung ausdrücklich nicht vorgesehen ist. Ein pikantes Indiz dafür ist auch die Bestechung eines städtischen Beamten des Bauaufsichtsamtes, der bekanntermaßen auf einer Flughafentoilette mit einer großen Summe Bargeld in einer Plastiktüte angetroffen wurde. Die beachtliche Höhe dieses Betrages – fünfhundertdreiundzwanzigtausend Euro, um genau zu sein – unterstreicht wiederum die Eindeutigkeit des Verstoßes gegen den Flächennutzungsplan und den damit verbundenen Ensembleschutz. Wenn es denn so was wie das Heaven's Gate geben muss, dann gehört das ins Gewerbegebiet. Irgendwo zwischen Bordell und Reifenservice. Aber nicht in eine ausgewiesene Wohngegend.«

Der Richter legt seine Stirn in Falten, zieht die Augenbrauen hoch und macht leichte Andeutungen eines Nickens. Irgendwas hat da verfangen. Trotzdem, der Richter mag den Kläger nicht: »Warum klagen Sie erst jetzt? Sie lassen doch sonst nichts anbrennen! Die Baugenehmigung wurde vor fast drei Jahren erteilt, und der Rohbau ist schon fast fertig!«

»Ich habe unverzüglich geklagt. Das Verfahren wurde justizseitig verschleppt. Sie werden zugeben, dass da der Schluss naheliegt, dass auch in Ihrer honorigen Organisation der eine oder andere, der seit Jahren vergeblich auf seine Beförderung wartet, für Zuwendungen vielleicht empfänglich sein mag.«

»Versteigen Sie sich hier nicht auf eine Verleumdung, Kläger! Das könnte Sie teuer zu stehen kommen!«

Der Richter macht einen ertappten Eindruck. Vielleicht weil er tatsächlich Zuwendungen erhalten hat – nicht von uns! Ich schwöre! –, wahrscheinlich eher, weil er es tatsächlich extrem demütigend findet, mit Mitte fünfzig immer noch einfacher Verwaltungsrichter zu sein.

Aber jetzt hat erst mal der Anwalt des Bauaufsichtsamtes das Wort.

»Hohes Gericht. Die Vorbringungen des Klägers sind nicht glaubwürdig. Er ist ein stadt- und gerichtsbekannter Querulant, der am liebsten den Vögeln das Zwitschern verbieten lassen würde, und weil das nicht geht, klagt er gegen jeden und alles, achtundzwanzig Mal in den letzten zehn Jahren, fast immer ohne Erfolg. Er klagt gegen Kindergärten, Kirchenchöre, Eisdielen, Bestattungsunternehmen, Flötenspieler, Yogalehrer, Mobilfunkmasten und Apfelbäume. Seit ihn seine Frau ...«

»Einspruch! Das gehört nicht hierher!«

Der Richter haut auf den Tisch: »Wir sind hier nicht in Amerika, Herr Herbst! Wenn hier einer einen Vortrag unterbricht, dann bin ich das! Fahren Sie fort, Herr Beklagtenvertreter.«

»Danke, Hohes Gericht. Seit ihn seine Frau verlassen hat, fühlt sich der jahrzehntelang erfolgreiche und dann gescheiterte Handelsvertreter von Modelleisenbahnen, der die Welt nicht mehr versteht, weil Kinder heute lieber mit Computern spielen, ungerecht behandelt. Von der Welt im Allgemeinen und von allen, die Freude am Leben – und in diesem Fall auch Sterben – haben, im Besonderen. Weder die Gesellschaft noch die Gerichtsbarkeit kann das heilen.

Zugegeben, bei wortwörtlicher, erbsenzählerischer Auslegung des Flächennutzungsplans könnte man zu dem Schluss kommen, dass Ensembleschutzinteressen höher stehen als andere Rechtsgüter. Aber das Gegenteil ist der Fall. Der Gesetzgeber räumt unternehmerischen Initiativen und Innovationen aus guten Gründen Entfaltungsmöglichkeiten ein, die im Einzelfall auch vom Bürger Aufgeschlossenheit abverlangen. Mit Verweis auf die bekannte Haltung unseres Oberbürgermeisters und damit hochstehenden Verfassungsorgans sei hier die äußerst prekäre Haushaltslage unserer Stadt erwähnt. Diese Stadt braucht Impulse!

Herr Herbst, Sie brauchen Ruhe und Frieden. Sehen Sie hier, ich hab Ihnen mal was ausgedruckt: Ein Bauernhof in einem Dorf bei Klein-Machnow. Keine Kindergärten, keine Kirchenchöre, keine Eisdielen, keine Bestattungsunternehmen, keine Flötenspieler, keine Yogalehrer und keine Mobilfunkmasten. Vielleicht ein paar Apfelbäume und ein bisschen Vogelgezwitscher, sonst nichts. Für Ihre Wohnung könnten Sie sich gleich zwei solcher Höfe kaufen! Ein Neuanfang mit unbelasteten nachbarschaftlichen Beziehungen! Hohes Gericht, ich beantrage, die Klage abzuweisen.«

Dem Richter ist sein Unbehagen anzusehen. Es zerreißt ihn innerlich, auf der einen Seite Menschenverstand und Sympathie, auf der anderen Seite das Gesetz, das eben nicht beliebig formbar ist.

»An Ihnen ist ja ein Psychologe verloren gegangen, Respekt, Herr Anwalt! In der Sache finde ich Ihre Argumentation etwas dünn, ehrlich gesagt. Sie haben den möglichen Sachverhalt einer Vergnügungsstätte mit keinem Wort gewürdigt. Ich möchte dazu mal als Zeuge Herrn Benno Wiesenthal hören. Herr Wiesenthal, was sagen Sie dazu: Haben wir uns das Heaven's Gate als eine Art Party-Hospiz vorzustellen? Müssen Rituale, deren Zweck es offensichtlich ist, Ihre Klienten einzuschläfern, so laut sein, dass die ganze Nachbarschaft in ihrer Ruhe gestört wird?«

»Hohes Gericht. Ich möchte dazu zwei Einlassungen vorbringen:

1. Ruhestörung ist kein objektiver Tatbestand, sie setzt das Empfinden der Gestörtheit voraus. Herr Herbst ist der einzige, ich betone der einzige Anwohner, der in einer Umfrage des unabhängigen Marktforschungsinstitutes Trendquest angab, Ruhestörung zu befürchten beziehungsweise auf keinen Fall in Kauf nehmen zu wollen, auch nicht zugunsten der Ansiedlung eines innovativen Dienstleistungsunternehmens, das in diese ansonsten strukturschwache Gegend neue Impulse der Prosperation trägt. Die Umfrage liegt dem Gericht vor.

2. Der Kläger hat von Ruhestörungen während des Betriebes zum Beispiel in Spanien berichtet. Nun, das ist nicht ganz richtig. Richtig ist, dass die ersten Abschiedsfeste in Spanien laut waren. Falsch ist, dass es zu Anzeigen wegen Ruhestörung kam, das war nicht der Fall. Was aber nicht weiter verwundert, denn die Spanier sind bekanntermaßen etwas toleranter, wenn es darum geht, Lebensfreude adäquaten Ausdruck zu verleihen. Inzwischen hat sich das etwas beruhigt, es ist alles nicht mehr so ganz neu, es hat sich herausgestellt, dass ein würdevoller Abschied mehr durch Kontemplation und Achtsamkeit befördert wird als durch

Spektakel. Insofern sehen wir dem Betriebsalltag in unserer Nachbarschaft eher gelassen entgegen.«

Das Gericht bedankt sich für die Ausführungen der Kontrahenten und der des Zeugen – und vertagt die Entscheidung.

Mai 2025

Emotionales Markenversprechen
Meine Nachbarin scheint verreist zu sein. Schade. Sie fehlt mir. Wahrscheinlich ist sie irgendwo zwischen Katmandu und Shanghai unterwegs. Trotzdem sind Ganesha und die Windpferde nicht allein auf dem Balkon: Da nistet ein Taubenpaar, ihr Küken flattert schon ein bisschen rum. Die Gebetsfahnen halten es glücklicherweise davon ab, über das Geländer hinauszuflattern. Das wäre zu gefährlich, denn es ist noch nicht flügge. Vielleicht fände meine Nachbarin das gar nicht so lustig wie ich, denn die Tauben machen eine Menge Dreck, der sich auf Ganeshas Rüssel breitmacht, auf den Gebetsfahnen und auf den vergessenen Schlüpfern auf der Leine. Taubenküken sind nicht niedlich, im Gegenteil, sie sind wirklich ausgesprochen hässlich. Sorry Tauben, das ist einfach so.

Olga will irgendein russisches Gift rüberschmeißen, und zum ersten Mal haben wir fast so etwas wie einen kleinen Streit. Ich bin absolut dagegen, und zum ersten Mal habe ich das Gefühl, die Tatsache, dass ich sie bezahle, ist das ausschlaggebende Argument dafür, dass sie etwas tut beziehungsweise unterlässt, weil ich das so will. Ich gestatte Olga aber unausgesprochen, die Tauben mit wüsten russischen Beschimpfungen einzudecken. Die Tauben denken sich ihren Teil.

Olga bringt mir einen Brief. So etwas kriege ich nicht oft: Einstellungsbescheid. Das Verfahren Herbst versus Bauamt Berlin-Pankow wurde auf dem Wege gütlicher Einigung eingestellt. Gut so. Allerdings: Mir wird ganz unwohl bei der Vorstellung, dass die »gütliche Einigung« im Zusammenhang mit der Tatsache stehen könnte, dass kompromittierende Bilder von Gustav Herbst im Internet aufgetaucht sind: In der Uniform eines Fahrdienstleiters der Deutschen Bahn prüft er bei fünf Frauen, die nichts anderes tragen als das Halstuch einer Zugbegleiterin, ob das Halstuch auch vorschriftsgemäß gefaltet und akkurat gebunden ist. Wenn nicht, gibt's einen Klaps auf den Po.

Würde mich nicht wundern, wenn hinter diesem bösen Fremdouting die gleichen Kräfte stehen, die auch den Bauaufsichtsamtssachbearbeiter auf dem Flughafenklo bestochen haben. Aber bevor ich mich jetzt in dunkle Verschwörungstheorien hinabfantasiere, bin ich einfach nur zufrieden damit, dass der Störenfried jetzt erst mal ausgebremst wurde.

So, jetzt lege ich mich erst mal aufs Sofa. Ganesha glotzt mich an. Ganesha, du mieser kleiner taubenkükenumflatterter Rotzrüssel, du Rotzgott der Hindernisse, gib's zu: Du hattest uns diesen alten Mann in den Weg gestellt, stimmt's? Das war dumm von dir, du lässt nach! Ganz ehrlich: Nichts kann uns mehr aufhalten. Und noch sone Aktion und ich sag's Shiva, und dann kannst du was erleben, dein göttlicher Vater wird dir gehörig deinen kleinen Arsch verstohlen, hörst du? Ach ja, falls du es noch nicht bemerkt hast: Ich habe mich mit dem Windpferd von der grünen Fahne verbündet! Da staunst du, was?! Es reitet für mich voraus und sorgt dafür, dass alles fließt! Und jetzt lass mich in Ruhe, ich will was lesen! Ein interessanter Artikel auf echtzeit.mag:

OMA NERVT

Frau P., achtundsiebzig, findet auf ihrer Kommode im Flur einen Prospekt vom Heaven's Gate. »Das Ende des Lebens selbst bestimmen und gestalten«, liest sie da. »Klingt vernünftig«, denkt sie sich. Sie schmunzelt: Nein, sie ist zwar alt und auch schon etwas gebrechlich, aber ans Sterben denkt sie noch lange nicht. Jetzt legt sich ihre Stirn in Falten: Wie kommt eigentlich dieser Prospekt hierher? Egal, die Kinder und Enkel kommen heute Nachmittag, und Frau P. muss noch backen.

Am Kaffeetisch unterhalten sich plötzlich ihre Kinder über Heaven's Gate: »Du, Hartmut, hast du schon gehört: die Frau Schneider, du weißt schon, unsere Mathe-Lehrerin, die hat gestern Abschied genommen. Im Heaven's Gate.«

»Ach. War sie denn schlimm krank?«

»Nein, gar nicht. Aber sie hatte ein erfülltes Leben und wollte ihre Kinder nicht mit ihrer Pflege belasten.«

»Bei den Eskimos ist das auch so: Wenn der Stamm weiterzieht, bleiben die Alten im Eis zurück.«

Frau P. versteht den Wink mit dem Zaunpfahl. Ob sie noch einmal die Kraft aufbringt, sich gegen ihre Kinder durchzusetzen? Ihre Kinder wollten sie ja schon einmal im Richtung Altersheim loswerden. Dagegen hat sie sich behaupten können, damals. Aber damals war sie auch noch jünger. Und es stimmt ja auch: Wie die Mathe-Lehrerin ihrer Kinder hat auch Frau P. ein erfülltes Leben gehabt.

Wir haben diesen Fall zwar konstruiert, aber keineswegs aus der Luft gegriffen: Aus Studien und unabhängigen Umfragen geht eindeutig hervor, dass sich immer mehr alte Menschen von ihren Kindern unter Druck gesetzt fühlen, sich mit dem Thema Sterbehilfe aktiv und unvoreingenommen zu befassen. Das erklärt auch den gigantischen Erfolg der neuen Sterbehilfeanbieter bei den berühmten Kaffeefahrten. Man fährt für sieben Euro mit dem Bus zum Industriemuseum Rhein-Neckar, und bei Kaffee und Kuchen kann man neben Rheumadecken und Pflege-Apps jetzt auch ein schönes Sterbearrangement bei den einschlägigen Dienstleistern erwerben.

Benno meint, es wäre jetzt Zeit, mit einem klaren werblichen Statement aufzutreten, sonst würde uns unser Image allein von den Medien und Bloggern verpasst werden. Recht hat er. Unsere Werbeagentur hat uns zur Präsentation von drei Kampagnenansätzen eingeladen.

Benno und ich kommen mit großem Aufgebot, alle sind sie da: Dr. Hahn, Dominik Fehr, Kati Wiesinger und Tobias. Der Agenturchef ist ein ziemlich smarter Typ, dem ich seine Leidenschaft für Babybrei genauso abnehme, wie die für Haftpflichtversicherungen oder eben Dienstleistungen rund um die selbstbestimmte Gestaltung des eigenen Lebensendes.

»Aufgabe war die Entwicklung einer Kommunikation der Marke Heaven's Gate auf der Basis des Markenversprechens *Mein Abschied*. Wir haben dazu drei Ansätze entwickelt, die wir jetzt als Moodfilme zeigen und dann gerne mit euch diskutieren.«

Ansatz 1: WIE GELEBT

Wir sehen einen sportlichen Mann Anfang sechzig auf einer Bank in den Alpen sitzend, die Bank gewährt einen Weitblick über das Tal. Der Mann swiped lächelnd ein Album auf seinem Tablet durch.

Dann ein Perspektivwechsel, wir sehen die Bilder des Albums: der Mann auf einer Baustelle, mit seiner Familie, im Ausland, mit seinem Pferd, mit Kollegen, in einem Zen-Kloster usw.

Dann sagt ein Sprecher aus dem Off: »Ich war immer der Chef in meinem Leben. Ich bin es auch, wenn es zu Ende geht. Es ist mein Abschied. Heaven'sGatePunktneu.«

Der Mann steckt sein Tablet ein und blickt ausgesprochen ausgeglichen übers Tal. Zoom out.

Ansatz 2: ABSCHIEDSFEST

Wir sehen eine weiße Stretchlimousine vor einem normalen Reihenhaus der Mittelschicht. Fröhliche, weiß gekleidete Menschen verschiedenen Alters steigen ein. Einer spielt Akkordeon, eine junge Frau spielt Trompete.

Schließlich fährt die Limousine beim Heaven's Gate vor. Die Gruppe steigt lachend aus. Eine Frau Anfang siebzig ist darunter. Sie dreht sich mit einem zufriedenen Lächeln in die Kamera.

Weibliche Stimme aus dem Off: »Ich hab mein Leben in vollen Zügen gelebt. Und so lebe ich auch meinen letzten Tag!«

Ein junger Mann nimmt sie an die Hand und zieht sie fröhlich mit ins Haus. Texteinblendung:

Mein Abschied. heavensgate.neu

Ansatz 3: RUHE IN FRIEDEN, FRIEDHOF

Nahaufnahme eines Grabsteins auf einer im Übrigen völlig leeren Rasenfläche. Inschrift: Hier ruht in Frieden der Friedhof. Schwenk aufs Heaven's Gate. Texteinblendung: Sei nicht traurig. Hier kannst du gehen, wenn du es willst und wie du es willst. Mein Abschied. heavensgate.neu

Ich finde die alle gut, mehr oder weniger. Mal sehen, was die anderen sagen.

Kati macht den Anfang: »Mein Favorit ist ganz klar *Abschiedsfest*. Die positive Aufladung, die Umwertung des Themas ist überzeugend gelungen.«

Dann Dr. Hahn: »Mich hat *Wie gelebt* besonders angesprochen. Man müsste das aber mal mit verschiedenen Testimonials für verschiedene Zielgruppen versuchen und in der Marktforschung testen lassen. *Ruhe in Frieden, Friedhof*. Ich finde das ja sehr smart und witzig. Aber, sorry, vielleicht etwas sehr kopflastig, schätze, mit so was gewinnt man Kreativpreise. *Abschiedsfest* finde ich sehr mutig, gehört aber auf jeden Fall in die engere Auswahl.«

Jetzt Dominik, während sein Blick zwischen Tablet und Aggle-Glasses wechselt: »Ganz klar: *Abschiedsfest*. Dieser kleine Seitenhieb auf Kirche und Trauer in *Ruhe in Frieden, Friedhof* gefällt mir aber auch gut. Ich denke, das kann man in *Abschiedsfest* integrieren, zum Beispiel, also jetzt mal auf blöd: Die Limousine fährt an einem Friedhof vorbei, wo eine trauernde schwarz gekleidete Menschengruppe der Limo mit den fröhlichen Abschiedsfestgästen traurig hinterhersieht.«

Benno ist schon wieder einen Schritt weiter: »Okay, Leute, lasst uns mal zusammenfassen: Favorit ist *Abschiedsfest*. *Ruhe in Frieden, Friedhof* ist raus, wird aber versuchsweise in *Abschiedsfest* zitiert. *Wie gelebt* wird versuchsweise für verschiedene Zielgruppen adaptiert und in der Marktforschung getestet. Okay? Noch eine Randbemerkung von mir zu *Ruhe in Frieden, Friedhof*. Aus Markenführungssicht würde ich generell darauf verzichten, irgendwen herabzusetzen, in diesem Fall zum Beispiel die Kirche mit ihrer Trauerkultur. Die Marke Heaven's Gate hat das nicht nötig.

Zurück zu Hause, zurück auf dem Sofa bei offener Balkontür, es ist heiß. Hey Ganesha, ich sehe was, was du nicht siehst, guck mal da hinten! Oops: Du hast ja hinten keine Augen, da nützen dir auch deine vier Arme nichts. Also gut, ich erzähl dir, was ich sehe, okay? Also: Auf der Dachterrasse da drüben, ein paar Dächer weiter, da hängen heute ebenfalls Gebetsfahnen! Nicht so schöne wie eure, zugegeben. Der Held dieser Gebetsfahnen ist auch kein anmutiges Windpferd, sondern ein Eisbär. Seine Mimik ist bei dem Versuch, bedrohlich zu wirken, weit vor dem Ziel eingefroren. Die jungen Frauen, die die Gebetsfahnen aufgehängt haben, würden die Gebetsfahnen aber gar nicht Gebetsfahnen nennen, sondern Wimpel. Die Anhänger des Eisbären sind Fans des Eishockeyclubs *Eisbären Berlin*. Wenn die Tai-Chi-Bewegungen vom Schattenboxen deiner Meisterin so elegant sind wie euer Windpferd, dann ist der Tanz der Fans so tapsig wie die Versuche eines Eisbärbabys, auf eigenen Füßen zu stehen, nachdem es geradewegs aus dem Winterschlaf erwachend in den Neuschnee geplumpst ist. Die Fans huldigen ihrem Bären mit dem Gebet in Form eines Schlagers aus dem vergangenen Jahrhundert über ihre Sehnsucht, in seinem Ebenbilde aufzugehen: »Ich möchte ein Eisbär sein / Im kalten Polar / Eisbääääären können nicht weinen.«

In ihrer Mitte haben die Eisbären eine Feuerstelle eingerichtet, genauer gesagt, einen Grill. Kostbare Fleischbatzen legen sie da drauf. Sie singen und beten und essen und trinken. Vor allem trinken sie.

Die Sonne steht hoch am Himmel, und ich schlafe ein. Als ich wieder aufwache, geht die Sonne hinter unserem Haus unter und wirft noch ein paar warme goldene Strahlen auf die schlafenden Eisbären, die nun auf ihrer Terrasse rumliegen. Ich sehe Engel aus ihren Körpern aufsteigen, helle durchsichtige Schleier, lichte Lüfte, unschuldige Nichtse. Oh Ganesha, wenn du das sehen könntest!

Der nächste Morgen bringt Wahrheiten. So wahr, wie Ganesha ein Souvenir von einem Strandbasar in Goa ist und so wahr mir Gott nicht helfe, so wahrscheinlich, was echt zeit.mag als wahr berichtet: Die jungen Eisbärenfans waren an einer Fleischvergiftung in Verbindung mit einer Alkoholvergiftung gestorben. Der Alkohol allein hätte sie nicht umgebracht, aber er hatte die Reflexe geschwächt, die den Organismus normalerweise dazu bringen, sich gegen eine Lebensmittelvergiftung erfolgreich zur Wehr zu setzen. Und die Fleischvergiftung war massiv. Das Grillfleisch war billige, unsachgemäß gelagerte und transportierte Schmuggelware.

Immer wieder kommt es zu solchen Unglücksfällen: Die Leute wollen die – wirklich extrem hohe – Verbrauchssteuer umgehen. Mehr noch, sie wollen sich nicht vom Staat, nicht vom Regenwald, nicht von noch ungeborenen Erdbewohnern und nicht von unverbesserlichen Zukunftsgläubigen den alltäglichen Verzehr von »Madenpampe« wie Breat® und dergleichen vorschreiben lassen.

Die Madenmafia sei die kulturelle Bedrohung schlechthin. Immerhin sei Breat® schon Hauptsponsor des Eishockeyclubs *Eisbären Berlin,* und deren Stürmerstars ließen sich ja schon mit Madenpampe an Kohlrabigratin fotografieren. Aus nächster Nähe muss der Anblick der jungen Toten den Eindruck eines inneren Todeskampfes mit Leid und zerreißenden Schmerzen vermittelt haben.

Karla sagt, ich würde alles Mögliche schönreden, ein Lebensprinzip, das es mir überhaupt erst ermöglicht, am Rande des Abgrunds Illusionen zu verkaufen. Wie könne man denn Zeuge eines Todeskampfes werden und dabei der Selbsttäuschung verfallen, da betteten sich zufriedene Gäste eines Festes zum Verdauungsschläfchen? Fleisch ist Gift! Ich habe heute zumindest eine Ahnung davon, was sie damit meint. Sie kommt gleich zum Training.

Keine Lust mehr

»So, Paps, jetzt schieb mal meine Hand weg. Los, schieb sie weg. Jaaaa ... gut. So, Pause. Ich koch jetzt.«

»*Leben wie Gott in der Bretagne*?«

»*Leben wie Gott in der Provence*!«

Leben. Ja, ich lebe, aber ich hab bald echt keine Lust mehr, ich will, dass das scheiß Heaven's Gate jetzt fertig wird. Hilde ist echt so süß, und ich freue mich jedes Mal darauf, sie zu sehen. Das beruht aber nicht mehr auf Gegenseitigkeit: Sie ist verstört, weil ich äußerlich kaum noch auf sie reagieren kann. Ich bekomme eine Ahnung davon, wie es Cynthia, der entstellten Schönheitskönigin und ihrer Tochter, die ihre Mutter nicht mehr erkennt, miteinander gehen muss.

Leben wie Gott in der Provence hat tatsächlich göttlich geschmeckt, aber es war mühsam, es zu essen. Ich war froh, als Karla und Hilde zu Besuch kamen, und ich bin froh, dass sie jetzt wieder gehen. So hab ich noch zwei Stunden Zeit, bis Olga kommt.

Wie groß der Abstand zu meinem früheren Leben geworden ist, merke ich auch daran, dass sich Olga weigert, mich zu duzen. Normalerweise sieze ich alle paar Wochen mal jemanden, in meiner Branche ist das nicht üblich. Auch mein Verhältnis zur Sexualität hat sich endgültig geändert. Nach Nellys Tod hatte ich viele Geliebte, schöne Frauen, junge und ältere. Noch vor zwei Jahren hätte ich mich in die wildesten sexuellen Fantasien hineingesteigert, wenn mich Olga massiert hätte. Zum Glück träume ich nicht von Sex mit Olga, ich würde es dann wohl auch nicht ertragen, wenn sie mich auf die Toilette begleitet, was aber zu ihren vornehmlichsten Aufgaben gehört. Da kommt sie.

»Herr Wiesenthal, ich weiß, wer Ihnen helfen kann! Ich weiß, was Ihnen helfen kann!«

Olga ist sehr aufgeregt. Sie richtet ihren Blick in die Höhe, auch ihre offenen Hände weisen zum Himmel: »Meine Mutter kann wieder laufen, ein Wunder, Herr Wiesenthal, ein Wunder!«

So russisch habe ich Olga noch nie gesehen.

»Ich dachte, deine Mutter ist gelähmt und die einzigen Ärzte in eurer Gegend sind alle nach Deutschland ausgewandert.«

»Keine Ärzte, Herr Wiesenthal, haben Ärzte Ihnen geholfen? Wir haben Heilmethoden, davon träumen die Deutschen. Wir haben Kapazitäten, Genies!«

»Und wie heilen die?«

»Mit Zahlen!«

Olga schnappt sich mein Tablet und tippt eine URL mit der Endung .ru ein. Video Tutorials eines russischen Heilers, wie's aussieht. Mit Zahlungsaufforderung. Olga zeigt auf die Kreditkartensymbole und sieht mich erwartungsvoll an. Why not, was soll's, wenn's hilft, sind achtzig Dollar für ein Zehn-Minuten-Video nicht zu viel, immerhin verspricht es deutschsprachige Untertitel:

»Herzlich willkommen bei Heilende Zahlen! Frei nach dem Meisterheiler Grigori Grabowoi. Sie werden sehen, Sie werden erleben, welche heilenden Kräfte die Zahlen entfalten, die Grigori Grabowoi zur Linderung oder Heilung Ihrer Beschwerden oder ernsthaften Erkrankung identifiziert hat. Viele Zahlen – für viele Anlässe. Mehr Anlässe, als Sie sich wahrscheinlich vorstellen können. Heute werden Juri und ich demonstrieren, wie man ganz konkret und praktisch mit heilenden Zahlen heilt. Juri hat sich beim Dachdecken eine Fraktur zugezogen. Juri, was hast du dir gebrochen?«

»Den Os metatarsale, den Mittelfußknochen.«

»Sehr gut, Juri, du hast dich mit deinem Fuß vertraut gemacht, du weißt, welcher deiner sechsundzwanzig Fußknochen besonderer Zuwendung bedarf, die du ihm nun zuteilwerden lässt, indem du in Resonanz mit den spezifischen heilenden Zahlen trittst. Übrigens, du brauchst gar keine Zahl speziell für den Os metatarsale, du konzentrierst dich auf deinen Mittelfußknochen und verwendest die heilende Zahl für deinen linken Fuß. Denn wenn ein Fußknochen verletzt ist, sind alle Knochen dieses Fußes betroffen. Deine Zahl lautet: vier-acht-fünf-eins-vier-acht-zwei-neun-eins. Schließe die Augen und denke ... was denkst du, Juri?«

»Mein Fuß ist gesund und fühlt sich gut an.«

»Genau, sehr gut, Juri. Und nun wiederhole deine Heilzahl langsam und deutlich. Und konzentriere dich dabei auf deinen Mittelfußknochen.«

»Vier-acht-fünf-eins-vier-acht-zwei-neun-eins.«

»Sehr schön. Übrigens, ganz wichtig – du hast das genau richtiggemacht, Juri – wir sagen nicht ›vierhundertfünfundachtzigmillionenundsoweiter‹. Wir begreifen die heilenden Zahlen als Kombinationen einzelner Ziffern, die jede für sich ihre eigene Tiefe und Klarheit und Göttlichkeit hat. Wir bringen also jede Ziffer einzeln im Resonanzraum unserer Stofflichkeit zum Schwingen, indem wir sie deutlich aussprechen. Das muss übrigens nicht unbedingt für andere hörbar sein. Das sieht ja vielleicht auch ein bisschen blöd aus in einer Besprechung oder in öffentlichen Verkehrsmitteln. Da sagt man dann die Zahlen im inneren Selbstgespräch vor sich hin. So Juri, du wirst jetzt nichts spüren, oder?«

»Nein, nichts.«

»Das ist völlig in Ordnung. Erwarte keine Wunder, heilende Zahlen sind keine Zauberei. Die Arbeit mit heilenden Zahlen ist Arbeit. Und du hast gerade den allerersten Schritt gemacht. Je tiefer die Zahlen dein Bewusstsein durchdringen, deinen Alltag, deinen Willen und deine Vorstellungskraft, desto intensiver entfalten sie ihre göttliche Heilkraft.«

Wie … achtzig Dollar für zehn Minuten Hokuspokus? Na ja, klang ja eigentlich ganz interessant und irgendwie auch schlüssig. Und achtzig Dollar sind ja auch nicht zu viel.

Olga bringt mich ins Bett. Alles frisch bezogen, mit einem frischen Schlafanzug, so mag ich das. Manchmal habe ich das Gefühl, ich hole den Schlaf von Jahrzehnten nach. Angenommen, meine Lähmungen wären plötzlich geheilt: Was würde ich mit der wiedergewonnenen Bewegungsfreiheit anfangen? Ich kann mir nicht vorstellen, im Freien Tai-Chi-Übungen zu machen. »Der weiße Kranich breitet seine Flügel aus«? Ohne mich. Ich würde, wenn ich Lust hätte auf Gosslin's Black Seal Bermuda Rum, einfach losgehen und mir 'ne Flasche holen. Auf die Dienste von Olga würde ich trotzdem nicht mehr verzichten wollen. Na ja, ich würde sie nicht mehr auf die Toilette mitnehmen.

Dieses Zahlending lässt mich grad nicht los. Ich versprech mir davon ja nicht wirklich Heilung. Aber schon beim Zugucken habe ich für den Moment, als es um Füße ging, eine Linderung verspürt. Ich hab mir mal meine Heilzahl für Nervenkrankheiten rausgesucht: eins-vier-acht-fünf-vier-drei-zwei-neun-drei. Und jetzt hab ich mir vor dem Einschlafen meine ganz persönliche Heilzahlengeschichte ausgedacht – die Geschichte eines perfekten Tagesablaufs, wie ich ihn – in verschiedenen Varianten – schon erleben durfte: EINen Kaffee trinken im *Karl's*. Dann ins *FOUR Winners Only* für ACHT Austern. FÜNF Minuten Gehweg bei frischer Luft in die Passage

VIER Höfe zum Friseur. Dann für ein Interview ins Café *DREI Mächte* nach Potsdam und dort ZWEI Glas Champagner trinken. Anschließend nach Kreuzberg in die Bergmannstraße NEUN zu Anette, meiner Lieblingsprostituierten. Und um DREI rechtzeitig zum Mittwochstee mit Karla wieder zu Hause sein. Ich lasse bereitwillig meine Augen zufallen. Karla kommt morgen früh, morgen ist Freitag. Sie kommt zum Frühstück und zur Physiotherapie.

»Paps, was sind denn das für Mandalas? Sind die von deiner Gebetsfahnennachbarin? Und diese ausgependelten Sphärenklänge, der psychedelische Zahlen-Screensaver – ist das jetzt dein persönliches Hippie-Revival? Hast du etwa wieder was geraucht?«

»Eins-vier-acht-fünf-vier-drei-zwei-neun-drei. Das ist die Zahl für das Nervensystem. Eine göttliche Zahl. Ich beschwöre meine Nerven: ›Ihr seid gesund, ich bin voll beweglich. Alle meine Glieder sind bis in die letzte Zelle belebt.‹ Die Zahl ist das Medium, und ich bringe sie zum Schwingen. Ich trete mit meinen Nerven in Resonanz, ich ...«

»Paps? Hallo? Geht's noch? Wer hat dir denn jetzt wieder ins Gehirn ... ach Mensch Paps, entschuldige, es tut mir leid, weißt du, ich meine, meine Praxis ist voll von Menschen, die viel zu spät und viel zu krank zu mir kommen, weil sie erst mal vielversprechenden Schamanen schnell wirkende Wunder abkaufen mussten. Viele kommen dann endlich. Nicht weil sie schließlich doch noch zur Vernunft gekommen sind, sondern weil sie ihre gesamten Ersparnisse für Zaubermittel verpulvert haben.«

Danke, Karla, ich hätte fast vergessen, wie du zu alternativen Therapieansätzen stehst. Und danke, dass du dich dann doch noch für meine persönlichen Erfahrungen damit interessierst.

»Hilft es denn?«

»Ich bilde mir ein, dass es hilft. Und die Einbildung, die hilft. Also nicht, dass ich mich plötzlich bewegen könnte. Aber es fühlt sich alles besser an.«

Ich absolviere brav meine Physiotherapiestunde. Es ist anstrengend, und so richtig überzeugt bin ich weder davon noch von Olgas Heilzahlenmystik. Wahrscheinlich mag ich nicht widersprechen, denn Karla und Olga meinen es ja gut mit mir.

»Tschüss Paps, denk an deine Übungen!«

Karla gibt Olga die Klinke in die Hand. Olga ist viel jünger als meine Tochter. Sie ist so alt, wie ich mir die Freundinnen für Benno wünsche. Es gab eine Zeit, da hatte ich regelrecht Angst davor, mich in die Freundinnen meines Sohnes zu verlieben. Allerdings war diese Angst kaum begründet: Benno hat keine Freundinnen! Ich war immer neugierig, was da los ist, aber da weicht er mir aus. Na ja, so ganz geb ich die Hoffnung nicht auf, denn Frauen finden ihn sexy.

Da kommt eine Mail von ihm: »Lieber Papa, liebe Karla, lieber Paul, liebe Hilde, ich habe euch was Erfreuliches mitzuteilen. Bitte kommt am Dienstag um neunzehn Uhr ins *Callas*. Außer euch kommt noch ein Überraschungsgast. Euer Sohn, Bruder, Schwager und Onkel Benno.«

Krass. »Erfreulich« ... »Überraschungsgast« ... Also doch eine Freundin! Was sonst? Kein Schimmer, wer das sein könnte.

Die Überraschung

Das *Callas* finde ich ja etwas eigenartig für diesen Anlass: Da treffen sich doch vor allem Schwule! Tobias geht da öfter hin. Ich mag das ja, hat was von »Berliner Bohème«, diese

Atmo im *Callas*. Blumentapete, Art-déco-Lampen, dunkelgrünes Leder ... Benno sieht fantastisch aus, ich habe ihn noch nie so gesehen: ein dunkelbrauner dreiteiliger Anzug mit beigen Längsstreifen, Hemd, Krawatte, alles fein aufeinander abgestimmt. Und nervös ist er!

Tobias ist tatsächlich auch hier. Er scheint kaum überrascht, uns hier zu sehen und setzt sich auf den freien Platz neben mich. Ich begrüße ihn herzlich, beeile mich aber, ihn dezent flüsternd aufzuklären: »Du, wir erwarten einen Überraschungsgast, und das hier ist der Platz für den Überraschungsgast.«

»Kein Problem, Lasse, das hat schon seine Richtigkeit.«

Ich glaub, ich werde ohnmächtig: Tobias legt sehr souverän seine rechte Hand auf die linke von Benno, sie strahlen sich an. Benno sagt – etwas schüchtern: »Wir sind ein Paar.«

Für einen kurzen, sehr langen Moment hört man nur das Gemurmel von den anderen Tischen, die Salonmusik, das Klappern abgeräumter Teller. Bis Paul aufsteht und sein Glas erhebt. Alle heben ihre Gläser ... das heißt, nein, stimmt gar nicht, Tobias reicht mir eines mit Strohhalm, dann nimmt er seines in die Hand und alle beugen sich zum Anstoßen zu mir rüber. Ich breite meine Arme aus, das heißt, nein, stimmt gar nicht, es ist eine mir gerade noch mögliche Andeutung dessen, und mein Sohn und mein Abschiedstrainer liegen einander in den Armen. Nelly, was sagst du dazu? Meinen Segen haben sie!

ERSTE DIENSTLEISTUNGEN

Oktober 2024

Richtfest!
An die zweihundert Leute mit Bauarbeitern, Anwohnern, Frühbuchern, Reportern und Projektbeteiligten. Die Stimmung ist ausgesprochen gut – bei bestem Herbstwetter. Richtig, es ist schon wieder Herbst, und eigentlich müsste Heaven's Gate längst fertig und ich im anderen Dasein sein, und zum Zeitpunkt meines Hinscheidens hätte ich noch gar keine Symptome haben dürfen. Und wenn das alles so nicht klappen würde, was ja nun der Fall ist, dann, so der Plan, hätte ich jetzt furchtbar unglücklich sein müssen. Aber selbst das klappt nicht. Ich liege schwerstbehindert in einem elektrischen Rollstuhl vor einem Rohbau und bin bester Dinge.

Der Einzige, der hier schlechte Laune hat, ist der, der am wenigsten Grund dafür haben sollte: der Architekt. War schon sein Entwurf überschwänglich gefeiert worden, lässt der Rohbau nun wirklich dessen Grandiosität spüren. Jeder, der heute zum ersten Mal die Baustelle betritt, ist erkennbar beeindruckt. Aber der Herr Architekt gibt ganz das unerkannte und von Ignoranten umgebene Genie. Dabei beschimpft er seine Ausführungsarchitekten, die hier über ein Jahr um die Verwirklichung seiner Vision gerungen haben.

Was hat er denn nun eigentlich zu bemängeln? Zweierlei: erstens die Dächer der Ritualraumscheiben. Die sind gedeckt, denn da kommen Solarpanele drauf und keine gläsernen Oberlichter. 'tschuldigung, Herr Architekt! Das war eine Auflage der Genehmigungsbehörde! Und ganz ehrlich: Was Wärmedämmung und Isolation angeht, sind die angedockten Scheibenräume mit ihren neunzig Prozent nicht umbautem Raum in puncto Energieeffizienz auch nicht gerade vorbildlich! Wir können froh sein, dass wir das überhaupt durchgekriegt haben.

Zweitens: Die Anordnung der Ritualraumscheiben um den Versorgungsstamm sollte entwurfsgemäß ausdrücklich zufällig sein. Aber der Architekt erkennt – auf den ersten Blick! – irgendwelche geheimnisvollen Regelmäßigkeiten.

Sorry, ich habe eine berufsbedingte Allergie gegen dieses Kreativgezicke. Davon hatte ich echt genug, zum Beispiel bei einem Theaterfestival in Amsterdam:

»Eine Katastrophe, Lasse, guck doch!«

»Ich guck ja! Was ist denn!«

»Na, das Schwarz!«

»Ich seh das Schwarz, Fabienne, ich bin ja nicht blind! Was ist denn mit dem Schwarz!«

»Es ist verdammt das falsche Schwarz!«

»Es ist das Richtige, Fabienne, es ist hundertprozentig ganz genau das richtige Schwarz. Und weißt du auch, warum? Weil in vier Stunden Premiere ist, darum, Fabienne!«

Ich weiß, ich weiß, solche Typen müssen so sein. Und der Produzent muss ihnen dann reinpressen, dass ihr Werk niemalsnienicht ans Licht der Welt kommt, wenn sie jetzt das Ding nicht besonnen zu Ende bringen. Wie sich noch herausstellen wird, bringt uns ein absurder Urheberrechtsstreit mit dem Architekten noch ein paar Monate Bauverzögerung.

Nun aber zurück zum Fest: Wir haben ohne Ende Baustellenessen aufgefahren. Breat® in verschiedenen Zubereitungen, zur Feier des Tages auch Koteletts, Lamm und Chicken, veganes Essen, vegetarisches Essen. Für jeden Arbeiter und Gast aus jeder Kultur der Welt ist etwas dabei. Ich freue mich auf den traditionellen Richtspruch vom Polier, der Mann, den wir seit Beginn der Bauarbeiten nur mit Headset rumlaufen sehen. Seinen selbst verfassten Richtspruch liest er vom Tablet ab:

Gebaut an die Schwelle
was dahinter kommt
ist es Frieden, Licht?
Wir wissen es nicht.

Doch wenn du da durchgehst
dann, weil du das willst
dir eine Sehnsucht erfüllst
dein Leben zu enden
wie du es lebtest:
Selbst!
Und aus guten Gründen.

Hände und Herzen
aus aller Welt
haben dies Haus gebaut
dass es euch gefällt
diesem Zwecke zu dienen
so danken wir ihnen
und euch für das Feste
euch, eurem Haus, seinen Gästen
auf immer das Beste.

Nach alter Sitte erhebt er sein Schnapsglas und wirft es hinter sich. Es zerspringt in tausend Teile, was ein gutes

Zeichen sein soll. Wow! Bin gespannt, was uns der Bürgermeister in seiner Rede zu sagen hat.

»Ein Unfall reißt einen Menschen aus seinem Leben. Der Herr nimmt einen Menschen nach schwerer Krankheit zu sich. Ein Mörder bringt einen Menschen um. Der Henker befördert einen Menschen vom Leben zum Tode.

Verehrte Festgäste, bevor wir feiern, wozu wir heute allen Grund haben, erlauben Sie mir bitte diese Betrachtungen zu einem Thema, das dank Heaven's Gate nicht länger diese Schwere und Bitternis haben muss. Verehrte Festgäste, was lässt uns denn eigentlich verzagen angesichts des doch unausweichlichen Lebensendes? Es ist die Ohnmacht. Das totale Ausgeliefertsein, der absolute Kontrollverlust. Die Leute von Heaven's Gate sind nicht bereit, sich damit abzufinden.

Verehrte Festgäste, die Menschen dieser Stadt haben sich mit beachtlichem Selbstbehauptungswillen mehrfach von ideologischen Verführungen und Fremdherrschaftsermächtigungen befreien müssen. Die Souveränität, mit der sie ihr Leben in die eigenen Hände genommen haben, sollen sie nun auch über ihr Lebensende bekommen. Dafür steht dieses Haus. Wir wünschen ihm eine baldige und gelungene Fertigstellung, damit dieses zukunftsweisende Projekt Heaven's Gate schnell seinen Betrieb aufnehmen kann. Danke.«

Schön. Wirklich schön. Schön ist auch dieser Gesang! Und wo kommt der her? Geistliche Chormusik. Diese Musik wünsche ich mir zu meinem Ritual. Verdammt, ich hatte die größten Acts der Welt auf meinen Bühnen, aber wenige hatten diese Kraft, diesen Zauber.

»Benno, wo kommt diese Musik her?«

»Draußen singt ein katholischer Chor ein Gebet gegen unser sündiges Vorhaben. Keine Sorge, Papa, die kommen hier nicht rein.«

Die Katholen. Behaupten, alles gehöre ihnen: das Leben, der Tod, die Musik. Was die da draußen nicht wissen: Die Kirchen biedern sich längst bei uns an. Ständig kommen Gesprächsanfragen, sicher sind hier auf dem Gelände Emissäre unterwegs. Sie wissen genau, dass sie diesen Trend nicht verpassen dürfen.

Jetzt wird der Chor übertönt – von einem anderen! Ein paar unserer russischen Bauarbeiter singen ein Lied aus Georgien. Das Lied eines Jungen, der verzweifelt das Grab seiner Liebsten sucht und statt eines Grabes eine Blume findet: seine geliebte Suliko – seine Seele. Kennen die Russen Dominiks Plan von der Gefriertrocknung und Kompostierung unserer Klienten? Was würde Suliko davon halten? Ich würde gerne zu einer Hängeweide wachsen. Sie bildet ein von Licht durchflutetes Blätterdach, und da können dann alle Picknick machen: Benno und Tobias, Karla, Paul und Hilde, Cynthia und ihre Tochter Zoë. Und bestimmt kommt Nelly auch mal zu Besuch.

Dominik zeigt Kati auf seinem Tablett das ganze Programm der Promession: erst konventionell auf achtzehn Grad minus runterkühlen, dann in flüssigem Stickstoff weiter runter auf minus einhundertsechsundneunzig, dann zu kleinen Partikeln zerrütteln, dehydrieren – und fertig ist der ultimative Powerdünger! Kati ist begeistert.

Aber ihre Begeisterung wird gleich in rasende Wut umschlagen. Der tobende Architekt, das war noch gar nichts im Vergleich zu Kati. Wenn man den richtigen wunden Punkt auf Katis Seele erwischt, gerät sie vollkommen außer sich. Es nähert sich der ahnungslose Dr. Hahn in dem Glauben, gleich einen ganz besonderen Trumpf vorstellen zu können, sozusagen einen Glücksfall für das Heaven's Gate. In seinem Gefolge befindet sich nämlich Prof. Dr. Dr. med. vet. Grahn-Rott. Er hat ausgiebig zu Euthanasielösungen an Mensch und Tier geforscht, immer mit dem Forschungsziel »sanft, human, schmerzfrei«. Er hat beachtliche, wissenschaftlich anerkannte Erfolge erzielt, wobei er gelassener über die Erfolge in der Tiermedizin spricht als über die bei Hinrichtungen in chinesischen Straflagern. Der Professor ist natürlich total begeistert von Heaven's Gate, wäre nach eigenem Bekunden am liebsten sein eigener Patient, sobald die Zeit gekommen ist, und würde sogar – aber leider, leider wäre das standesrechtlich nicht zulässig – unentgeltlich hier wirken. Was Dr. Hahn nicht weiß: Dieser Prof. Dr. Dr. med. vet. Grahn-Rott ist Katis Dopingarzt gewesen. Stolz geschwellt präsentiert Dr. Hahn seine Eroberung: »Dominik, Kati, darf ich euch Profess...«

Das reicht schon, weiter kommt Hahn nicht.

»Du wagst es, hierherzukommen?«

Kati schlägt und tritt auf den völlig arglosen kleinen Mann ein.

Ich hab noch nie so viel professionelle Security auf einem Event gehabt wie hier: ein Verhältnis von einer Sicherheitskraft zu je dreißig Gästen. Wahnsinn, das gibt's bei keinem Heavy-Metal-Konzert. Aber nach Sitzblockade für Hungerstreiker, Euthanasielabor-Fund und Cynthias Kranaktion fand ich das angemessen. Die Jungs haben Kati schnell im Griff, der Professor entfernt sich mit zerbrochener Brille, Dr. Hahn weiß einen Moment nicht, wem er sich jetzt zuwenden soll und entscheidet sich schließlich für die schwer zu beruhigende Kati.

Weiter hinten hat die Familie von Bianca, der Tumorpatientin, von alldem nichts mitbekommen. Bianca trägt eine pinkfarbene Perücke zu brauenlosen grünen Augen. Eigentlich wollte sie ableben, bevor eine Chemotherapie nötig sein würde. Aber sie hat sich entschlossen, auf die Fertigstellung des Heaven's Gate zu warten.

Gut gelaunt richtet sie ihren Blick auf den Rohbau und diskutiert mit Mann und Töchtern Ritualoptionen. Bianca schweben fliederfarbene Vorhänge vor, afrikanische Chormusik (Bianca engagiert sich seit dem Hungerstreik auf unserem Grundstück im Komitee für Flüchtlinge), Duft von Lavendel und Zitronen, frische Luft, ein paar Kerzen, ein paar Orangenbäumchen.

Ihr Mann fragt Tobias nach einem Abschiedsarbeitsangebot für Hinterbliebene, die müssten doch auch Abschied nehmen! Tobias findet, das sei eine gute Idee, er wolle darüber nachdenken.

Larissa, die ältere Tochter, die inzwischen schon zur Schule geht, fragt Tobias, was ihr ihre Mutter nicht beantworten konnte.

»Das mit dem Ritual hab ich ja kapiert. Aber was kommt denn eigentlich danach?«

»Nach was?«

»Nach dem Abschied! Na, wenn Mama tot ist!«

»Hast du vorhin die Rede von dem Mann mit dem weißen Helm gesehen? Das war der Chef hier von der Baustelle. Er hat über das Heaven's Gate gesagt ›Gebaut an die Schwelle / Was dahinter kommt / Ist es Frieden, Licht? / Wir wissen es nicht.‹ Ich find das schön. Und weil wir es nicht wissen und auch niemals wissen werden, können wir es uns aussuchen! Ist das nicht fantastisch?«

Ja, das ist fantastisch. Doch in den himmlischen Gesang der Katholiken mischen sich nun düster skandierende Stimmen alter Männer, die sich jenseits des Bauzaunes zu einer Kundgebung aufgebaut haben:

Dem Staate gedient, ergeben und treu,
nun wie menschlicher Müll
zum Selbstmord gedrängt
eine SCHWEI-NE-REI!

Dann schlagen sie wütend mit Knüppeln gegen den hölzernen Bauzaun. Ein infernalischer Lärm. Es müssen Hunderte sein, die sich um die Baustelle versammelt haben. Benno müsste wissen, was da abgeht, er kommt gerade vom schwer bewachten Eingang.

»Benno, was ist da los?«

»Pensionäre. Frühere Beamte der Stadt. Sie fühlen sich unter Druck gesetzt und quasi ›zum Freitod gedrängt‹, weil sich alle über die hohen Pensionen aufregen und in allen Diskussionen über uns auf ›die Pensionäre!‹ geschielt wird. Sagen sie.«

Der Lärm verstummt bald wieder. Klar, Benno sagt, da sei kaum einer unter siebzig, viele über achtzig. Die Reporter sind alle rausgelaufen zu den Pensionären, die kriegen jetzt ihre Aufmerksamkeit.

Für einen Moment ist es ruhig. Ich sehe Hilde zu, wie sie mit ihren bunten Gummistiefeln um meinen Rollstuhl herumstapft auf der Suche nach Knöpfen, die man noch drücken kann. Rückenlehne rauf, Rückenlehne wieder runter, wieder rauf, wieder runter. Hihihi.

»Opa oll!« Oll - das soll wohl »Rollstuhl« heißen. Sie kann »Opa« sagen! Ein weiteres Kind kommt dazu, ein etwa fünf Jahre altes Mädchen. Hilde zeigt ihr die Knöpfe. Ist das nicht Zoë? Die Mutter beugt sich zu mir herunter und nimmt meine Hand.

»Hallo Lasse.«

Ich kenne diese Person nicht, niemals würde man so ein Gesicht vergessen. Es ist vollkommen entstellt, da, wo eigentlich eines sein sollte, ist keins. Wenn es eine Maske wäre, würde sie jemand aufsetzen, um Leute zu erschrecken. Aber es ist keine Maske. Die schönen Hände, die Haare einer Schönheitskönigin, das Couture-Kleid von Annikki Hämäläinen, die Augen, die da sind, wo Augen nicht hingehören, es sind die Augen einer Schönheitskönigin, es sind die Augen von Zoës Mutter: Cynthia Willis. Tobias kommt dazu. Sie umarmen sich. Tobias zwinkert, lächelt und deutet hoch am Himmel auf den Kranausleger. Ich glaube, Cynthia lächelt.

Die Reporter haben von den Rentnern abgelassen, es gibt ein neues Objekt öffentlichen Interesses. Die Klatschkolumnistin von *Princess*, heute als rasende Reporterin unterwegs, ist die schnellste und professionellste und macht das Rennen: »Cynthia, oh my god, ich bewundere deinen Mut. Sag mal, warum hast du deine Klage gegen diesen Schönheitsmetzger zurückgezogen? Sorry, unsere Leserinnen verstehen das nicht.«

»Er ist ein Arzt, der einen Fehler gemacht hat. Ich habe diesem Mann verziehen. Lissy, weißt du was: Wir beide kennen uns nun schon so lange, ich werde dir vom schönsten Tag in meinem Leben erzählen, okay? Das ist übrigens noch gar nicht so lange her. Es war also keine Premiere, Gala oder Hochzeit oder so was, okay? Also. Der schönste Tag in meinem Leben fing an wie der schlimmste: Zoë, meine geliebte Tochter mied mich, weigerte sich, mich anzusehen, anzufassen, mit mir zu reden. Kein Wunder, ihre Mutter, wie sie sie kannte, hatte sie ja seit Monaten nicht mehr gesehen! Ich war ja total verschleiert, trug dazu Tag und Nacht eine große schwarze Sonnenbrille, ach du weißt das ja, ihr habt mich ja oft genug so gezeigt. Aber an diesem Tag – wir beide, Zoë und ich waren allein – da hab ich meinen ganzen Mut zusammengenommen und den Schleier und die Sonnenbrille abgelegt. Und es passierte, was ich befürchtet hatte: Meine Tochter lief schreiend aus dem Zimmer, und ich dachte, ich müsste auf der Stelle sterben. Aber nach einigen Minuten, wohl, nachdem sie mich hat weinen hören, kam sie wieder. Sie untersuchte vorsichtig mein Gesicht, sagte ›Mama‹ und kuschelte sich an mich. So, Lissy, schreib das, eure Leserinnen interessieren sich dafür.«

Es dauert einen Moment, bis Lissy das Interview fortsetzen kann: »Wow, Cynthia, was für eine umwerfende Geschichte! Schätze, du hast deine Buchung im Heaven's Gate erst mal rückgängig gemacht, oder?«

Cynthia sieht mich an, nimmt wieder meine Hand, sieht mich erneut an und antwortet: »Ja, hab ich.«

Abschiedsarbeit

Der erste Abschiedsworkshop. Dass wir uns in einem temporären Pavillon auf einer Baustelle befinden, merkt man kaum: Unser gemeinsames Thema ist so spannend, dass wir den Lärm kaum wahrnehmen.

Es ist eine überschaubare Gruppe von Menschen, die die ersten Abschiedsgäste sein werden. Außer mir selbst sind das Bianca (die Mutter mit dem Gehirntumor), Darius (der Kochbuchautor, der den Geschmackssinn verloren hat), Karl (der lebensmüde, aber gesunde alte Mann), Henning und Lothar (seit über dreißig Jahren ein Paar, beide HIV-positiv, Lothar leidet unter AIDS-Symptomen), Frauke (lebt mit einem Spenderherz, bräuchte bald ein neues, doch eine weitere Spenderherz-OP will sie sich nicht mehr antun) und Hildegard, die verurteilte Ärztin.

Wir werden uns mehrere Monate einmal wöchentlich für zwei Stunden treffen. Zwischen den Meetings gibt's »Hausaufgaben«.

Heute geht Tobias alle »Übungen« einmal durch, damit wir ein Gefühl dafür bekommen, was uns in den nächsten Monaten erwartet. Tobias ist sehr einfühlsam, seine Stimme ist sanft, er spricht mit seinem Körper und mit seinem Gesicht, sehr bewusst und empathisch, wie ein ausgebildeter Schauspieler, aber völlig losgelöst von den Rollen, für die er bekannt war. Er ist einfach nur er selbst: »Frauke, wenn du gehst: Welche Lücke wirst du hinterlassen, was wird der Welt fehlen, wenn du nicht mehr da bist?«

»Es fehlt der Mensch, um den sich andere jahrelang gekümmert haben, zeitweise bis zur Aufopferung. Mein Mann, meine Schwester, meine Pflegerin. Und es fehlt der Mensch, der anderen, zum Beispiel meiner Tochter, gezeigt hat, was man alles durchstehen kann, wenn man Mut und Zuversicht und Lebenswillen aufbringt. Außerdem fehlt die Gründerin und Vorsitzende der Initiative ›Rettet die Au‹. Der Au fehlt dann die schützende Hand, der Initiative die treibende Kraft.«

»Herzlichen Dank, Frauke. Ich kann mir das gut vorstellen, dass Menschen dich sehr vermissen werden. Karl, stell dir vor, du bist gegangen und ein Freund hält eine Trauerrede. Stell dir vor, du könntest da zuhören. Was würdest du gerne über dich hören?«

»Unser Freund Karl hatte ein erfülltes Leben. Und er hat uns allen gezeigt, wie man ein erfülltes Leben führt: von Herzen tun, was einem das Leben aufgetragen hat. Nicht jeder Verlockung erliegen, sondern seinen Prinzipien treu bleiben. Besonders hervorzuheben ist sein Engagement im Maschinenmuseum, ohne Groll auf den Fortschritt junge Menschen für Mechanik begeistern.«

»Danke, Karl, über so eine Rede würde ich mich, glaube ich, auch freuen. Darius, wen würdest du warum um Verzeihung bitten?«

Man sieht Darius an, dass ihm sofort etwas durch den Kopf schießt. Er braucht aber eine angespannte halbe Minute, in der er tief atmet, die schwitzenden Hände an seiner Hose abstreift, den Blick an die Decke richtet, um erst dann antworten zu können: »Es war vor vierzig Jahren in Paris. Ich wohnte in einem winzigen Zimmer, das ich mir mit Mathis, einem Jungen aus Belgien teilte. Wir waren beide Lehrlinge bei einem der damals renommiertesten Köche Frankreichs. Wir teilten alles. Wir waren ein eingeschworenes Team, Blutsbrüder. Bei der Vorbereitung zu einem Wettbewerb, bei dem wir natürlich faktisch Konkurrenten waren, haben wir uns dennoch darüber ausgetauscht, was wir denn dort kreieren. Mathis, der Mutigere und Kreativere von uns beiden, hatte eine umwerfende Idee. Ich war so von Ehrgeiz eingenommen, dass ich mich zu der Logik verstieg: ›Na ja, Ideen zählen ja nicht wirklich, es kommt ja vor allem auf deren Umsetzung an!‹ Und ich hatte die bessere Umsetzung und gewann. Mit einer gestohlenen Idee. Ich habe mich nie getraut, mich zu erkundigen, was aus Mathis geworden ist. Aber ich möchte, dass er weiß, dass mir das heute leidtut.«

»Danke, Darius, dass du dieses Erlebnis mit uns geteilt hast. Ich wünsche mir für dich, dass du Mathis mit deiner Bitte noch erreichst und dass er deiner Bitte nachkommt. Henning und Lothar, gibt es etwas, das ihr in diesem Dasein noch regeln solltet?«

Die beiden sehen sich an, unschlüssig, wer antworten soll, aber einig über das Thema. Henning übernimmt: »Wir betreiben eine orthopädische Werkstatt in Mitte, es ist noch nicht geklärt, wer die übernimmt.«

»Henning, wir waren uns einig! Es müssen nur noch ...«

»Lothar, Schatz, dein werter Freund und Kollege Klaus hat uns immer noch nicht dargelegt ...«

»Henning, wenn du nicht bereit bist loszulassen, können wir nicht gemeinsam gehen.«

»Wir gehen oder wir bleiben. Zu-sam-men! Entschuldige, Tobias, es ist so: Wir haben Patienten, die wir seit zehn, zwanzig Jahren persönlich betreuen. Natascha ist vierzehn und kriegt seit Jahren regelmäßig Prothesen von uns. Unsere Nachfolge muss geklärt sein!«

»Ich verstehe euch gut. Ihr müsst aber wissen: Auch wenn ihr zusammen geht – niemand weiß, ob und wo ihr zusammen ankommt. Klärt eure Erwartungen und regelt eure Nachfolge. Und nehmt euch Zeit, okay? Danke, Henning und Lothar.

Zu dir Lasse: Welches Geheimnis möchtest du nicht mitnehmen ins andere Dasein, magst du es uns anvertrauen?«

»Ich war fünfzehn. Ich war sehr einsam und schwermütig. Ich habe einsam und heimlich vor der Schule Schnaps getrunken, normalerweise aus der Hausbar meiner Eltern. Irgendwann entdeckte ich, dass unser Kellerschlüssel auch zum Keller unserer Nachbarn passte. Ich hab den Schnaps gestohlen, getrunken und mich einsam und heimlich bei der Vorstellung amüsiert, dass sich das Nachbarehepaar gegenseitig beschuldigt, heimlich zu trinken.«

»Danke, Lasse. Magst du uns sagen, wie es sich anfühlt, nach so langer Zeit so ein Geheimnis zu teilen?«

»Ich hab's erzählt, und wie ihr seht, bin ich dabei nicht im Boden versunken. Ihr schüttelt nicht fassungslos eure Köpfe, und es hat auch niemand aus Fremdscham den Raum verlassen. Ich fühle mich einerseits erleichtert, andererseits treibt mich der Gedanke um, ob und wie ich da wieder was gutmachen kann.«

»Ich denke, das ist heilsam, Lasse.

Bianca, nun zu dir: Gibt es jemanden, auf den du wütend bist? Möchtest du dich um deinetwillen von dieser Wut befreien, weil diese Wut Ballast sein könnte auf dem Weg in ein neues Dasein?«

»Oh ja. Ich hatte mal einen sehr seltsamen Klienten, der in Begleitung einer Sozialarbeiterin, eines Vertrauten und eines Dolmetschers kam. Ein stolzer, unbeugsamer Mann, in feines Tuch gekleidet, dazu trug er Goldschmuck. Sein Anspruchsdenken machte mich sehr wütend. Und seine unermessliche Überheblichkeit: Er gab mir nicht die Hand, und er sprach auch nicht mit mir. Was seine Sozialarbeiterin damit erklärte, dass das sein Glaube und seine gesellschaftliche Stellung nicht erlauben. Er würde auch mit ihr nicht direkt sprechen und auch nicht mit dem Dolmetscher. Na bravo.

›Wie hoch sind denn ihre Verbindlichkeiten?‹

Der Dolmetscher fragt den Vertrauten, der fragt den Klienten, der flüstert es dem Dolmetscher, und der sagt: ›Rund zweihundertfünfzigtausend Euro.‹

›Was haben Sie denn für Einkommen oder Vermögen?‹

Die Frage macht wieder ihre Runde, und auf dem gleichen Wege kommt die Antwort zurück: ›Kein Einkommen und auch kein Vermögen.‹

›Ich habe zufällig beobachtet, dass Sie mit einem Mercedes der S-Klasse vorgefahren sind. Wem gehört der denn?‹

›Seinem Sohn.‹

Aha.

›Was haben Sie denn für laufende Ausgaben zur privaten Lebensführung, also für Essen, Kleidung, Wohnung und so weiter?‹

Klient an Vertrauten, Vertrauter an Dolmetscher an mich: ›Keine.‹

›Wie: keine! Sie müssen doch Miete zahlen, wenn Sie keine eigene Wohnung haben, und Sie können keine eigene Wohnung haben, wenn sie kein Vermögen haben!‹

›Er ist Gast im Hause seines Sohnes.‹

›Der Goldschmuck, der gehört aber nicht ihrem Sohn, oder?

›Diese Dinge dienen der Religionsausübung.‹

Mein innerer Siedepunkt ist gleich erreicht: ›Wer zahlt den Dolmetscher?‹

Der Dolmetscher zeigt auf die Sozialarbeiterin. Die rechtfertigt sich: ›Das ist eine Maßnahme unseres Integrations...‹

Es reicht, ich raste aus: ›Integration? Der Typ diskriminiert mich! Der gibt mir noch nicht mal die Hand und erzählt hier Märchen aus Tausendundeiner Nacht, und du willst nicht einsehen, dass dein Integrationsprogramm bei dem Mann gescheitert ist? Menschen, die ernsthaft darum bemüht sind, ihren Verbindlichkeiten nachzukommen, sich mit ihren Gläubigern zu einigen, von überzogenen Ansprüchen Abstand zu nehmen, ihr Leben neu und nach neuen Werten zu regeln, diese Menschen warten drei, vier Monate auf einen Termin bei mir, und da kommst du mit einem Dringlichkeitsvermerk dazwischen – mit diesem Klienten? Ich fasse es nicht!‹

Ich hab sie rausgeworfen. Der Dolmetscher, der tat mir leid.«

»Danke, Bianca. Du hast sehr anschaulich geschildert, was dich wütend gemacht hat, und ich persönlich kann mir gut vorstellen, dass ich da auch wütend geworden wäre. Wenn du dich nun von dieser Wut befreien willst, könnte folgende Übung nützlich sein: Du überlegst dir mal, wie denn ein Mensch wie dein Klient in diese Lage geraten konnte, die zu so einem Verhalten führt. Vielleicht sind ja sein Glaube und seine gesellschaftliche Stellung das Letzte, was er hat? Vielleicht hat er seine Heimat verloren? Seine Freunde, die plötzlich gegen ihn Krieg führten? Seine Eltern, die er auf der Flucht zurücklassen musste? Seine Arbeit, für die er geachtet wurde? Und die Sozialarbeiterin: Hat sie den Glauben an das Gute im Menschen vielleicht einfach noch nicht verloren? Sind es nicht gute Absichten, die dazu geführt haben, dass sie sich bedingungslos auch für diesen Klienten einsetzt? Versuchst du's mal, Bianca?

Okay, nun würde ich gerne Hildegard Gelegenheit geben, uns ihre Geschichte zu erzählen, bevor ich auch sie zu einer Übung einlade. Hildegard, du bist ja etwas später dazu gekommen, magst du dich mal vorstellen?«

»Mein Name ist Hildegard Berg, Dr. Hildegard Berg. Ich bin Ärztin, das heißt, ich war Ärztin: Ich darf meinen Beruf nicht mehr ausüben. Dabei hat mir mein Beruf alles bedeutet. Ich war fünf Jahre im Gefängnis. Mir war vorgeworfen worden, Patienten umgebracht zu haben. Richtig ist, dass ich ihren bevorstehenden Tod befördert habe. Diesen herbeizuführen war aber nicht mein eigentliches Anliegen, wobei ich ihn durchaus in Kauf genommen habe. Mein Anliegen war, den Schmerz zu bekämpfen.

Als größter Feind der Medizin gilt der Tod. Das ist ein Irrtum. Der eigentliche Feind ist der Schmerz. Der Schmerz ist nicht dumm, er macht uns glauben, die Erlösung sei das eigentliche Übel. Der Einzige, der den Tod wirklich zu fürchten hat, das ist der Schmerz. Denn wenn der Mensch stirbt, stirbt auch der Schmerz. Ich kenne den Schmerz, niemand kennt ihn so gut wie ich! Ich habe ihn besucht.

Er ist eine Sie, eine alte Frau, die in einem schäbigen Altenheim in einem sehr einfachen Zimmer wohnt. Sie teilt dieses Zimmer mit einer anderen Frau, die ist nicht so alt, nicht so groß und nicht so laut. Diese andere Frau ist der gute Schmerz. Der gute Schmerz bewahrt einen davor, sich am Bügeleisen zu verbrennen oder die Finger abzuschneiden. Der wahre Schmerz nennt den guten Schmerz abfällig den ›angewandten Schmerz‹ oder auch gerne mal den ›kleinen Schmerz‹, wenn er besonders gehässig aufgelegt ist. Er schafft es dann tatsächlich, beim guten Schmerz ein Gefühl der Minderwertigkeit auszulösen, sodass der gute Schmerz in vorauseilender Selbstabwertung dem wahren Schmerz gestattet, im Zimmer zu rauchen, Autorennen im Fernsehen anzusehen, stinkende Gerichte zuzubereiten und mit langen grauen Haaren den Abfluss zu verstopfen. Derweil wäscht der wahre Schmerz seine Hände in Unschuld: Er wäre Schmerz in x-ter Generation, sein Vater, sein Großvater, alles Schmerzen! So auch die eigenen Kinder, die man zu ernähren habe. Wie könne man da schuldig sein? Nicht schuldiger als eine Katze, die eine Maus frisst, ein starkes Küken, das seinen schwachen Bruder aus dem Nest stößt, die Antilopenherde, die das kranke Tier den Löwen zum Fraß überlässt. Das sei das Gesetz des Lebens. Der gute hat sich mit dem bösen Schmerz arrangiert. Er spielt mit dem bösen Schmerz sogar Backgammon! Mit wem sollte er auch sonst Backgammon spielen? Die beiden sind gefangen, da müsse man sich arrangieren. Wohl oder übel. Der Schmerz sieht verlebt aus, ich glaub ihm seine Geschichte nicht. Ich musste einsehen, dass das Altenheim, in dem der wahre Schmerz Zuflucht genommen hatte, als Tatort für dessen Liquidation nicht infrage kommt, denn ich hätte dabei unweigerlich auch den guten Schmerz getötet.

Erst später wurde mir bewusst, dass es überhaupt nicht möglich war, nur den wahren ohne den guten zu vernichten, unter allen denkbaren Umständen wäre immer auch der gute Schmerz umgekommen. Bei einigen Patienten habe ich dem wahren Schmerz die Tür vor der Nase zugeknallt. So wurden sie erlöst, bevor sich der Schmerz in ihnen breitmachen konnte, um Leid zu säen und zu ernten. Das war der traditionelle Konsens, so hatten sich das die

Mächte ausgedacht und hinterher die Formel weggeschmissen: keine Erlösung ohne Leid. Erlösung ohne Leid war Mord. Beim großen Finale des Lebens, da waren sich Schmerz und Kirche einig, dürfe der Tod nicht mitspielen. Ich wollte die Regeln ändern, aber ich habe doch nur gegen sie verstoßen, und das musste hart bestraft werden.

Es reichte dem wahren Schmerz aber nicht, mich im Gefängnis eingesperrt zu wissen. Sobald die Zellentür ins Schloss fiel, kam er aus seinem Versteck, und ich spürte seinen Atem. Fünf Jahre lang. Der kleine Schmerz hatte sich ebenfalls bei mir versteckt. Er sagte mir immer, wenn es Zeit war, damit aufzuhören, den Kopf gegen die Zellenwand zu schlagen.

Der Staatsanwalt hatte mir vorgeworfen, ich hätte mir aus Lust an einem Gefühl von Allmacht die Herrschaft über Leben und Tod angemaßt. Die Gefängnispsychologin riet mir, diesen Vorwurf doch mal zuzulassen, ohne Schuldeingeständnis, einfach mal so für mich, um zu spüren, wie sich das denn anfühlt. Jack, meine Zellennachbarin, riet mir ebenfalls dazu. Ja, mir kam das Gefühl bekannt vor, ein gutes Gefühl: Ich bin die Hebamme einer Rückwärtsgeburt. Habe ich den Schmerz, das Leid und die Schreie besiegt, sehen die Patienten für kurze Zeit alle aus wie Babys.

Jack war eine berühmte und bekennende Serienmörderin. Sie sagte, dieser Vorwurf der Allmachtsanmaßung sei ein Textbaustein im Musterplädoyer eines jeden Staatsanwaltes, der wegen ›Verbrechen gegen das Leben‹ im Namen des Volkes anklagt. Allerdings aus gutem Grund, denn dieser Textbaustein passte fugenlos in die letzte, unerträglich klaffende Lücke der Erklärung meiner Taten, da, wo ein hartnäckiges Fragezeichen für das Warum stand. Ja, Allmachtsanmaßung wäre wohl das richtige Wort. Denn Töten hätte sie befriedigt wie nichts anderes, ja. Dieses Tötenkönnen beim Tötenwollen war zusätzlich ein erhebendes Gefühl. Unvergleichlich befriedigender war es allerdings, Leben zu schenken. Das war das Allergrößte. Gott macht so was. Und Jack. ›Eigentlich wärst du heute dran, aber bring mich zum Lachen und ich verschone dich.‹

Jack sagte, ich hätte mich auf den Schmerz gestürzt, weil ich den Tod nicht besiegen konnte. Die Ohnmacht hätte mich zerfressen. Eine Art Burnout, weil ich mir nie andere Befriedigungsfelder als die der Behandlung von Patienten erschlossen habe. Kein Golf. Keine Kongresse. Keine Kunstsammlung. Kein Sex. Keine Kinder, keine Pferde, keine Autos. Absolute Fehlanzeige auf der ganzen Linie. Und dann ist da der Tod, der macht, was er will. Na gut, das muss man wohl alles hinnehmen, aber dass dann einem noch der Schmerz auf der Nase herumtanzt? Nimm das, Schmerz: einhundert Milligramm Diazepam, fünfhundert Milligramm Fentanyl, und wenn dir das nicht reicht, na warte, dann gibt's Nachschlag, aber hallo.

Ich hatte dann schon auch Anflüge einer Ahnung von Selbstherrlichkeit, das muss ich wohl zugeben. Aber wenn ich dann den nächsten Schmerz kommen sah, musste ich wieder handeln.«

Hildegard stützt ihre Ellenbogen auf die Knie und bedeckt ihr Gesicht mit den offenen Handflächen. Dabei schieben sich ihre Unterarme etwas aus den Ärmeln ihres Pullovers. Ich sehe ihre Unterarme. Tätowierungen. Rechts eine giftgrüne Gottesanbeterin mit schwarzen Schmetterlingsflügeln. Links ein abstraktes Motiv. Ich erkenne es wieder: ein Fragment aus dem *Living Mandala* von Nelly. Es ist, als würde mir jemand den Boden unter dem Rollstuhl wegziehen: Hildegard war Nellys behandelnde Ärztin? Und hat sie umgebracht? Oder erlöst?

Tobias lässt sie einen langen Moment bei sich sein, bis er fragt: »Hildegard, kannst du dir vorstellen, dass du auch mal eine Tür zugeschlagen hast, weil du den Schmerz kommen spürtest, aber der kam dann gar nicht?«

Es platzt aus mir heraus: »Nelly wollte nicht sterben! Sie war stark! Unvorstellbar stark, stärker als jeder und jede andere, die ich kannte!«

Hildegard springt auf: »Woher willst du das wissen, Lasse Wiesenthal! Haben Karla und Margot das erzählt? Es stimmt, sie wollte nicht sterben. Aber sie wollte vor allem nicht mehr leiden. Nelly war vom wahren Schmerz vollkommen befallen. Der wahre Schmerz hatte sich bald in jede ihrer Zellen gekrallt. Ich habe Nelly verstanden!

Ich dachte, ihr vom Heaven's Gate macht es richtig, darum wollte ich hier meinen Abschied nehmen: Bevor sich der Schmerz zwischen mich und den Tod drängt. Aber auch ihr leugnet den wahren Schmerz. Als wäre Sterben ein Zuckerschlecken. Ja, da guckst du, Tobias. Weißt du, was es heißt, Medizin zu studieren? Zu promovieren? Mit Facharztausbildung sind das über zehn Jahre deines Lebens! Das ist nicht mal son Crashkurs für ausgepowerte Charakterdarsteller auf Sinnsuche.

Und übrigens: Meine dreitausend Euro will ich wieder!«

Hildegard knallt die Tür zu. Dann ist es für einen Moment still. Das heißt, nein, von draußen hören wir das Kreischen einer Säge, Hammerschläge, das Surren eines Krans, Kommandos in Sprachen, die wir nicht verstehen. Es braucht noch eine Weile, bis Heaven's Gate wirklich fertig ist. Aber es braucht auch noch eine Weile, bis wir unsere Abschiedsarbeiten erledigt haben.

Tobias erteilt uns noch eine »Hausaufgabe«: »Überlegt euch doch bis zum nächsten Mal, was ihr an Wissen und Erfahrungen an die Hinterbleibenden weitergeben könnt.«

Bianca bittet noch um einen Einzeltermin. Es sei noch etwas wegen ihrer jüngeren Tochter Larissa zu klären. Klar, kein Problem, Bianca und Tobias verabreden sich. Benno holt mich ab.

Abschiedsvorbereitungen

Olga war gerade da. Es ist später Vormittag, sie hat mir geholfen, mich zu waschen und anzuziehen, hat mir Frühstück gemacht und ein bisschen aufgeräumt und geputzt. Olga macht alles. Sascha macht nichts. Ihr Mann hat es sich in seiner Schwermut gemütlich gemacht. Während Olga behinderte Männer pflegt und nebenbei noch putzen geht, guckt Sascha russisches Satellitenfernsehen, trinkt Wodka und beweint die Ferne zur Heimat.

Ich war brav und habe in den letzten Wochen meine Hausaufgaben gemacht: Welches Wissen, welche Erfahrungen, welche Erkenntnis könnte ich mit meinen Mitmenschen teilen? Ich habe zunächst einmal eine Bestandsaufnahme meines Erfahrungsschatzes vorgenommen. Ich weiß zum Beispiel, wie man einen alternden Schlagerstar tröstet, auf dessen miserabel besuchten After-Show-Party schon jeder Ordner willkommen ist (man sagt ihm nicht, dass seine Show toll war, sondern was man an seiner Show toll fand. Nämlich, wie unnachahmlich (!) es ihm gelungen ist, einer ganz bestimmten Stelle in einem Lied einen tiefen Ausdruck zu verleihen. Je mehr Details, desto besser. Unwahrheiten sollte man allerdings vermeiden).

Wie man ein über den ganzen Garderobenflur hinweg keifendes und Gemeinheiten austauschendes verheiratetes Volksmusikduo zur Räson bringt (sofortiges Zankverbot aussprechen, an Professionalität appellieren und auf die sehnsüchtig wartenden Fans verweisen. Auch, wenn die Verlockung groß ist: niemals drohen à la »sonst tingelt ihr ab morgen durch die Dorfdiscos der vorpommerschen Provinz«. Horrorszenarien wirken bei sensiblen Bühnenkünstlern nicht motivationsfördernd, sondern motivationshemmend! Eher bei Wohlverhalten weitere Engagements in Aussicht stellen).

Wie man einen Eklat vermeidet, wenn man eine Position auf der Cateringliste eines armenischen Zaubergeigers kurzfristig nicht erfüllen kann (wenn der geforderte Taittinger Champagner nicht aufzutreiben ist, kauf irgendeinen im Supermarkt, lös die Etiketten ab, kleb welche von Taittinger drauf – die hast du vorher von leeren Flaschen vom letzten Filmball abgelöst – und fertig. Armenier haben keine Ahnung von Champagner).

Nun, das waren jetzt sehr spezielle Weisheiten aus dem Eventgeschäft. Ich musste das abstrahieren, verallgemeinern, größer machen, damit Benno, Tobias, Karla, Paul, Cynthia, Olga, Sascha und Hilde davon profitieren können. Etwa »Sei Täter, nicht Opfer!« und »Du bist der Chef in deinem Leben!« und »Erlaube niemandem, dir diesen Tag zu verderben!«, nicht so hohle Chakka-Floskeln, sondern anwendbar vermittelt.

Ich finde, Sascha könnte mal eine Portion Motiviation gebrauchen. Ich lade ihn und Olga zu mir ein. Das Tattoo auf seinem rechten Unterarm sieht interessant aus, fangen wir doch mal damit an: »Sascha, was ist das?«

»Das ist nichts. Das ist vorbei.«

»Das sieht aus wie eine Turbine!«

»Eine CFH 5594 der Klasse 4. Braucht kein Mensch mehr.«

»Ohne die CFH 5594 der Klasse 4 gäb's keine der Klasse 5, stimmt's? Und du hast an der 4 mitgearbeitet, richtig?«

»Das war das Beste, was es gab auf der Welt.«

»Und weil die 4 keiner mehr braucht, denkst du, dass dich keiner mehr braucht?«

Sascha kippt jedem von uns ein Wasserglas Wodka ein. Ich werde ein bisschen dran nippen.

»Komm doch mal zu uns ins Baubüro. Es werden jeden Tag Leute gebraucht.«

»Tagelöhner, Hilfsarbeiter. Ich bin Ingenieur.«

»Zurzeit bist du Trinker, abhängig von deiner Frau. Mach dich nützlich, Sascha! Erlebe wieder, wie es ist, zu entscheiden: Heute trinke ich und morgen ist mir was anderes wichtiger! Erlebe, dass ein Sachbearbeiter in der Ausländerbehörde vielleicht einfach nur seine Arbeit macht, ohne die Absicht, dich demütigen zu wollen! Mensch, Sascha! Du bist der Chef in deinem Leben! Nicht Olga, nicht Wodka und nicht Mütterchen Russland!«

Bin gespannt, ob Tobias mit mir zufrieden ist, wenn ich das berichte. Jetzt wird es Zeit, dass ich mich mit meinem Ritual befasse: Wie will ich das gestalten? Ich habe mir schon einen Raum ausgesucht: 4. Stock, noch auf Höhe einiger Baumkronen, aber schon mit Blick auf und über einige Dächer und damit auch viel Himmel. Den ersten Teil des Rituals will ich mit meinen Gästen verbringen, zum »Schluss« möchte ich aber allein sein. Ich möchte einen orangefarbenen Vorhang, der die Atmosphäre des ganzen Raumes färbt. Ich möchte keine Blumen oder sonstigen Schmuck, ich will alles klar und rein in meinem Raum. Fenster sollen geöffnet sein, ich will es möglichst frisch haben.

Schade, dass ich den Katholikenchor vom Richtfest nicht haben kann, aber das wär nicht okay, die zu fragen. Vielleicht lässt sich unter dem Oberbegriff »spirituell a capella« was finden. Ich hatte mal ein afrikanisches Vokalensemble bei einem Festival. Oder wie wär's damit: Dieses Lied von den Katholiken, das lass ich von einem anderen Chor singen. Das wäre auch nicht okay, wenn die Katholiken oder sonstwer bestimmte Tonfolgen und -kombinationen allein für sich beanspruchten.

Wen lade ich ein? Benno und Tobias, Karla und Paul mit Hilde, Kati, Cynthia, Bianca, Karl, Darius ...

Moment, da kommt eine Mail von ... Bianca. Bianca? Was die mir wohl schreibt?

»Lieber Tobias,

hier wie besprochen der Entwurf eines Abschiedsbriefes attached. Ich freue mich aufs Einzelcoaching und hoffe, dass mich der Tumor bis dahin noch leben lässt ;-)

Bianca.«

Ein Irrläufer. Aber wenn sich die Mail schon an mich verirrt, dann darf ich doch den Anhang lesen, oder? Ich weiß nicht. Egal, ich will wissen, was da drinsteht.

Liebe Larissa,

du bist jetzt siebzehn Jahre alt. Herzlichen Glückwunsch, mein Schatz! Ich hoffe, ich bin heute an einem Ort, an dem ich auf irgendeine Weise miterleben kann, dass es dir gut geht und dass du deinen Geburtstag mit lieben Freunden und vielleicht sogar mit einem netten Freund feierst.

Liebe Larissa, du bist jetzt alt genug, etwas zu erfahren, was ich dir bis heute verschwiegen habe in dem Glauben, das sei besser so. Aber spätestens jetzt hast du das Recht darauf, die Wahrheit über deine Herkunft zu erfahren: Du hast zwei Väter.

Du hast deinen Papa, den besten Vater der Welt. Und du hast einen anderen Vater, deinen biologischen Erzeuger, er heißt Ralf. Ralf hast du – zumindest zu meinen Lebzeiten – nicht kennengelernt. Es gab – bis heute – nur zwei Menschen auf der Welt, die das wussten, nämlich Ralf und ich.

Ralf ist ein katholischer Pfarrer. Die Liebe war über uns gekommen, und wir haben uns ihr hingegeben. Es gab für uns kein Davor und kein Danach. Es war unverantwortlich, nicht wenigstens verhütet zu haben. Andererseits: Ich bereue nichts, denn ich habe mich auf besondere Weise geliebt und angenommen gefühlt. Und ohne dieses »Ereignis« gäbe es dich ja nicht!

Und dennoch, ich habe mich schuldig gemacht, an dir und an Papa, denn es war unrecht, euch nicht die Wahrheit zu sagen. Als ich schwanger mit dir wurde, beschlossen Ralf und ich, seine Vaterschaft geheim zu halten: Ich hatte Angst, Papa zu verlieren, und Ralf hatte Angst, seine Gemeinde zu verlieren. Und ich wusste: Papa würde dir wie auch deiner Schwester ein wunderbarer Vater sein. Das ist er, nicht wahr? So aufmerksam und liebevoll!

Aber meine Schuldgefühle wurden quälender, je mehr ich erlebte, wie sehr Papa sich um dich und deine Schwester kümmerte. Ich betäubte diesen Schmerz, indem ich mich wieder mit Ralf traf. Die sinnliche Erfüllung ließ die Schuldgefühle aber noch größer werden. Das Gleiche galt für Ralf. Wir lagen im Bett und überlegten, uns umzubringen. Aber diese Gedanken allein ließen den Schuldenberg weiter anwachsen.

Wie du weißt, war ich ja selbst Schuldnerberaterin für Menschen, die ihr Vermögen, manche sogar ihr Einkommen verloren hatten. Jeden Tag sagte ich meinen Klienten, dass sie »reinen Tisch« machen müssten: Privatinsolvenz anmelden, den Gläubigern in die Augen sehen, einen Plan machen, welche Beträge man wann zurückzahlt, und das dann auch tun, Wohlverhalten versprechen, das heißt, dass man zum Beispiel keine weiteren Schulden macht und so weiter. Und ich selbst fühlte mich dazu nicht in der Lage.

Dabei erinnerte ich mich immer wieder an einen Spielsüchtigen, meinen ersten Klienten in der Schuldnerberatung. Er war Partner in einer Eventagentur und hatte, nachdem er schon sein ganzes eigenes Vermögen verspielt hatte, noch seinen Kompagnon betrogen, was dieser erst mal gar nicht gemerkt hat. Mein Klient lieh sich Geld von seiner Schwester, nur um seinem Partner heimlich zurückzahlen zu können, worum er ihn betrogen hatte, immerhin zwanzigtausend Mark. Er fühlte sich total erleichtert: Morgen würde er das Geld zurückzahlen, und der ganze Horror wäre vorbei. Morgen. Und morgen ist nicht heute. Heute ist noch eine Pokerrunde. Der nächste Tag war der Schlimmste in seinem Leben. Seine Frau hatte ihn längst mit dem gemeinsamen Sohn verlassen, jetzt würde er noch seine Schwester verlieren und dann noch seinen besten Freund und Partner. Er übergab seinem Partner eine Umzugskiste mit unverkauften und wahrscheinlich unverkäuflichen Werken eines Hamburger Künstlers aus dem Restbestand einer Galerie, die er mal betrieben hatte. Dann brachte er sich noch am gleichen Abend um.

Ralf verlor auch alles: Einige Zeit nachdem es mir gelungen war, mich von ihm zu lösen, verlor er seine Gemeinde, wohl wegen einer anderen Frau. Er verlor das Vertrauen derer, die an ihn geglaubt hatten. Er verlor die Gunst anderer Glaubensbrüder. Was hatte er noch? Er hatte ein Kind: dich. Und ich, ich hatte zwei Kinder, einen Mann, der uns liebte, und einen Tumor. Und ich hatte Angst. Ralf wollte dir der Vater sein, der er nie sein durfte. Wie hätte Papa, der gerade seine Frau an einen Tumor verlor, darauf reagiert? Ich wollte das unbedingt verhindern. Ich habe Ralf gebeten, ich habe ihn angefleht, ich habe ihm mit allem Möglichen gedroht, damit er sich nicht offenbart, nicht vor deinem siebzehnten Geburtstag. Denn mit siebzehn würdest du reif genug dafür sein und selbst entscheiden können, wie du dich zu deinen zwei Vätern verhalten willst.

Deshalb bekommst du diesen Brief heute. Keinen Tag früher, aber auch keinen Tag später.
Liebste Larissa, du warst immer ein besonders kluges Kind. Wie Papa hast du immer überlegt und nachgedacht und Für und Wider abgewogen, ohne dich allein von spontanen Gefühlen und Impulsen leiten zu lassen, bevor du weitreichende Entscheidungen getroffen hast. Manchmal warst du dann wie ein Vorbild für mich, so weise kamst du mir manchmal vor.
Unsere Seelen werden sich wiedertreffen, daran glaube ich ganz fest. Ich hoffe, auch um deinetwillen, dass du mir eines Tages verzeihen kannst.
Für immer deine dich ewig liebende
Mama

Zwanzigtausend Mark? Das war viel Geld damals. Mensch Severin, heute würde ich sagen, wir hätten bestimmt 'ne Lösung gefunden! Ich hätte den Anhang nicht lesen sollen. Na ja, hinterher ist man immer klüger. Für mich sahen die aus wie eine absolut perfekte Familie, Bianca, ihr Mann und ihre Töchter. Das sind sie auch, aber zusammengehalten von einer Lüge. Bin ich der Sohn meines Vaters? Ich denke schon, ich werde mir da nicht den Kopf zerbrechen, und meine Mutter kann ich auch nicht mehr fragen. Meine Eltern sind schon lange tot. Meinen Vater hätte ich zu meinem Abschied ins Heaven's Gate nicht wirklich gerne eingeladen, und er wäre auch nicht wirklich gerne gekommen. Zu meiner Beerdigung schon, na klar. Aber ich werde ja nicht beerdigt, so viel steht fest. Wir waren sehr verschieden: Mein Vater hasste Unordnung. Und ich glaube, Unordnung machte ihm Angst. Das eigene Lebensende selbst zu gestalten und zu feiern, das war einfach »nicht in Ordnung«. Zu Tode kommt man durch Krankheit, Unfall, Mord,

Krieg. Die Hinterbliebenen sind entsetzt angesichts ihrer Ohnmacht, also wird getrauert, beerdigt, und alles hat seine Ordnung. Ein Schlüssel gehört ans Schlüsselbrett, und wenn ein Schlüssel nicht am Schlüsselbrett hing, bekam mein Vater Zustände, die aussehen sollten wie Wut, tatsächlich aber solche der Angst waren. Besuch von Nelly, das war Horror für meinen Vater. Sie ließ das Gartentor offen, zündete sich eine Zigarette am Gasherd an, vergaß ihre Bierflasche auf der Terrasse und setzte sich beim Abendbrot auf Vaters Platz. Vier Ordnungswidrigkeiten in einer halben Stunde. Mit seinem Tod setzte mein Vater noch mal ein Zeichen: Er starb pünktlich auf die Minute, als seine Lebensuhr abgelaufen war. Keine Sekunde früher oder später hörte er auf zu atmen.

Meine Mutter ist bei einem Unfall gestorben. Beim Mistelnschneiden ist sie von der Leiter gefallen. Sie war bei uns diejenige, der so was passieren würde. Wenn mein Vater je auf eine Leiter gestiegen wäre, dann wäre er garantiert nicht runtergefallen, er hätte zuverlässig alle Vorkehrungen getroffen, um einen Sturz oder nur ein Straucheln zu vermeiden. Die sicherste Strategie zur Vermeidung eines Leitersturzes war aber immer noch, Leitern zu meiden. Und für Misteln hatte er auch gar keine Verwendung.

Meine Mutter hatte sich mit der Herstellung und dem Verkauf von Naturkosmetika von meinem Vater – ein schweigsamer Wirtschaftsgeograf, der Schutz vor der Welt hinter seinen Karten und Büchern fand – emanzipiert. Früher hätte ich viel darum gegeben, einmal die Anziehungskräfte zu spüren, die die beiden aufeinander haben wirken lassen, mit dem Ergebnis zweier Söhne und eines gemeinsamen Hauses, von dem sich beide nicht trennen konnten. Überall standen bei uns Kartons herum, Waagen, Destillatoren, Zentrifugen. Es roch betörend nach dem Holz des

Amyrisbaums, zitrusfrischem Bergamottöl, blumigem Davana und harzigem Elemi. Mein Vater räumte ständig auf, ohne sich je zu beklagen. Worüber auch, er war ja derjenige, dem Unordnung Angst machte, nicht meine Mutter.

Mein Vater sagte, nach dem Sturz konnte sie noch sprechen, sich aber nicht mehr bewegen. Regungslos im Gras liegend, hätte sie ihre Situation nicht begriffen, sie tat einfach so, als wäre sie dummerweise für eine kurze Zeit mal auf die Hilfe anderer angewiesen, gleich würde sie wieder aufstehen und bald wieder topfit sein. So drehten sich ihre letzten Worte um das, was alles getan werden müsse, bis sie wieder beweglich wäre, und das könne sich ja nur um Tage handeln.

»Die Tagescremes müssen ausgeliefert werden, ich brauche neue Umverpackungen, die Preisliste und der Katalog müssen aktualisiert werden. Ein Zertifikat ist abgelaufen und muss erneuert werden, eine Pressemeldung für den neuen Amethyst-Conditioner muss raus.«

Der Notarzt flüstert meinem Vater zu, dass keine Hoffnung mehr bestehe.

»Gerda, wir müssen Abschied nehmen. Deine Verletzung ist ...«

»Unsinn! Ich bin in ein paar Tagen wieder fit!«

»Ich liebe dich!«

»Jetzt werd nicht albern, Bert. Du weißt ja gar nicht, wovon du sprichst. Hol Lasse, ich muss ihm was Wichtiges sagen! Und hör auf zu heulen.«

»Lars ist gerade im Ausland. Es wird dauern, bis er hier ist.«

»Na gut, dann sag ihm ...«

Keine Ahnung, was sie mir noch mitteilen wollte. Dass die Mehrwertsteuervoranmeldung dringend raus muss? Dass ich auf meinen kleinen Bruder aufpassen soll? Nach der Beerdigung saß mein Vater noch eine Woche lang wortlos zwischen den gestapelten Kartons revitalisierender Cranberry-Bodymilk, dann ließ er alles als Spende vom Frauenhaus abholen.

Mein Bruder ist genau wie mein Vater. Seit dreißig Jahren lebt er in einer Kleinstadt in der Rhön als Beamter. Ich erzählte ihm neulich am Telefon von meinem Zustand und lud ihn zu meinem Ritual ein. Die Teilnahme konnte er mir schon in diesem Moment absagen: Wie ich wüsste, würde er doch in diesem Zeitraum wie immer jedes Jahr Urlaub in Österreich machen. Für eine ordentliche Beerdigung hätte er seinen Österreich-Urlaub bestimmt sausen lassen, aber darüber sprachen wir nicht. Hätte ich ihm meine Kompostierung als Äquivalent zu einer ordentlichen Bestattung nach kirchlichem Ritus erklären wollen, er hätte vielleicht empört aufgelegt.

Immerhin hat er mich neulich besucht. Die Bahnfahrt war noch ganz nach seinem Geschmack gewesen, aber vom Hauptbahnhof bis zu mir war es ein Weltreiseabenteuer der Unübersichtlichkeit, Reizüberflutung und Widersprüchlichkeit mit allem, was ich liebe und meinen Bruder wahnsinnig macht: sieben Stockwerke im Berliner Hauptbahnhof, Tausende Wegweiser führen einen ständig im Kreis herum, achtjährige Zigarettenverkäufer, Baustellen, Behindertendemos, Schwulendemos, Stromausfall, Bundesregierung, reiche Russen, arme Russen, Verschleierte, Nackte, böse Busfahrer. Und dann bei mir die totale Stille im Haushalt eines Gelähmten. Mit meinem Mitleid für sein langweiliges Leben konnte er ebenso wenig anfangen wie ich mit seinem für mein unstetes. Nun ist meines ziemlich zum Erliegen gekommen, und ich will sein Mitleid immer noch nicht, denn der Deal meines Lebens war superfair.

Dann passierte etwas, was mich total überraschte: Als mein Bruder mich aus dem Rollstuhl hob, tat er das mit einer Behutsamkeit, die im Kontrast stand zu der Sicherheit, mit der er genau wusste, wie er mich anfassen musste. Mit wenigen wortlosen Handgriffen stellte er mir den Rollstuhl neu ein, sodass ich zum ersten Mal überhaupt bequem darin sitzen konnte. Klar, er hat nach seinem Zivildienst in einem Wohnheim, für Behinderte noch lange ehrenamtlich dort gearbeitet, während ich in einem Songcontest Mädchenträume beflügelte. Da hatte er die Fähigkeiten und die Routine erworben, mit der er dann meine ganze Wohnung in eine Umgebung verwandelte, in der ich mich einigermaßen souverän aufhalten kann. Meinen Werkzeugkasten, den ich, glaube ich, in meinem ganzen Leben noch nicht angerührt habe, hatte er sofort und ohne mich fragen zu müssen, gefunden. Ich hätte ihm ohnehin nicht sagen können, wo der war.

Er schraubte, dübelte, bohrte hier und da, und schon komme ich besser an Wasserhähne, Kühlschrankinhalte, Wäsche etc. ran, liege besser im Bett und kann Lampen, Computer und Heizung bedienen, ohne mich dabei in Lebensgefahr zu bringen. Ich weiß, dass mein Bruder irgendwo in seinem demonstrativ bürgerlichen Gemüt eine Rock'n'Roll-Sehnsuchtsecke pflegt, und ich schenke ihm Original-Vinyl-Anpressungen von den *Ramones*, den *New York Dolls* und Lydia Lunch. Die ganze Verachtung für mein verlogenes, oberflächliches Leben weicht für einen Moment einem romantischen Gefühl von Ehrfurcht.

»Boah, Lasse ...«

Seine Augen glänzen ein bisschen. Wir hatten unseren sehr eigenen Abschied. Ich wollte ihn umarmen, physisch ging das nicht. Dafür war seine Umarmung wieder ebenso fest wie behutsam. Benno fuhr ihn zum Hauptbahnhof und ließ ihn nicht allein, bis er im Zug saß.

Die Gästeliste verändert sich. Der Bürgermeister ist kürzlich rausgeflogen. Er hat sich nichts zuschulden kommen lassen, in Gegenteil. Aber je näher das Ereignis kommt, desto ernster wird die Sache, ich möchte vertraute Menschen um mich herum. Ich werde meine Eltern einladen, auch wenn sie nicht mehr am Leben sind. Ich werde sie mit dem wertschätzenden Gefühl guter Erinnerungen einladen, dann werden sie schon kommen. Sie waren keine schlechten Eltern, aber auch keine guten. Ich hatte die Eltern, die ich verdient hatte. Es ist das erste Event meines Lebens, bei dem ich die Gästeliste ohne strategisches Kalkül zusammenstelle. Na ja, es ist ja auch wirklich mein letztes. Jetzt rücken mehr Menschen nach, die aus meinem Leben längst verschwunden waren, aber darin eine bedeutende Rolle gespielt hatten: ein früherer Geschäftspartner, eine Exgeliebte, Künstler. *The Last Whales* war eine Band aus Finnland. Krasse Chaoten, die ständig ihre Reisepässe vergaßen und dass es in Deutschland nicht jeder lustig findet, mit »Heil Hitler« begrüßt zu werden. Wir tourten monatelang quer durch Deutschland und Europa, schliefen oft genug in unserem Bus und verkifften drei Tage in einem Kaff in der Normandie, um auf ein gebrauchtes Ersatzteil für den Bus zu warten. Irgendwann waren *The Last Whales* berühmt geworden, aber touren wollten sie nur mit mir. Ich nahm Kredite auf, pumpte meine Eltern an und verkaufte meine geliebte Plattensammlung. Wir übernachteten in Hotels und mussten lernen, was ein Bidet ist, wie man Massagedüsen bedient und dass Franzosen blöde Fragen stellen, wenn sie auf dem Glas eines Bilderrahmens, der einen Kunstdruck von Henri Matisse schützt, linienförmige Spuren weißen Pulvers finden. Die letzte Tour mit *The Last Whales* hatte ich kurz nach Nellys Tod. Jedes Konzert dieser Tour widmeten sie Nelly. Unvergesslich.

Nelly hat meine Rede zu ihrer Beerdigung nicht miterleben können. Dabei war sie eigentlich vor allem an sie gerichtet! Ich fänd's toll, wenn bei meinem Abschied Reden gehalten werden. Solche, die meine Lebensleistung würdigen, die gemeinsame Erlebnisse schildern, die aufzeigen, was von meiner Arbeit, meinen Ideen und von meinem Wesen in die Zukunft nachwirken wird. Ich werde eine solche Rede, die die Anwesenden würdigt und ehrt, auf jeden Fall halten.

Aber wo gehe ich hin? Niemand weiß das, aber wie Tobias so schön gesagt hat: Gerade darum können wir es uns aussuchen. Meine Vernunft und meine Bildung sagen mir: Da kommt gar nichts. Das Nichts ist aber nicht gerade sexy. An dieser Stelle kann ich also meine Vernunft nicht gebrauchen. Anstelle eines Nichts, stelle ich mir das, was auf mich zukommt, so vor: Der Ritualraum leert sich langsam, die Gäste lösen sich in Luft auf, einer nach dem anderen. Für eine schöne Weile sind da nur ein lauer Luftzug und das vom orangefarbenen Vorhang angewärmte Licht. Der Raum wird größer, dehnt sich aus ins Unendliche. Schlafende Menschen erscheinen, sie liegen friedlich auf dem Boden. Einige kenne ich: der Bürgermeister. Cynthia. Die alternde Schlagersängerin. Ein Dealer, der mich mal übel abgezogen hat. Kati. Der Bassist von *The Last Whales*. Meine Balkonnachbarin. Der Architekt vom Heaven's Gate. Eine Exgeliebte. Der Wirt von meinem Stammbistro *Four Winners Only*. Mein Friseur. Die Frau vom Käseladen. Lissi, die Assistentin, die ich entlassen musste. Einer der hungerstreikenden Flüchtlinge. Darius, der Koch. Severin, mein früherer Partner. Anette, meine Lieblingsprostituierte. Herr Herbst, der Kläger. Billie, der Ex-Popstar und Hotelzimmervandale.

Sie liegen so da, atmen ruhig und schlafen friedlich. Ab und zu beginnt einer von ihnen damit, die Stirn zu runzeln und macht schnarchige Geräusche dazu, sein Schlaf wird unruhig. Meine Aufgabe ist es dann, ihn zu beruhigen, indem ich seinen Kopf streichele und ihm gut zurede. Manchmal ist es auch ein wenig anstrengend, zum Beispiel bei dem einsamen Nachbarn: Er war nie unfreundlich, aber man hat ihn auch nie etwas sagen hören. Jetzt wälzt er sich schwitzend hin und her und spricht im Schlaf, in einer Sprache, die ich nicht verstehe. Ich stelle mir vor, es sind Gefühle schwerer Schuld, die ihn belasten. Ich sage »ist ja gut« und wiege seinen Kopf in meinem Schoß. Die Menschen erscheinen und verschwinden wieder. Ich glaube, wenn sie im Diesseits schlafen, dann erscheinen sie hier im Jenseits als Schlafgeister. Und ich wache über ihren Schlaf.

Eine schöne Vorstellung. Alles schöne Vorstellungen. Trotzdem kriege ich manchmal rasendes Herzklopfen, und Schweiß bildet sich auf der Stirn, und ich kann ihn nicht abwischen, denn mehr als den Joystick meines Rollstuhls kann ich kaum noch bedienen. Meine Bewegungsunfähigkeit und das damit verbundene Gefühl von Ohnmacht bestärken diesen Zustand noch: Ich habe Angst vor dem Nichts. Ich habe Angst vor dem Tod.

Nachlassregelung

Mein Bruder ist die Ruhe in Person. Aber ohne ihn ist es jetzt noch stiller. Ich höre ein bisschen Heilende-Zahlen-Musik und bilde mir ein, dass die Tai-Chi-Figur »In den Meeresgrund greifen und in den Himmel blicken«, die meine Nachbarin gerade macht, perfekt dazu passt. Da kommt ein Alert von Wendys Webcam. Ich gehe sofort drauf.

»Wendy? Hallo Wendy! Hier bin ich, in dem Bildschirm!«

»Lasse? Wie siehst du denn aus! Und wo bin ich hier! Wo ist Sam? Der soll mich abholen! Sofort! Wo steckt der Penner denn! Wir haben ein Shooting morgen, und ich krieg noch Geld von ihm. Er soll sofort herkommen. Und er soll Zeug mitbringen. Mann, scheiße, Lasse, wo bin ich hier? Und wo ist meine Uhr? Verdammt, Lasse, hey, das ist eine verdammte Cartier! Mama! Maaamaaa!«

»Warte, Wendy, ich komme, ich bin gleich bei dir!«

Das war kein Komatraum, das war kein Komaselbstgespräch, Wendy hat mit mir geredet! Zum ersten Mal seit über dreißig Jahren!

Zum ersten Mal bin ich richtig verzweifelt wegen meiner Behinderungen. Ich muss dem Taxifahrer bitten, mir beim Anziehen zu helfen. Der Taxifahrer ist nett und hilfsbereit, versteht aber kaum ein Wort. Er hat sicher auch keinen Taxischein, und es ist mir ein Rätsel, wie es die Illegalen immer wieder schaffen, den regulären Fahrern von der Taxizentrale zuvorzukommen. Wir haben es jetzt beide eilig: Ich, weil ich bei Wendy sein will, bevor irgendwas passiert, der illegale Taxifahrer, weil er verständlicherweise weg sein will, bevor der reguläre aufkreuzt. Während der Fahrt mit einem Schrotthaufen aus den Nullerjahren überlege ich mir, wie ich es Wendy beibringe, dass ihre Mutter schon einige Jahre nicht mehr lebt und Sam erst recht nicht und dass Heroin Chic ungefähr so angesagt ist wie hochgekrempelte Sakkoärmel oder Bundeswehrparkas mit Totenköpfen aus Strass.

Und ich überlege mir, ob das überhaupt eine gute Idee ist, Wendy jetzt im Jetzt zu empfangen. Warum ich? Aber wer sonst? Die Eltern von Lydia sind über achtzig und würden Wendy wahrscheinlich mit der Frage nach ihrer Tochter bedrängen, denn viel Zeit haben sie ja nicht mehr.

Als ich ankomme, ist aber schon wieder alles vorbei: Wendy liegt da wie seit über dreißig Jahren, nicht in der Lage, einer Fliege oder auch nur sich selbst etwas zuleide zu tun. Wenn Wendy mal in diesem Zustand stirbt, ist die Nachlassregelung wahrscheinlich in fünf Minuten erledigt: ein goldenes Kettchen von ihrer Kommunion, ein Stapel Setcards mit Heroin-Chic-Fotos von Sam zur aussichtslosen Bewerbung bei Modelagenturen und ein Schlagzeug im Keller ihrer verstorbenen Eltern. Ihre Mutter hatte es nicht übers Herz gebracht, es wegzuschmeißen, und ihre Geschwister waren zu faul dazu.

Bei mir ist es etwas komplizierter: Es gibt viele Positionen auf der Habenseite, aber auch sehr viele auf der Sollseite. Ich habe aber keinen Schimmer, ob was übrig bleibt oder ob die Kinder draufzahlen müssten.

Olga hat mich fein gemacht: Heute Nachmittag kommen die Kinder, Benno mit Tobias und Karla mit Familie, zur großen Nachlassbesprechung.

»Lieber Benno, lieber Tobias, liebe Karla, lieber Paul, ihr wisst ja, ich hab das Thema verdrängt. Nun, wenn man seinen Nachlass regelt, sollte man ja vielleicht auch wissen, was dieser Nachlass überhaupt umfasst. Ich denke, ich hatte wohl Angst vor dem Ergebnis einer Bestandsaufnahme, deshalb hab ich mich erst gar nicht damit beschäftigt. Jetzt beschleicht mich aber zunehmend das Gefühl, dass das irgendwie nicht okay ist und dass ich nicht mit gutem Gewissen – und eigentlich auch nicht mit schlechtem – gehen kann, bevor ich nicht sagen kann, wie viel Erbmasse denn überhaupt da ist. Aber ehrlich gesagt, bin ich da grad ein bisschen blank.«

Karla wird schnell ungeduldig, wenn man im Gespräch mit ihr so unbestimmt rumeiert. Und wenn's wirklich um was geht, aber die Fakten liegen gar nicht auf dem Tisch, dann wird sie noch ungeduldiger: »Dann lass uns doch einfach wieder treffen, wenn du dir 'nen Überblick verschafft hast.«

Hm. War doch irgendwie eine blöde Idee, so ganz ohne Plan die Kinder einzuladen. Benno hingegen ist natürlich mal wieder bestens vorbereitet. In der nächsten halben Stunde folgen wir einem seiner berüchtigten messerscharfen Plädoyers in Form einer Chart-Präsentation, die er mit einem Beamer an die Wohnzimmerwand projiziert. Dafür muss er erst mal ein Plakat der *Insane Russians* abhängen. Er tut das mit beachtlicher Behutsamkeit. Die *Insane Russians* hätten es einfach runtergerissen. Ich wär jetzt lieber am Vierwaldstättersee.

»Karla, Papa, ich denke, wir können das Ganze ein wenig abkürzen: Wie du dich bestimmt erinnern kannst, hast du mir ja alle erdenklichen Vollmachten schon vor längerer Zeit ausgestellt. Das hat mich in die Lage versetzt, mir ein umfassendes Bild von deinen Vermögensverhältnissen zu machen. Ums kurz zu machen: Von ›Masse‹ kann keine Rede sein, es sei denn, du überraschst uns noch mit einem Koffer voller Kokain oder dergleichen, so richtig wundern würden wir uns darüber nicht, wie du dir vorstellen kannst.

Aber Spaß beiseite, ich erläutere meinen Befund mal anhand der wesentlichen Einzelpositionen: Die *Lasse's Passieren* Event GmbH hat kein eigenes Vermögen. Die Geschäfte laufen ganz okay, aber mangels langfristiger Verträge oder Alleinstellungsmerkmale – du wärest eines, aber ohne dich fällt das ja naturgemäß weg – wäre kein Veräußerungsgewinn zu erwarten. Mit anderen Worten: Der Markt absorbiert, was übrig bleibt, und das war's. Ganz anders beim Heaven's Gate: Bis auf absehbare Zeit ausgebucht und laut Marktforschung und Gutachten von Emmerson/D'hont/Berger zweistellige Wachstumsraten für die nächsten zehn Jahre. Die Kostenstruktur ist überschaubar, wir dürfen auch mit operativen Gewinnen schon in der Phase der Inbetriebnahme rechnen. Wie du dich erinnern kannst, hast du deine Anteile an der Heaven's Gate Dienstleistungen für ein würdiges Lebensende GmbH & Co. KG an uns ... Du kannst dich doch erinnern? Papa? ... Gut, also die hast du jedenfalls Karla und mir laut Gesellschafterbeschluss bereits abgetreten. Die Wohnung hast du Karla und mir ja schon vor Längerem überschrieben, das für dich im Grundbuch eingetragene lebenslange Wohnrecht erlischt naturgemäß mit deinem Ableben. Du hast zwar noch Lebensversicherungen und Wertpapiere, aber das wird gerade reichen, offene Therapie-, Arzt- und Krankenhausrechnungen sowie deine immer rekordverdächtigen Kontoüberziehungen auszugleichen. Dein Lebenswandel hat sich ja umständehalber etwas entschleunigt, wenn ich das so sagen darf, deswegen erwarte ich jetzt keine exorbitanten Spitzen aus laufenden Kreditkartenabrechnungen, die früher gelegentlich Nachkalkulationen notwendig machten.

Du kannst natürlich noch testamentarisch verfügen, was mit deiner weltweit einzigartigen Sammlung ›Dinge, die Stars in Hotelzimmern vergessen haben‹ und Wertgegenständen dieser Art passieren soll. Auf dem Dachboden haben wir auch noch allerhand Sachen gefunden, denen wir nach eigenem Ermessen keinen monetären Wert zuschreiben: zum Beispiel eine uralte, schwer ramponierte Fender Stratocaster. Wenn nicht Jimi Hendrix persönlich sie so zugerichtet hat, ist das einfach Sperrmüll. Entschuldige, ich meine natürlich vom monetären Wertansatz aus betrachtet. Das Gleiche gilt für den Inhalt einer Umzugskiste mit der Aufschrift ›Severin‹: Skizzen, Zeichnungen, Fotos mit ziemlich unappetitlichen Darstellungen, für die es bestimmt ›zwingende künstlerische Gründe‹ gibt, das Foto eines gekreuzigten Hamsters finde ich jedenfalls abstoßend – meine Meinung.

Ach ja, nicht zu vergessen: Dein Jaguar leidet unter fortgeschrittener Korrosion und darf laut internationaler Umweltschutzbestimmungen nicht mal bis zum Schrottplatz fahren. Wir schlagen vor, den Wagen kostenneutral verwerten zu lassen. Karla, hab ich alles korrekt und in deinem Sinne vorgetragen? Danke.«

Bei jedem anderen Menschen würde diese spastisch gelähmte Hand wie eine spastisch gelähmte Hand aussehen. Bei Benno sieht sie aus wie eine Sonderanfertigung, mit der er seine Vorträge gestisch pointieren, Bedeutendes unterstreichen, Wichtiges hervorheben kann. Ein Boxer könnte gegenüber dem vermeintlich benachteiligten Benno einen Vorteil wittern und sich eines frühen Knock-outs sicher wähnen. Und schon liegt er am Boden, weil Benno ihn mit den unwiderlegbaren Totschlagargumenten seiner linken Hand flachgetextet hat.

Severins Kiste sollte eigentlich eine Überraschung sein. Das heißt, wenn ich auspacke mit der Wahrheit über ihren Inhalt, dann werde meine lieben Kleinen aus dem Staunen nicht mehr rauskommen. Und Benno Oberschlau kann seine Aufstellung über mein Vermögen getrost vergessen: Sankt Georg. Ein Künstler, der sein erstes Wohnatelier in der Langen Reihe am Hamburger Hauptbahnhof hatte und mit Vornamen wohl Georg hieß. Severin hatte ihn mal in seiner damaligen Galerie ausgestellt, eine Menge Ärger wegen eines gekreuzigten Hamsters bekommen und mir die ganzen Arbeiten quasi als Kompensation für Geld, das er mir nicht zurückzahlen konnte, überlassen. Ich hab mir damals nicht gemerkt, wie der Typ hieß, und ich fand seine Arbeiten nun auch wirklich nicht besonders. Was ich viel besser fand, war eine Performance, die bei einem meiner Festivals aufgeführt wurde und sich auf den gekreuzigten Hamster von Sankt Georg direkt bezog: ein Dialog zwischen Hamster und Künstler.

»Was machst du da!«

»Heute ist dein Glückstag, Hamster, dein Glückstag!«

»Du lässt mich frei?«

»Dummkopf! Was willst du denn mit der Freiheit? Nein, Hamster, heute mache ich dich zu einer Ikone! Einer Ikone der Verlogenheit! Einer Ikone der Kunst!«

»Ich bin da gar nicht so scharf drauf, ehrlich gesagt. Wenn ich nicht wüsste, dass du eigentlich ein ganz netter Kerl bist, würde ich befürchten, du nagelst mich gleich an ein Kreuz!«

»Da kennst du mich aber schlecht, Hamster: Das sieht nicht nur aus wie eine Kreuzigung, das wird auch eine!«

»Was soll denn daran Kunst sein. Kunst kommt nicht von Können, Kunst kommt von künstlich, aber das hier kommt von gar nichts, kein Können, keine Kunst, nichts!«

»Es will auch nicht von was kommen, es will wohin! Es geht nicht mehr um Authentizität, es geht um Wahrheit, Hamster, um Wahrheit! Weißt du, dass da draußen ein Bürgermeister im Hungerstreik hungert, um dich zu retten? Um zu verhindern, dass du am Kreuz hängst in einer Galerie in seiner Stadt? Was für ein Geschenk, dieser Hungerstreik, Hamster. Wenn er stirbt, wenn der Bürgermeister wirklich verhungert, dann rennen die uns die Bude ein, dann wirst du berühmt!«

»Wie Jesus Christus? Träum weiter, Sankt Georg. What the Fuck, Sankt Georg, du willst hier einen feigen Mord mit einem schwindeligen Imperativ der Kunst begründen, und dabei soll ich leiden und sterben für eine erbärmliche Kopie eines eleganten Zitats, schäm dich, Sankt Georg. Der gekreuzigte Frosch von Martin Kippenberger war eine Skulptur mit schöpferischem Mehrwert. Der Papst intervenierte persönlich!«

»Hast du eigentlich eine Ahnung, Hamster, was aus Jesus Christus ohne Kreuzigung geworden wäre? Niemand hätte sich je für seine Botschaft interessiert. Irgendwann hätte er sich von seinen Jüngern eine Flotte goldener Streitwagen spendieren lassen, bestenfalls, und die Römer hätten das Feuer seiner Strahlkraft mit der Gnade ihrer versöhnlichen Umarmung erstickt. Ein One-Hit-Wonder, bestenfalls.«

»Ich habe aber keine Botschaft, Sankt Georg, und du hast auch keine! Das Kreuz als formales Vehikel überschattet den dürftigen Inhalt. Mann, das ist Stoff aus dem ersten Semester! Also los, bringen wir's hinter uns. Ich seh schon, das Privileg der Jugend: erst die Tat und dann die Reflexion, wenn überhaupt. Jetzt mach schon.«

Dass ich die ganzen Jahre Arbeiten eines Künstlers auf dem Dachboden hatte, der inzwischen in der Tate Gallery in London ausstellte, war mir nicht bewusst – bis vorgestern.

»Okay, Benno, den gekreuzigten Hamster hast du gesehen, aber ist dir auch die Signatur aufgefallen?«

»Vincent van Schrott?«

»Witzbold. Sankt Georg!«

Das hat gesessen. Jetzt kriegt er große Ohren: »Sankt Georg? Das sagst du mir jetzt? Die Chinesen sind verrückt nach Sankt Georg.«

Hilde hat in einem unbeobachteten Moment in der wertvollsten Umzugskiste, die zurzeit in Kreuzberg rumsteht, rumgekramt und läuft laut schreiend zur Mama.

»Ja, mein Schatz, das ist schrecklich, aber weißt du was: Der Hamster ist ganz bestimmt im Himmel. Paps, ich will damit nichts zu tun haben, schaff das weg. Benno, ich will kein Geld für so einen Dreck! Paps, ist diese Kiste der Grund gewesen, uns hier so feierlich antanzen zu lassen?«

Jetzt reicht's, ich werde wütend: »Meine liebe Tochter, erstens ist dieser Dreck auf dem freien Kunstmarkt sechs- bis siebenstellige Beträge wert und zweitens ist das nun mal Kunst und kein Dreck! Man kann sich ja auch mal die Mühe machen, so einen Ausdruck in einem sozialen und historischen Kontext zu lesen. Der Hamster war übrigens schon tot. Severins Sohn, der Trottel hat ... ach, das ist jetzt auch egal.«

Endlich sagt Tobias auch mal was: »Es sind unbestreitbar kunsthistorisch bedeutende Positionen. Wir haben nicht das Recht, beliebig darüber zu verfügen. Die Sachen gehören ins Museum.«

Karla läuft noch auf Hochtouren: »Vielleicht noch mit goldener Plakette daneben à la ›mit freundlicher Genehmigung von der ehrenwerten Erbengemeinschaft Wiesenthal‹? Dann verkauf ich das Zeug lieber an die Chinesen. Über dem Kamin eines korrupten Kombinatsdirektors in Shenzhen kann es am wenigsten Schaden anrichten.«

Ich bin gespannt, was Paul jetzt beizutragen hat: »Mir scheint, dass ein wesentlicher Umstand etwas außer Betracht geraten ist.«

Hört, hört, der Paul. In einem kurzen Moment der Stille sehen ihn alle neugierig an: »Der Erblasser ist noch nicht erblasst, wie man so schön sagt. Lasse hat die Freiheit zu verfügen und die Pflicht, das mit der gebotenen Sorgfalt, die der hier zu tragenden Verantwortung gerecht wird, zu tun.«

Hm. Der Paul. Er sagt nie was. Und wenn er dann was sagt, sagt keiner mehr was.

»Also gut, ich treffe eine Entscheidung: Die Werke von Sankt Georg, die sich nachweislich rechtmäßig in meinem Besitz befinden, werde ich zu einem Viertel des aktuellen Marktwertes – bei einem mutmaßlichen Marktwert von einer Million Euro wären das dann also zweihundertfünfzigtausend – einer Auswahl von Museen anbieten. Für die Auswahl wird ein anerkannter Kunstsachverständiger berufen, der sein Honorar aus dem Verkaufserlös bezieht. Der Preis steht fest. Es gewinnt dasjenige Museum, das nach Auffassung einer Jury, die unser Kunstsachverständiger bestellt, das beste Konzept zur dauerhaften Ausstellung der Werke vorlegt. Gerne mit zwei Auflagen. Erstens: Die Werke werden auch wirklich ausgestellt. Zweitens: Kritische Deutungen kommen in der Ausstellung genauso zu Wort wie anerkennende.«

Ich bin müde. Hilde ist auch müde. Wir stellen übereinstimmend fest, dass die wesentlichen Punkte besprochen sinds.

Ich bin wieder mit Olga allein. Olga räumt auf. Ich bin froh, dass ich es überstanden habe. Und ich bin erleichtert, dass ich meinen Leuten keine Schulden hinterlasse.

WUNDERMITTEL

Februar 2026

Neue Hoffnung
Anruf von Prof. Dr. Sennft aus Leipzig. Er ist sehr aufgeregt. Spricht unzusammenhängende Sätze, es gäbe ein neues Medikament, möglicherweise ein Wundermittel. Er wisse, es sei nicht sehr wissenschaftlich, sich so euphorisch zu ereifern, aber die Tierversuche seien sensationell verlaufen und ich, Lasse Wiesenthal, sei ausgewählt worden, an einer Versuchsreihe teilzunehmen. Stationär, in der Universitätsklinik in Leipzig. Ich wäre einer von zwölf Probanden, lauter nette Leute, mit denen ich vier Wochen eine eigene Station bewohne, eigentlich eher eine Art Gästehaus mit dem Komfort eines Kurhotels auf dem Gelände der Klinik. Ach übrigens, es gehe dabei nicht mehr nur um die Behandlung von Symptomen – die vollständige Heilung scheine möglich!

Ganesha, du kleine Rüsselratte, ich werde gleich abgeholt, hörst du? Also wenn das wieder so ein mieser kleiner Scherz von dir sein sollte, dann überleg ich mir was für deinen letzten Stoßzahn!

Alles wie gehabt, der gleiche Rettungswagen, die gleichen Sanitäter, die gleiche Strecke. Aber mit einem ganz neuen Ziel vor Augen; Heilung. Seit meiner Diagnose hat es niemand gewagt, dieses Wort auch nur zu denken. Nee, das ist nicht Ganeshas Handschrift, das ist auch gar nicht sein Format. Es fühlt sich echt an, richtig gut, besser als der Gedanke an ein noch so tolles Ende im Heaven's Gate.

Was mache ich dann mit meinem neuen Leben? Ich könnte endlich mal bei meiner Nachbarin klingeln. Ich könnte ein Haus des Lebens bauen, die Lebenserfahrung des totalen Augenblicks als das ultimative Event: Das Haus der Achtsamkeit. Kati und Tobias würden bestimmt mitmachen. Benno sicher auch, wenn die Zahlen stimmen, hahaha. Ich werde Hilde ein großartiger Großvater sein und eine großartige Großmutter dazu, verlass dich auf mich, Nellylein. Heute rauche ich übermütig eine Zigarette mit den Sanitätern, die die Söhne der *Insane Russians* sein könnten. So, wie sich das gerade anfühlt, werde ich die *Insane Russians*, die einen sehr kurzen Teil ihrer sehr kurzen Jugend mit mir verbrachten, wohl um viele Längen überleben.

»Herr Wiesenthal! Schön, Sie zu sehen!«

Prof. Dr. Sennft kommt schon von Weitem mit weit ausgebreiteten Armen und wehendem Kittel auf mich zu. Mit einem sehr dezenten Kopfnicken bedeutet er meinem Pfleger, dass er selbst, der Herr Professor, nun meinen Rollstuhl schieben wird, der Pfleger dürfe sich entfernen.

»Kommen Sie, die anderen warten schon, alle sind ganz gespannt darauf, Sie kennenzulernen.«

Er schiebt mich übers Außengelände und redet dabei voller Eifer über Studienergebnisse und Doppelblindstudien. Wir rumpeln über Pflastersteine und durch Kiesformationen, und ich verstehe gar nichts. Das Gästehaus ist ein hübsches Backsteinidyll aus dem neunzehnten Jahrhundert mit mächtigen Kastanien davor. Die Kastanien schirmen uns elegant von den modernen Werkshallen der Gesundheitsfabrik ab.

Im Speisezimmer begrüßt uns, also meine Mitversuchsratten und mich, der Professor nun offiziell mit einer ebenso eindrucksvollen wie rätselhaften Folienpräsentation über Chancen (Heilung) und Risiken (Nebenwirkungen wie Hautrötungen, Juckreiz, Stimmungsschwankungen usw., oder aber das Zeug schlägt gar nicht erst an) sowie Darreichungsformen (20 Tropfen 4 x täglich). Man wüsste auch noch nicht, wann es wirken würde, man rechne mit mindestens zwei Wochen, bis erste Anzeichen von Verbesserungen nachweisbar oder wahrnehmbar seien.

Dabei raucht er eine Digitalzigarette, die ein Aroma verströmt, das mich angenehm an das Meerschaumaroma des Pfeifentabaks meines Großvaters erinnert. Nur dass die Pfeife meines Großvaters keine mehrfarbige LED-Anzeige und keinen USB-Port hatte.

Wir haben alle nette Einzelzimmer, die in albern übertriebener Deutlichkeit sagen wollen, dass sie keine Krankenhauszimmer seien, jedenfalls keine gewöhnlichen: apricotfarben gestrichen, gerahmte Kunstdrucke mit heiteren abstrakten Motiven, gelbe Vorhänge in Rohseidenoptik, ein kleiner Schreibtisch mit Designerlampe. Keine Frage, hier lässt es sich aushalten.

Ich schlafe ein bisschen. Das heißt, nein, ich schlafe viel, denn keine Hupe, kein Hundegebell, kein Bauchtanzschlager und kein Zickengeschrei aus der Lesben-WG stören meinen Schlummer.

Dann fahre ich runter zum Abendessen und frage mich, warum dieser Treppenlift so viel besser ist als meiner, obwohl ich dem Vertreter der Treppenliftfirma ausdrücklich gesagt hatte, dass ich das Beste wolle, was auf dem Markt sei. Der Preis, den ich bezahlt habe, hat zu diesem Anspruch jedenfalls ganz gut gepasst. Die Fahrt mit diesem Treppenlift ist in allen Phasen von der Anfahrt über die Kurven bis zum Ankommen absolut sanft und ruckelfrei. Das Fahrgeräusch ist ein dezentes, leises Sirren. Die Fußbank lässt sich mit der Fernbedienung ausklappen, die Armlehnen sind hochklappbar. Der Joystick ist riesig, sodass man ihn auch mit dem Unterarm bedienen kann. Wunderbar.

Meine Mahlzeiten werde ich in den nächsten Wochen an einem Vierertisch einnehmen: Roswitha hatte einen Teeladen in Wilhelmshaven, Ostfriesland, den sie wegen ihrer Krankheit schließen musste. Allerdings leidet sie mehr darunter, nicht mehr segeln zu können. Helmut ist Lehrer in einer ostdeutschen Kleinstadt. Nett und unbedarft, hat seine vertraute Umgebung wahrscheinlich selten verlassen und scheint zu glauben, das Gästehaus für Versuchsratten auf dem Campusgelände der Universitätsklinik in Leipzig sei irgendwo auf einem anderen Stern, wo man ungestraft kleine Frechheiten begehen kann: »Wie machen Ostfriesen ihre Milch warm? Sie zünden ihre Kühe an!«

Hahahahaha, Helmut biegt sich vor Lachen. Ich zwinkere Roswitha zu, die zurücklächelt und mit eindeutigen Gesten zu verstehen gibt, dass sie Helmut genauso peinlich findet wie ich. Jamal ist ein begnadeter junger Musiker, dem seine Krankheit und sein Migrationshintergrund im Weg stehen, weil er ständig glaubt, benachteiligt zu sein, obwohl das Musikbusiness einfach für jeden eisenhart ist. Und ich, ich bin einfach nur der Lars. Ich mach Kultur in Berlin, das muss hier reichen.

Ich ziehe mich zurück in mein kleines, behagliches Zimmer. Jetzt erinnern mich der klinisch saubere Linoleumboden und die Schwesternklingel daran, dass ich mich in einem Krankenhaus befinde. Ach du Scheiße ... kein Netz. Und zwar wirklich gar kein Netz! Wann war ich das letzte Mal in einem Funkloch? Genau, bei den Suruaha am Amazonas auf der Suche nach einem Sterbehilfemittel. Ich hätte nicht damit gerechnet, dass ich auf der Suche nach einem Lebenshilfemittel in Leipzig an der Weißen Elster wieder von Allem abgeschnitten sein würde.

Insgeheim hatte ich ein bisschen darauf gehofft, dass Pornstar mich ins Bett bringen würde. Nun, damit war nicht wirklich zu rechnen, von den gefühlt dreitausend Mitarbeitern wird sie als Medizinisch-technische Angestellte sicher nicht für die Pflege eines verhältnismäßig jungen Lustgreises mit schwindender Manneskraft auf der Suche nach seiner neuen sexuellen Identität abgestellt werden.

Stattdessen kommt Elena. Auch sie ist hübsch und nett und bemüht, kennt keinerlei Berührungsängste auch mit dem, was man als junge Frau vielleicht nicht so gerne anfasst, aber gerade das ist mir recht, weil ich es selbst nicht kann. Ich staune sehr: Auch Elena trägt Unterwäsche der Marke *Pornstar*. Aber auch das befeuert in mir gar nichts. Ich bin einfach froh, schließlich sauber im Bett zu liegen.

Ich träume heftig unsinniges Zeug: Prof. Sennft hat plötzlich das Gesicht von Tobias und zieht eine Giftspritze auf. Cynthia, die Entstellte, stellt sich schützend vor mich. Dann ändert auch sie ihr Gesicht, jetzt zeigt es das der Schönheitskönigin, allerdings mit dem Ausdruck einer bösen Hexe. Sie fixiert mich schmerzhaft auf einer Bahre. Neben mir liegt Hermann Hartung, unser Bauunternehmer, in seinem Betonbett. Nelly tätowiert sich selbst am Rande sitzend und völlig unbeteiligt und unbeeindruckt kleine Hubschrauber auf die Oberschenkel, und Karla strickt Hilde einen *Pornstar*-Pullover. Kati macht einen Spalt die Tür zum Operationssaal auf, steckt ihren Kopf rein und ruft, dass ich nicht sonen gequirlten Quark träumen soll und überhaupt sei es jetzt Zeit zum Aufstehen.

»Guten Morgen, Herr Wiesenthal! Ihre Tropfen!«

Schwester Marietta lacht mich mit großen weißen Zähnen an. Das muss sie auch, um ihrer unbedingten Aufforderung, das Zeug sofort und unter ihrer Aufsicht und Zeugenschaft herunterzuschlucken, die notwendige Autorität zu verleihen, ohne dabei unfreundlich bevormundend zu wirken. Der Geschmack verhält sich »umgekehrt proportional zur erhofften Wirkung« würde Benno jetzt sagen. Benno! Mein Junge! Mit ihrem Funkloch wollen die hier vielleicht erreichen, dass die Patienten nicht den ganzen Tag mit Angehörigen rumstressen und womöglich nach Wirkstoffen und Alternativtherapien googeln.

Okay, Benno, mein Job ist jetzt einfach dieser Versuch hier und sonst gar nichts. Und – ganz ehrlich, der Job ist eisenhart: Ein Assistenzarzt Marke »übermüdet und schlecht bezahlt« verlegt in meinem Unterarm eine Art Pipeline, aus der man jederzeit frisches venöses Blut für dringend benötigte Laborwerte abnehmen kann. Elektroenzephalogramme der allerneuesten Entwicklung werden vorgenommen, nicht einfach im Ruhezustand, sondern auch unter gleichzeitiger motorischer wie kognitiver Belastung. Zum Beispiel eine Perlenkette auffädeln und dabei einen Zungenbrecher wie *Kranke Kater kratzen kraftlos kahlen Kragenkatzen krabbenkauend Kreise hinters Ohr* nachsprechen.

Die Tage plätschern dahin, ohne Veränderungen, ohne Überraschungen. Ich kann machen, was ich will, und begebe mich in den Aufenthaltsraum. Der Aufenthaltsraum ist eine Art Wohnzimmer mit Bibliothek und großem Fenster zum Garten. Der Garten ist im Süden, weit entfernt von der Gesundheitsfabrik im Norden. Ich langweile mich köstlich bei der Lektüre von Illustrierten, die hier rumliegen: Der neue Vorstandsvorsitzende von VW ist ein Chinese, der bei

Worpswede einen Biobauernhof betreibt. Ha! Der Schönheitschirurg, der Cynthia verunstaltet hat, hat seine Praxis aufgegeben und verarztet dafür Kriegsversehrte in der Ukraine. Der seit sechs Wochen andauernde Sexstreik von fünfhundert Millionen indischen Frauen wirkt: neue Gesetze gegen die Unterdrückung der Frau und konsequente Ahndung von Sexualstraftaten.

Roswitha sitzt mir gegenüber. Sie schaut aus dem Fenster. So sieht sie wohl aus, wenn sie auf offener See in ihrem Segelboot dümpelt: in sich ruhend, aber bereit für die Begegnung mit Unbekanntem. Die ganzen Pornstars können mir gestohlen bleiben: Roswitha strahlt die Wärme einer vorübergehend gestrandeten Seglerin aus, die früher mal einen Teeladen betrieb. Vielleicht findet sie ja diesen Artikel bemerkenswert: »Laura Dekker, Extremseglerin und seit fünfzehn Jahren auf allen Weltmeeren allein auf ihrem Boot unterwegs, ist schwanger!«

»Roswitha! Guck doch mal, das ist echt witzig!«

Roswitha setzt sich neben mich auf die Couch. Es stört sie gar nicht, dass ich das Heft auf meinem Schoß liegen lasse und sie so zwinge, mir sehr nahe zu kommen. Sie legt ihren Arm auf die Rückenlehne, so kitzelt ihr Busen meine Nase, und ich werde aufs Angenehmste fast verrückt. Roswitha sagt was, um etwas zu sagen, genauer gesagt, um mir etwas ins Ohr zu hauchen: »Als Seglerin ist man viel allein. Aber man trifft auch viele Segler. Nicht auf See, aber in den Häfen.«

Der Bus ist da, wir werden abgeholt. Die Aquagymnastik-Trainerin ist kurz vorm Platzen vor lauter Energie: »Hopp, hopp, hopp!«

Wir Versuchsratten von Prof. Sennft sind eine exklusive Aquagymnastikgruppe, das klinikeigene Schwimmbad haben wir ganz für uns allein. Vielleicht, damit niemand merkt, dass die Versuchsratten von Prof. Sennft alle unter den gleichen Nebenwirkungen leiden, was auch echt bescheuert aussieht: Wir müssen uns alle ständig kratzen, die Haut juckt am ganzen Körper, auch die Partien, die wir sonst gar nicht mehr spüren. Das sei ein gutes Zeichen! Und weil das ein gutes Zeichen ist und kein schlechtes, kann man ja auch Witze drüber machen, und weil Lachen überhaupt gesund ist, hat uns die Aquagymnastik-Trainerin einen lustigen Namen gegeben: Die Jucktruppe von Prof. Sennft sind die »Twelve Monkeys«. Im Wasser ist der Juckreiz weg. Wir gehen gerne ins Wasser. Ein Kran hebt mich ins Becken. Roswitha wartet schon. Ich habe wohl Qualitäten, die ich bisher nicht kannte. Ich bin hier nur der Lars! Kein *Lasse's Passieren*, kein Heaven's Gate, nichts Tolles. Wir lassen uns mit dem Gesicht nach oben treiben, ziehen uns an, aber stoßen uns nicht ab. Bis zum Aufruf: »Hopp, hopp, hopp!«

Beim Abendbrot kommt's raus, früher oder später musste es wohl so kommen. Helmut ist total aufgeregt, er kann selbst kaum fassen, was er herausgefunden hat: »Jamal, Roswitha, wisst ihr eigentlich, mit wem wir hier am Tisch sitzen? Unser Lars, der war schon mit der legendären Madonna auf der Bühne, hat mit dem Helden von Afrika, Sir Bob Geldof, eine Arrestzelle in Lagos geteilt und die New York Rangers für eine Charity-Gala nach Berlin geholt. Warum so bescheiden, Lasse Wiesenthal?«

»Ich bin einer von den ›Twelve Monkeys‹, mehr zu sein wäre mir hier zu anstrengend. Es geht hier um mein Leben, nichts sonst.«

Roswitha zwinkert mir lächelnd zu. Jamal hört interessiert zu. Madonna findet er wahrscheinlich genauso doof wie ich, und die *Boomtown Rats* kennt er wahrscheinlich gar nicht, dazu ist er zu jung. Aber meine Verbindungen ins Musikgeschäft und meine Nähe zu großen Musikern wirken auf ihn anziehend. Er kann seit Monaten kein Instrument spielen und leidet darunter. Aber er summt und schreibt den ganzen Tag. Ich werde ihn später beiseitenehmen, er hat ein paar Ratschläge verdient.

Frühstück. Aufregung am Nachbartisch: Gisbert? Lief der nicht gestern noch auf Krücken? Der Professor kommt mit wehendem Kittel angerannt. Die LEDs seiner Digitalzigarette funkeln in allen Farben vor Aufregung. Er befühlt Gisbert von oben bis unten, als könne er es noch gar nicht fassen. Eine Traube hat sich um Gisbert gebildet, der dasteht wie eingefroren, wobei er sich zum ersten Mal seit Jahren frei bewegen könnte. Wer ist der Nächste? Roswitha und ich haben es nicht so furchtbar eilig: Unsere Behinderung hat uns gerade erst zusammengeführt. Was wird aus unserer sich gerade anbahnenden Romanze, wenn wir sie plötzlich wieder los sind?

Auf dem Klinikgelände ist eine Bushaltestelle: ein Haltestellenschild, eine Bank, ein Häuschen drumherum, eine Fahrplanhalterung ohne Fahrplan, ein, zwei stumm wartende Fahrgäste. Einen Bus haben wir noch nie gesehen. Heute setzen wir uns rein. Ich mit meinem Rollstuhl neben die Bank, Roswitha neben mich auf die Bank. Wir stellen uns vor, wohin uns der Bus wohl fahren würde. In die Freiheit. Dahin, wo's warm und behaglich ist. Wo's einsam ist – mit mehr Raum für Zweisamkeit. Ein Jung- und Gesundbrunnen im gleichen Aufwasch.

Ein weiterer Fahrgast setzt sich zu uns. Ein alter Mann, der nicht danach aussieht, als würde er einen Ausflug in den Stadtpark zum Enten füttern machen wollen. Er macht eher den Eindruck entschlossener Fluchtbereitschaft. Er mustert uns kurz und hebt an zur Parole, die er sicherheitshalber flüstert: »Für Frieden und Völkerfreundschaft: seid bereit!«

Roswitha ist bereit: »Immer bereit!«

Hatte nicht gedacht, dass ich das mal gut gebrauchen könnte, was ich da neulich von Tobias über sozialistische Appellkultur gelernt habe. Mein Sitznachbar ist aber noch nicht ganz zufrieden: »Großes Pionierehrenwort?«

»Großes Pionierehrenwort!«

»Ihr seid neu, ihr wisst nicht, wo ihr seid. Ihr denkt, ihr wäret in einem Krankenhaus. Dabei behandeln die hier gar nicht, im Gegenteil, sie vergiften dich, damit sie dich hier kontrollieren können.«

Roswitha ist skeptisch:

»Das ist ein schwerer Vorwurf. Können Sie das beweisen?«

Der Mann entfaltet ein Merkblatt der Klinik für demente Patienten und zeigt auf den Briefkopf mit dem Slogan: »Na? Fällt dir was auf?«

»Da steht: *Forschen Anwenden Stärken Heilen*. Das macht Sinn für eine Klinik, oder?«

»Ha! Sieh dir doch mal die Anfangsbuchstaben an! F.A.S.H. Na? Klingelt's?«

Wir starren auf die Anfangsbuchstaben F.A.S.H. Wir glauben, der Mann ist verwirrt und fantasiert sich da was zusammen, aber es interessiert uns, was in ihm vorgeht: »F.A.S.H.? Und?«

Der Mann sieht sich um und flüstert: »Mensch, Genossen, hinter all dem steckt die *Front für den Aufbau* einer *Sozialen Heimat*! Die wollen unsere Republik unterwandern. Im Zentralkomitee, im Ministerium für Staatssicherheit, in mehreren landwirtschaftlichen Produktionsgenossenschaften und volkseigenen Betrieben, im Klub der Intelligenz, überall haben die schon ihre Leute!«

Irgendetwas an Roswitha macht den Mann plötzlich misstrauisch. Er beugt sich umständlich zu mir herüber und flüstert mir zu, dass ich vorsichtig sein solle, meine Begleiterin sei möglicherweise auch eine Agentin der F. A. S. H.

Ein weiterer Mann setzt sich zu uns und erzählt: »Es geschah in einem Bushäuschen, das aussah wie dieses hier. In einer tristen, einsamen Gegend am Stadtrand. Ich hatte den Fahrplan nicht verstanden und musste warten. Es wurde dunkel. Eine Gruppe Jugendlicher kam. Sie schlugen, traten und beschimpften mich: ›Was machst du hier? Du nervst! Niemand braucht dich, alter Mann.‹

Ich hatte Todesangst, aber sie wollten mich nicht umbringen. Sie wollten, dass ich ihre Macht spüre und meine Ohnmacht. Als ich wehrlos am Boden lag, schimpften sie weiter: ›Eine Scheißwelt hinterlasst ihr uns. Ihr nehmt uns die Luft zum Atmen. Geht sterben!‹

Als ich schon dachte, es wäre vorbei, sagte das einzige Mädchen aus der Gruppe: ›Dein Geld und dein Handy.‹

Also gab ich ihr mein Geld und mein Handy. So war's, das ist die Wahrheit! Nichts mit Freie Deutsche Jugend. So wahr, wie das hier keine Bushaltestelle ist. Hier wird niemals ein Bus halten. Zu oft hat man entlaufene Demente an den Bushaltestellen der Umgebung einsammeln müssen, die alle auf Busse warteten, die niemals kamen. Die Leute sind glücklich mit ihrer Scheinhaltestelle. Das ist Klinikdeutsch, weißt du? Scheinhaltestelle! Die Schwestern haben gesagt, ich soll's nicht verraten. Ich verrate es trotzdem. Ich kann Lügen nicht ausstehen. Außerdem hast du das in 'ner halben Stunde eh wieder vergessen. Diese Kinder! Ich bete für sie.«

Wir gehen, die Männer bleiben. Am Mittag werden die beiden in den Speisesaal der gerontologischen Station gehen, wir in unseren Salon der Versuchsrattenvilla. Nachmittags flüstert uns der junge Pionier auf dem Klinikflur wieder mit seinen Parolen an. Die ganze Geschichte noch mal, mit Agenten im ZK und MfS usw. Und dass ich mich vor meiner Begleiterin in Acht nehmen soll. Dann geht er wieder zur Bushaltestelle und warnt längst gewarnte Patienten vor den Umtrieben der F.A.S.H., wobei manche Patienten sich nicht mehr daran erinnern können, den Vortrag schon öfter gehört zu haben.

Roswitha und ich trennen uns. Ist ja nur bis zum Abendessen. Ich bin erschöpft und muss mich hinlegen. Aber kaum in meinem Zimmer angekommen, ruft mich eine Schwester: »Herr Wiesenthal, kommen Sie bitte mal zum Stationstelefon, ein Anruf von Ihrem Sohn!«

Benno! Mein Junge!

»Moment, ja, ich komme!«

Mit so einem Rollstuhl kann man richtig schnell sein, wenn man's eilig hat.

»Benno, mein Junge, wie geht's?«

»Ganz okay, und dir?«

»Na ja, der große Durchbruch ist noch nicht geschafft. Mal sehen, wie's weitergeht.«

»... du, Papa, sag mal, Karla und ich, wir haben beim Aufräumen was gefunden, also, ich muss schon sagen, dass du uns ...«

»Oh, Mensch Benno, ja, das wollte ich euch noch sagen, also ich hab ein paar Gramm ...«

»Ein paar Gramm? Hundertdreiundvierzig Gramm Kokain, um genau zu sein! Das sind nicht ein paar Gramm. Das ist auch kein Eigenbedarf! Scheiße, Papa, weißt du, was du uns da eingebrockst? Meine Zukunft, meine Existenz hab ich auf deiner Firma aufgebaut. Und du bringst mich in so eine Gefahr!

Und dann dieser Abschiedsbrief! Hör zu Papa, ich les ihn dir vor, der war da, wo auch das Koks war, also hör zu: ›Sagt meiner Mutter, dass es mir leidtut. Ich habe den Anfang nicht erkannt und auch nicht das Ende. Ich wollte euch sagen, wie's läuft, dabei weiß ich selbst nicht, was was wert ist. Ich habe keinen Anspruch auf gar nichts. Bestenfalls bin ich ein bisschen euren Tod gestorben. Lebt! Lebt, Mama. Ich hab es nicht geschafft. Wendy‹

Papa! Wir wollen so was nicht erben. Wir haben uns mal gefragt, was passiert wäre, wenn nicht wir das gefunden hätten, sondern Olga oder eine Putzfrau oder die Polizei! Ach übrigens, das ganze Zeug ist bei Gerold Thon, deinem Freund und Anwalt. Hättest du 'nen besseren Vorschlag gehabt, wie wir damit umgehen sollen, Karla und ich? Wir wollen damit nichts zu tun haben! Hätte ich das woanders gefunden, hätte ich sofort die Polizei gerufen. Soll ich zur Polizei, Papa, soll ich das? Deinen Anwalt scheint das gar nicht zu schocken, was ist der denn von dir gewohnt? Steckt der da mit drin? Hast du noch mehr von dem Zeug irgendwo rumliegen?«

»Benno, es tut mir leid, ehrlich. Das Zeug ist über zwölf Jahre alt, ich hab selbst nicht mehr gewusst, wo ich das gebunk... also wo ich das versteckt hatte. Der Brief ist über dreißig Jahre alt, da kannte ich Mama noch gar nicht. Benno, du kannst natürlich zur Polizei gehen und sagen, wo du das gefunden hast. Aber bei Gerold ist das in guten Händen und wird auch keinen Schaden anrichten. Benno, mach, was du für richtig hältst. Es tut mir leid, ein Vater sollte seinen Sohn nicht in so was reinziehen.«

»Ja, Papa, Scheiße, Papa, da hast du echt, echt richtig Scheiße gebaut. Wie bekommt dir das Wundermittel? Taugt das was?«

»Ein Patient aus unserer Versuchsgruppe kann wieder laufen. Ich merke noch nichts. Wie läuft's eigentlich auf der Baustelle?«

»Schieflage total, der Turm von Pisa ist 'n Scheiß gegen unser Heaven's Gate. Im Ernst: Es ist ein Wettlauf mit der Zeit. Man sieht schon erste Risse im Stamm. Sehr feine Risse. Aber der Schwerpunkt unseres Gebäudes ist so gelagert, dass die ganze Statik schnell instabil wird. Der Statiker, der das alles berechnet hat, kann übrigens gar nicht rechnen, sonst hätte er längst gemerkt, dass er schon seit Langem pleite ist und dass er es versäumt hat, sich ordentlich gegen Haftpflichten versichern zu lassen. Jetzt müssen wir in Vorleistung gehen und gucken, was er irgendwann mal und ob überhaupt zurückzahlen kann. Morgen werden tiefe Löcher unter das Fundament gebohrt, und dann wird da Expansionsharz reingepumpt, und dann zeigen uns die Präzisionslaser hoffentlich an, dass wir wieder voll im Lot sind. So weit zur Schieflage.

Außerdem haben wir uns zunehmend mit Minidrohnen herumzuschlagen. Fliegende Untertassen in der Größe von Untertassen. Sie fliegen in Verbänden von acht bis zehn Stück in sehr geringer Höhe. Niemand weiß, wo sie herkommen, keiner weiß, was sie wollen. Und wenn man eine fängt, zerstört sie sich selbst. Ein Arbeiter wurde gestern von so einem Ding am Kopf getroffen, ein anderer ist vom Gerüst gefallen bei dem Versuch, eine Drohne mit einem Schraubenschlüssel vom Himmel zu holen. Zum Glück ist er nur leicht verletzt. Also bitte, Papa, wenn du noch irgendwo Drogen, Waffen, Falschgeld, Diebesgut oder Leichen im Keller rumliegen hast, dann sag das jetzt, denn wenn ich noch mal über so was stolpere, dann geh ich nicht mehr zu Gerold. Dein sauberer Freund und Anwalt ist mir nämlich nicht ganz geheuer, ehrlich gesagt.«

»Nein, Benno, da ist nichts mehr, bestimmt nicht!«

»Wir vermissen dich Papa. Wir hoffen, dass das Mittel anschlägt. Wir ...«

»Benno? ... Benno? Ich liebe euch.«

»Gute Nacht, Papa.«

»Gute Nacht, mein Junge.«

Schuldgefühle halten mich noch eine Weile wach, und ich wälze mich mühsam hin und her und vor und zurück.

Nachts habe ich Schmerzen. Erst im rechten Bein. Später im linken. Am frühen Morgen die Hände. Dünn, wackelig, ungewohnt, mühsam ... aber es geht. Die Lähmungen sind gewichen! Ich kann laufen! Da ist es: das Wunder.

Es ist noch lange hin bis zum Frühstück, ich »laufe« rüber zu Roswitha, ihr Zimmer liegt zum Glück auf dem gleichen Flur. Ich muss mich allerdings alle paar Meter festhalten, und es dauert ewig und tut weh, denn ich hab ja kaum noch Muskeln. Sie staunt und freut sich für mich. Aber ich bilde mir ein, dass sie auch ein bisschen Angst hat: Wenn ich geheilt werde und sie nicht, wird uns das wieder auseinanderbringen? Gestern noch hat sie mich im Schwimmbecken vom Kran entgegengenommen, jetzt laufe ich ihr auf dem Weg zum Frühstücksraum fast davon. Im Frühstücksraum treffen wir auf drei weitere medizinische Wunder.

Ein sehr angenehmer Effekt ist, dass die Nebenwirkung des Juckreizes abklingt, sobald die Hauptwirkung eingetreten ist und die Lähmungen zurückgegangen sind. So kann ich Roswitha mit voller Zuwendung den Rücken kraulen, ohne selbst vom Juckreiz eingenommen zu sein. Jetzt sind noch sieben der ursprünglich »Twelve Monkeys« übrig. Leider gehört Jamal auch dazu. Jamal ist tapfer und gottgefällig. Mit seinem Gottvertrauen wird er jedes Schicksal als gottgewollt ertragen, wissend, dass dies einen höheren Sinn hat, den er nicht kennen muss. Er summt ein neues Lied, das er hier geschrieben hat. Wir stellen uns vor, er summte es für uns. Er ist unser Amor, seine Lieder sind seine Pfeile, süße Pfeile, von denen wir nicht genug kriegen können.

Prof. Dr. Sennft erscheint, im Gefolge einige Anzugtypen, wahrscheinlich Pharmamanager, notdürftig mit hastig übergeworfenen Kitteln als Klinikzugehörige verkleidet, die Hände wichtig auf dem Rücken. Prof. Sennft unterstreicht seine bedeutungsvollen Gesten geschickt mit der Verlängerung seiner Hand: dem intelligenten Multi-LED-Lungentorpedo mit Geschmacksalibi.

Ich lasse mich von Pornstar-Elena aus der Umarmung von Roswitha entführen. Schatz! Ist doch nur für ein paar Untersuchungen! Blut, Urin, EEG, MRT, Konzentrationstests, blind auf einem Strich laufen und Rechenaufgaben lösen und so weiter. Die Anzugträger sind immer dabei, und bevor ich das jetzt doof finde, lade ich sie von Herzen ein zu bezeugen, was sie, ohne es mit eigenen Augen gesehen zu haben, nicht glaubhaft würden berichten können. Gesundwerden ist wahnsinnig anstrengend.

Ich fahre mit der Gruppe zum Schwimmbad. Ich mache bescheidene Schwimmzüge und suche einen Platz, wo ich dümpeln kann, während Roswitha mit den anderen verbliebenen Monkeys Aquagymnastik macht. Niemand hat es eilig. Die Monkeys nicht, weil der Juckreiz im Wasser sofort verschwindet. Und ich mag es, bei gedämpfter Schwerkraft meine wiedergewonnenen Glieder auszuprobieren.

Ein kurzer Abend im Aufenthaltsraum. Fast alle anderen sind beim großen Klinik-Bingo im Hauptgebäude. Wir sind zu dritt: Amor Jamal schreibt und summt und beschießt uns sanft mit den Pfeilen seiner Lieder, während ich der verzückten Roswitha den Rücken kraule. Ihre Augen sind geschlossen, ihr Atem warm. Sie erzählt mir von ihrem letzten Segeltörn: »Kurs ›nichts wie raus‹ mit Wasserlinie am Horizont über dreihundertsechzig Grad. Klarheit in der Mitte zwischen oben und unten. Mein Mann hat seinen Hund, seine Frau hat ihr Boot. Bald kommt der Wind, und dann nehme ich ihn, wie er kommt, aber den Kurs bestimme ich. Ich höre Wale singen. Ich kann das, niemand sonst kann das, man muss halt seine Ohren aufsperren. Das mit dem Gesang ist natürlich Quatsch. ›Gesang‹, das ist die Sprache der Mörder. Wale verständigen sich mit unbeschreiblichen Lauten über weite Strecken, über Weltmeere hinweg. Ich weiß nicht, worüber, ich kann kein Walisch. Das nächste Mal werde ich ihnen Mut zusummen – mit einer Melodie von Jamal.«

Die beiden zwinkern und lächeln sich zu. Jamal ist wunderbar. Ich wünsche ihm eine gute Nacht: »Gute Nacht, Jamal, schlaf gut.«

Habe ich eben eine Verbeugung angedeutet? Das war nicht geplant. Aber gefühlt. Jamal würde nie im Heaven's Gate sein Leben beenden. Das würde ja Gott traurig machen! Gott, den Barmherzigen, den Gütigen, den Allererhabendsten, der ihm, Jamal, jeden Tag das Leben schenkt und die Begabung, seine Liebe zur Welt in Melodien zu formen.

»Auch euch eine gute Nacht. Gott mit euch.«

Auch er macht eine dezente Verbeugung mit der Würde eines wahrhaftig Gläubigen, die Augen geschlossen, die Hand am Herz.

Ich stütze Roswitha bis zu ihrem Zimmer. Ja, tatsächlich, ich kann sie ein bisschen stützen, auch wenn ich mich selbst dabei am Handlauf festhalten muss. Roswithas rechte Hand zittert, die zittert eigentlich immer, aber an meiner Wange, da zittert sie nicht mehr. Ein Kuss auf die andere Wange und Tschüss.

Ich träume wieder. Ich befinde mich auf einem Segelboot. Allein mit Kati Singhammer auf dem Vierwaldstättersee. Mehrere Heaven's Gates säumen das Ufer. Zwei Paraglider überfliegen uns, tief, wir können ihre Gesichter erkennen: Benno, mein Sohn, und Gerold, mein Rechtsanwalt. Sie sind übermütig und albern. Huhuu! Huhuhuhuuu! Eine Meerjungfrau taucht auf und gleitet neben uns durchs spiegelglatte, klare Wasser. Nein, keine Märchennixe, keine wasserleichte Nymphe, eine richtige Frau in einem Neopren-Taucheranzug mit nur einem Bein für beide Beine und einer mächtigen Schwanzflosse daran. Sie lacht mich an: Es ist meine Tai-Chi-Balkonnachbarin. Sie summt ein Lied. Es ist ein Lied von Jamal. Ich wache auf. Nein, nicht meine Nachbarin summt Jamals Lied, ein Gespenst summt es, tanzend, direkt neben meinem Bett! Nein, kein Gespenst: Roswitha ist es! Ein Schleiertanz mit Bettlaken.

Schon wieder ein Wunder: Sie breitet ihre Arme aus, in jeder Hand einen Lakenzipfel, sie ist nackt. Und schön. Gut, ihre Beine sind dünn wie meine durch die Lähmung. Ich lege meinen Pyjama ab und biete mich der Schleiergöttin dar. Eine Ahnung von Liebe schmiedet uns zusammen, sodass wir bald nicht mehr wissen, wo der eine aufhört und der andere anfängt. Keine Duftbank der Welt, kein Teekontor zwischen den Fischkisten im Hamburger Hafen, kein Gewürztaumel auf dem Markt von Sansibar, kein Blumenmeer hinter den Höfen von Buxtehude könnte es aufnehmen mit der Gerücheaura, die allein das winzige Grübchen hinter dem linken Ohr der Weltenseglerin Roswitha verströmt. Aber wir wollen mehr, wir wollen Sex! Ich habe nicht nur vier großenteils gelähmte Glieder wiedergewonnen, sondern auch – danke, o du mein Professor – mein Glied der Glieder, einen stattlichen Phallus bereit zur Kopulation, Madame, das ist doch ihr Begehr, Madame Salomé, nicht wahr?

Es ist und so sei es, und doch ist es gar nicht so einfach: Die große Differenz zwischen Lustmasse und Muskelmasse wird aufgefüllt mit Fantasiemasse, und so wird es doch lustig, da könnten unsere Kinder noch eine Menge von uns lernen. Wir machen auch ziemlich Krach und nehmen keinerlei Rücksicht auf lahme Monkeys und solche, die es grad noch waren. Unsere Hormone, diese kleinen frechen Dinger, losgelassen, tanzen Kribbelpogo auf unseren Zungenspitzen. Jetzt wird Roswithas Zunge zu einem anpackenden Muskel. Es war ein bisschen wie als Teenager, ausprobieren, wie das überhaupt geht: noch keine reibungslose Funktion, dafür Spaß an der Entdeckung, und irgendwie ist dann eine gehörige Portion Natur im Spiel, die macht, dass es am Ende doch flutscht.

Danach. Unsere Lungen machen alle Schleusen auf für Berge von Sauerstoff und drosseln im Übrigen sämtliche Antriebe. Roswithas Haut ist wie die Haut eines Wales, die sein Tagebuch ist. Falten erzählen von schwierigen Verhandlungen mit ceylonesischen Teebaronen in Sri Lanka. Sie erzählen von Verkostungen im Hochlandnebel. Von Kundinnen, die einen Assam nicht von einem Sikkim unterscheiden können, aber bereitwillig jeden Preis zahlen. Und Roswithas Falten erzählen von einer Tochter, die sie an einen Vertriebsdirektor der Wohlfühltee-Industrie verloren hat. Ausgerechnet dieser Schwiegersohn hat Roswitha mit einem Überbrückungskredit – »Du kriegst es wieder, Arndt!« – ausgeholfen. Ein Klacks, gespeist aus üppigen Erlösen mit Wohlfühlversprechen wie »Quelle der Zufriedenheit« oder »Dein Moment«. Roswitha spielt mit meinen Fingern. Unsere Hände sind zu ähnlich, um zu wissen, wem welcher Finger gehört, muss man sie bewegen. Oops, das war gar nicht meiner, das war ja deiner!

»Sag mal, Lars, das mit dem Heaven's Gate, überlegst du dir das noch mal?«

»Du meinst, ob ich mich da bald wie geplant ins Jenseits befördern lasse? Hm. Für mich scheint sich ja einiges zu wenden gerade. Ich wäre ja blöd, bin ich aber nicht. Ich blas das ab.«

»Lars, was machst du da? Du willst doch nicht schon wieder ...«

Doch, ich will, wir wollen und wir tun es noch mal, weil's grad so schön war, und dann wickelt uns Roswithas Laken zu einer Doppelgespensterpuppe, schlafend und einen Traum träumend ohne Worte und Bilder, ohne Anfang und Ende. Wir gehen nicht zum Morgen-Scanner, nicht zum Frühstück und nicht zur Tropfenausgabe.

Ich bin neugierig: »Woher weißt du das mit dem Heaven's Gate, hat Helmut das erzählt?«

»Ja, hat er. Und dass du verheiratet warst und deine Frau an Krebs gestorben ist.«

Karla hat recht: Ich habe Nelly bis zur Vergötterung verklärt. Als hätte sie nicht ständig wertschätzende zärtliche Annäherungen zu sexistischen Übergriffen umgedeutet. Als hätte sie nicht ständig abwertende Bemerkungen über meine angebliche Potenzschwäche und mangelndes sexuelles Einfühlungsvermögen gemacht. Als hätte sie mir nicht ständig vorgehalten, ich hätte meine Ideale verraten oder nie welche gehabt und sei doch nur Erfüllungsgehilfe einer staatstragenden Unterhaltungsindustrie. Als hätte sie mir nicht ständig vorgeworfen, ein schlechter Vater zu sein, weil ich beim Geschichtenvorlesen eingeschlafen bin und es überhaupt nicht mitgekriegt habe, als Karla ihre Periode kriegte und ihre halbe Pubertät verheult hat. Dabei sorgte ich für die Familie, und wenn ich Nelly eine neue Studioeinrichtung bezahlte, hatte ich eine Weile Ruhe.

So, jetzt gehen wir aber mal mit großen Augen und speichelsattem Gaumen zum Mittagessen, als gäbe es nichts Besseres auf der ganzen Welt als Hirschkalbsgulasch mit Preiselbeerrahm und Kroketten. Außer Roswitha sind heute noch vier weitere Monkeys ohne Symptome und also keine Monkeys mehr.

Danach Abhängen im Aufenthaltsraum. Eine Printausgabe von *Echtzeitmag* liegt rum. Mal gucken. Ach – du – Scheiße:

HEAVEN'S GATE VERSINKT IM EIGENEN SUMPF

Wasserrohrbruch sorgt für erneuten Stillstand auf Berlins berühmtester Baustelle.

Nachdem erst vor Kurzem die Bauherren des Heaven's Gate einen erneuten Rückschlag hinnehmen mussten (aufgrund nicht fachgerecht durchgeführter statischer Berechnungen war schon der Rohbau in Schieflage geraten und drohte zu kippen), hat nun die dringend erforderliche Maßnahme zur lotgerechten Begradigung des Bauwerks zur nächsten Katastrophe geführt: Als das Fundament mit Expansionsharz unterspritzt wurde – ein vielfach bewährtes Verfahren – hatte sich das Gebäude wie geplant aufgerichtet. Allerdings brach dabei das zuführende Wasserrohr. Kein Problem. Jedenfalls kein großes Problem, denn der Schaltwart im Leitwasserwerk Friedrichshagen weiß ja, welchen Zulauf er sofort abstellen muss, damit kein kostbares Trinkwasser verloren geht. Leider weiß er es nicht. Wasser ist teuer, Arbeit ist billig, und deshalb kennt sich keiner mehr in unseren einst vorbildlichen Wasserbetrieben aus. Immer mehr Wasser tritt aus und unterspült inzwischen die angrenzenden Straßen, die bereits abgesperrt werden mussten. Die bisher hohen Sympathiewerte für das Heaven's Gate in seiner Nachbarschaft geraten einmal mehr unter Druck. Nun sieht man ratlose Menschen in bunten Helmen und Gummistiefeln ratlos durch metertiefen Matsch waten und kann ihnen nicht mehr entlocken, als dass sich die Eröffnung wohl wieder um einige Wochen verschieben wird. Der Trost ist schwach, als endlich wenigstens der Zufluss stoppt.

Okay, auch wenn ich jetzt doch wieder lieber weiterleben will, lässt mich das nicht kalt: Das Heaven's Gate war meine gute Idee, und ich will, dass das jetzt endlich fertig wird! Schon wegen Benno. Und der Frühbucher. Wahrscheinlich wird es einen Rechtsstreit mit den Wasserbetrieben geben, denn selbst wenn auf unserer Seite Fehler gemacht wurden – deren Folgen wir hoffentlich ausreichend versichert haben –, haben die Wasserwerker den größten Teil des Trinkwasserverlustes zu verantworten, weil sie nicht rechtzeitig abgeschaltet haben. Wenn ich jetzt also doch weiterlebe, dann wird dieses Leben nicht frei von Sorgen sein. Roswitha sieht mir an, dass mich etwas bedrückt und nimmt mich in den Arm.

Am nächsten Tag ist ein weiterer Patient scheinbar geheilt. Leider gehört Jamal wieder nicht zu den Geheilten, was uns mehr wehtut als ihm, dem Gottergebenen. Also nur noch zwei Monkeys? Nein, drei: Gisbert geht wieder auf Krücken. Für einen Moment eint uns alle ein Schock. Und als ob wir nicht auf ihn verzichten könnten, kommt wieder unser Herr Professor angerannt und befummelt seine rückfällige Versuchsratte, als wäre es zum ersten Mal.

Schon beim Abendessen spüre ich das Kribbeln in den Beinen. Auch bei Roswitha geht es wieder los. Wir ahnen, was das bedeutet. Wir gehen ins Bett und umarmen uns fest. Während die Lähmungen zurückkehren, wird aus der

Umarmung eine Umklammerung. Das ist überhaupt nicht romantisch, das ist abstoßend und beängstigend. Was uns erotisch verband, war die zurückgewonnene Bewegungsfreiheit, die erneute Lähmung trennt uns, dabei können wir uns aus eigenen Kräften aber gar nicht voneinander lösen. Es gelingt mir mit Mühe, die Nachtschwester herbeizuklingeln, die ihrerseits noch einen Pfleger rufen muss, um uns auseinanderzubringen. Roswitha bittt die Pflegekräfte, sie in ihr Zimmer zu bringen. Soll mir recht sein. Mit der Lähmung kehrt auch das Heaven's Gate in meine Gedanken zurück. Und Nelly.

Am nächsten Morgen gibt es statt der Tropfen eine Ansage im Frühstücksraum: Der Versuch wird bis auf Weiteres abgebrochen. Die Party ist erst mal vorbei. Es müsse nun analysiert werden, was überhaupt passiert sei. Bei Prof. Dr. Sennfts Digitalzigarette ist wohl der Akku leer, nichts blinkt mehr. Sie ist nicht mehr das Zepter des Wunderdoktors, jetzt hält er sich daran fest wie an einem Rettungsanker, der keinen Halt bietet.

Eine Schwester nimmt mich beiseite: »Herr Wiesenthal, ein Anruf von Ihrem Rechtsanwalt! Es sei dringend!«

Oje, das hat bestimmt mit dem Koks zu tun, das Benno bei Gerold gebunkert hat. Ich habe immer felsenfest behauptet, nichts und niemals irgendetwas zu bereuen – außer vielleicht, dass ich Nelly damals bei der Auswahl der Tapetenmuster allzu wenig Widerstand geleistet habe – aber sonst? Der, der ich wurde, der, auf den ich stolz bin, wurde ich mit allen meinen Fehlentscheidungen, Fehltritten und Unanständigkeiten. Die können also so gesehen nicht falsch gewesen sein. Auf den letzten Metern meines Lebens werde ich allerdings doch noch mal nachdenklich. Der Rückfall in die Behinderung ist auch ein Rückfall in ein Stimmungstief. Ich war so glücklich! Zum Rückfall kommen jetzt noch diese Altlasten dazu.

»Hi Gerold, ich ahne schon …«

»Du meinst den Schnee von gestern? Nee, Lasse, es geht nicht um den Schnee von gestern. Als meinen uralten Lieblingsmandanten muss ich dich jetzt mal über ganz was anderes informieren: Dein superkorrekter lieber Sohn entfaltet nämlich Aktivitäten, die deinen Interessen mit ziemlicher Sicherheit zuwiderlaufen. Ich gehe jedenfalls stark davon aus, dass du die uneingeschränkte Souveränität über dein Leben und deine Entscheidungen behalten willst, die über den Erwerb eines Päckchen Kaugummis hinausgehen, richtig? Hallo? Lasse? Bist du noch dran?«

Ja, ich bin noch dran. Aber auch ganz weit weg. Als würde Gerolds Stimme aus einer anderen Welt kommen.

»Ja, klar, bin noch dran. Moment mal, Gerold … was war das gerade?«

»Benno erkundigt sich momentan sehr intensiv nach allen Bestimmungen des Betreuungsgesetzes. Nicht bei mir, aber bei Kollegen.«

»Halt, stopp. Heißt das, mein Sohn will mich entmündigen lassen?«

»Zum Glück gibt es die ›Entmündigung‹ in der mittelalterlichen Form schon seit gut dreißig Jahren nicht mehr. Aber was davon übrig ist in den Bestimmungen des Betreuungsgesetzes, das lässt einen dann vielleicht schon mal nachdenken über das Verhältnis zu den Menschen, die so etwas anstrengen, ohne dass man als Betroffener davon weiß.«

Ich bin immer noch nicht ganz bei mir.

»Was kann denn das konkret bedeuten? Muss ich dann meinen eigenen Sohn um Erlaubnis fragen, wenn ich zum Beispiel … noch mal heiraten wollte?«

»Heiraten? Mensch, Lasse! Erzähl doch mal, wer ist denn die Glückliche?«

»Ach, war nur 'n Beispiel.«

»Okay, also der sogenannte Einwilligungsvorbehalt erstreckt sich nicht auf die freie Wahl von Ehepartnern, wenn dieser selbst heiratswillig ist natürlich. Aber bei einem Ehevertrag könnte – je nach richterlicher Anordnung – der Einwilligungsvorbehalt schon geltend gemacht werden. Hallo? Lasse? Bist du noch dran?«

Wortlos übergebe ich der Schwester ihr Diensttelefon. Stumm und starr stehe ich im Schwesternzimmer herum und weiß nicht, was ich machen soll. Ich muss natürlich Benno zur Rede stellen, aber mir fehlt die Kraft dazu. Für den Weg zu meinem Zimmer brauche ich eine Ewigkeit.

Dann geht alles schnell. Roswitha wird von ihrem Mann abgeholt. Mach's gut, ich werde dich nie vergessen. Und Tschüss. Mein Rettungswagen steht auch schon bereit, meine Sanitäter stehen auf dem Parkplatz und rauchen, ich freue mich, sie zu sehen.

»Jamal, hier hast du meine Visitenkarte, melde dich bei mir in Berlin, du bist großartig, lass mich was für dich tun, ich kann Konzerte veranstalten, ich ...«

»So Gott will, Lars, Inschallah.«

Als wäre nichts gewesen, fährt mich »mein« Rettungswagen zurück nach Berlin. Ich stürze mich wieder ins Abschiedsgeschäft und nutze den zurückgewonnenen Anschluss an die Welt: Kaum haben wir das Klinikgelände verlassen, habe ich wieder vollen Netzempfang und lese mir das letzte Memo von Benno durch: Shit. Das Timing ist jetzt doch ein bisschen sehr sportlich: Im Eilverfahren, quasi über Nacht, wurde das gesetzliche Organhandelsverbot ausgesetzt. Das wird nachvollziehbar damit begründet, dass nach horrenden Korruptionsskandalen die Bereitschaft zur Organspende dramatisch in den Keller gegangen ist und weltweit Millionen Organe gesucht werden.

Das bedeutet, dass wir – viel früher als gedacht – Organentnahmen im Heaven's Gate anbieten müssen, um überhaupt wettbewerbsfähig starten zu können. Wirtschaftlich ist das natürlich eine Riesenchance, keine Frage. Aber das kann uns wieder Monate zurückwerfen, denn dazu muss auf unserem Gelände ein Operationssaal gebaut werden, und das ist alles andere als trivial, denn dafür gelten aus guten Gründen strenge Vorschriften, Normen und Auflagen.

Im Moment scheint es das Beste zu sein, einen unserer acht Ritualräume zu »opfern«. Das bedeutet dann aber, Reinraumbedingungen schaffen zu müssen. Es muss natürlich auch die Frage geklärt werden, was wir mit den Organen anstellen, wenn wir sie entnommen haben. Man kann die ja nicht im Internet versteigern. Wir brauchen Partner und haben nächste Woche ein Sondierungsgespräch mit einem Big Player auf diesem Feld.

Zwischen Bitterfeld und Dessau kommt ein Webcam-Alert von Wendy. Ein enervierendes Signal, ich hatte mich gerade auf die gleichmäßige Unaufgeregtheit der Landschaft eingestellt und das Thema »Krankenhausdramen« hinter mir gelassen.

»Was soll das heißen, wir seien bald zu alt zum Modeln: Lydia und ich sind beide erst zweiundzwanzig!«

»Wendy? Hörst du mich? Wendy, du bist jetzt ...«

Fast hätte ich ihr entgegengebrüllt, dass sie jetzt vierundfünfzig ist. Und natürlich mit zweiundzwanzig zum Modeln schon zu alt war. Ich bringe es nicht übers Herz, aber Wendy hört mich eh nicht.

Olga wartet schon. Ich freue mich, sie wiederzusehen. Sie bringt mich auf die Toilette, badet mich, macht mir was zu essen und bringt mich ins Bett. Im Bett liegend frage ich mich, ob ich das wirklich alles erlebt habe. Habe ich: Auf meinem Unterhemd finde ich Haare von Roswitha.

ERSATZ

März 2026

Win-win-win

Wir treffen uns auf unserem Gelände in dem Pavillon, den wir als Provisorium für unsere Abschiedscoachings errichtet haben. Nicht so sexy wie das Bistro im Adlon, doch dafür sehr viel diskreter, was in dieser Sondierung zu einem extrem schwierigen Thema enorm wichtig ist. Es geht um unsere Inzahlungnahme von Organen, ein Win-win-win-Geschäft: Der »Spender« erhält eine Gutschrift auf Leistungen von Heaven's Gate, der Empfänger ein brauchbares Organ, und wir gewinnen mehr Klienten. Ich bewundere Bennos sehr direkte Art, mit der er dem gut zwanzig Jahre älteren Organagenten, einem Belgier, gleich mal mit einer gezielten Provokation unsere exponierte Verhandlungsposition demonstriert: »Herr Wouters, Sie waren doch eigentlich Waffenhändler, oder?«

»Benno – ich darf Sie doch Benno nennen – ich bevorzuge den Begriff Verteidigungssysteme. Wir haben bedrängten Völkern geholfen, ihre Souveränität zu wahren, Benno. Nun, Benno, Sie können nachempfinden, wie es ist, wenn ein geliebter Mensch in Not gerät. In meinem Fall war es meine Schwester, die schwer krank wurde. Die Warteliste für ein Spenderherz war sehr lang, zu lang. Zum Glück gibt es auf der ganzen Welt einflussreiche Persönlichkeiten, die sich mir zu Dank verpflichtet fühlten, und so konnte ich meiner Schwester helfen. Aber nicht nur ihr, ich habe die Versorgung Bedürftiger mit lebensnotwendigen Organen zu meiner Mission gemacht.«

»Und Sie nehmen uns die Organe unserer Klienten ab, richtig? Ich habe von Ihnen per Mail eine Preisliste erhalten, vielen Dank dafür. Hier steht:

Herz: 2000 Euro

Leber: 3000 Euro

Niere: 500 Euro

Und so weiter. Das überrascht mich. Sie kassieren doch bestimmt fünfstellige Beträge, oder?«

»Nein, nein, Benno, das war einmal. Durch die Legalisierung sind die Preise eingebrochen. Zum Wohle der Menschheit. Schon bald wird das Angebot die Nachfrage übertreffen.«

Weiterer Teilnehmer unserer Runde ist der Transplantationschirurg Prof. Dr. Lindner. Er interessiert sich für die Leitung unseres Teams zur Organentnahme. Allerdings mit gemischten Gefühlen: Er kann es nicht verwinden, dass das Organspendesystem auf altruistischer Basis gescheitert ist: »Ich hatte auf meiner Station einen jungen Mann mit einer durch eine Viruserkrankung ausgelösten Leberzirrhose. Eine neue Leber hätte ihn gerettet. Er war dran auf der Warteliste, die Hoffnung war groß. Aber ein alter, reicher Alkoholiker hat ihm die Leber weggekauft.«

Zwischen unseren beiden Gästen knirscht es spürbar. Gescheiterter Gutmensch gegen erfolgreichen Händler. Wir können sie beide gut gebrauchen.

Ich beschwichtige, vielleicht kann ich das noch ein bisschen besser als Benno: »Dank der Liberalisierung sollten solche eklatanten Ungerechtigkeiten nun nicht mehr vorkommen, ein Segen für alle. Herr Professor, wir können also auch mit Ihnen rechnen, prima, Sie erhalten in den nächsten Tagen einen Vertragsentwurf.«

»Gut. Bitte nehmen Sie zur Kenntnis, dass Sie Ihr Verfahren modifizieren müssen: erst sedieren und narkotisieren, dann Organentnahme, dann exekutieren. Der Körper, dem die Organe entnommen werden, darf nicht vergiftet oder tot sein. Beziehungsweise hirntot ja, aber der Blutkreislauf muss bis zur vollständigen Entnahme maschinell aufrechterhalten werden. Verstehen Sie, mit der Zunahme des Wissens über den Tod haben sich der Zustand und der Begriff total fragmentiert. Es gibt sozusagen verschiedene Tode. Für uns maßgeblich ist der Hirntod, und den wiederum können wir erst feststellen, wenn die Wirkung der Schmerzmittel abgeklungen ist.«

Benno und ich gucken uns an, Benno klärt die Situation: »Das ist nachvollziehbar, das verstehen unsere Klienten, das bedeutet keinen wesentlichen Einfluss auf das Abschiedserlebnis. Trotzdem hier mal eine kritische Zwischenfrage: Wie vermeiden wir, dass sich bei uns eine Katastrophe ereignet wie die mit Theodorakis M.?«

»Ich sehe, Sie sind gut vorbereitet, Herr Wiesenthal. Für die, die diesen Fall nicht kennen: Theodorakis M., ein junger Mann mit Organspendeausweis, war während einer eigentlich harmlosen Operation kollabiert. Nachdem der Herztod eingetreten war, wurden von zwei Ärzten einige streng vorgeschriebene Untersuchungen vorgenommen, die zweifelsfrei feststellen sollten, ob der Hirntod ebenfalls eingetreten war, was wiederum Voraussetzung dafür gewesen wäre, eine Organentnahme vornehmen zu dürfen. Alle Ergebnisse waren angeblich eindeutig, und die technischen und organisatorischen Vorbereitungen zur Organentnahme wurden getroffen. Ein Empfänger war gefunden worden und wurde für die Transplantation vorbereitet, Hubschrauber waren bereits in der Luft, Empfängereltern und Spendereltern standen weinend – vor gespannter Freude die einen, vor bitterer Trauer die anderen – ihren Söhnen zur Seite. Ich war übrigens auch vor Ort: als Koordinator der Europäischen Zentrale für Transplantationsmedizin hatte ich sicherzustellen, dass alle Standards und Vorschriften eingehalten werden, zum Beispiel die zur einwandfreien und zweifellosen Feststellung des eingetretenen Hirntodes.

Schon beim ersten Blick auf die Unterlagen schlage ich fassungslos die Hände über dem Kopf zusammen: ›Seid ihr irre? Nach Applikation von Opioidanalgetika einen Cerebrum mortuum nur aufgrund zerebraler Areflexie zu statuieren?‹

Während die Kollegen Amateure noch darüber nachgrübeln, wovon ich gerade gesprochen haben könnte, richtet sich der Spender plötzlich auf: ›Was soll das denn hier werden, bitte? Wieso wache ich im OP auf? Warum guckt ihr alle so blöd?‹

Den Ärzten, die die möglichen Aktivitäten des Gehirns gemessen haben, war ein kapitaler Fehler unterlaufen: Sie hatten – zutreffend wohlgemerkt – alle definierten Merkmale des klinischen Hirntodes des Spenderpatienten festgestellt. Allerdings hatten sie die zwingende Vorschrift ignoriert, diese Untersuchung nicht vorzunehmen, solange der Patient unter dem Eindruck von Schmerzpräparaten wie Sufentanil steht. Die ganze Entnahmeaktion musste dann natürlich abgebrochen werden.

Schließlich war er einige Stunden später dann tatsächlich so tot, dass die Organe dann wirklich nicht mehr transplantiert werden durften. Der verhinderte Spender starb nach einigen Stunden, der verhinderte Empfänger nach ein paar Tagen. Die überlebenden Beteiligten stehen noch heute unter Schock. Schlimm genug. Schlimmer ist allerdings, dass das Ansehen der ganzen Fachrichtung mit allen ihren Beteiligten auch durch diesen Fall sehr gelitten hat.«

Benno hat feines Essen und Champagner und besten Rotwein kommen lassen. Benno und der Belgier sprechen über Organmärkte. Der Organprofessor trinkt. Und trinkt. Der teuerste Caterer Berlins hat es nicht vermocht, einem seiner einst besten Kunden, Lasse Wiesenthal, dem großem Erlebniszirkusdirektor, der nicht mehr in der Lage ist, mit Messer und Gabel zu essen, das Essen wunschgemäß in Häppchen portioniert anzuliefern. Ein aufmerksamer Tischnachbar würde seine Hilfe anbieten. Zumal, wenn ihm der Behinderte an seiner Seite einen millionenschweren Vertrag angeboten hat. Aber der Professor trinkt und schweigt.

Vielleicht ahnt er, was ich weiß, aber wohl nicht wissen sollte: Der erste Teil seiner Geschichte stimmt, der mit dem jungen Sportler und dem russischen Alkoholiker. Aber es gibt noch einen zweiten Teil: Der Professor hatte wieder einen solchen Patienten, aber diesmal sollte man ihn nicht übertrumpfen, nicht schon wieder sollte ein Patient von ihm sterben, weil er ihn nicht behandeln konnte, weil ein alle Skrupel wegfegender Haufen Schmiergeld die getroffenen Vereinbarungen zu einer gerechten Verteilung von Spendenorganen außer Kraft gesetzt hatte. Also manipulierte er die Krankendaten und katapultierte seinen Patienten damit auf Platz eins der Warteliste. Sein Patient wurde gerettet. Er selbst verlor alles. Bei uns darf er jetzt wenigstens entnehmen. Einpflanzen wird er nirgends mehr dürfen.

Benno und ich verabschieden unsere Gäste. Wir dürfen zufrieden sein. Wir sind jetzt allein im Pavillon, und ich muss jetzt raus mit der Sprache, die Sache duldet keinen weiteren Aufschub: »Benno, warte mal, wir müssen mal reden. Mir ist da was zugetragen worden, das mich sehr beunruhigt: Du erkundigst dich nach den Bestimmungen des Betreuungsgesetzes. Was hat das zu bedeuten?«

Benno kriegt augenblicklich rote Flecken am Hals. Ich bin vielleicht der einzige Mensch auf der Welt, der es schafft, Benno rote Flecken an den Hals zu reden. Ich bin aber auch der einzige Mensch auf der Welt, der sein Vater ist. Immerhin, es geht hier nicht darum, dass er eine Beule in meinen alten Jaguar gefahren hat.

»Ich führe ein Millionenunternehmen, Papa. Da erkundige ich mich über alles Mögliche. Wenn man mit Kunden zu tun hat, die viel Geld dafür zahlen, dass man ihnen beim Sterben hilft, dann sollte man über das Betreuungsgesetz Bescheid wissen.«

»Benno, weich mir nicht aus. Du hast dich ganz konkret und intensiv mit den Bestimmungen des Einwilligungsvorbehaltes und möglichen Anwendungsszenarien befasst. Du willst mich entmündigen lassen.«

Benno holt tief Luft und rammt mir meine eigene Verfehlung in die Magengrube:

»Mit dieser Koksnummer hast du mich geradezu verpflichtet, Maßnahmen zu deinem Schutz vor dir selbst zu prüfen. Aber auch andere Menschen, viele Menschen haben darauf Anspruch, vor Auswirkungen deiner Eskapaden geschützt zu werden! Wer weiß, wo du überall noch Leichen, Waffen und Abschiedsbriefe vergraben hast? Weißt du es selbst?«

So. Jetzt hat er mich zum Schweigen gebracht.

»Es ist nichts beantragt, es ist nichts verfügt, und die sogenannte ›Entmündigung‹ ist schon lange abgeschafft. Ich habe mich lediglich erkundigt, Papa. Gib mir einfach keine weiteren Gründe, mich damit näher zu befassen. Ich hab keinen Nerv und keine Zeit dafür.«

Benno fährt mich nach Hause. Wir reden nicht mehr drüber. Wir reden auch sonst nichts.

Cybersex

Ich habe Benno jetzt eine Weile nicht gesehen. Meine Sehnsucht nach ihm hielt sich ehrlich gesagt auch in Grenzen.

Sehnsucht hatte ich nach ganz was anderem. Ich liege zu Hause im Bett und bin sehr erschöpft – und unbefriedigt. Aber ich will nicht undankbar sein: Einige Nächte dieser Art waren sehr erfüllend gewesen und die Erinnerung daran ist wunderbar.

Gestern Nacht hatte ich noch mal Sex mit Roswitha – remote! Das war jedenfalls unser Plan gewesen. Vor einigen Wochen hatten wir unsere erotische Affäre, die wir in Leipzig hautnah und mit vollkommener Vereinigung begonnen hatten, mit ganz anderen Mitteln und überraschenden Erfahrungen fortgesetzt, nämlich mit Cybersex. Wir hatten uns ein virtuelles Liebesnest auf etherlove.sex in Form einer ziemlich mondänen Segelyacht gebaut. Damit legten wir uns in idyllischen Buchten von Schweden, Irland, Südengland und Holland vor Anker und probierten einander aus. Wir hatten uns digitale Klone voneinander erstellen lassen, perfekte Nachbildungen mit dem einzigen Unterschied der uneingeschränkten Beweglichkeit. Wir erfreuten uns an dem Anblick der überperfekten, jungen, schönen Avatare anderer User, die die Hafenpromenaden bevölkerten, die größte Anziehungskraft übten wir aber auf selbst aus.

In Real Life trugen wir dazu enganliegende Anzüge mit eingebauten Apparaturen, über die wir remote gegenseitig unsere erogenen Zonen und Hotspots stimulierten. Es war ein Feuerwerk der Spiegelneuronen. Unsere Virtual-Reality-Brillen und die interaktive Haptik unserer Suits ließ uns vergessen, dass wir jeweils allein und Tagesreisen voneinander entfernt Referenzpuppen penetrierten.

Das romantische Ideal von Vereinigung bis zur Verschmelzung war wahr – aber blieb es nicht. Es kam zu Irritationen und Verzerrungen, zu Vertrauensverlust und Argwohn: Ich tat etwas an meiner Puppe, was Roswithas Anzug dann an ihr nicht ausführte. Mein Anzug machte etwas, was Roswitha an ihrer Puppe aber nicht tat. Lass das, hör auf damit, ich mag nicht mehr: Tabus, die plötzlich unbeantwortet blieben. Was blieb, war die Verstörung und die Einsicht und das Einvernehmen, es doch besser bleiben zu lassen.

Ich hab herausgefunden, dass unsere Puppen gehackt wurden, auf Aggle findet man Hunderte Einträge zu der entsprechenden Schwachstelle im Puppe-Mensch-Interface. Wir entscheiden, uns bis auf Weiteres mit der Entfernung, die uns in Real Life trennt, abzufinden. Schade, dass es so schnell vorbei war. Es war großartig und absolut unvergesslich. Meine Puppe muss Olga morgen wegräumen. Ist mir ein bisschen peinlich, dass ich das selbst gerade nicht kann. Mit letzter Kraft schnappe ich mir das Tablet: eine Nachricht ist eingegangen. Eine E-Mail von Benno:

Scheiße, Papa, wir sind betrogen worden! Du erinnerst dich doch: Wir haben das Parkett gemeinsam ausgesucht. Ökologisch und baubiologisch einwandfreies Holz, absolut Fair Trade, massive Ulme, es war auch echt teuer. Es wurde pünktlich geliefert, mit allen Zertifikaten und Gütesiegeln und einwandfrei verlegt.
Jetzt wurde festgestellt: Es ist das falsche Holz! Irgendwer hat das Holz ausgetauscht! Es ist zwar hochwertige Ulme, aber das Holz ist hochgradig mit Pentachlorphenol kontaminiert. Mit anderen Worten: Unsere Böden in den Ritualräumen sind mit krebserregenden Stoffen verseucht! Das Zeug muss alles wieder raus. Das heißt mindestens noch mal sechs Wochen Verzögerung!
Scheiße, Papa, für unsere Ablebenden wär's ja wohl egal. Aber wir dürfen natürlich unser Personal und unsere Gäste nicht vergiften, und überhaupt ist das Zeug seit zwanzig Jahren in Deutschland verboten! Ich melde mich wieder.
Benno

Ich frage mich langsam: Will dieses verdammte Haus einfach nicht fertig werden, damit ich noch ein bisschen länger leide? Willst du das, Heaven's Gate? Oder willst du, dass ich Hilde noch ein bisschen länger ein passabler Großvater bin? Krebs ist echt ungerecht: Nelly und ich, wir haben bis zu Nellys Krankheit beide ununterbrochen geraucht. Unser Haus in Los Angeles bestand zu neunzig Prozent aus Asbest, PVC und Formaldehyd. Unsere Maler, Sprayer und Installationskünstler haben uns mit ihren Farben, Klebern und Lösungsmitteln wochenlang in Benzolwolken gehüllt. Nelly ist an Krebs gestorben. Ich nicht. Und wenn unsere Gäste und unser Personal an Krebs sterben, dann sicher nicht durch Karzinogene im Heaven's Gate. Bianca wird nicht an Krebs sterben, sie nimmt vorher ihren Abschied bei uns. Hoffentlich. Im Moment ist ihr Zustand beängstigend kritisch.

Und schon wieder eine Mail: von Roswitha!

Lieber Lars,
ich habe oft an dich gedacht und gerade in diesen Stunden. Ich habe auch daran gedacht, diese letzte Reise gemeinsam mit dir anzutreten. In einer anderen Welt würden wir in einem kleinen Boot auf einem Meer gleiten, eine nur von Gott geführte Bewegung, es gäbe nichts, von dem wir weg- und nichts, zu dem wir uns hinbewegen müssten. Vollkommen angekommen im Sein. Wäre das nicht wunderbar? Aber wie soll das gehen???
Bis vor zwei Wochen hat mich mein Mann gepflegt. Seit diesem Versuch in Leipzig ging es mit meinem Zustand eigentlich nur abwärts, schleichend zwar, aber unaufhaltsam. Wie bei dir, stimmt's?
Mein Mann tat das schon aufopfernd und hingebungsvoll, aber zu einem schrecklich hohen Preis: Er konnte jetzt end-

lich Rache nehmen. Und das tat er, jeden Tag. Er ließ mich meine Hilflosigkeit spüren, indem er mir bei jeder Gelegenheit – und davon gab es unzählige – vorhielt, wie schwer ich ihn über Jahre seelisch misshandelt hätte. Ich hätte ihm seine Unfähigkeit vorgeworfen, Dinge anzupacken und zu Ende zu bringen. Seine Antriebsschwäche. Seine mangelnde Durchsetzungskraft. Seine Unfähigkeit, Gefühle zu kommunizieren. Seine Unfähigkeit, sich Konflikten zu stellen. Seine Blindheit gegenüber den Bedürfnissen seines Partners. Sein sexueller Egoismus bei gleichzeitiger Potenzschwäche.

Jede Bitte hat er mir erfüllt, aber ich musste auch um alles bitten, und oft hat er mich selbst auf ein Glas Wasser stundenlang warten lassen. Und selbst dann habe ich es erst gekriegt, nachdem ich mir hatte anhören müssen, wie sehr es ihn immer gedemütigt hat, wenn ich mit den Business-Mädels – das war ein kleiner Kreis erfolgreicher Unternehmerinnen – in Clubs unterwegs war und erst zum Frühstück nach Hause kam, während er die Nacht bei den Kindern verbracht hatte. Na ja, das war vielleicht auch etwas heftig.

Jedenfalls hat mir mein Mann vor ein paar Monaten so ganz beiläufig und wohl, um mir subtil zu drohen, einen Prospekt für einen Pflegeroboter auf den Küchentisch gelegt. Der Prospekt verweist auf vielfach erfolgreichen Einsatz in Pflegeheimen und Privathaushalten und zitiert glückliche Kunden, die sich ein Leben ohne *Caremate* gar nicht mehr vorstellen wollen. Zuerst hatte ich wirklich Angst, mein Mann würde mich mit so einer Maschine allein lassen, aber ich fand dann zunehmend Gefallen an der Vorstellung einer Mensch-Maschine-Symbiose anstelle dieses zerstörerischen Psychowahnsinns.

Mein Mann erzählte mir neulich gut gelaunt, er hätte in der vergangenen Nacht eine sehr befriedigende Erfahrung mit einer sehr verständnisvollen Prostituierten gemacht. Bezahlt hat er sie natürlich von dem Geld, das er von der Pflegeversicherung für meine Pflege bekommt, und das hätte er sich ja weiß Gott redlich verdient. Ich war außer mir und sagte, ich wolle jetzt den *Caremate*. Mein Mann besorgte den *Caremate* und verschwand.

Leider ist der *Caremate* nicht mehr als ein humanoider Haufen Schrott. Er soll mich aufs Klo bringen, stattdessen bringt er mir eine Rolle Scheißhauspapier ans Bett. Beim Versuch, die Terrassentür zu öffnen, bricht er sich den Arm. Er legt das Telefon irgendwohin und findet es nicht wieder. Ich beschimpfe ihn. Daraufhin sagt er – ohne Scheiß, Lasse, er sagt ernsthaft: »Roswitha, du möchtest offensichtlich ein Gespräch auf emotionaler Beziehungsebene mit mir führen. Ich bin intellektuell dazu imstande. Allerdings muss ich dich daran erinnern, dass ich nicht empfinden kann, was ich sage. Und ich kann auch nicht nachempfinden, was du sagst. Das sollte uns beiden bewusst sein.«

Daraufhin habe ich ihn die Treppe runtergestoßen. Da lag er dann im Erdgeschoss und hat stundenlang auf Japanisch um Hilfe gewimmert, immer den gleichen Satz, etwas, was sich anhörte wie »ghong huii dzüü«. Immer und immer wieder. »Ghong huii dzüü, ghong huii dzüü, ghong huii dzüü.« Wenn's wirklich eng wird, verfallen die Dinger wohl in die Sprache ihrer Schöpfer, ich meine, Programmierer.

Es ist mir dann gelungen, einen Servicetechniker für *Caremate* zu rufen. Ein freundlicher junger Mann. Der hat sich aber erst mal um mich gekümmert. Mich gewaschen, das Bett frisch bezogen, mir was zu essen gemacht, das ganze Chaos, das *Caremate* in der Küche angerichtet hatte, diskret in Ordnung gebracht und den Abfall entsorgt.

Schließlich hat er den *Caremate* in den Keller gebracht und ist bei mir eingezogen. Ich war glücklich – bis mein Mann zurückkam. Er hat es geschafft, den jungen Mann mitsamt *Caremate* zu vertreiben. Und alles ging von vorn los. Lars, glaub mir, ich ...

Roswitha? Roswitha! Der Satz endet mittendrin. Was soll ich glauben? Ich schreib sofort zurück, aber der E-Mail-Account ist schon gelöscht. Wie weit ist es bis nach Wilhelmshaven? Wie lange braucht ein Taxi? Hab ich die Adresse von Roswitha? Nee, hab ich nicht. Ich frage die Gebetsfahnen meiner Nachbarin. Windpferd sagt, es sei weise, jetzt nichts zu unternehmen. Je weniger ich jetzt selbst tue, desto mehr Aufmerksamkeit würde ich haben können für das, was passiert. Okay, Windpferdchen, ich lausche deinem Getrappel. Stundenlang. Bis zu einer E-Mail von der echtzeit.mag-Redaktion mit einem Link zu einem Video:

INTERVIEW MIT DR. TADÄUS HAHN, TONTAUBENSCHÜTZE, EXKLUSIV FÜR ECHTZEIT.MAG

Das Gespräch führte Casilda Álcarez

CA: Herr Dr. Hahn, Sie sind passionierter Tontaubensportschütze. Eine sehr traditionelle Sportart, oder?

TH: Richtig, ich bin einer der letzten dieser Art.

CA: Und Sie schießen nur auf Tontauben?

TH: Ja, ich habe noch nie auf etwas anderes geschossen.

CA: Dr. Hahn, Verzeihung, das stimmt nicht ganz: Die Staatsanwaltschaft Berlin-Weißensee ermittelt gegen Sie wegen unerlaubten Schusswaffengebrauchs. Sie haben Drohnen abgeschossen.

TH: Richtig, das stimmt (lacht), das war meine einzige Ausnahme!

CA: Sie hassen Drohnen als Symbole einer neuen Epoche, in der das Tontaubenschießen älterer Herren nicht mehr so recht reinpasst.
TH: Ganz und gar nicht. Ich habe sie abgeschossen, weil sie eine der epochalsten Innovationen dieser Zeit, das Heaven's Gate …
CA: … in dessen Verwaltungsrat Sie sitzen und das in Kürze eröffnet werden soll …
TH: … wieder falsch: Es hätte längst eröffnet werden sollen! An der neuesten Verzögerung sind die Drohnen schuld! Drohnen der Art, wie ich sie abgeschossen habe, tauchen zurzeit überall in der Stadt auf: bei Demonstrationen, Kanzlerspaziergang, Wirtschaftsweisenzoobesuch, auf Baustellen. Es nervt gewaltig, aber man nimmt das normalerweise hin, auch, wenn man nicht weiß, ob das gerade die Amerikaner, die Chinesen, ein Wettbewerber oder die Leute von echtzeit.mag …«
CA: … Nein, wir machen so was nicht …
TH: … oder die Leute von echtzeit.mag sind. Aber in unserem Fall, also beim Heaven's Gate …«
CA: … Das Sterbehilfehaus, das in wenigen Wochen eröffnet werden soll und in dessen Verwaltungsrat Dr. Hahn sitzt …«
TH: … Halt, stopp, noch mal: Es sollte längst eröffnet sein! Menschen haben dafür bezahlt und ihre ganze Hoffnung gilt einem Ableben in Würde im Heaven's Gate. Und jetzt können wir unseren Betrieb nicht aufnehmen wegen dieser verdammten Drohnen! Die Dinger stören mit ihren Magnetfeldern die hochempfindliche Elektronik unserer Reinraumklimaanlage, die unabdingbar ist für den Betrieb unseres Operationssaales. Und den brauchen wir für die Entnahme von Spenderorganen. Deutschland braucht Spenderorgane! Und wir kriegen sie! Aber ohne Operati-

onssaal können wir sie nicht bereitstellen! Diese scheiß Drohnen.

CA: Dr. Hahn, wir bedanken uns für das Gespräch, wünschen Ihnen milde Richter und viel Glück für die baldige Eröffnung.

TH: Danke.

Ich bin stolz auf dich, Tadäus. Mit Leuten wie dir wird das Projekt am Ende gelingen! Drohnen. Diese miesen kleinen Dinger. Meine Tai-Chi-Balkonnachbarin hat neulich eine gefangen. Tagelang hatte sie so getan, als ob die Drohne Luft wäre. Bis die Drohne immer frecher wurde und immer näher kam. Als die Drohne dann meiner Nachbarin einmal direkt vor der Nase rumtanzte, griff die pfeilschnelle Schattenboxerin hinter sich nach einem großen Kescher, mit dem man sonst Schmetterlinge fängt, und bugsierte die hilflose Kreatur in eine riesige bronzene Klangschale. Nun gedeckelt vom straff gespannten Schmetterlingsnetz hummelten die Plastikflügel der vier winzigen Rotoren hysterisch gegen die Innenwand des auf diese Weise in erhabene Schwingung versetzten Hohlkörpers. Stimmige Balance außen, panisches Außer-sich-Sein innen. Wer sagt denn, dass ausgeglichene Schattenboxerinnen friedfertig sein müssen? Der kennt jedenfalls meine Nachbarin schlecht. Gut, ein Lebewesen mit den bestimmenden Eigenschaften eines Lebewesens hätte bei ihr nichts zu befürchten. Aber die dumme Drohne war eine dumme Drohne und hatte bei meiner Nachbarin einen sorgfältig verborgenen Nerv getroffen: die Bosheit. Als sie genug gehört hatte, zog sie die Klangschale unter den Wasserhahn und drehte auf, bis das klingende Rumpeln zu einem stimmlosen Gurgeln verkümmert war und schließlich ganz erstarb. Meine Nachbarin gönnte sich daraufhin einen Apfel, den sie wie gewohnt mit ihren mächtigen Kiefern zermalmte. Den winzigen Stiel, den ließ sie übrig.

Morgen früh fahre ich mit Tobias ins Krankenhaus: Bianca liegt überraschend auf der Intensivstation und will uns sehen. Es ist bitter, denn sie wollte auf gar keinen Fall noch mal ins Krankenhaus, sie wollte auf jeden Fall ihren Abschied im Heaven's Gate genommen haben, bevor ein Krankenhausaufenthalt noch mal nötig wäre. Nun lässt sie sich ein letztes Mal fit machen – fürs Heaven's Gate.

Februar 2027

Falsche Zeit, falscher Ort

Apparate blinken. Apparate zeichnen Kurven. Apparate piepen. Apparate pumpen automatisch regelmäßig kleinste Dosen von Medikamenten in die Blutbahn. Biancas Zustand hat sich dramatisch verschlechtert, ist aber auf erbärmlichem Niveau stabil.

»Tobias, ich will nicht sterben. Nicht hier!«

Tobias und ich sind in der onkologischen Station der Universitätsklinik. Tobias hat mich hier irgendwie reinbugsiert. Die Schwestern erinnern mich daran, wie ich mir mein Dasein und Wirken im Jenseits vorstelle: sehr liebevoll und warmherzig. Und nahbar mit ihren hautfreundlichen Baumwollanzügen. Ganz anders als die Zucht- und Drillschwestern meiner Kindheit mit ihren gestärkten Hauben und Schürzen. Aber auch im Dauerstress, bei den vielen aufmerksamkeitsbedürftigen Patienten.

Zusätzlicher Stress kommt jetzt noch vom Heaven's Gate, das aus der öffentlichen Debatte nicht mehr wegzudenken ist. Manche Schwestern und Ärzte in den Krankenhäusern sind frustriert und eifersüchtig, weil ihnen – nach den Hospizen – jetzt ein weiterer Anbieter die Sterbenden streitig macht, obwohl sie hier doch Betreuung »bis zum Ende« mit großer Hingabe praktizieren. Ein anderer Teil der Schwestern und Ärzte findet wiederum, dass dieser eigene Anspruch doch gar nicht realistisch sei und überhaupt zu teuer.

Tobias beruhigt Bianca: »Das Heaven's Gate ist in wenigen Wochen fertig, du kannst als erster Gast deinen Abschied nehmen. Du schaffst es bis dahin.«

»Das ist gut.«

Bianca wirkt erleichtert, hat aber noch was auf dem Herzen: »Du, Tobias, kannst du bitte diesen Brief Larissa, meiner jüngeren Tochter an ihrem siebzehnten Geburtstag übergeben. Und auch nur ihr. Mein Mann braucht von diesem Brief nichts zu wissen. Dieser Brief ist während unserer Abschiedsarbeit entstanden.«

Habe ich auch noch einen solchen Brief zu schreiben? An wen? Was sollte da drinstehen? Weitere Kinder habe ich sicher nicht. Dass ich ein egoistischer Widerling war und trotzdem nichts bereue, wäre jedenfalls für niemanden eine Neuigkeit.

Tobias fragt Bianca mit einer Heiterkeit, als wären sie hier nicht auf einer Intensivstation, sondern in einer Coachingsession: »Bianca, was tust du die nächsten Tage? Hm?«

»Ich denke jetzt nur noch an mein Ritual, die Gäste, die Musik, das Licht, das Buffet, versprochen!«

Tobias lächelt und küsst Bianca auf die Stirn. Wir lassen sie für heute in ihrem Gerätepark zurück, in dem guten Gefühl, sie sei mit ihren inneren Vorbereitungen gut beschäftigt.

Ortstermin

Es ist jetzt vier Wochen her, seit wir Bianca in der Klinik besucht haben. Ihr Zustand hat sich stabilisiert, und in den nächsten Tagen wird sie als erste Klientin im Heaven's Gate aus dem Leben scheiden. Benno hat für mich eine Art Führung arrangiert, damit ich alles schon Mal gesehen habe, bevor es mit Bianca losgeht.

Es ist, wie ich es mir erträumt hatte – nur noch schöner: Das Heaven's Gate sieht aus wie eine exotische Pflanze, mit seinen ausladenden Blätterräumen. Der Außenanstrich des Stamms ist in einem dezenten Graugrün gehalten. Die rundumlaufenden Glaslamellen der Ritualräume sind in schmale Holzrahmen gefasst. Der Innenanstrich ist in sehr weichem Ocker. Die Designermöbel sind aus recyceltem Kunststoff in dunklem Grau. Viele Sträucher, Bonsais etc. in Kübeln mit Substrat-»Boden«. Betreuer, Ärzte und Promessionisten in sehr sympathischen Baumwollanzügen, wie in der Uniklinik, nur noch stylischer. Alle sind extrem freundlich und Vertrauen erweckend. Die Vorführung der Vorhänge ist eine Pracht. Auch die Beduftungsanlage – phänomenal. Die ganze Kühltechnik für das Promessionsverfahren, die Entwässerungsanlage für das Granulat aus dem Eisschredder ist die modernste ihrer Art weltweit. Dominik Fehr persönlich führt sie uns vor und gibt sich bei dieser Vorführung als wahrhafter Sprössling einer Tiefkühldynastie zu erkennen.

Der Chefarzt der Abteilung *Übertritt* (außer der Abteilung *Übertritt* wird mit etwas Verzögerung noch die Abteilung *Organentnahme* dazukommen) begreift seine Aufgabe im Heaven's Gate als eine Art ärztliche Königsdisziplin und veranschaulicht mir den Unterschied zwischen dem von ihm entwickelten und dem herkömmlichen Verfahren mit einem Vergleich zwischen einem Taschenmesser und einem Ultraschallskalpell.

Benno nimmt mich beiseite und führt mich in einen Besprechungsraum.

»Papa, schau dir das mal an.«

Die Zahlen auf Bennos Tablett sind beachtlich: Das Heaven's Gate ist für mehr als ein Jahr ausgebucht. Bei dreitausend Euro Vorkasse, obwohl die Räume noch nicht mal fertig sind.

Wieder zu Hause lege ich mich aufs Sofa. Mit mir geht's langsam zu Ende, und als ob ich das nicht selbst wüsste, muss mich meine Nachbarin das noch mal richtig spüren lassen: Als wüsste sie nicht ganz genau, dass ich sie seit Jahren bei allem, was sie in ihrem Schlafzimmer tut, beobachte, weil ich ja auch gar nicht vorbeigucken kann von meinem vertrauten Sofaplatz aus. Sie treibt es lustvoll mit einem Geliebten im Alter ihres Sohnes und jagt ihm einen Orgasmus nach dem anderen ab. Ganesha steht im Regen und zwinkert mir zu. Die Fahnen, nein, das wenige, was Wind und Pferd und Gebete von ihnen übrig gelassen haben, flattert matt im gelangweilten Wind.

Ich guck mal, was sich auf unserer GROOPS-Seite so tut.

POST VOM USER »HEAVEN'S GATE« AUF DER GROOPS-SEITE VON HEAVEN'S GATE

Heaven's Gate

Ich find, ich bin gut geworden. Der Entwurf für mich hat mir ja schon immer gefallen, und der ganze Spirit des Entwurfs kommt auch in der Ausführung gut rüber. Mein Architekt soll sich mal nicht so anstellen, die paar Abweichungen können seiner Idee doch gar nichts anhaben! Na ja, so richtig fertig bin ich ja noch nicht: Jetzt ist nachgeplanterweise noch ein Operationssaal für Organentnahmen reingekommen. Das Konzept find ich gut, das macht mich noch wertvoller. Ich hab aber auch Angst: Da gibt es so hohe Anforderungen an Reinräume! Tausend Sachen können da schiefgehen, und dann dauert alles wieder länger. Zum Beispiel die Drohnen. Diese Drohnen sind echt die Pest!!! Da wird mir so eine hochempfindliche Reinraumklimaanlage eingebaut, und es wäre überhaupt schon ein Wunder, wenn so was auf Anhieb funktioniert. Und dann kommen diese Drohnen und funken sich dazwischen, und nur deswegen kann der ganze Bau nicht abgenommen werden!

Der OP ist nach der Promessionsanlage schon die zweite Erweiterung, und ich bin gespannt, was ihnen als Nächstes einfällt. Das Heaven's Gate für Katzen? Ich finde, sie könnten mich ruhig mal nach meiner Meinung fragen. Von mir aus gerne auch ein Heaven's Gate für Katzen, aber dann bitte auf einem anderen Grundstück!

Gar nicht zufrieden bin ich damit, wie das alles gelaufen ist mit meinem Bau. Abgesehen von den vielen unendlichen Verzögerungen gab's da Sachen, die gehen gar nicht, echt nicht: die vielen Subsubsubunternehmer, die in Wahrheit schlichtweg rechtlose Sklaven sind. Dann die Sache mit unserem Bauunternehmer, der in meinem Fundament eingegossen worden war. Der arme Kerl. Aber was heißt »der arme Kerl«, er hatte sich mit der Mafia eingelassen. Und dabei wird mir angst und bange: Ich glaube, sie haben ihm zum höchsten Preis den schlechtesten Beton verkauft, und wenn sich noch mal Katholikenchor und Rentnerdemo vor meiner Haustür zusammentun, dann krach ich echt zusammen.

Benno, ganz ehrlich: Du wolltest das alles nicht sehen, oder? Da waren ja nicht nur die Sklaven und die Mafia, auch die Zwangsprostitution war unwürdig und unerträglich. Ja, Benno, da staunst du, aber du hast richtig gehört, Benno: Zwangsprostitution! Auf meiner Baustelle! Der kastrierte Pole war und ist mir eine Wohltat. Ein Sexualstraftäter, der bei mir und durch den wunderbaren Tobias zu Verantwortungsbewusstsein gekommen ist, nachdem er sich seiner Schuld gestellt hat. Als Facharbeiter hat er gewissenhaft und fleißig an meinem Bau mitgearbeitet. Und er wird hier mit unserem Ritual den Übertritt in eine

andere Daseinsform begehen und sein diesseitiges Leben beenden.
Bald werde ich zu den bedeutenden Gebäuden Berlins zählen. Meine Abbildung findet sich dann in Reiseführern neben dem Reichstag, dem Fernsehturm am Alexanderplatz und dem Kaufhaus des Westens. Ich krieg bestimmt auch sonen Berliner Gebäudespitznamen wie »Schwangere Auster« für die Kongresshalle im Tiergarten. In meinem Falle dann vielleicht »Tellertower«? Oder »Plattenlatte«?
Am meisten vermisse ich unseren Polier. Ein Mensch, der weiß, der spürt, dass besondere Gebäude eine Seele haben. Wir haben uns verabredet. An einem Ort, den wir beide nicht kennen. Wir wissen nur: Es ist »unser Ort«, und er kommt nach unserer Zeit. Bis dahin muss ich noch vielen Menschen Raum geben für ihren Abschied.

Benno hat das geschrieben, wer sonst. In letzter Zeit waren wir öfter mal nicht einer Meinung, aber jetzt läuft definitiv meine letzte Zeit ab, und ich sehne mich nach Harmonie. Da bin ich froh, dass Benno mir hier aus der Seele spricht. Ich seh schon, der nächste Text ist nicht so erbaulich, und es macht mich traurig, dass wir einer Klientin unvermeidliche Enttäuschungen nicht ersparen konnten.

POST AUF DER GROOPS-SEITE VON HEAVEN'S GATE
Elfriede Stamm
Ich bin maßlos enttäuscht. Ich hatte mich beim Heaven's Gate angemeldet, weil ich von dem Konzept total überzeugt war - und eigentlich noch bin. Vor allem die Kombination aus selbstbestimmtem Ableben und Organspende hat mich überzeugt. Ich tu was für mich und tu was für andere, so hab ich mein Leben gelebt, und so wollte ich es beenden. Neulich bekam ich eine Aufforderung zu einer

Untersuchung. Das kam mir dann schon komisch vor, aber okay, die gucken nach der Blutgruppe und vielleicht unerkannten Infektionen, damit sie meine Organe schnell und in bestem Zustand den optimal passenden Empfängern zuordnen können.

Aber dann kam der Hammer, eigentlich zwei Hämmer auf einmal: Erst teilten sie mir mit, dass meine Organe ungeeignet seien für eine Transplantation. Geht's noch? Ich habe mein Leben lang, sechzig Jahre gesund gelebt! Wem wollen sie die denn einbauen? Topmodels? Dann der zweite Hammer: Jetzt wollen sie plötzlich dreitausend Euro statt fünfhundert für mein Abschiedsritual! Und jetzt check ich's erst so richtig, okay, war auch mein Fehler, ich bin einfach zu gutgläubig: Die hätten meine Organe glatt verkauft! Aber was glauben die denn? Dass sich hier reihenweise Sportstudenten einschläfern lassen? Als Ersatzteilquelle für arabische Prinzen?

Ich will so schnell wie möglich raus aus dem Vertrag. Andererseits: Ich bin schon im Abschiedscoaching beim Heaven's Gate, und das ist wirklich sehr, sehr gut!

Hildes Geburtstag

Benno holt mich ab. Wir fahren zu Hilde, sie wird dreieinhalb, und ich möchte ihr ein Geburtstagsgeschenk überreichen, wahrscheinlich ist das meine letzte Gelegenheit. So ein Quatsch wie ein dreieinhalbter Geburtstag wird natürlich – wenn überhaupt – nur gefeiert, wenn alle wissen, dass ein nicht unbedeutender Gratulant den vierten Geburtstag nicht mehr erleben wird.

Ich schenke Hilde ein Bilderbuch: zwei Freunde, eine Elster und ein Storch. Der Winter steht vor der Tür. Die Elster ist traurig, weil sie dableiben muss, während ihr Freund in den Süden zieht. Der Storch verspricht, nach dem Winter wiederzukommen. Beide erleben ihre Winter auf ihre Weise. Als der Winter endet, hält die Elster Ausschau nach ihrem Freund. Sie guckt nur noch in den Himmel, nichts kann sie ablenken. Und da, tatsächlich: Der Storch ist wieder da, und es gibt ein fröhliches Wiedersehen. Ich kann es kaum erwarten, es Hilde zu geben.

»Schau mal, was der Opa …«

Sie will es nicht. Und sie will mich nicht. Sie will Mama. Und auch die mag sich mir nicht zuwenden. Immerhin redet Paul noch mit mir.

»Sie hat das Buch schon zweimal, jeder und jede Dreieinhalbjährige hat es. Neulich hat sie gefragt, ob Opa auch wiederkommt. Wie der Storch. ›Nein, Opa kommt nicht wieder.‹ Da hat sie das Buch in die Ecke gefeuert.«

Jetzt kommt Karla dazu.

»Sie will nicht kommen, wenn du ›gehst‹, so nennt ihr das doch, eure Abschiedszeremonie im Heaven's Gate. Es macht ihr Angst. Mir macht es auch Angst.«

Jetzt weint Opa, und Karla wischt mir die Tränen ab. Da meldet sich Wendy: »Mit 'nem Affen ins Shooting? Die buchen mich nie wieder! Gib mir Zeug, Atze! Hey, willst du mich abziehen, Atze? Das sind niemals 0,2!«

Karla ist zum Zerreißen angespannt: »Ist das diese Wendy? Mann, Paps, mach das weg, mach das weg!«

Verzeih mir Wendy, ich nehm deine App jetzt runter. Ich möchte das alles nicht mehr hören. Niemand will das noch hören. Vielleicht sehen wir uns in einer anderen Welt gesund wieder. Wir feiern ein bisschen den dreieinhalbten Geburtstag meiner Enkelin, weitgehend ohne sie: Sie mag mir heute nicht in die Augen sehen. Wir stochern ein bisschen in einem Bananenkuchen herum. Karla gibt mir ihr Tablet, und ich swipe Babyfotos durch: Hilde kann laufen,

Hilde in der Krabbelgruppe, Hilde auf ihrem Dreirad, Hilde entdeckt die Knöpfe an meinem Rollstuhl, Hilde mit Margot.

Und dann sehe ich auf Karlas Tablet noch etwas, was nicht für mich bestimmt ist, eine Mail an Karla:

Sehr geehrte Frau Wiesenthal,
ich wende mich in einer dringenden Angelegenheit an Sie persönlich. Mein Name ist Berta Goetz, und ich bin Altenpflegerin im mobilen Einsatz. Zweimal täglich besuche ich auch Ihre Großmutter, um ihr beim Waschen und Ankleiden zu helfen und sie bei der Einnahme von Medikamenten zu unterstützen. Abends bringe ich sie auch ins Bett. Das klappt eigentlich alles gut. Was allerdings größten Anlass zur Sorge gibt, ist die Entwicklung der Beziehung Ihrer Großmutter und Ihrer Tante Margot. Ihnen ist sicher bekannt, dass Margot schon seit längerer Zeit wieder bei ihrer Mutter wohnt. Das war für mehrere Monate auch gut so, Margot hat ihre Mutter vorbildlich betreut.
Vor einiger Zeit hat Margot aber ihr Verhalten aus einem mir nicht erkennbaren Grund radikal geändert. Sie verhält sich zunehmend aggressiv gegen ihre Mutter, und es drängt sich der Eindruck auf, sie wolle sich an ihrer Mutter rächen, möglicherweise, weil sie in ihrer Kindheit vernachlässigt wurde. Im Garten fing es an: Margot riss die Fuchsien raus und pflanzte an deren Stelle Sellerie. Ihre Großmutter stand am Fenster und weinte stumm. Dieses Haus hatte ihr immer Halt und Geborgenheit gegeben. Dieses Gefühl war aber mit der Gewissheit verbunden, dass sich nichts verändert. Sie fühlte sich sicher, wenn immer alles an seinem Platz war. Der objektiv notwendig gewordene Austausch eines dreißig Jahre alten Fernsehers oder einer vierzig Jahre alten Geschirrspülmaschine führten bei ihr zu

panischen Angstzuständen. Und jetzt reißt ihre Tochter völlig unvermittelt die Fuchsien raus! Als Nächstes kamen die Rosen dran, dann die Hortensien, dann die Rhododendren. Ersetzt durch Rote Bete, Karotten, Kohlrabi und Tomaten.

Margot hatte immer alles gegossen und gepflegt, aber dabei ihre Mutter immer auch ihre Verachtung für diese »Zierpflanzenkultur« spüren lassen. Und zum damit verbundenen Einsatz von Insektiziden musste sie größte innere Widerstände überwinden. Damit war jetzt Schluss, ein für alle Mal. Und es blieb auch nicht beim Garten: Die asbestbelasteten Eternitschindeln ließ sie gegen klassische Ziegel austauschen. Dann feierte die Veganerin ihre »Befreiung« von Teppichen aus Wolle und Sofas mit Lederpolstern. Alles wurde freundlicher, gesünder, moderner und lebenswerter. Nur Ihre Großmutter wagte sich kaum noch aus dem letzten ihr noch gebliebenen Zimmer, das Margot ihr noch zugestattete.

Als wäre das alles nicht schon schlimm genug, wurde Margot dann noch – es tut mir leid, das über Ihre Tante sagen zu müssen – kriminell. Sie kennen doch Harpo, nicht wahr? Omas Hund! Irgendwann musste sie dessen Pflege auch ihrer Tochter Margot anvertrauen, es ging nicht anders. Und was macht die? Sie füttert ihn vegan! Einen Terrier!

Liebe Frau Wiesenthal, ich will Sie nicht beunruhigen, aber ich finde, Sie sollten unbedingt über diese Entwicklungen Bescheid wissen. Ihre Oma ist in Not! Melden Sie sich gerne jederzeit bei mir.

Herzlich

Ihre Berta Goetz

Ich zeig Karla die Mail: »Da geht Margot echt zu weit, oder?«

Karla scheint sich jetzt nicht so ganz wohlzufühlen in ihrer bedingungslosen Freundschaft zu ihrer Tante: »Ich wusste, dass sie das alles vorhatte, und ich war mit allen geplanten Veränderungen total einverstanden. Aber es war immer die Rede davon, dass das nicht passiert, so lange Oma lebt. Für Oma muss das schrecklich sein. Das kann man nicht machen, das geht zu weit. Ich fahr da hin.«

Wenn ich irgendwas wirklich Schlimmes verbrochen habe, dann werde ich jedenfalls niemandem Gelegenheit geben, sich auf diese Weise an mir zu rächen. Arme Oma. Paul findet, es reicht für heute. Gleich kommen ja auch noch seine Eltern.

»Wir sind bei dir, egal, wo Lasse es passieren lässt. Und wir besuchen dich ja noch mal zu Hause.«

Auf der Rückfahrt kommen uns Pauls Eltern entgegen. Wahrscheinlich finden sie dreieinhalbte Geburtstage albern. Meinen Kopf kann ich nicht wenden. So weit wie möglich verfolgen meine Augen Hildes Großeltern, wie sie mit Rucksäcken voller Geschenke dem »Geburtstag« unseres gemeinsamen Enkels entgegenjoggen. Sie sind beide mindestens zehn Jahre älter als ich. Aber sie nutzen selbst diese Gelegenheit für einen Dauerlauf in High-Tech-Sport-Outfits.

Nein, mein Entschluss steht fest: Nächste Woche nehme ich meinen Abschied und gehe. Natürlich ist jeder Zeitpunkt falsch. Es wäre doch schön, Hildes vierten Geburtstag auch noch mitzuerleben. Es wäre gut, Karla bei der bevorstehenden Auseinandersetzung mit Margot zu unterstützen. Und es wäre ein feiner väterlicher Zug, Benno und Tobias dabei zu helfen, ihren Dauerkonflikt beizulegen. Denn da geht's nicht gerade um Kleinigkeiten: In letzter Zeit streiten sich Benno und Tobias manchmal so heftig, dass ich mich frage, ob ihre Beziehung das auf die Dauer aushält. Zumindest vordergründig geht es immer wieder um eine Grundsatzfrage: Ist ein Ablebewilliger auch reif fürs Ableben im Heaven's Gate? Im Zweifel lehnt Tobias ein Gesuch ab, und er ist als Abschiedscoach nun mal dafür verantwortlich festzustellen, ob ein angeblich Ablebewilliger tatsächlich einen reflektierten Entschluss aus eigenem freien Willen gefasst hat. Benno wäre da in vielen Fällen großzügiger. Tobias wirft Benno »Gier« vor, weil natürlich jeder Abschiednehmer Umsatz bedeutet und schon einige Abgelehnte ihr Vorhaben dann bei der weniger kritischen Konkurrenz realisiert haben. Benno wirft Tobias »Anmaßung« vor, weil er in jedem Falle vorgäbe zu wissen, wann eine Entscheidung selbstbestimmt und ausgewogen sei. Einig sind sie sich nur bei ganz offensichtlichen Fällen, also wenn zum Beispiel ein Sohn mit seiner Mutter kommt, der Sohn sagt, seine Mutter hätte sich das reiflich überlegt und die Mutter nickt stumm dazu.

Neulich hatten wir aber einen wirklich komplizierten Fall: Ein junger Vater, dessen Familie sein Ein und Alles war, hatte gerade ein Haus gebaut. Er hatte alles getan und entbehrt, um seiner Familie dieses Haus und das Leben darin bieten zu können. Dann kamen seine Frau und die beiden Kinder bei einem Autounfall ums Leben. Der junge Mann brachte die Kraft auf, eine ordentliche Beerdigung zu organisieren. Danach saß er allein in seinem unbewohnten Haus und guckte der leeren Schaukel im Garten beim Schaukeln im Wind zu. Ohne Kinder war das Quietschen der Schaukel unüberhörbar. Das müsste mal geölt werden, dachte er sich. Aber schon im gleichen Moment wurde er sich der Sinnlosigkeit dieses Gedankens bewusst. Was jetzt anstehe, sei nicht die Schaukel zu ölen, sondern das Leben zu einem ordentlichen Ende zu bringen. Und da gäbe es ja seriöse Anbieter wie das Heaven's Gate. Aber statt ihn in seinem dringenden Wunsch nach einer schnellen Lösung zu unterstützen, verlangt der Abschiedscoach vom Heaven's Gate erst mal die Teilnahme an einem Abschiedsworkshop! Er stehe unter Schock und hätte seine Möglichkeiten für ein erfülltes Leben auch unter den tragischen Umständen noch nicht erfasst! So was bräuchte Zeit! Enttäuscht und verbittert, einzig angetrieben von dem Gedanken vollkommener Selbstvernichtung als einzig denkbare Form, damit auch den Schmerz zu beenden, reißt er auf der Autobahn als Geisterfahrer eine andere Familie in den Tod. Dieses Ereignis ist nun Dauerthema in den Therapiesitzungen, die Tobias seinerseits in Anspruch nimmt: Ja, er hat richtig gehandelt, hätte er aber anders gehandelt, wäre die unbeteiligte Familie noch am Leben.

Ein anderer Fall, der sowohl Benno als auch Tobias als auch deren Beziehung strapaziert, ist der der zehnjährigen Lina. Laut ihrer behandelnden Ärzte hat Lina eine Lebenserwartung von maximal dreizehn Jahren. Lina will aber nicht mehr drei Jahre leiden. Die Schmerzen, die die Krankheit verursacht, sind mindestens so unerträglich wie die Qualen der täglichen Behandlung. In der Adventszeit des letzten Jahres gab Lina ihren Eltern einen Wunschzettel.

»Oh, was für eine schöne Blume, Lina! Du wünschst dir eine Blume? Die ist aber ganz schön groß! Die ist ja größer als die Häuser!«

»Das ist keine Blume, Mama: Das ist das Heaven's Gate!«

Also machten Lina und ihre Eltern eine Wunschliste für Linas Abschied im Heaven's Gate: lichtdurchlässige rosa Vorhänge. Kirschblütenduft. Gilbert aus der 4c soll Gitarre spielen. Was von ihr nach der Promession übrig bleibt, soll im Schulgarten verstreut werden. Und was macht Tobias? Er zögert. Er recherchiert selbst nach alternativen Heilmethoden, als hätten die Eltern das nicht schon bis zum Exzess getan. Ich persönlich hoffe, dass er den Mut aufbringt, dem Wunsch des Mädchens zu entsprechen. Ich möchte aber auch nicht mit ihm tauschen. In meinem Alltag hatte ich zu entscheiden, ob ich das Tempodrom oder das Monopol miete, Madonna oder *U2* einfliege und ob ich ein paar Greisen der Volksmusik noch mal eine Chance gebe. Pipifax im Vergleich.

Bianca geht

Der Ritualraum ist durchflutet von fliederfarbenem Licht. Orangenbäumchen. Der Duft von Lavendel und Zitrone. Verschiedene Teesorten. Drei Schwarzafrikaner singen »Nzambe Tata«. In dem Lied geht es um die Frage, was man tun muss, um Gott zu finden. Hm. Diese Sänger ... Ich habe sie schon einmal gesehen: mehrere unserer Hungerstreiker! Bianca hat sich im Komitee für Flüchtlinge engagiert, jetzt verabschieden sie sie.

Biancas Mutter weint ununterbrochen. Und ihr Vater redet seiner Frau ununterbrochen gut zu: »Was für wunderbare Musik! Wie der Lavendel duftet! Sieht sie heute nicht glücklich aus, unsere Bianca! Schau, wie sie sich freut, dass du da bist!«

Ein Mann in Biancas Alter ist gekommen, den niemand – außer wohl Bianca – kennt. Mir fällt die erstaunliche Ähnlichkeit zu Larissa, Biancas jüngerer Tochter auf. Nun ja, ich weiß ja auch von dem Brief. Das ist ohne Zweifel Ralf. Die Ähnlichkeit ist so auffällig, dass er sich von dem Mädchen geradezu fernhält. Ein kleines silbernes Kreuz am Revers seines Sakkos verrät, dass er sich seiner Kirche noch verbunden fühlt.

Biancas Chefin schwärmt in ihrer Rede von dem vorbildlichen Selbstverständnis Biancas, alles, was sie weiß, ihren

Kollegen weiterzugeben. Das sei bei einem Beruf, der den Umgang mit Menschen in Ausnahmeumständen zum Gegenstand hat, von besonderer Bedeutung.

Bianca bedankt sich für die Rede und für die Zusammenarbeit und nutzt die Aufmerksamkeit, um noch zu sagen, was noch zu sagen wäre: »Seit einiger Zeit spreche ich mit meinem Tumor. Klar, wir leben zusammen auf engstem Raum, da ist es wohl normal, dass man irgendwann anfängt, miteinander zu reden. Es ging damit los, dass ich ihn in einem durch ihn verursachten Anfall von Kopfschmerzen, Übelkeit und Gliederzucken wüst beschimpft habe. Seine Antwort fand ich bemerkenswert: Er hätte mich auch befallen können, als ich noch ein Kind war. Ich hätte dann diese wertvolle Arbeit in der Schuldnerberatung niemals machen können, hätte meinen Mann nicht kennengelernt und hätte meine Töchter nicht geboren.

Er hätte sich eine Stelle in meinem Gehirn aussuchen können, bei der seine kleinste Aktivität nicht zu Kopfschmerzen, Übelkeit und Gliederzucken führen würde, sondern zu Bosheit, Zorn und Gewaltausbrüchen. Er hätte sich schneller ausdehnen können, und ich wäre dann gar nicht in der Lage gewesen, selbstbestimmte Entscheidungen über das Für und Wider eines Abschieds im Heaven's Gate zu treffen. Ob ich ihm jetzt auch noch dankbar sein soll, fragte ich ihn. Er bräuchte meine Dankbarkeit nicht, antwortete er. Aber ich solle doch mal überlegen, ob eine solche dankbare Haltung nicht für mich selbst gut wäre. Tja, was soll ich dazu sagen. Da kann ich mich auf den Kopf stellen: Der Scheißtumor hatte recht! Also Leute, ich wünsche mir was. Ich wünsche jedem von euch, dass er oder sie guckt, was er hat, was er kann und was er will. Und dann macht. Und wenn dann so ein Tumor kommt, dann sage nicht ›oh Tumor, das ist jetzt grad ganz schlecht, kannst du vielleicht in dreißig Jahren noch mal anklopfen?‹ Der würde dir was husten, der Tumor!

Marietta, meine Nachbarin hat mir gerade gesimst: Sie käme nicht. Was ich hier tue, sei eine Sünde. Sie sei in der Moschee und würde beten, dass ich noch umkehren solle. ›Oh Allah, lass mich leben, solange das Leben besser ist, und lass mich sterben, wenn der Tod besser ist.‹ Die blöde Kuh! Ich hätte sie gerne hier gehabt. Vor vier Wochen wäre ich fast abgekratzt. Hätte Gott das gefallen? Nein, das hätte Gott nicht gefallen. Gott will nicht, dass ich abkratze! Hörst du, Mama? Gott will das nicht! Gott wollte, dass ich Abschied nehme und gehe, wenn meine Zeit gekommen ist. Er wollte sicher nicht, dass ich dumm rumstehe und warte, bis mich jemand abholt. Als wüsste ich nicht selbst, wo meine Reise hingeht. Danke, Tobias, danke, Lasse, ich bin bereit.«

Aus der Ferne höre ich mehrere Einsatzhörner. Wenn Einsatzfahrzeuge in Kolonne fahren, ist das meistens ein Feuerwehrzug. So ein Feuerwehrzug ist in Berlin alle paar Minuten irgendwo unterwegs. Das ist aber kein Feuerwehrzug. Als erfahrener Veranstalter von Großereignissen kann ich sehr genau zwischen dem Klang eines Drucklufthorns und eines elektrischen Horns unterscheiden. Die Einsatzfahrzeuge der Feuerwehr – und nur die – haben Drucklufthörner. Das hier sind aber keine Drucklufthörner, das hier sind elektrische, und sie kommen näher. Es ist die Bundespolizei, und sie will zu uns. Fassungslos und stumm hören wir dem Surren des Aufzugs zu, und schon stehen zehn ungebetene Gäste im Ritualraum, sieben uniformierte, drei Anzugträger.

Biancas Chefin tritt dem offensichtlichen Anführer entschlossen entgegen: »Oli, was willst du denn hier! Glaubst du, wir verstecken hier säumige Schuldner?«

»Und du? Lässt du dich hier umbringen? Das hätt ich dir auch ...«

Benno geht dazwischen: »Moment, stopp, wer sind Sie, und was wollen Sie.«

»Oliver Budgereit, Gerichtsvollzieher. Sind sie Benno Wiesenthal? Gut, legen Sie ihren Zeigefinger auf den Scanner ... okay. Also: Dem dafür zuständigen Gericht ist zur Kenntnis gelangt, dass hier ein Verbrechen gegen das Leben verübt werden soll, indem ein Mensch geplant vom Leben zum Tode befördert werden wird. Immerhin ein Kapitalverbrechen, darum dieser Auftritt. Nun, Sie berufen sich bei Ihrem Tun gewiss auf die neuen Gesetze zur Legalisierung der aktiven Sterbehilfe. Es liegt nun aber ein Eilantrag mit der Geltendmachung von Gefahr im Verzug vor. Zur Stunde tagt in dieser Angelegenheit eine Kammer des Bundesverfassungsgerichts, die prüft, ob die einschlägigen Gesetze gegebenenfalls verfassungswidrig sind. Würde das festgestellt, wäre es meine Aufgabe, Sie auf die schwere Strafbarkeit Ihres Vorhabens hinzuweisen und die Veranstaltung aufzulösen. Bis dahin – mit einer Entscheidung ist im günstigen Fall in ein bis zwei Stunden zu rechnen – ist jede weitere Tätigkeit im streitgegenständlichen Sinne untersagt. Näheres entnehmen Sie bitte dieser einstweiligen Verfügung.«

Biancas Chefin, immer noch im Angriffsmodus, schnappt sich das Papier: »Wusst ich's doch: formfehlerhaft. Du kannst sie rausschmeißen Benno. Ohne gültigen Beschluss ist das Hausfriedensbruch.«

Benno lässt aber keinen Zweifel daran aufkommen, wer hier der Chef ist: »Formfehler hin oder her: Wir warten jetzt die Entscheidung des Gerichts ab. Herr Budgereit, Sie konnten sich davon überzeugen, dass hier kein Massenmord stattfinden soll. Ich denke, es reicht, wenn Sie persönlich hierbleiben und Ihr Gefolge unten wartet. Wie Sie ja selbst sehen, ist es ziemlich eng hier.«

Mit einem zerknirschten Kopfnicken in Richtung des Oberpolizisten bedeutet er seinen Begleitern, sich zurückzuziehen. Das mit dem Formfehler scheint also zu stimmen. Trotzdem, zwei kräftige Uniformierte bleiben da, für alle Fälle.

Jetzt machen sich Jammer, Verzweiflung und Ratlosigkeit breit: Biancas Mutter bedrängt den Gerichtsvollzieher: »Retten Sie meine Tochter!«

Der Gerichtsvollzieher erstarrt zu einer Salzsäule aus Hilflosigkeit. Bianca presst sich den Daumen weiß an dem roten Knopf, der den Arzt mit den erlösenden Spritzen rufen soll. Sie will diesem ganzen Wahnsinn jetzt endlich, und zwar sofort ein Ende machen, scheiß auf den irdischen Gerichtsbeschluss. Der Arzt kommt mit Spritzen und Assistentin, die beiden werden aber sofort von den Polizisten aufgehalten. Biancas Vater rauft sich die Haare und stammelt matt unverständliche Verwünschungen. Benno ruft bei unserem Anwalt an und erfährt, dass dieser gestern verhaftet wurde wegen »Besitzes von Rauschmitteln in nicht geringer Menge«, die man in seinem Tresor, im Handschuhfach seines Citroën DS Oldtimers, seiner Hosentasche und in seiner Aktentasche gefunden hatte. Und jetzt weiß Benno nicht, wen er sonst anrufen soll, aber von mir will er sich gerade keine Anwälte empfehlen lassen.

Das alles ist aber noch nichts im Vergleich zu dem, was sich in meinem Kopf abspielt: Was passiert, wenn das Bundesverfassungsgericht das Legalisierungsgesetz zur aktiven Sterbehilfe kassiert? Wird dann aus dem Heaven's Gate ein gewöhnliches Hospiz? Machen wir unsere Abschiede dann illegal? Sterbe ich bald genau so, wie ich es eben nicht wollte? Vielleicht gewinne ich aber auch Karla und Hilde zurück.

Oder ich werde doch wieder gesund. Genau: Professor Sennft in Leipzig findet doch ein Mittel. Auch Roswitha wird gesund. Ihr Mann verlässt sie, mit einer Roswitha, die wieder gesund ist, kann er nicht umgehen. Wir fangen ein neues Leben an, hier, im Diesseits. Ich verkaufe die Sankt-Georg-Kiste doch an die Chinesen, ich mache einen Segelschein, wir machen einen Teeladen auf, mit kleinen Konzerten, Off-Theater, Kunstevents. Benno und Tobias kommen zu Besuch, Karla, Paul und Hilde, alle kommen zu Besuch, wir sind eine große Familie!

»Abgewiesen.«

Was? Das war doch jetzt der Gerichtsvollzieher, oder? Alle sehen zum Gerichtsvollzieher: »Die Beschwerde wurde als nicht ausreichend begründet abgewiesen. Das Unterlassungsgebot laut einstweiliger Verfügung erlischt damit. Ich wünsche gelungenes Hinscheiden.«

Der Abzug der Vollstreckungskommission, die nun nichts zu vollstrecken hat, verläuft deutlich weniger spektakulär als ihr Einzug. Swantje, Biancas ältere Tochter, legt ihrer Mutter etwas in die Hand, etwas Winziges, man kann es nicht sehen. Ich will aber wissen, was das ist.

»Benno, ich muss Biancas Mann was fragen.«

Benno führt ihn zu mir.

»Was ist das? Was hat Swantje deiner Frau gegeben?«

»Fliedersamen. Bianca liebt Flieder. Sie soll ihn säen, da, wo sie ankommt.«

Jetzt geht ihr Mann zu ihr. Wortlos zeigt er ihr sein Smartphonedisplay. Sie lacht. Dann lacht er. Sie lachen Tränen. Das Lachen wird zum Weinen. Noch ein paar Mal tief durchatmen, dann nickt Bianca den Arzt und dessen Assistentin an und gibt ihrem Mann einen letzten Kuss. Die Assistentin zieht die Vorhänge zu. Der Arzt hatte schon Stunden zuvor einen Venenzugang gelegt, nun schließt er eine

Injektionsapparatur an. Der Flüchtlingschor singt jetzt wieder – auf Deutsch. Die Sprache von Menschen, die sie in Abschiebehaft steckten und die der Menschen, die sie da wieder rausholten: Bianca. Sie hatte Liedtexte verteilt: »Was muss ich tun, um Gott zu finden …«

Nach einer Weile öffnen sich die Vorhänge und der Arzt tritt heraus mit einem Es-ist-vollbracht-Lächeln.

Eingenässt

Ich hab mich eingenässt. So liege ich hier seit Stunden in meiner Küche und warte auf Olga. Ich bin selbst schuld: Nach Biancas Abschied wollte ich unbedingt mal wieder allein sein, hatte allen versprochen, keine »Dummheiten zu machen«, bin trotzdem kurz aufgestanden und dabei gestürzt. Selbst schuld.

Eins steht fest: Wenn mich keiner findet und mir hilft, dann verdurste ich hier unten. In Sichtweite von Kühlschrank und Wasserhahn. Das war nicht der Plan. Der Plan war, dass ich einen solchen Zustand gar nicht mehr erlebe. Dafür habe ich das Heaven's Gate bauen lassen. Aber wenn Olga nicht bald kommt, dann stirbt der Erfinder des selbstbestimmten Ablebens, des gestalteten Hinscheidens in Würde als Höhepunkt des Lebens im eigenen Urin. Und selbst wenn Olga mich gleich erlöst, wird mein Verfall fortschreiten.

Bianca hat so friedlich ausgesehen! Das bestärkt mich sehr. Aber nicht jeder gönnt uns diesen Frieden. Ein Video von einem total ausrastenden Pferd wurde in den letzten Wochen, sozusagen als Kommentar des Mobs zu Heaven's Gate, ein »Millionviewer« auf Vidspace. Das Pferd sollte eigentlich sterben: eine ganz sanfte Einschläferung, wie damals bei Daydream, Karlas Pferd. Aber hier wurden die Euthanasie-Medikamente wohl falsch dosiert. Das Pferd bäumt sich auf und galoppiert panisch durch den Raum. Es muss jetzt mit einem Bolzenschuss getötet werden, aber es dauert eine Ewigkeit, bis der Bolzenschussapparat in Position gebracht werden kann.

In Kommentaren zu diesem Video wird auf vergleichbare Unfälle bei Hinrichtungen in den USA verwiesen. Zu allem Unglück berichten angebliche Zeugen in Medien, bei unseren »Konkurrenten« in Spanien hätte es auch derartige Horrorunfälle gegeben. Alle diese Unfälle erscheinen außerdem in unzähligen GROOPS-Postings.

Benno beruhigt mich: Unsere Eröffnung hat einfach nur für eine kleine Entladung gesorgt, es war einfach mal wieder ein kleiner Horrorhype fällig, unsere Sympathiewertekurve kriegt nicht mal eine Delle. Und vor allem Leute jenseits der fünfzig sind unserer Idee mehr zugewandt als der Schockkultur einschlägiger Nischen im Internet.

Klar, rein biologisch evolutionär ist Leben ab fünfzig doch eine reine Kulanzleistung der Schöpfung. Aber wenn die Bedrohung gering ist und die Versorgung umfassend und der medizinische Fortschritt groß, vielleicht wird Hilde dann hundertzwanzig! Olga wird garantiert nicht hundertzwanzig, sie kann froh sein, wenn sie als Illegale noch eine Weile unentdeckt bleibt. Ich frage mich, wie ein Heaven's Gate in der Ukraine für die Einkommensklasse von Olgas Eltern wohl aussehen würde. Eine ausgebaute Garage beim Tierarzt? Ein Wellness-Add-on eines AIDS-Hospizes? Das erweiterte Aussegnungsangebot eines cleveren Bestatters?

Ich weiß hier in meinem Urin liegend nichts Besseres zu tun, als mir auf meinem Tablet unsere Andachtsseite anzusehen und was überhaupt so geschrieben wird zu diesem Thema:

BIANCAS PROFIL AUF BIANCAS ANDACHTSSEITE
auf heavensgate.neu/andacht/bianca

Ich wurde in Göttingen geboren, bin dort auch aufgewachsen und habe da auch Sozialpädagogik studiert. Aus Liebe zu meinem Mann bin ich nach Berlin gezogen. Wir haben zwei wunderbare Töchter.

Bis zu meiner Erkrankung habe ich in Schöneberg als Schuldnerberaterin gearbeitet. Eine mental sehr anstrengende Arbeit. Aber insgesamt befriedigend, denn ich konnte in vielen Einzelfällen Menschen wirklich unterstützen. Ein Suchtspieler hatte sogar eine Niere verpfändet, und der Gläubiger – ein Organagent – verlangte auch wirklich die Herausgabe der Niere, als mein Klient nicht mehr zahlen konnte. Ich brachte den Fall vor Gericht, das dann die Geltendmachung dieser Vertragsbedingung als sittenwidrig und unzumutbar ansah. Es gelang mir, den Klienten dabei zu unterstützen, in kleinen Schritten wieder die Kontrolle über sein Leben zurückzugewinnen. Lauter kleine Erfolgserlebnisse wie »Ich habe es geschafft, einen Brief zu öffnen und das Mahnschreiben dann auch zu lesen«, »Ich habe alle Ausgaben in mein Haushaltsbuch eingetragen und dabei festgestellt, dass ich mir jetzt eine Tafel Schokolade leisten kann«. Der Mann führt heute ein kleines unauffälliges, gesundes Leben.

Tragisch endete das Leben von B. Seine sehr attraktive Frau hatte eine ausgesprochen materialistische Werteorientierung, B. wiederum definierte sich über seine schöne junge Frau. Er verdiente viel, aber es reichte nie. Der Bau einer Luxusvilla wurde immer größer, aufwendiger und teurer. Als die Frau merkte, dass das Haus nie fertig werden könne und B. ja längst pleite war, verließ sie ihn. So saß er allein in einem unfertigen Haus mit dreihundert Quadratmeter Wohnfläche und bekam es mit der Angst.

Im Gespräch mit mir bekam er eine Ahnung von seiner wirtschaftlichen Vernichtung. Es gelang ihm nicht zu erkennen, dass das keine persönliche Vernichtung bedeuten muss, und er sprang vor einen Zug. Ich lernte zu akzeptieren, dass ich nicht helfen kann, wenn der Klient seinen Beitrag dazu nicht leisten kann oder will.

Die Diagnose eines nicht therapierbaren Hirntumors hat mich zunächst total aus der Bahn geworfen: Wie sollen meine Kinder ohne mich aufwachsen? Was wird aus meinen Klienten? Mein bester Mann der Welt und ich, wir hatten uns noch so viel vorgenommen! Das Abschiedscoaching mit Tobias vom Heaven's Gate hat mir geholfen, meinen Frieden zu finden. Dazu mag ich anmerken, dass ich von der Ausbildung her das natürlich hätte selber machen können. Aber erstens kann man sich nicht selbst coachen und zweitens hat Tobi eine fast magische Art, Verschlossenes zu öffnen und Verborgenes freizulegen. Und zwar immer diskret und immer mit der gebotenen Würde.

Im Komitee für Flüchtlinge habe ich noch etwas mitwirken können, mir war das wichtig, und mir ist überwältigend viel Dankbarkeit entgegengebracht worden. Also, ich gehe bewusst und in Frieden. Und weil ich nicht weiß, was kommt, freue ich mich auf eine bessere Welt, wobei ich auch in dieser sehr glücklich war.

EINTRAG AUF BIANCAS ANDACHTSSEITE

auf heavensgate.neu/andacht/bianca

Ich bin Jean-Baptiste und bedanke mich bei Madame Schiller vom Komitee für Flüchtlinge in Not dafür, dass sie sinngemäß und in ihrer Sprache zusammengefasst hat, was ich hier zu Ehren von Madame Bianca Lenz mitteilen möchte.

Bianca gehörte zu den wenigen Menschen, die anderen helfen, ohne dabei vor allem an sich selbst zu denken.

Ich komme aus dem Tschad, allerdings kann ich mich kaum daran erinnern, denn ich kam schon als Kind nach Libyen und habe dort auf Baustellen gearbeitet. Dann kam der arabische Frühling als Hölle über uns: Wer aus einem Land südlich der Sahara stammte, galt als Söldner des besiegten Diktators. Viele wurden umgebracht, ich konnte fliehen. Nicht in den Tschad, es gab keinen passierbaren Landweg, es gab ein Schiff. Ich gab alles, was ich hatte, um auf das Schiff zu kommen. Niemand wusste, wo es hingeht. Leere, Stille, Hitze oder Finsternis, Hunger und Durst. Irgendwann kam etwas sehr Großes auf uns zu. Ich hatte in meinem ganzen Leben noch nie etwas so Großes gesehen. Ein Schiff.
Auf einem Balkon stand eine wunderschöne nackte blonde Frau. Nur wir konnten sie sehen, niemand sonst, denn der Balkon hatte Blenden an beiden Seiten. Sie tat aber so, als wären auch wir niemand, als wären wir nicht da. Auch andere, die auf uns herabblickten, wollten uns nicht sehen und unsere Schreie nicht hören. Natürlich sahen sie uns, aber nicht mit ihren Augen, die Menschen in Not sehen, sondern mit ihren Smartphones, die interessante Motive für ihre GROOPS-Chroniken entdeckt haben. Nur ein Junge, ein Kind, schrie und zeigte auf uns. Er schrie, als ginge es um sein Leben, dabei ging es um unseres. Irgendwann zog ihn sein Vater wortlos ins Innere des Schiffes, und das Schiff entfernte sich wieder. In der darauffolgenden Nacht wollten uns mehrere Schiffe nicht sehen. Einer von unseren Leuten meinte, die können uns gar nicht sehen und machte Feuer. Das Schiff brannte. Mehrere ertranken.
Ein Fischerboot nahm die Überlebenden auf und brachte sie nach Italien. Ich kam nach Berlin in ein Flüchtlingswohnheim. Ich bin nicht undankbar, ich wurde gerettet! Aber ich fühlte mich bedroht. Ich hatte Angst vor den Ara-

bern, mit denen ich mir mein Zimmer teilte. Ich hatte Angst vor den Nazis, die vor dem Wohnheim gegen uns wüteten. Ich hatte Angst vor den gleichgültigen Betreuern, denen es egal war, wovor wir uns fürchteten. Als ich noch neu war im Heim, fragte ich einen Zimmernachbarn, einen Osteuropäer: »Du hast hundert Menschen eigenhändig getötet. Wie kannst du da ruhig schlafen?«

»Ich kann ruhig schlafen, weil ich sie umgebracht habe. Und dich bringe ich auch um, wenn du mich nicht schlafen lässt.«

Er zwinkerte mir lächelnd zu und schlief ein. So hatte ich Todesangst – vor einem schlafenden Mann.

Meine Wunde am Bein entzündete sich wieder. Rebellen hatten mich in Bengasi misshandelt. Für einen Schein zum Arztbesuch musste ich bis Montag, bis zu den Öffnungszeiten von Zimmer 11, warten. Ich bekam den Schein. Und ich bekam ein Attest zum Bezug einer Busfahrkarte in Zimmer 18. Die sagten aber, zu diesem Arzt könne man auch zu Fuß gehen. Ich bat, ich flehte um Rücksprache mit dem Arztzimmer und bekam anstelle eines Fahrscheins einen Schein zum Bezug von Fahrgeld in Zimmer 3. Das war aber wegen Krankheit geschlossen. Ich fragte den Pförtner nach dem Fußweg. Er gab mir wortlos einen fotokopierten Zettel. Aber wo ein Schlecker Drogeriemarkt sein sollte, war kein Schlecker Drogeriemarkt. Und wo ein Karstadt sein sollte, war kein Karstadt. Ich taumelte, mir schwanden die Kräfte. Ein Taxi hielt an. Der Fahrer sah den Zettel und sagte, er würde mich zum Arzt fahren, umsonst. So stellte ich mir ein Raumschiff vor wie dieses Taxi: Überall Monitore und Knöpfe. Der Fahrer erzählte, er sei Abgeordneter der FDP gewesen, der einzigen liberalen Partei Deutschlands. Schlecker und Karstadt, tja, die hätten's nicht besser verdient, in der freien Wirtschaft würde einem nichts geschenkt, wer schlecht wirtschafte, der müsse eben Platz machen für die, die es besser machen. Bei Menschen wäre das was anderes. Er hätte sich mit seiner Partei immer für Minderheitenrechte eingesetzt. Ob ich mir Deutschland so vorgestellt hätte und ob ich noch einmal die Strapazen einer Flucht auf mich nehmen würde, um dann hier zu landen.

Nein, mein Herr, das war nicht meine Entscheidung. Es gab keinen passierbaren Landweg in den Tschad. Nein, mein Herr, ich bin nicht der gut ausgebildete, älteste Sohn einer Mittelschichtfamilie, der zum Reichwerden nach Europa geschickt wird und dann beim Aufbau des Landes fehlt, während die Ärmsten der Armen dableiben müssen. Nein, mein Herr, ich bin auch kein politischer Flüchtling. Ich wollte einfach nur nicht umgebracht werden, das ist alles. Der Taxifahrer sagt, er heiße Jens, ich solle ihn Jens nennen. Jens bringt mich in die Arztpraxis. Am Empfang gebe ich der Arzthelferin meinen Arztzettel. Sie guckt ratlos. Sie zeigt dem Arzt den Zettel. Der schüttelt den Kopf, zerknüllt den Zettel, schmeißt ihn weg und nimmt mich mit ins Behandlungszimmer. Er versorgt meine Wunde und spritzt mir ein Schmerzmittel. Das tut gut. Jens fährt mich wieder ins Heim. Auf dem Weg fragt die Taxizentrale, was er denn da wieder treibe, er sei schon seit einer Stunde ohne Taxameter unterwegs. Ob er Schwarzfahrten mache oder wieder arme Leute rumkutschiere und überhaupt sei das nicht sein Taxi. Jens schaltet das Funkgerät aus.

Als wir an einer Baustelle vorbeifahren erzählt er mir, dass da ein Haus gebaut würde, in dem man sich umbringen lassen kann, das sei aber ganz schön teuer. Es sei denn, man überlässt denen seine Organe. Für einmal Umbringen im Heaven's Gate könne man in Afrika tausend Kinder behandeln, mindestens. Dazu bräuchte man natürlich Ärzte. Aber die werden im Heaven's Gate gebraucht, um Leute umzu-

bringen. Jens sagte, das Heaven's Gate würde ein Wellnesstempel des Todes werden, und weil ich nicht wusste, was Wellness ist, erklärte er mir das mit Bildern, die mich an das Riesenschiff mit der nackten blonden Frau auf dem Balkon erinnerten. Ich träumte dann jede Nacht von der blonden Frau und von meinen Ahnen im Jenseits, die mich nicht aufnehmen würden, wenn ich mich umbrächte und ebenfalls nicht, wenn ich mich freiwillig umbringen ließe.
Ich bekam immer mehr Angst vor den Arabern und Russen im Heim. Und ich bekam immer mehr Angst vor den Nazis, die vor dem Heim auf uns warteten. Und vor den gleichgültigen Betreuern, die uns alle verachteten und die es insgeheim befriedigte, wenn wir aufeinander oder die Nazis auf uns alle losgingen. Das Heim war die Hölle. Nein, Bengasi war die Hölle. Aber das Heim war auch schrecklich. Ich war verzweifelt.
Nach fünf Jahren im Heim schloss ich mich einer Gruppe vom Afrikanern an, die die Baustelle des Heaven's Gate besetzten, denn da sollte eigentlich ein neues, menschenwürdiges Heim hin, und unser Sprecher, der verstand was von Politik, und so kamen Unterstützer und Reporter und Politiker, und wir forderten das neue Heim. Aber der Bürgermeister wollte lieber das Heaven's Gate, und so beschloss unser Sprecher einen Hungerstreik. Aber wir wollten nicht sterben, wir durften das nicht, unsere Ahnen hätten uns den Eintritt ins Jenseits verwehrt. So brachen wir den Hungerstreik ab, und ich kam in eine Unterkunft vom Komitee, und das war die beste Zeit in meinem Leben. Wir wurden von Bianca betreut. Bis kurz vor ihrem Tode.

Ich spüre ein seltsames Gefühl in mir aufsteigen. Scham? Ja, ich denke, es ist Schamgefühl. Mein empathisches Vermögen beschränkte sich früher darauf, die Selbstausbeutungsbereitschaft von Künstlern und Assistenten bis an die Grenzen der Erschöpfung auszureizen – aber eben nicht darüber hinaus. Sonst hätte ich nicht der bedeutendste Eventunternehmer Europas werden können. Meine Kunden, das war Publikum. Und Publikum, das waren konsumwillige Ameisenvölker, die entlang von kilometerlangen Absperrgittern zur Futterstelle ihrer Bespaßung geführt werden mussten. Nach höchsten Sicherheitsstandards natürlich. Da dachte ich mir, Qualitätssicherung für Heaven's Gate erschöpft sich auch in der Einhaltung der Qualitätsmanagementnormen nach ISO 9000 Standard. Aber nun sind meine Kunden nicht mehr gesichtslose Massen, für die man genügend Chemietoiletten bereitstellen muss. Es sind Klienten, die uns ihr Ableben anvertrauen. Ich bekomme eine Ahnung von individuellen Schicksalen, Abgründen, Erwartungen, Möglichkeiten und Unmöglichkeiten. Ich sehe schon, da schreibt Kamil. Seine Geschichte hat was Abstoßendes. Ich mag ihn nicht umarmen, und ich will vor allem nicht dabei gesehen werden. Aber ich trage jetzt Verantwortung nicht allein für die Einhaltung von Leistungsversprechen, sondern auch für das Seelenheil von Menschen! Jetzt rede ich schon wie Karla.

KAMILS PROFIL AUF KAMILS ANDACHTSSEITE
auf heavensgate.neu/andacht/kamil
Ich bin Kamil und komme aus Polen. Ich habe selbst auf der Baustelle des Heaven's Gate gearbeitet. Um dann schließlich hier auch zu sterben. Das konnte ich erst, nachdem ich mich meiner Verantwortung gestellt habe. Danke, Tobias, für deine Hilfe dabei. Zurzeit warte ich auf einen Termin, aber das wird nicht mehr lange dauern.
Ich habe junge Mädchen sexuell missbraucht. Ich hätte erkennen können und müssen, dass die Tatsache, dass die

Mädchen sich meinem Übergriff ergeben haben, kein Zeichen von Zustimmung und schon gar keines für Zuneigung oder Liebe war. Sie hatten schlichtweg Angst. Um einer langjährigen Haftstrafe zu entgehen, habe ich mich kastrieren lassen. In meiner egoistischen Verblendung habe ich den Mädchen dafür eine Mitschuld gegeben. Das ist eine zweite, eine nachträgliche Vergewaltigung. Lange bevor ich das erkannt habe, habe ich versucht, die Folgen der Kastration durch Hormone wieder rückgängig zu machen. Fast hätte ich dann wieder ein Mädchen missbraucht.
Ich war verzweifelt, wollte sterben, meldete mich an im Heaven's Gate. Und arbeitete auf dessen Baustelle, um mir den Übertritt in ein anderes Dasein im Heaven's Gate leisten zu können. Ich war aufgewühlt durch die Gespräche mit Tobias. Während meiner Arbeit am Heaven's Gate erlebte ich mit, wie jeden Abend Prostituiere auf die Baustelle kamen. Mädchen, die von großen Geländewagen ausgespuckt wurden. Sie verschwanden in den Containern und wurden nach zwei Stunden wieder eingesammelt. Eine Prinzessin war darunter. Die Schweine! Sie behandelten meine Prinzessin wie ein Stück Dreck! Die griechischen Vorarbeiter, der tschechische Geländewagenfahrer, miese Schweine. Okay, das bin ich meiner Prinzessin schuldig: In dem Moment, in dem sie meine Prinzessin rausschmeißen, verriegele ich von außen den Griechencontainer und schmeiße dann eine brennende Benzinflasche ins Fenster. Sie sollen brennen, die Griechen! Dann erschlage ich den Tschechen. Und bin am Ziel meiner Träume: Ich bette meine Prinzessin auf Rosenblättern und heirate sie.
Stopp.
Das ist alles jetzt nur Schwanzgefühl, wenn ich ehrlich bin, und da bin ich nicht besser als die Griechen. Ich rede mir ein, es wäre Herzgefühl, aber das ist es nicht. Seit ich

kastriert bin, gehen Schwanzgefühle ins Leere. Das einzige, was mir in meiner Verzweiflung noch hilft, sind Kopfgefühle.
Ich trainiere meine Kopfgefühle im Abschiedscoaching mit Tobias. Und mein Kopf sagt: Für die junge Frau ist der Unterschied zwischen Stück Dreck und Prinzessin vielleicht gar nicht so groß. Niemand hat sie gefragt, niemand hat mal richtig hingeguckt, der Tscheche nicht, die Griechen nicht und ich auch nicht.
Der Geländewagen kommt. Das war mal ein richtiges Posermonster gewesen, aber jetzt hat es Beulen und Flecken, eine andersfarbige Hintertür und ein kaputtes Rücklicht. Die Frauen steigen ein, und ich mache gar nichts, weil ich nicht weiß, was ich machen soll. Das heißt, doch, ich weiß es, ich weiß es ganz genau: Ich werde jetzt schlafen gehen, denn morgen wird ein anstrengender Tag. Ich bin Facharbeiter mit Leib und Seele, ich habe es gelernt, ich werde gebraucht, und ich werde gefragt. Das unterscheidet mich von unseren Moldawiern. Niemand fragt sie irgendwas. Lauter Stücke Dreck, lauter arme Schwanzfühler, die mal davon träumen dürfen, junge Frauen – ebenfalls aus Moldawien – auch mal wie Dreck zu behandeln oder wie Prinzessinnen.
Ich bin Pole. Ich beichte und bete, auch ohne Pfarrer, denn katholische Pfarrer haben ein Problem mit bekennenden Kinderschändern und Selbstmördern. Ich freue mich jetzt auf meinen Abschied, auf meinen Übertritt in eine andere Daseinsform. Wenn ihr dies lest, ist das schon passiert.
Friede den Griechen, Tschechen, Moldawiern, Mädchen, Prinzessinnen und Schwanzfühlern. Gott schütze euch.

EINTRAG IM FORUM DES ANDACHTSPORTALS
auf heavensgate.neu
Cynthia Willis

Meine Verzweiflung, mein Vernichtungswille, der sich gegen mich selbst richtete, war schon fast übermächtig, als meine Freunde Lasse und Tobi mit dem Heaven's Gate eine ganz neue Tür aufmachten: Die Todessehnsucht wich einer Sehnsucht nach einem anderen Dasein, in dem ich noch mal Frieden finden konnte. Ich buchte, ich zahlte, ich konnte es kaum erwarten. In der Abschiedsarbeit mit Tobi fand ich heraus, dass meine Zeit noch nicht gekommen war, im Gegenteil. Ich fasste neuen Mut. Vielleicht komme ich auf das Heaven's Gate noch mal zurück, ich finde die Idee faszinierend. Allerdings nur in Verbindung mit dem Abschiedscoaching, das einen in der Krise überhaupt erst in die Lage bringt, die ganzen Möglichkeiten, aus denen man selbstbestimmt wählen kann, zu erkennen.
Danke, Lasse, Tobi und natürlich auch Benno.
Eure Cynthia

Jeder unserer Klienten im Heaven's Gate hat die Option einer mobilen Vitrine, sozusagen das Äquivalent zum klassischen Grab mit Grabstein usw. Angehörige und Freunde können stundenweise einen unserer Ritualräume als Andachtsraum buchen, die Vitrine des Verstorbenen wird dann in den Andachtsraum gebracht. Eine weitere Option ist die Onlineversion der Vitrine. Dafür wird die Originalvitrine nicht einfach abfotografiert oder -gefilmt, sondern ihre einzelnen Elemente werden in einer Art arrangierter Galerie optimal dargestellt. In meinem Fall erscheint also der Inhalt eines digitalen Bildschirms online als Slideshow, die der User selbst vor- und zurückswipen kann.

Die Vitrine von Kamil enthält drei Objekte: ein Marienbild der Schwarzen Madonna von Tschenstochau mit Jesuskind. Ein Foto, das Kamil als jungen Soldaten der Streitkräfte der

Volksrepublik Polen zeigt, ausgezeichnet mit einer Medaille für fünf Jahre Treuedienst in der Armee. Und den Bauhelm der Stahlbetonbauer in Orange. Kamil hat sie selbst arrangiert, er ist wahrscheinlich nach mir der dritte Abschiedsgast.

Die Vitrine von Bianca ziert ein kleiner Orangenbaum, umgeben von allerlei figürlichen Bastelarbeiten ihrer Töchter: vierbeinige Tiere aus Kastanien und Streichhölzern, ein Schloss aus Knetgummi, ein gehäkeltes Häschen. Außerdem eine aus Holz geschnitzte Maske und ein aufgeschlagenes Büchlein mit dem Titel »Weisheiten aus Afrika«. Aufgeschlagen ist die Seite »Glück widerfährt dir nicht – Glück findet der, der danach sucht.«

In der Mitte meiner eigenen Vitrine wird eine Bonsai-Birke stehen. Sie wächst auf meinem Boden, genauer gesagt auf dem, was die Promessionsanlage von mir übrig lassen wird, angereichert mit einem Substrat, das Birken besonders gut gedeihen lässt.

Paul hat auf seinem 3D-Drucker eine Büste von mir ausgedruckt. Im Stil von Beethoven oder Aristoteles. Cool, danke Paul! Inschrift: LASSE WIESENTHAL – Sein Motto war sein Geschäft: *LASSE'S PASSIEREN!* Außerdem ein digitaler Bilderrahmen. Er zeigt Fotos von meinen Events. Allerdings nicht die Rockstars, Zauberer, Opernsänger, Basketballprofis, Päpste und Visionäre neuer Gesellschaftsmodelle. Stattdessen zeigen die Fotos deren Publikum: strahlende, lachende, weinende, betende, staunende, jubelnde, nachdenkliche Menschen.

Ein Foto zeigt Menschen in allerhöchster Anspannung: Fällt gleich das entscheidende Tor? Menschen in blauen T-Shirts mit einem Kreis aus grünen Sternen liegen sich in den Armen: Soeben wurde eine rigide Regelung zum Umweltschutz in die Verfassung der Europäischen Union festgeschrieben! Mein Platz war nie auf der Bühne, mein Platz war immer dahinter. Aber niemand hatte je mehr Livepublikum in fast vierzig Jahren als ich.

Ich glaube, ich liege hier schon drei Stunden auf dem Küchenboden und mein Urin ist fast schon eingetrocknet. Olga ist immer noch nicht da. Ich erreiche sie nicht auf dem Handy, was nur bedeuten kann, dass sie sich um einen anderen Pflegling kümmert. Oder um Sascha, ihren lebensuntauglichen Mann. Ich lese noch einen vielversprechenden Artikel auf echtzeit.mag:

DER HÖLLENHUND AM HEAVEN'S GATE

Von Jens Reuter

Das erste »Ritual«, wie die Premiumsterbehelfer vom Heaven's Gate den Höhepunkt ihrer Dienstleistung nennen, sollte eigentlich geheim bleiben. Das scheint ihnen auch fast gelungen zu sein, denn außer mir kann ich keinen Kollegen entdecken.

Es gelingt mir allerdings nicht, in den eigentlichen »Ritualraum« vorgelassen zu werden. Na ja, ich würde vielleicht auch nicht die Medien am Fußende meines Sterbebettes dabeihaben wollen.

Aber was sich vor dem Haupteingang abspielt, ist alles andere als erbaulich: Die »Watch Dogs for Life«, deutsche Ableger militanter Abtreibungs- und Sterbehilfegegner haben sich in Stellung gebracht. »Mörder! Mörder!«, rufen sie. Allen voran Bodo Straub. Bodo Straub, der verurteilte Totschläger. Im Knast hat der frühere Bandenchef die Bibel in die Finger gekriegt und schnell herausgefunden, dass sich ein gewalttätiges Verhaltensmuster mit dem Wort Gottes ganz komfortabel legitimieren lässt.

Da kommt ein ganzer Zug Einsatzfahrzeuge der Bundespolizei unter Alarmgetöse angeschossen. Gott sei Dank, die werden die Wachhunde jetzt durch Abtransport unschädlich machen. Irrtum, nein, ein älterer Zivilist steigt aus, begleitet von zehn Bundespolizisten betritt er das Heaven's Gate. Nach zehn Minuten kommen sieben Polizisten wieder raus. Die folgenden zwei Stunden sind bestimmt von dem Krawall der »Watch Dogs for Life«, während sich die Bundespolizisten ungerührt in ihre Mannschaftswagen zurückgezogen haben und Filme gucken.

Sie überlassen die »Watch Dogs« den nervösen Streifenbeamten der Berliner Polizei, die bemüht sind, möglichst nicht durch übertriebenen Eifer aufzufallen. Dann kommt auch der Zivilist mit den letzten Bundespolizisten wieder raus, der ganze Treck setzt sich wieder in Bewegung. Wie sich später herausstellte, hatte der Trupp, angeführt von einem Gerichtsvollzieher, ein Moratorium bis zur Entscheidung des Bundesverfassungsgerichtes durchzusetzen.

Normalerweise sind mir Security-Nahkämpfer, wie sie vor dem Einlass von Veranstaltungen der Eventmarke® *Lasse's Passieren* Wache halten, nicht sympathisch. Nun bin ich aber heilfroh, dass sie die Begegnung der Aktivisten mit den Abschiedsgästen am Ende der Veranstaltung etwas abfedern.

Zu einem Gewaltausbruch kommt es dann aber doch: Unter den letzten Gästen ist ein älteres Ehepaar, wohl die Eltern der oder des Verstorbenen. Die Frau ist in Tränen der Auflösung nahe, ihr Mann tröstet und stützt sie, eine Trauerszene, wie man sie von Beerdigungen kennt. Plötzlich wird die weinende Frau von einer Frau aus der Gruppe der militanten Christen angespuckt. Das reicht: Ihr Mann –

auch seine Nerven liegen blank – schlägt, blind vor Wut, auf die Aktivistin ein. Er ist vollkommen außer sich. Ein Trommelfeuer aus Schlägen und Tritten, mehrere Ordner haben Mühe, ihn von der Frau loszukriegen, während vier andere alle Hände voll damit zu tun haben, Bodo Straub zu fixieren.

Lange nachdem die herbeigerufene Verstärkung der Berliner Polizei die ganze Versammlung aufgelöst hat, kommt ein schwarzer Kleinbus aus dem Gelände mit hoher Geschwindigkeit an mir vorbeigefahren. Das war wohl der schwer kranke Lasse Wiesenthal, chauffiert von seinem behinderten Sohn Benno.

Wen ich nirgendwo entdecken kann, ist der Kläger. Der Kläger ist ein alter Mann, der eigentlich fast immer auf seinem Balkon zu sehen war, hier, direkt gegenüber dem Heaven's Gate. Die Leute hier nennen ihn den Kläger, weil er ständig gegen jeden und alles prozessiert hat, mit großer Beharrlichkeit auch gegen den Bau und den Betrieb des Heaven's Gate. Jahrelang stand er auf seinem Balkon mit Richtmikrofonen, Kameras und Diktiergerät bewaffnet, um Beweise zu sichern. Seit etwa drei Monaten ist er nicht mehr gesehen worden. Dass er sich heute das erste Abschiedsritual hat entgehen lassen, gibt zu denken. Schließlich hätte er heute jede Menge Lärm dokumentieren können. Die Leute hier wissen nicht, wo er ist, vor allem aber sind sie einfach froh, dass er weg ist. Wir werden der Sache mal nachgehen und melden uns dazu wieder.

Jetzt kommen zwei müde Menschen in T-Shirts und Baumwollhosen mit eingestickten Heaven's Gate Logos aus dem Heaven's Gate. Wortlos rauchen sie und trinken Schnaps aus Plastikbechern. Wir kommen ins Gespräch und rauchen und trinken zusammen. Bei den beiden handelt es sich um den Arzt, der den soeben hingeschiedenen Euthanasiekunden ins Jenseits befördert hat und seine Assistentin.

Okay, ich mach mal ’nen Versuch: »Wie isses denn gelaufen?«

Der Arzt inhaliert noch mal tief und nachdenklich, bevor er in den Himmel guckend antwortet: »Wo wir herkommen, da haben wir mit unserem Beruf, Menschen gesund zu machen, kein Geld verdient. Dann haben wir auch in Berlin nichts mehr verdient. Jetzt verdienen wir ganz okay, indem wir Menschen umbringen.«

Kein Grund für übertriebene Hoffnung, findet die Assistentin: »In Bulgarien machen das jetzt schon Pferdeärzte, nebenbei. Die Zeiten werden nicht lange rosig bleiben.«

»Elena, glaub mir, im Heaven’s Gate werden wir noch lange gut verdienen, den Leuten hier ist es viel wert, und sie zahlen gut für ihren Tod von unserer Hand! Schau doch nur, dieses Sterbehaus! Für das Geld hätten sie bei uns zehn, ach was sag ich, zwanzig Krankenhäuser gebaut!«

Ich rauche, trinke und verabschiede mich mit den besten Wünschen für das nächste Ritual. Aufgewühlt und ratlos gehe ich nach Hause. Allein. Ausnahmausweise zu Fuß.

»Oh mein Gott, Herr Wiesenthal!«

Olga ist ein Schatz. Sie zieht mich aus, wäscht mich, putzt mir die Zähne, zieht mich frisch an und lässt mich löffelweise Tee trinken.

ABSCHIED

Juni 2027

Total erhaben
Karla besucht mich ein letztes Mal, mit Paul und mit meiner Enkelin. Ich habe also endgültige Gewissheit: Sie werden nicht zu meinem Ritual ins Heaven's Gate kommen. Ich lese Hilde was vor:

Die Geschichte vom Selbst:

Der Storch verabschiedete sich von der Elster: »In sieben Tagen bin ich wieder da, Elster. Und dann machen wir uns an die Arbeit, okay?«

»Ja, okay. Guten Flug!«

Am siebten Tag flog die Elster wieder zum Kirchturm, da war der Storch abgeflogen, da würde er auch wieder ankommen. Aber der Storch kam nicht. Auch nicht am achten Tag und nicht am neunten, zehnten und elften Tag, immer wartete die Elster vergeblich. Am zwölften Tag fragte sie der freche Spatz: »Was ist los mit dir, Elster? Gestern sahst du traurig aus, aber heute schon richtig verzweifelt!«

»Ach, Spatz, ich warte auf den Storch! Ich brauche ihn doch, wir wollen uns zusammen ein Haus bauen. Der Storch ist so mutig und entschlossen, er hat so viel Fantasie und Erfahrung!«

»Aber du Elster, du hast Selbst!«, zwitscherte der Spatz und flog davon. Die Elster entdeckte ihr Selbst und baute sich selbst ein Haus. Nach Jahren kam der Storch und klopfte an die Tür von Elsters Haus.

»Wow, Elster, so super, ich bin ja sooo stolz auf dich! Weißt du Elster, ich hab's mir damals anders überlegt und bin in Afrika geblieben. Aber ich wusste ja, mit deinem Selbst schaffst du das auch ohne mich.«

»So, liebe Hilde, diese Geschichte ist wohl das Beste, was ich dir hierlassen kann. Und diese Tätowiermaschine. Die ist von Nelly, deiner Großmutter. Es war ihre erste. Sie hatte nichts als diese Tätowiermaschine, als ich sie kennenlernte. Aber mit dieser Tätowiermaschine hat sie sich unsterblich gemacht. Viele Menschen tragen ihre Tattoos, sie hat ausschließlich eigene Motive gestochen. Schau! Schaust Du? Hier auf meinem Unterarm, das ist ein Hubschrauber, so einer ist damals ständig über unserem Festivalgelände gekreist. Den ganzen Tag. Wir standen unter Beobachtung. Und Nelly hat ganz viele Hubschrauber tätowiert. Aber richtige Hubschrauber haben Rotorblätter aus Stahl, nur die von Oma haben stattdessen Federn.«

Aber Hilde guckt nicht, und sie hört auch nicht zu. Für sie war ich weg, als sie begriff, dass ich nicht wiederkomme. Egal, sie kriegt das Beste, was ich ihr hinterlassen kann, vielleicht hat sie später was davon, ich hoffe es.

Karla verabschiedet sich von mir, hier und jetzt: »Keine Sorge, Paps, den Mut und die Fantasie hat sie von Mama, die Entschlossenheit und Cleverness hat sie von dir. Und ich hab die Erinnerungen, sehr viele gute Erinnerungen. Macht's gut.«

Umarmungen, Küsse, Tränen, während sich Hilde weiter mit ihrem Kuschelkrokodil unterhält.

The Last Whales kommen auch nicht zu meinem Abschied: »Sorry, Lasse, tut uns leid!!! Wir sind mitten in der Produktion. Und du weißt ja, was das heutzutage bedeutet ;-) In unseren Herzen sind wir bei dir!«

Sie sind zwar jetzt Stars, aber sie sind auch Sklaven, wahrscheinlich stecken sie bis zum Hals in Verträgen.

Ganesha, mein Freund! Wenn ich nicht wüsste, dass ich dir sowieso nicht entkomme und dass wir uns wahrscheinlich eher wiedersehen, als wir einander vermissen, würde ich mich jetzt von dir verabschieden. Ich würde dir sagen, dass mich deine Zahnlücke wirklich gestört hat und dass ich dich als Gott deshalb auch nicht wirklich ernst nehme. Und dass im Leben wirklich gar nichts reibungslos läuft, wenn man nach vorn strebt, das wusste ich, lange bevor du dich hier hast blicken lassen. Aber ich bewundere dich, ja ich verneige mich vor dir: Denn du lachst dich mit einer Leichtigkeit durch die Jahrtausende, da muss sich jedes Zwerchfell schämen, das da nicht gleich mithüpft, wenn Madame Achselhaar dir einen Schlüpfer an den Rüssel hängt und du – nur sichtbar für die Sehenden – deinen bunten Kopf so wunderbar indisch hin- und herwiegst. Bis bald!

Ich guck noch ein letztes Mal auf echtzeit.mag:

TOD EINES FAHRDIENSTLEITERS

Von Jens Reuter

Ich stehe hier gegenüber dem Heaven's Gate unter dem Balkon des Klägers, des Mannes, der gegen das Heaven's Gate erbittert geklagt hat, der vor ein paar Monaten spurlos verschwunden war und den eigentlich niemand vermisst, weil der frühere Modelleisenbahnvertreter hier schon gegen jeden und alles prozessiert hat.

Vor gut zwei Stunden habe ich einen Schlüsseldienst kommen lassen, weil ich vermutete, der alte Mann befände sich hilflos in seiner Wohnung: Der volle Briefkasten, der Stapel Zeitungen vor der Wohnungstür. Der Mann vom

Schlüsseldienst gab mir eine Geruchsmaske: Er hätte einen Geruch wahrgenommen, den er von früheren Einsätzen dieser Art kenne und dass erfahrungsgemäß jetzt mit dem Schlimmsten zu rechnen sei.

Was wir dann vorfanden, war nicht nur schlimm, sondern auch unglaublich und unvergesslich: viele Meter Regale voll mit Akten von Gerichtsprozessen. Die Wände quasi tapeziert mit Fahrplänen der Deutschen Bahn. Auf dem Fensterbrett vor dem Balkon Richtmikrofone, Kameras, Diktiergeräte und ein Schallpegelmessgerät. Im Wohnzimmer eine riesige Modelleisenbahn. Mehrere Züge fahren scheinbar seit Monaten ununterbrochen ihre Strecke ab. Am Rande der Strecke ein Feldbett. Und im Feldbett liegend ein Skelett in der Uniform eines Fahrdienstleiters der Deutschen Bahn, auf der Brust wie ein Orden die Signalpfeife.

Ein einsamer trostloser Tod? Vielleicht. Vielleicht aber auch ein Tod, wie er ihn sich gewünscht hat: als Fahrdienstleiter, Herr über Strecken und Züge, und alles läuft, und es läuft nach Plan. Vielleicht wollte er das so. Wie die Leute im Heaven's Gate.

Ach Mensch, weißt du was, alter Mann, ich finde, wir sollten bald mal zusammen eine Pfeife trällern. Warte, gleich holen mich meine Jungs, Benno und Tobias, ab. Ich habe noch einen letzten GROOPS-Post geschrieben, meine immerhin zwölftausend Freunde haben Anspruch darauf, finde ich:

»Liebe Freunde,

ich werde heute mein Leben beenden, und zwar so, wie ich es geführt habe: So, wie ich will. Wer trauert, ist selbst schuld, denn dazu gibt es keinen Grund, im Gegenteil: Ich habe gehabt, was ich haben wollte, und ich habe gelebt, was ich leben wollte. Und wer darunter zu leiden hatte, dem sage ich aufrichtig: tut mir leid. Ich nutze heute eine Möglichkeit, die meiner geliebten Nelly nicht zur Verfügung stand, die Zeit war damals nicht reif. Aber auch bei mir lief das jetzt alles andere als rund. Ich wollte Abschied nehmen, bevor mein Siechtum einsetzen würde. Dummerweise habe ich meinen Abschied mit einem Bauvorhaben verknüpft und mich dabei unkontrollierbaren Umständen ausgeliefert. Jetzt aber ist das Heaven's Gate fast fertig, und ich lasse mich im Rollstuhl zum Ritual schieben. Heißa! Juchhuuu! Keine Ahnung, wo ich ankomme, aber weil ich das nicht weiß, träume ich mir das schon mal schön. Bis dann gerne da, macht's gut, euer Lasse.«

KOMMENTARE:

Gi Sella

Okay, Lasse, es geht auch ohne dich. Aber ich darf dich wenigstens ein bisschen vermissen, ja?

Joe Bruns

Ich hoffe für dich, dass das heute so abläuft, wie alle Acts von dir: absolut professionell! Hau rein, Lasse.

Tiger Ron

Alter, du hast sie alle überlebt, aber es sieht so aus, als würde es jetzt echt ernst werden, oder? Mein Freund, ich denk an dich.

Jil Gilles

Nicht trauern? Ich heule seit einer Woche, du Arschloch! 1000 Küsse, J.

Boris Lem
Geh schon mal vor, ich komm bald nach ;-)

Graf Koks
Erzähl mir, wie's war hahaha!!! Ich geb mir das dann auch, hehe.

Ruth Lehmann
Du weißt, mir fällt es schwer, deinen Weg zu akzeptieren. Aber ich versichere dir meine Anteilnahme in diesen schwe… nein, in diesen besonderen Stunden. Sei umarmt.

Senta von Meiden
Was war, sei jetzt für immer gewesen, Lars. Was jetzt zählt, ist unbedingte Liebe. Glaube fest daran und spüre die Leichtigkeit. Deine Senta

Schwester Esther
Sag mal: Dir ist schon klar, dass ein Frei-Tod kein Musical oder X-Sport-Battle ist? Ich wünsche dir, dass du vor deinem letzten Atemzug noch mal zur tiefen Besinnung kommst! Amen.

Helge Nemec
Ich würde das alles genauso machen. Respect and rest in peace! YEAH

Gut. Einige tröstliche Worte sind dabei. Es geht noch ewig so weiter, aber ich verliere das Interesse, sorry. Ich gehe in mich. Ich spüre meinen Herzschlag, ich nehme Kontakt zu jeder meiner Zellen auf, ich kann sogar meine Haare wachsen hören. Ich beginne wieder zu schweben. Es ist aber nicht das himmlische Gefühl der Leichtigkeit, mit dem man sich vom Boden löst und Höhe gewinnt. Es ist der Horror, wenn sich der Boden unter den Füßen auflöst und man den Halt verliert. Ein Abgrund tut sich auf, und in einem endlosen Fall geht es unaufhörlich abwärts. Ohne Atempause, ohne Ausweg. Deine Fallgeschwindigkeit ist schneller als der Schall, und so wird deine Mutter deine Rufe niemals hören können. Das ist die Angst vor dem Tod. Wer diese Angst nicht kennt und nicht beherrscht, der würde, wenn sie ihn überrascht, um sich schlagen, kämpfen, mit einem um sich schlagenden Herzen, sein Menschsein vergessend lügen, rauben und töten. Ich aber kenne dich, Angst, du kriegst mich nicht. Schau einfach nicht nach unten, Lasse.

Da, schon kippt das Bild. Ich sehe aus dem Fenster, der Briefträger wirft Briefe ein, die ich nicht mehr lesen werde. Aber ich sehe dich schon bald wieder. Ich werde deinen Schlaf bewachen. Das ist die Freude auf das Jenseits. Da, meine Balkonnachbarin. Du weinst, meine tapfere Schattenboxerin, weil dich dein Jüngling verlassen hat? Und Ganesha macht nur dumme Witze? Gib ihm eins auf den Rüssel, meine Schöne, ich komme nachher und bewache deinen Schlaf! Da, der einsame stumme Nachbar, der nur schweißgebadet im Schlaf spricht – in einer fremden Sprache. Der dumme Junge, der nicht kapiert, dass niemand mit ihm spielen will. Der von allen und allem enttäuschte Studienrat. Ich sehe euch heute Abend! Ich werde euren Schlaf bewachen!

Benno und Tobias kommen. Ihre Stimmen höre ich, als kämen sie von einem anderen Stern. Noch nie war es so mühsam, mich in den Bus zu hieven, wie auf dieser letzten Fahrt. Es wird ein anstrengender Tag für die beiden. Das liegt auch daran, dass ich mich mit meinen Gedanken und Gefühlen schon ziemlich entfernt habe.

Ihr Ärmsten, ich höre eure liebevollen Flüche – »Jetzt mach dich doch nicht so schwer, Papa!« – nur von weiter Ferne. Es ist bald vollbracht, meine Lieben, schon am Abend werde ich euren Schlaf bewachen. So wie den Schlaf vom Dönerverkäufer da drüben. Und den von dem Junkie, der da hinten an der Busstation auf seinen Dealer wartet und ziemlich sicher schlechtes Zeug kriegen wird. Da, das Haus meiner Lieblingsprostituierten. Du kannst dir immer noch nicht vorstellen, wie sehr ich mich bei dir geborgen fühlte, nicht wahr? Vertrau mir deinen Schlaf an, Anette, ich bitte dich. Heute Abend! Es kostet auch nichts, ich bin dir noch was schuldig, mon chéri. Überall hängen Plakate von den *Talkabouts*, meinen Castingstars, ihr habt noch so viel vor euch, ich sehe euch heute Abend, meine Süßen. Ein Bretterzaun mit verwitterten Plakaten vergangener Konzerte kaschiert eine Brache, die die Hoffnung, endlich eine Baustelle zu werden, wohl schon begraben hat. An manchen Stellen stirbt Berlin, und niemand trauert. Die kranken Plattenbauten kriegen auch kein Gehör. Dann wieder die unverständliche Geste ausdruckswilliger Hotelbauarchitektur. An manchen Stellen wächst Berlin übermütig. An seine Schlagadern geheftet gedeihen Leidenschaftsgebäude, manche leer stehend, manche wuchernd. Du da, wer hat dich denn gebaut, du Ruine mit Ansage? Verzeih, es war nicht so gemeint. Sag deinem unglücklichen Architekten, dass ich heute Nacht seinen Schlaf bewachen werde. Ich kann mich auf dich verlassen, ja? Berlin bricht auf: Container, Lager, Zelte legen sich über Brachen, rollen sich wieder zusammen. Da! Hinter den Gaslaternen! Zwischen den Kastanien! Mein Lebensbaum, das Heaven's Gate. Wie prachtvoll! Ein Tempel für alle, die mit dem Leben Frieden geschlossen haben. Du bist so klar, so hell. Nimm mich auf, mein Geschöpf.

Magda, eine frühere Geliebte, ist gekommen, Cynthia, Kati, Tobias und Benno. Und Herkko, der Exschlagzeuger der *Last Whales*. Inzwischen kann ich nicht mal mehr mein Augenlid bewegen. Meine Augen sind also immer offen, und alle paar Minuten beträufelt Benno sie mit Tropfen. Was ist das für Musik? Der Katholikenchor! Sie singen um meine Seele. Ich glaube ihnen. Macht euch keine Sorgen, ich bin wunderbar geborgen in meines Gottes Hand. Benno versteht mich. Er drückt für mich den Knopf. Die lieben Baumwollengel kommen mit ihrem Erlösungsapparat. Schön, dass ihr alle gekommen seid, aber ihr seid alle schon ganz weit weg. Da! Meine Eltern! Als Paar! Schleierhaft, wie einladende Geister als Vorboten meines neuen Seins in einer anderen Welt, aber doch spüre ich ihre Nähe, als stünden sie an meiner Wiege. Meine Mama trägt das Kleid mit den großen gelben Blumen. Du bist so schön, Mama! Sie trug es am Tag meiner ersten Aufführung im Schultheater, ich spielte einen Zirkusdirektor. Ihr wart so stolz auf mich! Mama, weißt du noch, du hattest zur Feier des Tages ein kaltes Buffet hergerichtet. Es gab einen Mettigel mit einem Körper aus Hackfleisch und Stacheln in Form von Salzstangen. Und russische Eier mit Kapern, Mayonnaise und deutschem Kaviar. Und einen *Kalten Hund*: Man nehme eine Kastenform und fülle sie bis zu einer Höhe von etwa einem halben Zentimeter mit einer Kakao-Fett-Zucker-Masse. Dann kommt eine Schicht Leibniz-Butterkekse. Dann wieder eine Schicht Kakao-Fett-Zucker-Masse in der Höhe eines Kekses, dann wieder Kekse und so weiter, bis die Form voll ist. Zum Schluss bunte Zuckerstreusel obendrauf und dann in den Kühlschrank. Mama, du wolltest nicht so gerne angefasst werden, stimmt's? Wegen der *Kalter-Hund*-Finger, oder? Guck mal, Mama, ich bin so was von sauber heute, nicht nur sauber, sondern rein! Mama, Papa, ich komme gleich!

Tobias hält noch eine Rede. Ich verstehe kein Wort. Worte haben keine Bedeutung mehr für mich. Viel mehr erregen mich die seismischen Schwingungen, die seine Stimme bei jedem seiner Worte auslöst. Eine feinstoffliche Erregung im Nanovoltbereich. Ich habe Antennen, die mir das Leben extra und nur für diesen einen letzten Moment mitgegeben hat. Submoleküle schmiegen sich an ihre Rezeptoren, sie sagen, dass die Stoffe bereit sind, mich aufzunehmen. Ich spüre keine Schwere mehr, aber ich falle nicht, sondern begebe mich in einen Zustand totaler Erhabenheit. Ein zarter Lufthauch schwebt durch die offenen Fenster ein und streicht über meine Stirn, über meine Arme. Er lockt mich, ihn auf dem Weg zum anderen Fenster hinaus nach oben, nach ganz oben zu begleiten. Ich komme gleich, Wind! Ich unterscheide Vogelstimmen. Blaumeise. Buchfink. Gimpel. Kleiber. Rotkehlchen. Zilpzalp. Eine Fliege setzt sich auf meine Hand. Sie sagt, es sei alles bereit. Du weist mir den Weg, Fliege, ja? Tust du das für mich? Yeah, Lasse sagt: klasse! Ich erkenne die Windpferde von den Gebetsfahnen. Ein blaues, ein weißes, ein rotes, ein grünes und ein gelbes. Statt Wünsche mitzunehmen, bringen sie mir heute Erfüllungen! Das rote hüllt mich ein in Wärme und Liebe, das gelbe überreicht mir einen kleinen Stein, den ich in Erinnerung an die Erde immer bei mir tragen soll, das grüne bringt mich zu einem Boot, das mich zu dem weißen Pferd bringt. Mit dem weißen Pferd reite ich durch einen nach allen Seiten unendlichen Raum der Klarheit dem blauen Pferd entgegen. Das blaue Pferd heißt mich lachend willkommen. Ein Windhauch bewegt den Vorhang. Meine Gäste verschwinden nach und nach im orangefarbenen Licht.